雪中悍刀行

19 夫子上武当

烽火戏诸侯 著

青岛出版集团 | 青岛出版社

图书在版编目（CIP）数据

雪中悍刀行. 19，夫子上武当/烽火戏诸侯著.—青岛:青岛出版社,2021.12
ISBN 978-7-5552-9857-1

Ⅰ.①雪… Ⅱ.①烽… Ⅲ.①侠义小说－中国－当代 Ⅳ.①I247.5

中国版本图书馆CIP数据核字（2021）第108426号

XUE ZHONG HANDAO XING 19 FUZI SHANG WUDANG

书　　名　雪中悍刀行19 夫子上武当
作　　者　烽火戏诸侯
出版发行　青岛出版社
社　　址　青岛市崂山区海尔路182号（266061）
本社网址　http://www.qdpub.com
邮购电话　18613853563　0532-68068091
责任编辑　李文峰
特约编辑　孙小淋　万红红
校　　对　李玮然
装帧设计　千　千
照　　排　梁　霞
印　　刷　三河市良远印务有限公司
出版日期　2021年12月第1版　2024年10月第5次印刷
开　　本　16开（710mm×980mm）
印　　张　20
字　　数　342千
书　　号　ISBN 978-7-5552-9857-1
定　　价　39.80元

编校印装质量、盗版监督服务电话　4006532017　0532-68068050

目录

第一章

公子黄花花渐枯
江湖依旧旧人无

密云山口东端的出口处猛然收束，纤细如身材瘦削的女子的腰，谢西陲凭借此等地利，阻挡了北莽骑军一拨又一拨的疯狂攻势。

专门从龙象军中抽调出来的五百敢死精骑已经全军覆灭，加上一千二百多名冲出隘口的种檀部战死骑军，双方将士连同战马的尸体一并倒在出口处，重重叠加，形成了一堵半丈高的天然矮墙。

这大概是战争史上最另类的拒马阵，无论胜败都将载于史册。

左、右两翼的凤翔和临谣两镇的骑军原本战损稍轻，但是随着尸墙的不断增高，源源不断的北莽先锋骑军不得不放弃正面突破，转向左、右进攻，试图为后方的主力大军凿开一道口子。

若非谢西陲接收了曹嵬一万骑的强弩马弓，辅马所负箭矢也极多，足够对撞出密云山口的北莽骑军进行密集攒射，他们恐怕早已经被悍不畏死的种檀部精锐骑军打开门户。一旦北莽骑军在山口外铺展出完整锋线，由种家精骑作为箭头破阵，到时候绝对是一场屠杀。

谢西陲的骑军来源驳杂，整体战力在流州不算出众，无法与由凉州边境的骑军组成的曹嵬部骑军相提并论，加上唯一称得上百战老卒的那五百骑龙象军也全员战死，这让谢西陲始终处于命悬一线的险峻境地，真正是一步都后退不得。扇形的防御阵地，只要任何一处出现漏洞，然后被北莽骑军抓住机会，就必然会出现兵败如山倒的状况。这与流州骑军和两镇骑军是否敢于慷慨赴死没有关系，沙场之上，敌我双方很多时候就是争一口气，气衰则亡。

所幸谢西陲在这种关键时刻发挥出了卓绝的才华，就像一个独具慧眼的缝补匠，兢兢业业查漏补缺，一次又一次恰到好处地调兵遣将。一千名膂力出众的流民一律弃马提矛，加上临时抽调出来单独成军、各持轻弩马弓的六百骑，这一千六百人在谢西陲的调度下，七次堵住摇摇欲坠的阵地缺口，阻止了北莽骑军以洪水决堤之势一拥而出。在这期间，几乎每一次险象环生，都是谢西陲与北莽主将种檀的针锋相对。后者多次故意隐匿亲卫扈骑的真实战力，令其夹杂在普通骑军之中，然后一鼓作气地撞阵，都被料敌机先的谢西陲准确识破。

谢西陲对麾下这支还不算熟悉的骑军真正做到了被兵家最推崇的四个字，或者说一种境界——如臂使指。这不但需要谢西陲对战场上的所有细节胸有成竹，包括己方轻弩、箭矢剩余的数目，骑弓与步弓攒射对士卒膂力的损耗程度，两翼骑军阵形的厚度等，也需要对敌方骑军的态势洞若观火，更需要对己方兵力进行没有丝毫差错的轮换——既不减弱整座阵地的防御能力，又能保持足够支撑一场持久战的必需体力。

谢西陲的指挥堪称无懈可击，在这种固若金汤的形势下，最直观的代价就是五名传令骑卒人人嗓子沙哑。谢西陲虽然没有亲自上阵，却同样嘴唇干裂、脸色苍白，但是他的眼睛始终清澈、明亮，熠熠生辉。这位进入西北边关还不足半年的年轻武将，已经赢得了麾下所有北凉骑军的敬重。

有些人天生为沙场而生，注定要在那部流血的青史上留下一个让后世绕不过的名字。

春秋“兵甲”叶白夔曾经是，“白衣兵圣”陈芝豹始终是，谢西陲也会是。

事实上，停马在密云山口内山壁下的北莽骑军主将种檀，在目睹这场双方死伤极重的血腥厮杀后，虽然恨不得亲手砍掉那名北凉年轻主将的脑袋，但是内心深处不得不佩服此人的用兵之法。作为北莽种家倾全族之力扶持的新一代军中砥柱——大将军种神通的嫡长子，种檀与身为武道宗师的叔叔种凉截然不同。种檀自幼志不在江湖，少年时就将视线投向凉莽边境。他一次次与父亲对着桌上的两国边境形势图秉烛夜读。桀骜自负的种神通曾经对少年种檀说：“凉、莽武将之中，北凉燕文鸾或是我朝杨元赞之流，固然是当之无愧的大将，足以独当一面，但比起陈芝豹、董卓、褚禄山这类人仍是稍逊一筹。判断一名武将能否成为一国之柱石，要看两件事——第一件事是在一场具体战役中，攻、防皆能运转如意，用兵滴水不漏；再就是在决定一国存亡的战役中，达到兵力多多益善的高度，在战力相当的前提下，拥有一千士卒能够杀敌一千五，拥有十万甲士能杀敌二十万，那么此人手握百万铁骑之时，就是坐拥天下的时候了。”

一名出身种家的副将满甲鲜血，离开山口外的战场后策马来到种檀身边，随手折断一支钉入铁甲的箭矢，气喘吁吁地道：“公子，再给我五百骑死士，我一定能攻破北凉阵形！”

种檀收回思绪，望向远处的战场，摇头道：“我种家儿郎已经死得七七八八了。”

那名两次亲自上阵且杀红了眼的副将一脸愕然，环顾四周，这才发现种家嫡系骑军确实已经战损惊人。这次接触战，种檀毫无藏私，毫不犹豫地用种家骑军作为先锋迅猛破阵。他如果不是这般狠辣果决，北凉的五百名龙象骑军绝不至于当先战死。与龙象骑军的尸体堆积在一起的北莽一千两百骑的尸体，清一色的是种家私骑的尸体。当时北莽骑军差一点儿就大功告成，正是五百名龙象骑军死士拼死也要杀掉战马的举措，险而又险地成功阻挡了种家后续骑军的顺利前冲。在这之后，种檀数次以两到三百名种家精锐骑军破阵，也都被那名北凉武将补上了即将成形的潜在缺口。

副将恨恨地道："若是换作别处，再给流州五千骑，也不够咱们砍杀的！"

看到嫡系骑军伤亡惨重的种檀笑意苦涩，感慨道："是啊。只可惜，恰好是这密云山口的尽头，进退不得。"

从没有想过撤退的副将听到这个古怪的说法后，无比纳闷儿地道："公子，怎就退不得了？再说了，这场仗还有的打，打赢是有些难，估计还得死个三四千人，但咱们绝对不至于撤退啊。"

种檀回望一眼后重新转头望向山口外，连连发问："连你也知道北凉若是只有山口外的那些兵力是必输的结局，为何那名北凉主将仍是死战不退？从密云山口到凤翔、临谣两镇一马平川，骑军驰骋无碍，北凉主将为何偏偏要死守此地？明摆着要死这么多人，他难不成纯粹是为了互换兵力？"

副将心一颤，望向北莽骑军身后的隘路，喃喃道："公子，咱们西京庙堂上的那帮大人物，不都口口声声说流州战事无足轻重吗？北凉在流州安置这么多兵力，难道就不管凉州关外的防线了？"

种檀深呼吸一口气，自嘲道："我也是在遇上这支兵马后才知道北凉人疯了，最终选择流州作为第二场凉莽大战的胜负手。"种檀用刀尖指向山口外，狞笑道，"没关系，只要我们能够冲出这密云山口，北凉这次孤注一掷的豪赌就会输得很惨！"

种檀沉声下令："所有种家骑军，随我一同冲阵！"

两名早就跃跃欲试的千夫长纷纷抱拳领命。

副将犹豫了一下，小心翼翼地问道："公子当真要亲自冲锋？"

种檀豪迈地笑道："我要亲自会一会那名北凉主将！"

直觉告诉这位北莽夏捺钵，杀了那名北凉将领，比杀了一万北凉骑军还有意义！

密云山口，一万骑奔驰如雷。

为首的骑将正是曹嵬，身后一万骑，人人都已经换马多次，不断有辅马累瘫在山口，许多战马口吐白沫，甚至有数百匹战马直接倒地毙命。

曹嵬的一万骑拉伸出一条极长的阵线，这种全然不计马力、不顾阵形的长途奔袭，随便换到另外一处战场，绝对能够让将领破口大骂！

一万骑如滔滔江水向东流。

此时此刻，这座密云山口就像那条广陵江。

不断有疲惫不堪的战马双腿一软，马术精湛的骑卒唯一能做的事情就是驾驭战马稍稍转头，尽量让战马倒在进军路线的左右两侧。然后摔落在地的骑卒根本顾不得心爱坐骑的死活，迅速换乘战马继续往前冲。

好在枪矛、骑弓、轻弩三物大多交给了谢西陲部骑军，一定程度上减轻了曹嵬部战骑辅马的负荷。

曹嵬喃喃自语道："姓谢的，你小子可千万别想着让老子帮你收尸！你要是坚持不住，被北莽蛮子在山口外头来个守株待兔，加上跟在老子屁股后头吃沙子的烂陀山僧兵，老子这一万骑就算交待在这鸟不拉屎的地方了！"

曹嵬率领部下一路奔袭。

曹嵬感到自己每一次的细微呼吸都清晰如雷鸣，甚至盖过了马蹄声。

这意味着他的一万骑已经接近体力极限了，也意味着这样疲惫至极的骑军事实上已经丧失了来回冲锋凿阵的可能。

曹嵬在赌谢西陲那小子不但能够守住密云山口的出口处，还能够使种檀骑军的主力受到重创。

这很不可理喻。

曹嵬在心中默念道：姓谢的，我知道这很难，可是……你是"西楚双璧"之一的谢西陲啊！

接近密云山口最东端时，一直碎碎念"让老子听到点儿动静，一定要有点儿动静"的曹嵬突然哈哈大笑，差一点儿笑出眼泪。

已经能够听到前方厮杀声的曹嵬猛然勒马，转头怒吼道："换马！披甲！"

很快，曹嵬又笑了，嘿嘿道："事到如今，换个屁的马！"

拉伸极长的一万骑渐次而停，然后人人披甲抽刀。

远离中原版图的西域，这支在曹嵬率领下好似横空出世的北凉一万骑，短暂停马休整后，如同一条骤然间变得静止的广陵江，静止之后便汹涌地向东流去！

曹嵬高举北凉刀，策马向前狂奔，竭力喊道："杀！"

密云山口一役，被后世誉为"春秋之后骑战第一"。

天下无不散的筵席，北凉这对"柿子""橘子"与陈望分道扬镳。陈望继续前往家乡，年轻的宦官自然仍是为这位陈少保做车夫。陈望在转入潼关后略作停顿，便继续向西行去。

拂水房的谍报显示，离阳朝廷的送旨车队距离徐凤年不过半天路程。印绶监三位身着蟒袍的宦官怎么都想不到，理应留在清凉山接旨的北凉王其实就在他们身后。沿着远比中原地带发达的那条主干驿路，双方一路向西行去。徐凤年和徐北枳拒绝了潼关精骑的护送，故而身边仅有糜奉节、樊小柴担任扈从，四人四骑，倒像是游山玩水的富家子弟。

糜奉节本就具有指玄境修为，于小街雨中一战中体悟良多，隐约有突破瓶颈的迹象；反观樊小柴，并无丝毫境界上涨的迹象，这大概就是只可意会不可言传的各自机缘了。

糜奉节为此专程向徐凤年请教了许多有关天象境界的玄妙，言谈之中又流露出对老剑神李淳罡成名绝技“两袖青蛇”的向往。

徐凤年何尝不知道糜奉节那点儿心思？他也开诚布公地对这位大器晚成的剑客说过：“两袖青蛇固然威势巨大，可惜不适合你自身的剑道，你不适合在此时改弦易辙。”

糜奉节略作思量也就想通了其中的关节，只不过仍难免有些遗憾。他与徐凤年不一样。他辛苦练剑四十余载，自身的剑术、剑意早已成为“定式”。两袖青蛇需要融入练剑之人的精气神，糜奉节不是不能研习两袖青蛇，也不是没有可能破而后立，百尺竿头更进一步。只是此刻糜奉节恰好触及天象境界的门槛，没有必要在这个紧要关头孤注一掷。这就像一名庙堂官员已经成为工部侍郎，就没必要冒冒失失地转入吏部从员外郎做起，即便吏部确实地位更高，但是风险太大，也有可能“水土不服”，到头来竹篮打水一场空。

徐北枳听徐凤年大致讲过雨中一战的形势。即使是他这种没心没肺的人，也有点儿心有余悸。

四骑停马在路边的茶肆休息的时候，徐凤年喝着一碗完全敌不过“秋老虎”的寡淡茶汤，突然对徐北枳说道：“稍后喝过了茶，我们跟上印绶监的人。”

徐北枳不怕冷，却最怕热，这个时候一边喝茶，一边跟茶肆的老板要了柄蒲扇使劲摇动，打趣道：“怎么，要狮子大开口？被那古怪的宦官拾掇了一顿，就要把满肚子火气撒在印绶监那帮阉人身上？”

徐凤年没理睬这家伙的冷嘲热讽，说道：“趁着这个机会，我打算跟朝廷多要一名北凉道副节度使和副经略使，先跟他们打声招呼，省得他们措手不及。”

徐北枳皱着眉道：“这可不好办。若是寻常官员告身也就罢了，副节度使和副经略使的告身可是属于‘将相告’，需要门下省的主官点头。虽说陈望刚好就是门下省左散骑常侍，勉强能算名正言顺，可这次出行必定没有携带官印。何况以陈望谨小慎微的处事风格，他绝对不会答应你临时起意的做法。”

三品以下官员的告身，历来文出吏部武出兵部。这二十年来，徐骁在世的时候，吏部、兵部先后三次丢给北凉总计七百多份空白告身，任由北凉道自行选拔、裁撤官员，朝廷只是挂个名头。这倒不是北凉道跋扈割据，事实上，除去淮南王赵英的藩地，哪怕是势力最弱且最靠近太安城的胶东王赵睢也能做到这些，当然数量上绝对无法跟北凉道或是燕剌道相提并论。但是例如六部尚书或是一州刺史、将军这类封疆大吏的告身，自大奉王朝起便被誉为“将相告”，一律由门下省主官书写在金花五色绫纸上，然后递交给君主。纸张品次又与具体官衔挂钩，北凉道副经略使宋洞明先前之所以不被中原认可，就是因为少了这道不可或缺的流程。

徐凤年笑道：“大不了再让太安城回头补办就是了，不过一趟驿骑的小事。”

徐北枳的语气远没有徐凤年这般云淡风轻，他问：“杨慎杏会不会有想法？”

徐凤年摇头道：“我已经跟杨慎杏通过气，老人看上去如释重负。”

徐北枳冷笑道：“你也信？”

徐凤年淡淡地道：“也许有一天，杨慎杏会由衷地感谢北凉。”

徐北枳转头跟茶肆的老板又要了一碗茶。接过茶碗，等老人走远后，他问徐凤年：“你那个让人不省心的老丈人陆东疆，由凉州刺史升任北凉道副经略使？如此一来，会不会有明升暗降的嫌疑？”

徐凤年轻轻放下茶碗，缓缓地道：“陆东疆本就是要名重于要权的人物。加上李功德三番五次请辞经略使一职，陆东疆只会觉得自己离北凉道文官第一把交椅更近了一步。”说到这里，徐凤年低头望向空空的茶碗，怔怔出神，抬起头笑道，“那么说定了，你出任副节度使。”

徐北枳下意识地嗯了一声，喝了一口茶后猛然回过神，瞪着眼道：“不是凉州刺史？！”

徐凤年哈哈大笑道：“那位置给白煜留着好了。”

徐北枳紧紧地盯着这位年轻藩王，咬牙切齿地道：“放你的屁！”

徐凤年默不作声。

糜奉节和樊小柴全然不知两人为何骤然反目。

徐北枳怒极反笑：“我徐北枳需要你来安排退路？需要你徐凤年为我在离阳朝堂架梯子？”

第二场凉莽大战必然要分出一个胜负，一旦北凉输了，必然会出现离阳朝廷吸纳大量北凉官员的局面。北凉武将一般来说会战死在关外，墙头草不会没有，但应该不多，最多就是曹小蛟之流会离开西北；而北凉的文官在关外那座拒北城沦陷后，存在的意义已经不大，不管是死守北凉还是撤离西北，徐凤年都不会强求。徐北枳作为执掌北凉道关内兵权的副节度使，不出意外会是品秩最高的武臣，到时就会被离阳王朝视为最值得收入囊中的栋梁之材。一个北凉道的从二品武将到底意味着什么，如今举世皆知。如果北凉侥幸赢了，这个副节度使的官身自然也算锦上添花。那时候北凉三十万铁骑能够剩下几人，只有天知道。北凉与中原两处官场的融合，极有可能是大势所趋。民生凋敝元气大伤的北凉辖境四州，恐怕也需要有人在朝中为官，为北凉百姓出声，仅有一个陈望远远不够，何况陈望未来一样不适合公然为北凉表态。

徐北枳毕竟不是刚进入北凉时的橘子，在官场砥砺多年，很快就想明白了年轻藩王的良苦用心，叹息一声，语气坚定地道："把这个机会留给陈锡亮，我就算了。"

在北凉越发强势的徐凤年破天荒地没有坚持己见，点头笑道："随你。"

糜奉节和樊小柴不约而同地抬头望向天空，一粒黑点出现在他们的视野之中。

一头神骏猛禽破空坠下，挟着清风落在四人围坐的小桌上，亲昵地啄着年轻藩王的手背。

徐凤年熟练地摘下系在这头六年隼脚上的拂水房秘制芦管，轻轻倒出那份谍报，摊开一看，嘴角勾起，好像在辛苦地压抑着笑意。

徐北枳问道："西域的军情？"

徐凤年把卷纸交给徐北枳。

徐北枳接过一看，感慨道："这次是真的如释重负了。"

关于曹嵬、谢西陲两人擅自更改都护府既定的流州方略，临时决定于密云山口截杀种檀部骑军的军情，被驿骑火速从凤翔、临谣、青苍一路传到清凉山和怀阳关。北凉的高层武将中，一些老成持重的边军将帅若非顾及北凉王的脸面——毕竟曹嵬、谢西陲两位年轻骑将都是徐凤年一手扶植起来的心腹，恐怕早就公开破口大骂了。可以说，徐凤年力排众议将大量兵力倾斜至流州，尤其是让曹嵬、郁鸾刀这些新人以及谢西陲和寇江淮这些同样年轻的外人担任流州战役的主将，自身承担了极大的压力。一旦战况不利导致整个流州战场糜烂不堪，徐凤年凭借第一场凉莽大战积攒起来的巨大的军中威望必然严重受损，而且凉州也注定会陷入危险的境地。

徐北枳啧啧道："这两个小子真是亡命之徒啊，竟然就在烂陀山僧兵的眼皮子底下，一口气吃掉了种檀的骑军。"

徐凤年笑眯眯地道："曹嵬、谢西陲拼了命才捣鼓出这么好的局势，不能浪费了。"

徐北枳没好气地道："你一撅屁股我就知道你要拉什么屎。行吧，就让我这个临时的北凉道副节度使跑一趟烂陀山。"

徐凤年问道："怎么改变主意了？"

徐北枳说了一句莫名其妙的话："对我来说，其实都是一样的。"

徐凤年也不去刨根儿问底儿，转头对糜奉节、樊小柴说道："你们两人护送副节度使大人前往烂陀山，顺便让拂水房的人捎话给曹嵬、谢西陲——在配合你们三人登山说服烂陀山的人与北凉结盟后，接下来他们如何用兵，不受流州刺史府、清凉山和都护府三处节制。"

徐北枳猛然起身。

徐凤年问道："不用这么急吧？"

徐北枳白了他一眼，径直走向那几骑，徐凤年只好跟着起身送行。

就在糜奉节掏钱结账的时候，徐凤年突然笑道："多给些铜钱，我再要两碗酒。"

徐北枳上马后，俯视着年轻藩王，板起脸道："记住，不要得意忘形！"

徐凤年满脸无辜地道："我什么大风大浪没见识过，哪儿能啊！"

徐北枳冷笑着拆台道："嘴巴都快咧到耳后了！"

徐凤年讪讪然，也不还嘴。

糜奉节和樊小柴的视线交错，糜奉节的眼中满是笑意，他显然对这种北凉君臣相得益彰的画面倍感欣慰；而樊小柴则有些恼意，似乎对那个徐北枳的态度有些不满。

徐凤年对三骑挥手送行。

等到三骑消失，徐凤年才反身坐回桌子旁。桌上已经摆了两大碗粗劣的绿蚁酒，徐凤年一碗，那头当年由褚禄山亲手熬出的海东青一碗。

徐凤年伸手抚摩着它的羽毛，眼神温柔，笑眯眯地道："老伙计，悠着点儿喝。"

两次行走离阳江湖，一次行走北莽江湖，无数生死聚散，只有这个老伙计始终陪伴在他的身边。

茶肆的老板只是个普通老百姓，瞧见这幅鸟喝酒的画面后真是大开眼界，忍不住凑近坐下，好奇地问道：“公子，这是啥鸟啊，瞅着真俊！”

徐凤年端起酒碗喝了一口，哈哈笑道：“辽东那边的海东青。”

根本没听过海东青的老汉哦了一声，然后试探性地问道：“养得起这么有灵气的好鸟，公子的家世可了不得吧？”

徐凤年咧嘴笑道：“那可不是！我爹打了一辈子仗才攒下今天的家业，交到我手上后，好些北凉以外的大人物眼红——惦念着。”

老汉觉得眼前这个年轻人就像那些地方上的北凉将种子弟，最喜欢拿父辈的军功与人说事，说大话一点儿也不怕被戳穿。谁不知道咱们北凉的有钱人，哪怕是陵州那边的富家翁，见着了隔壁州郡的大族老爷，也向来不太直得起腰杆子，从不敢说自己兜儿里银子多？

徐凤年摘下腰间悬挂的玉佩，说道：“老哥，我今天高兴，请你喝酒！身上没银子，就把东西当在这里，回头让人用银子赎回去。”

老汉先瞥了一眼那枚不知道真假的玉佩，又瞥了一眼在桌上低头啄酒的鸟，犹豫不决，最终还是点了点头，去拎了两坛子卖不出去的上好绿蚁酒。

老汉起先喝酒很适度。等公子哥儿喝完一大碗酒，他才喝了小半碗。其实老汉的酒量很好，真要放开肚子痛快地喝酒，就算七八碗也扛得住，只不过茶肆的生意就老汉一人打理，他若是真的喝醉了，这年轻人脚底抹油一走了之咋办？那他还不得被家里的婆娘从今天骂到年关？何况家里有个在村塾读书的年幼孙子，老人就想着今年过年的时候，用攒下的碎银子给那孩子买那叫啥文房四宝的稀罕物件。前不久孩子回家说，村塾里来了一位原本在大书院求学的年轻先生，学问比天还要大呢，跟他们说了好些江南的事情，说那里的小桥流水人家，还说了他家的园林景致……其实孩子说不真切，连书都没摸过的老人更听得不明白。只是听着听着，一辈子苦哈哈过日子的老汉就觉得心里头多出了一些盼头。

他们这个村子一共百来户人家，第一次关外跟北莽蛮子打仗，家底好些的几户人家都偷偷跑出去了，等到关外打赢了仗，又都跑了回来。这次又要打仗，却再没有人借口走亲戚去往陵州或是离开北凉了。

经营茶肆的老汉常年迎来送往，见识比起一年到头跟庄稼地打交道的同村人到底要多上一些。听多了茶客、酒客的闲谈，老人不知不觉就知道了一个粗浅的事实：好几百年来，最强大、统一的草原势力，号称“百万铁骑百万甲”，却在这整整二十年里，始终无法南入中原半步。

因为以前有大将军徐骁，现在有新北凉王徐凤年。

因为北凉有徐家父子两代人。

老人不懂什么藩王割据对朝廷的危害，也不懂北凉跟离阳赵室的磕磕碰碰。生活在北凉的老人只知道，北凉在关外打仗打得再惨烈，北凉境内，二十多年来也没有出现过一个骑马佩刀的北莽蛮子。

手无寸铁的老百姓能过上太平日子，只要肯出气力就能养活家人，天底下还有比这更舒坦的事情？没有了。

一来二去，老汉也逐渐喝高了，喝高兴了。

那位公子哥儿也喝醉了，说了好些胡话、大话，说自己小时候在家里的大堂上给很多大将军敬过酒，还用了文绉绉的说法，说是啥“呼儿将出换美酒”；说那时候他家大堂上坐着燕文鸾、何仲忽、陈云垂、钟洪武这些老一辈武将，坐着李功德、严杰溪这些文官老爷，还有陈芝豹、褚禄山、袁左宗、齐当国、姚简、叶熙真这些年轻人。

已经醉了七八分的老汉哈哈大笑，也不当真，笑着说这个年轻人“尽胡说，瞎扯淡”。

最后，像是读过些诗书的年轻人开始放开嗓子高歌，说是有些话要说与中原人听。

君只见，君只见听潮湖万鲤跳龙门！
独不见清凉山，有名石碑不计数！
君只见，君只见葫芦口头颅筑京观！
独不见高墙下，死人骸骨相撑拄！
君只见，君只见凉州北策马啸西风！
独不见边关南，琅琅书声出破庐！
君只见，君只见三十万铁骑甲天下！
独不见北凉人，家家户户皆缟素！
…………

到后来，年轻人每次说“君只见”时就会说“中原”二字，老人也恰好在“独不见”之间扯开嗓子高喊“北凉”二字。

老人什么也不懂，只是想这么凑个热闹而已。

年轻人的嗓音很凄凉，就像……就像那些在北凉境内随处可见的升底尖柿树，在冬日里只有枯枝。

最后，老汉趴在桌上昏昏睡去。年轻人摇摇晃晃地站起身，将那枚玉佩放入老人手中，帮着老人握紧手心后才走向那匹马。

夕阳下，一人一马缓缓向西行去。

年轻人一边骑马，一边打着瞌睡，身形随着马背的起伏摇摇晃晃。

人睡如小死。

一睡不醒即大死。

离阳印绶监的车队在过潼关进入凉州辖境后速度终于加快，马蹄密集地踩踏在驿路之上，就像一场秋日里的暴雨。毕竟几千人的京畿骑军，气势还是有一些的，也引来了不少北凉百姓的视线。北凉骑军绝大部分驻扎在凉州关外，北凉道境内除去潼关这类兵家必争之地，还是白马义从这种扈从精骑较为常见，除非是仓促调动，否则两千骑以上的兵马疾驰并不常见。

这支兵马作为名义上的天子使臣，一路往西，真真切切地领略到了北凉的贫瘠、苦寒，只是贫寒之余，沿途的庄稼又别有生气，郁郁葱葱，格外扎眼。偶有收秋忙碌的乡野村夫、妇人暂停劳作，擦拭汗水，遥望着这支浩浩荡荡的陌生骑军，神色安宁；在田间嬉戏、打闹的稚童甚至还会指手画脚一番。这与蓟州、河州一带是截然不同的光景，大概就是北凉跟北莽死磕二十年后积攒出来的独有精神气了：天下骑军千千万，我北凉骑军甲天下。

车队在青马驿下榻。此地距离凉州城不过八十余里，印绶监三位身着蟒服的太监历经千辛万苦，终于快要见到那座王府了。大概是难得地心情舒畅了几分，在吃过晚饭后，三人相约结伴出行，沿着龙驹河的河岸漫步，身边跟随着两位手脚伶俐的年轻宦官以及六名悬佩皇家赐刀的御前侍卫。掌印太监眯着眼望向河床。入秋以后，相比夏天汛期时，河水已经下降许多，靠近两岸的河床露出如同游鱼背脊的黝黑石板，一块块簇拥在一起，给人无比生硬的感觉，不说与江南水乡相比，便是京师和京畿也绝对瞧不见这般景致。

三名印绶监大宦官都是多年养尊处优的人，虽说在太安城也习惯了秋寒冬冻的气候，到了西北之后也未有太多不适，可是沿着河岸走走停停了大半个时辰后，便是两名年轻宦官心底也有些叫苦不迭，坐印绶监第二、三把交椅的宦官更是气喘吁吁。只是掌印太监不说停步，就无人开口提醒若是再不原路返回，恐怕就要冒着夜色打着火折子摸索着回驿馆了。

印绶监的掌印太监姓刘，本名早已少有人知晓，与许多年迈宦官一样，本是亡国遗民。当年离阳兵马每破一国，便有一大批宦官跟随亡国君臣迁入太安城。只不过洪嘉北奔注定青史留名，而他们这些阉人的颠沛流离又岂能入读书人的眼？相信没有谁愿意为他们在史书上写上一两笔。尤其是他们这些宦官在离阳朝野素来以老实本分著称，宦官干政是不用想了，离阳三代皇帝都是明君，朝堂上又是文臣武将交相辉映的气象，老辈宦官们都认为能够安安稳稳地老死在皇宫里头就是天大的幸事，故而从韩生宣到宋堂禄两代宦官执牛耳者都是谨小慎微的处事风格。

一行人又走了小半个时辰，终于瞧见了一座巍峨的大石崖，屹立在河岸右侧。刘公公率先走上石崖，一时间百感交集。

身材略显臃肿的掌司太监实在熬不住双腿酸痛，就要一屁股坐在地上。认他做师父的年轻宦官赶忙做牛马状跪在地上，于是年迈太监欣慰地笑了，不客气地坐在年轻宦官的腰背上。另外一名小辈宦官依样画葫芦，也想对掌印太监刘公公如此献殷勤。不料才弯下腰想要当凳子，他就看到刘公公摆了摆手，只好讪讪然退下。

刘公公抬起手臂向上游指了指，然后转头跟一站一坐的两位身着蟒服的老太监笑着说道："宋公公、马公公，你们应该知道咱家是北汉人氏，祖上……嗯，用太安城某些年轻人的说法，就是'也曾阔过'。"

两位印绶监大宦官笑着点头。

刘公公背对着众人，继续说道："咱家出身的家族在犯事流徙之前，其实到了咱家祖父这一辈就不太景气了，咱家只能勉强算是个士子。不过咱家在及冠之前也做过负笈游学的事情。那会儿负笈游学也分三六九等，最上等是去西楚的上阴学宫，其次是去那天下三大书院，再就是江南道四大家族的藏书楼。咱家去不起那么远的地方，委实也没那份世交情谊，当时只有两条路——要么往东去，也就是今儿的太安城；要么是往西走，就是今儿的北凉了。由于当时姚大家的学识已经享誉中原，咱家就一路往西走，然后，就经过了这里。其实咱家记不得这条河叫龙驹河了，就只记住了这座石崖以及前边的一个小渡口。"

那位没能够给刘公公做牛马的年轻宦官顿时眉开眼笑道："难怪公公的字写得格外有风骨，先帝爷也夸过好几次，原来公公是地地道道的读书人出身。"

刘公公原本对这些不痛不痒的溜须拍马早就习以为常，此时却尤其开怀，揉了揉没有半点儿胡须的下巴，眺望远方，尖锐的嗓音也变得柔和了几分，说道："咱家之所以将这座无名石崖记得这般清楚……"

就在所有人静听下文的时候，这位位高权重的掌印太监却已经慢慢压低声音。那声音轻若蚊蝇颤翅，以致让人分辨不清老人到底是不是自言自语。

老人当然在说话，有些话烂在肚子里大半辈子了，不吐不快。可当那些言语悠悠然爬到嘴边时，他就又像吝啬的老酒鬼拎出一坛珍藏数十年的老酒，只愿独饮了，最好是旁人能看不能喝。

老人其实在说一件无足轻重的事。也不知道老人为何经历了那么多人生起伏，先是家族沦落，接下来更是国破山河碎，之后便是在那座天底下最大的宅子里钩心斗角。老人这辈子见过无数意气风发的将相公卿，见过许多枭雄、英雄、可敬之人、可怜之人，遇过许多让人事后想起也汗流浃背的阴谋诡计，可是到了迟暮之年依然心心念念的事情，竟然都是些年轻时候早早一笑置之的鸡毛蒜皮之事。老人模糊的视线所及处，是一个也许在凉州地方县志上也寂寂无名的小渡口，但正是在那里，当时还年轻的北汉刘姓读书人，也是在这般初秋时节，因为渡口无舟，只能由着河边的村人背负自己过河。背负他人过河的村人中，既有体格健硕、肌肤黝黑的青壮年男子，也有老汉、老妪，绝大多数上半身赤条条，甚至连中年婆姨也不例外，就那么光着上身，胸口沉甸甸的，就像坠着两穗饱满的稻谷，以至初见这一景象的几位北汉游学士子都有些脸红。倒是那些做背人渡河营生的村民，无论男女老幼，都乐得不行，而那中间，他一眼就看到了一位黄花少女。与别人不同，她身上穿了一件缝补多次的单薄衣裳。也许算不得姿色出众，可是在那群粗鄙的村民当中，她显得十分不一样。在之后漫长的宫廷岁月里，老人只有两次有过如此强烈的突兀感。一次是当今太后在她还是皇后的时候，厉色斥责公认英明神武的先帝。还有一次，则是他遥遥看着那位以异姓藩王身份顶着大柱国头衔入京参加朝会的"人屠"徐骁，在退朝时分，群臣退散，如同满塘鲤鱼三五成群游走，唯有徐骁始终一人独行。

老人收起思绪，眼神安详，远远望去。

当年在那里，他羞赧地挑中那名少女背自己过河，两名与自己结伴游学的同乡士子都默契地拣选了两位中年妇人。到了龙驹河中段的时候，他还亲眼看到那个平日里最为严谨、刻板的家伙偷偷摸摸地捏了捏那妇人丰满、微黑的胸脯——他同窗好友脸上那种满足的神情，如同进士及第。另外一位同窗虽然平日里胆大包天，那会儿反倒缩手缩脚起来。倒是背他的妇人爽朗地笑着，腾出一只手来抓住他的手掌，啪啦一下往自己的胸口上按去，然后用浓重的西北地方乡音说了句：“摸一下不收钱，可要是想摸个够，只要五文钱。”

唯独他始终规规矩矩地趴在她单薄的后背上，既是因为读圣贤书之人自幼接受的礼数约束，也是因为有几分不忍，更是因为生怕自己吓着她，害得她身形不稳，两人就真要变成同命鸳鸯做一双水鬼了。

她将他背过河后，他也想与两位同窗一样多给她几文钱，只是她不要。她垂下眼眉，轻轻捻着衣角，羞羞怯怯。

那次相遇与相别之后，他们就再未相聚了。

也许他对她念念不忘，不是真的有多喜欢她，而是怀念那个仍是读书人的自己罢了。但也许，那个年轻的刘姓读书人，的的确确始终喜欢她，说不出深浅，也不用去思量到底有多喜欢。

老人突然没来由地涌起一股冲劲，抬头看了一眼天色，转身沉声笑道：“咱家要去渡口那边瞧上一眼，宋公公、马公公，你们二位就不用跟着了。咱家去去就回，尽量不摸黑儿回驿馆。”

坐在年轻宦官后背上那位身着蟒袍的太监立即站起身，善解人意地道：“既然都到这儿了，也就是一口气的事情，摸黑儿返回又何妨？反正都不耽误正事。”

另外那位身材最为高大的马公公也笑着附和道：“能够陪着刘公公旧地重游，这种机会这辈子恐怕也就这一遭，这点儿路程算不得劳累，咱们三人这趟为天家办事，可是好几千里都走下来了。”

刘公公笑着点头，神态越发显得慈祥。

印绶监虽说在离阳皇宫十二监四司八局里算不得显赫，更是无法与司礼监相提并论，但是也不容小觑。毕竟印绶监的太监们帮着一国之君看管那些铁券、诰敕、贴黄印信。在太安城的时候，印绶监也绝不是眼下这种和和气气的氛围。应该是这趟出使西北，给三位印绶监大佬带来了巨大的压力，真正变成了一荣俱荣一损俱损，先前的蝇营狗苟自然而然就暂且搁置了。

老话说“望山跑死马”，真是不假，当时刘公公遥遥指向的依稀可见的小渡口让印绶监一行人走得筋疲力尽，就连刘公公都不得不跟两位汗流浃背的蟒服同僚致歉。

渡口犹在，只是比起当年二十余人等着背人过河赚钱的场景，如今只有稀稀拉拉四五人而已。刘公公举目望去，有些失望：村夫都是些粗糙不堪的老人，没有青壮年，也无妇人，在渡口要去往对岸的旅人更是寥寥无几。刘公公本想就此返回，只是又有些不甘，就走向那几名扎堆闲聊的老汉。那些人显然也发现了这一行人，尤其是印绶监三位太监的蟒服、玉带太过新鲜了，哪怕是一辈子连县太爷都见不了几次的井底之蛙，只要不是瞎子，都知道他们三人是自己招惹不起的权贵，也清楚他们绝不会是来此过河的客人。虽说龙驹河在凉州是首屈一指的大河，但是随着十几年前官府先后在北边和南边架起两座桥，分别给驻军和百姓使用后，即便是夏、秋两季，这个渡口也几乎没有生意了。难道还会有人吃饱了撑的，有桥不走，非要往河水里逛荡？除非是实在太靠北的商贾行人，赶路比较急，不想多走二十几里路赶往南边那座桥，才会涉水渡河。其实，如果是跟官员关系好的大商巨贾，也能借用北边那座驿桥，只是听说年轻藩王上位后，管得比较严了，地方驻军和官府衙门都不敢像以前那样睁只眼闭只眼地与人方便了。

就在刘公公准备打道回府的时候，对岸突然有人从河上掠过。此人白衣飘飘，腰佩长剑，在河面上蜻蜓点水几次，便过了河。

动作潇洒地落在岸边后，那名剑客不理会那些乡野村民惊讶的眼神，转身望向河对岸那拨江湖好友。

他们在打赌：谁过河时踩水的次数最少，谁所在门派的轻功就最为上乘。

只是这位出身名门的江湖少侠虽然摆出一副拒人千里的倨傲神态，但何尝不是极为忌惮身后那几位宦官？

北凉什么时候有宦官了？世人皆知北凉王府不同于离阳王朝的其他藩王府邸，从来没有使用过宦官。

在那位姓徐的老人屠率领铁骑马踏江湖之后，离阳的江湖中人对于官府中人一向是要么敬而远之，要么削尖了脑袋去刻意攀附、结交，从来没有听说过哪座宗门哪个帮派能够跟官家人掰腕子的。这位站在河边的玉树临风的少侠对官场上的规矩不陌生，可对太安城并不熟悉，也不确定到底什么地位的宦官才有资格穿上那袭扎眼的大红色蟒袍，可想来肯定不会是些小鱼小虾，否则也无法光明正大地离开皇宫办事。双方无论身份、地位皆有着天壤之别，他也就干脆假装什么都没有看到。

那位先前当牛做马的年轻宦官擅长察言观色，发现三位公公都皱了皱眉头，立即小声解释道：“先前徽山那位女子武林盟主轩辕青锋，号召江湖群雄赴北凉围剿几名魔头，一路杀到了西域才停步，事后好些江湖人士没有急着离开北凉道，想必这些人物都是出自中原武林的年轻人。”

刘公公冷哼一声，说道："侠以武乱禁，就连那西楚逆贼曹长卿身为儒家圣人，也屡次在太安城耀武扬威！"

胖胖的很有佛相的宋公公低声笑道："凭恃武力乱禁的可不光是江湖人啊。"

刘公公和马公公都没有说话。

之后，又有两名年龄相仿的江湖儿女陆续掠过龙驹河。

刘公公突然转头看向禁军统领，笑着问道："钱统领，这些年轻人的修为怎样？与那江湖上传说中的宗师境界差距如何？"

那名魁梧而神情木讷的禁军统领淡淡地道："刘公公，不说一品四境，便是二品小宗师，也绝不是这些绣花枕头能够达到的高度。以他们几人的资质、根骨来看，除非他们有大机缘，才能在二三十年后达到二品境界。"

刘公公点了点头，再没有半点儿探究的兴趣了。

江湖远，庙堂高。

什么武道宗师，只要不是那些屈指可数的武评登榜人物，就无非是君王豢养的笼中雀、池中鲤而已。

就在刘公公正要转身离去的时候，他突然眯起眼睛，使劲向河水中游望去。

一名正在过河的年轻人大概是只擅长外家功夫，轻功连他这位外行都觉得太差了——年轻人多次踩在河面上不说，溅起的水花更是声势惊人。如果说别人是草上飞，那这位仁兄就是草里打滚了。

但这不是让刘公公留心的事情。老人看的是一个年轻人背着一位依稀是老妇人的渡客缓缓过河，结果由于那位轻功糟糕的江湖少侠的踩踏，这位年轻人被溅得满头水。

龙驹河中，老妇人帮着年轻人擦拭额头上的河水，有些心疼地道："吃苦头了吧？早说了婆婆可以自己过河，你非要背我。婆婆我啊，背人过河背了几十年，就算瞎了眼也能在发大水的时候过河，哪里需要你背。"

年轻人笑道："当年那次暴雨，我行囊里的那些银票都快变成糨糊了，当时手边也没带银子，送婆婆玉佩婆婆又不收。这份人情欠了这么多年，好不容易这趟遇上婆婆，怎么说我都该背婆婆一回的。"

老妇人柔声说道："别说玉佩，就是碎银子婆婆也不敢收的，过河一趟就是三文钱，再小的碎银子也多了。"

有些穷人过着苦日子，如果再觉得苦日子过得不安心，就真的痛苦了。

老妇人突然笑着问道："公子，当年跟你一起过河的老黄呢？就是一笑起来就缺门牙的那位。婆婆可记得很清楚，当时他就跟在我们后头，他个子也矮，河水都快到他脖子那里了。”

年轻人轻声说道：“老黄他啊，走了，在一个离北凉很远的地方走的。我没能见上他最后一面。”

老妇人叹息一声，不知道如何安慰这个只因为五文钱就记挂了这么多年的年轻人。

在自己居住的村子里，我欠谁或谁欠我一文钱能记半辈子，可背着自己的这个年轻人，瞧着不像穷人家的孩子啊。

哪儿有背他过河一次，只因为手头没有铜钱，就能送出一枚玉佩的人？哪怕是再不值钱的玉佩，那也是玉佩啊。

老妇人笑着问道：“公子，成亲了吧？有没有孩子啊？”

年轻人有些尴尬地道：“快成亲了。”

两人接近岸边渡口的时候，老妇人问道：“累不累？”

年轻人笑道：“婆婆你这么轻，怎么会累？”然后，年轻人打趣道，“婆婆你年轻的时候肯定很好看，上门求亲的人肯定很多吧？”

虽然穷苦但穿着干净的老妇人会心一笑，没有点头，也没有说“不是”。

到了岸边，年轻人把老妇人轻轻放下。

她问道：“公子，你把那匹马就那么放在河对岸，真不打紧？”

年轻人笑道：“没关系，丢不了。”

老妇人帮着这位为了背她而卷起袖管的年轻人轻轻放下袖管，说道：“等到成家以后，可不能事事这么想了。”

年轻人笑眯眯地点头道：“晓得了，过日子会精打细算的。”

老妇人上岸之后，对站在河水浅处的年轻人摆了摆手，说道：“赶紧回去，看看马背上的物件少了没有。”

放下了袖管可还卷着裤管的年轻人笑着应了一声。

老妇人缓缓走向渡口，然后就看到了一位衣着稀奇古怪的老人——一眼就看到了，哪怕他的身边站着两位同样身穿“红衣”的老人。

离阳印绶监的掌印太监刘公公也看见了她。

他欲言又止，而她只是轻轻地笑着，微微转过头，伸出枯瘦的手指，理了理鬓角处的头发。

他望着她，刚想要向前踏出一步，就自嘲一笑，收回脚步，转身大步离去；

而她，对着那位曾是年轻读书人的背影，依旧像很多很多年前那位少女那样，轻轻挥手。

天色渐渐变暗，身着蟒服的太监和御前侍卫率先离去，觉得再难有生意的渡口村民和那位老妇人一样，离开了河岸，而那个蹚水走向对岸的落魄年轻人突然转身，一路小跑上岸。虽说他皮囊极好，可终究人靠衣装佛靠金装，谁会正眼瞧一个靠背人过河赚取铜钱的穷酸小子？他在那七八号江湖少侠、女侠的不屑眼神下凑近他们，展颜一笑，说了一句莫名其妙的话："老子当年和兄弟一起狗刨江湖的时候，早就想对你们这些飘荡过河的高手做一件事情了。"

于是，无论是白衣飘飘的英俊剑客，还是美艳动人的妙龄女侠，都被这个好像脑子被门板夹过的家伙一脚踹在屁股上，踹到了龙驹河里。那幅画面，就像下了一锅饺子。

靴子还脱在对岸的年轻人光脚站在渡口处，看着那些正对自己破口大骂的落汤鸡，一本正经地道："技术活儿！"

那些江湖少侠、女侠，如果知道这个疯子的身份，大概就不是恼羞成怒，而是感恩戴德了。

能够被武评"四大宗师"之一的人物踹一脚，按照江湖规矩，也就等于过招了，这可能是他们所在宗门的开山鼻祖都要艳羡的待遇啊。

这种幸运事，那些人能吹牛吹上三十年。

那位武评大宗师双手叉腰站在岸上，哈哈笑道："英雄我行不更名坐不改姓，西北道上第一号人物，江湖人称'神拳无敌、腿法无双、天下第一刀兼剑术通神玉面小郎君'，徐凤年是也！"

仙风道骨、大侠风范、宗师气度……他自然是半点儿都没有的。

所以，那个刚才踩水溅了他一身河水的少侠气急败坏地道："徐你大爷！"

众人只听那个王八蛋玩意儿笑着问道："不服？不服来打我啊？青山不改绿水长流，后会有期！"

这一次，就连落水也要竭力保持矜持的女侠仙子们也真没办法忍了。

只是等他们刚想要兴师问罪时，就骤然感到身形跌落。下一刻，所有人面面相觑，目瞪口呆。

原来所有人都坐在了河底，河床依旧湿润，却无河水，举目望去，视野尽头，上游无水来，下游无水去。

不知是谁第一个抬头才发现真相，怔怔出神。

原来河水依旧在流淌，只是在众人的头顶流淌，就像一条青龙在空中掠过。

等到所有人吓得魂不守舍地跑到岸上时，那条悬挂在空中的河水长龙才“恰好”重重地摔在河道之中，向两岸溅起巨大的水花。只是此时此刻，已经没有人会计较自己再度变成落汤鸡这件事了。

很远处，一人牵马而行，缓缓走向那座青马驿。

江湖依旧。

可马不是当年的劣马，他也已经不年少。

他的身边少了缺门牙的老黄，也少了佩带木剑的游侠。

第二章

江湖有剑有杀气
死时有酒有笑意

以京师太安城为中心的离阳驿路是当之无愧的官道大路，曾经被老兵部衙门誉为“国之血脉”，如果将离阳这个一统中原的盛世王朝比喻为一位前无古人后无来者的陆地神仙，那么他的精血之雄壮，可谓冠绝古今。

凉州青马驿由于临近州城，所以设置在一座繁华小镇的闹市中。由于此处是进出凉州城的必经之地，所以驿馆不仅规模颇大，还是北凉道众多驿馆里唯一拥有游苑的地方，驿夫多达七十名，附近也常年驻扎着一支以轻骑为主的军队。据说年轻藩王的亲卫扈从白马义从早年半数兵源来自这支骑军，战力自然不容小觑。例如如今已经在北凉军中步步登天的疯子洪书文，便出自这支不显山不露水的行伍。

这些年始终牢牢把持北凉文官第一把交椅的李功德，早年下榻青马驿，兴之所至，挥毫泼墨，留下一幅“别有洞天”的墨宝。只是不知是驿馆太过珍视的缘故，还是那四个字太过“铁画银钩”的关系，这么多年来这幅字一直没有被装裱悬挂。

青马驿所在的北安镇也是异常繁华的八方通衢之地，陵州素来有“塞外江南”之誉，北安镇则有“小陵州”之称，足可见这座凉州大镇的与众不同。最近几年，随着年轻藩王的强势崛起，北安镇更多了许多闻讯而来的中原草莽英雄，鱼龙混杂，一同拥入北凉江湖，久而久之，北安镇的本土居民也就习以为常了。

作为凉州城镇里少数不设夜禁的地方，北安镇更是一处名副其实的销金窟。有两座毗邻的酒楼、青楼，就联袂打出“不登两楼，枉来北凉”以及“天下第一花酒”两块金字招牌，口气大得很。酒楼的主人说自己拥有天底下最好的美酒，不输贡品；而青楼的主人则自称他们的姑娘不输妃嫔。许多不信邪的外乡江湖人士抱着砸场子的心态纷纷登楼，结果无一例外，都是竖着进横着出，要么把自己喝趴下了，要么趴在了小娘的床榻上。如此一来，北安镇两楼的名声渐渐响彻北凉道和两淮道。尤其是一位青楼花魁与求学于青鹿洞书院的赴凉士子弄出私奔的闹剧，照理说应该勃然大怒的青楼主人非但没有棒打鸳鸯，反而主动烧毁那名花魁的卖身契，甚至资助那名读书人千两白银购置百卷书籍。这桩成人之美的风流美谈震动北凉士林文坛，连中原江南一带的人都有所耳闻，以至于一位文坛名士当众啧啧称奇，亲口夸赞“那北凉市井处处有侠气”。若是在三四年前，这位文坛名宿不管如何德高望重，恐怕都要沦为过街老鼠，连累家族一起被千夫所指，如今虽说附和者寥寥，却也绝对没有谁会当真与之较劲。

等到印绶监三名身着蟒服的太监从龙驹河小渡口返回北安镇时，已是夜幕沉沉。先前青马驿那边唯恐出现意外，不得不出动二十余名京畿精锐骑兵出镇远行迎接，一旦找寻不到他们的踪迹，青马驿的人肯定就要跳过当地官府，直接通知二十里外的那支驻军了，毕竟这伙送旨宦官象征着天家颜面。

徒步进入北安镇的刘公公一行人已是饥肠辘辘，于是在经过那座格外人声鼎沸的酒楼，闻着浓郁的酒香时，难免都食指大动。刘公公自觉有些对不住两位累得像狗的同僚，就笑着说："大伙儿去酒楼打打牙祭如何？"身材高大且气势凛然不似阉人的马公公比较谨慎，虽未拒绝，但是建议最好回青马驿换一身寻常服饰。体形臃肿却能够在皇宫内身轻如燕健步如飞的宋公公本想说"多大点儿事啊，难道在北凉王府的眼皮子底下，还能有刺客行凶不成"。只是，既然印绶监的"大掌柜"刘公公点了头，这位到了北凉道辖境就没怎么高兴过的宋公公也只能悄悄把话咽回肚里。

回到青马驿一番洗漱更衣过后，三名大太监身边仅有那位姓钱的禁军统领跟随，四人一起步入那栋名字就叫"酒楼"的酒楼。因为隔壁就是北安镇最负盛名的勾栏，依稀可闻那些软糯且有诱惑力的莺歌燕语，这让刘公公没来由地哑然失笑：如果四人的喝酒之行传入京城，多半会以讹传讹变成印绶监的太监上青楼，那就是天大的笑话了！

酒楼有三层，虽是深夜，一楼的大堂内依然人满为患，二楼的座位也所剩不多，擅长察言观色的酒楼伙计就将四人领到了视野开阔的顶楼雅间。说是雅间，其实只是用绣工精致的大扇落地屏风隔断了而已。

宋公公落座后，舒舒服服地瘫靠在剖开后木心天然呈现葫芦状的黄花梨木椅背上，轻声笑道："这儿的格局倒是跟咱们那边的坊市有些相像。"

换过衣衫更像一位关外大汉的马公公环视四周，还算满意——这里相比底下两层要安静、素雅许多，于是眯着眼点了点头。

刘公公对那位肩头搭有一块棉巾的酒楼年轻伙计和颜悦色地道："蓟州老窖、江南杏花酿、熟花大酒各来两壶，至于菜肴、点心，你们看着办即可。"

年轻伙计眉开眼笑，弓着腰溜须拍马道："这位老爷可真是行家，当得'酒仙'的称号了！寻常客人到了咱们酒楼，出手阔绰是不假，可多是拣选西蜀贡酒剑南春烧来喝。在小的看来，那酒好是好，论醇厚余味其实比不得熟花；论烧喉感，更是远远不如咱们北凉的绿蚁。对了，四位爷，小的多嘴一句，咱们酒楼有个不成文的规矩——到了这里，只要客官想喝绿蚁酒，一律不收银子，想喝多少都行！"

宋公公好奇地问道："就算喝十坛八坛的也不要钱？真不怕喝穷了你们酒楼？又如果有人到了你们酒楼只喝绿蚁酒，你们这个规矩还作数？"

一提起这茬，原本谄媚的年轻伙计顿时自豪地道："作数，怎么不作数？来者是客嘛！咱们掌柜早就发话了，肯喝以及能喝咱们北凉绿蚁酒的好汉，喝垮了他这份营生算不得什么，就当跟豪杰们交朋友了。掌柜为此还特地立下了一个规矩：谁要是能一口气喝掉六壶本楼的招牌绿蚁酒，别说一桌子酒席的银子都免了，便是想去隔壁那栋楼睡一晚，咱们酒楼也一并掏腰包！"

刘公公微笑着道："这般开门做生意的酒楼还真是少见，有些意思。"

宋公公嘿嘿一笑，双手扶着古色古香入手舒适的椅沿，打量着那个伶牙俐齿的年轻伙计，说道："看来，你们掌柜虽然满身铜臭味，倒也不算俗人。今儿咱家……今儿爷心情不错，就给你们掌柜一个面子，让他来给我身边这位刘老爷敬一杯酒。实话告诉你，这份面子，错过了可就这辈子都捞不着了。"

年轻伙计听着这个胖子满嘴的中原官腔，看着他们摆出比郡守老爷还要大的架子，腹诽不已，不过脸上没流露出丝毫，讨饶道："这位爷，真是对不住了，咱们大掌柜不是咱们北安镇上的人物，就连小的也没见过一眼，不凑巧，管事的二掌柜刚好在隔壁有一桌推不掉的饭局。不过几位爷放宽心，就冲你们点的六壶酒，只要二掌柜回了酒楼，小的立马去他跟前知会一声，无论如何也不会让二掌柜错过四位老爷。"

又没能称心如意的宋公公已经有一些不悦，正要发作，余光瞥见刘公公从钱囊中掏出一块分量不轻的银子，没有跟一般豪客那般径直抛给酒楼的伙计，而是搁在桌面上，缓缓向前推去，笑道："赏你的，别嫌少。"

年轻伙计本就对这位坐在主位上的老人观感最佳——老人既像慈眉善目的富家翁，也像从书香门第走出来的上了年纪的读书人，对谁都和和气气的——这样的老人在酒楼的客人里很少见。

年轻伙计犹豫了一下，就听到那名先前一直沉默寡言的魁梧中年人冷冷地道："让你收下就收下。"

等到那名年轻伙计小心翼翼地收起银子离去，刘公公小声问道："如何？"

在太安城禁军和刑部衙门中都声名赫赫的钱统领轻声说道："没有异样。一路看过来，这栋酒楼的伙计都是不曾习武的寻常人，只不过这三楼有几桌人……很不简单。"

刘公公淡然地笑道："往最坏处想，从这里到青马驿只消走上半炷香的工夫，骑军更是眨眼间就能赶到，何况在暗处的北凉谍子也定然不会是些摆设，咱们喝咱们的，不用多心。”

谨小慎微的马公公还有隐忧，心比天宽的宋公公已大呼道：“喝酒喝酒！钱老弟，稍后你可要尝尝咱家家乡那边的熟花大酒！那种滋味，我啊，可是惦念了半辈子！”

享誉朝野的六壶好酒很快就被拿上来了，得了赏银的年轻伙计更是自作主张地多送了两坛上等的绿蚁酒过来，反正是慷他人之慨，不肉疼。

相比云淡风轻的掌印太监刘公公和万事不上心的掌司宋公公，江湖、沙场都走过的禁军钱统领有更多计较，他的肩上终究担着保护三位印绶监大佬安危的担子。往小了说，这三位老宦官中的任何一位出了纰漏，那他的仕途生涯也就到了尽头；往大了说，真出现弹压不下的风波，他姓钱的加上他的整个家族甚至是背后的恩主都要吃不了兜着走。所以，这位腰间悬佩有一把皇家御赐错金刀的统领一直是眼观六路耳听八方。比如登上三楼后，每个雅间四面虽有屏风遮掩视线，可屏风之间仍有足够的间隙。邻近楼梯的那两桌不出奇，瞧着就是寻常酒客，席上都有满身风尘味的妙龄美人作陪，显然是从隔壁青楼请来的勾栏女子；而他们这一桌的左右以及对面，这三桌客人中却是藏龙卧虎。

掌印刘公公左边隔着蜀绣屏风的那一桌坐着四个人，人人气息绵长。尤其是一位姿色出众的年轻女子对面那位举杯喝酒时也始终有一只手摸着刀柄的中年人，内力雄浑。哪怕当时他只是惊鸿一瞥，这名当时背对着他的刀客也瞬间有了微妙的回应，虽未转身或是抽刀，可是桌下那只手明显由摩挲刀柄变成了五指紧握住刀柄。钱统领为防节外生枝，就干脆放弃了对其余两位男子的打量。

刘公公右边隔着那扇玉石山海图屏风的那一桌，六男三女，年龄差距极大，兵器各异，但都大大方方地搁置在桌面上或是悬挂在木架上，像是几个江湖盟友结伴出行，多半是为宗门内的年轻子弟积攒声望、经验，这在中原江湖上屡见不鲜。他们也多是闲谈江湖趣闻，此时就在说徽山那位武林盟主的事迹，说到了那个时下沸沸扬扬的传说：去年冬末的一个风雪夜，轩辕青锋在大雪坪崖畔一夜观雪悟长生。这让钱统领如释重负。

真正让他感到棘手的还是刘公公对面那一桌，这也是钱统领选择坐在刘公公对面的真正原因。隔着两扇屏风，二十步外，酒桌边坐着一对夫妇模样的中年男女。男子身上有一种钱统领再熟悉不过的沙场气息。那名侧着脸的女子姿色平平，但是气息极为冷冽，气势非常凶狠。她无形中散发出来的草莽气息与寻常江湖门派里的高手散发出来的气息截然不同，后者出手往往是切磋，只为名声；而她出手肯定就是生死相向，只为杀人。

酒至半酣，又有两拨人几乎同时登楼。先到的一拨正是飞掠龙驹河小渡口的那些江湖少侠、女侠，只是不知为何人人神色复杂，既有敬畏，也有兴奋，好似白天见了鬼。奇怪的是，这些年轻人都更换了一身衣衫，难道喝个酒也要沐浴更衣？身负小宗师修为的钱统领掂量过他们的实力，虽然感到有些古怪，却也未深思。他虽然自知这辈子难以进入一品金刚境界，可是在二品小宗师之中，尤其是面对那些沙场之外的江湖武道宗师，不敢说世间同等境界之中无敌手，但只要是捉对厮杀——他十分确定活下来的人会是自己。要知道，当年连那位当之无愧的天下第一刀法大家顾剑棠都对他的刀法颇为欣赏，如果不是当时正好被朝廷擢升为禁军副统领，也许他就要跟随顾大柱国一起前往两辽，重返边关沙场了。

至于第二拨人，三男两女，为首的年轻人那副恨不得天下人都知晓自己的江湖少侠做派入不得钱统领的眼，但是接下来的四个人，一个比一个让他心惊胆战。那位“少侠”身边的目盲女子抱琴而行，而她身后背负剑匣的木讷中年人剑气极重，而这还是在他已经刻意压抑的前提之下！在他身后，夫妻模样的男女并肩而行。少妇无比扎眼，身段丰腴，气质妖娆，且穿着绚烂的扎染衣裳，双手、双脚都系挂着一串小巧玲珑的银质铃铛，人未露面铃声先至，腰间歪歪斜斜地挂有一柄刀鞘雪白的弧形短刀——眼界极高的钱统领一眼就看出了这分明是苗人的装束。而她就那么挽住身边五短身材的男人的手臂，神态之中充满毫不掩饰的得意之色，好像自己的汉子是世上头等的豪杰。在她的衬托之下，原本不起眼儿的中年汉子也显得鹤立鸡群起来。他身穿麻布对襟短衫，头缠青色包头，小腿上裹有绑腿的白布。

一波未平一波又起，钱统领已经吊到嗓子眼儿里的那颗心差点儿就要冲出来了。

没到半杯酒的工夫，又有一名年轻女子来到二楼，她的身后跟着四名扈从模样的人物。

钱统领收回视线后脸色铁青。什么身份的女子雇得起四名最不济也是二品小宗师的顶尖高手担任扈从？

如此一来，小小的一座酒楼，瞬间就高手云集了。

饶是见惯了大风大浪的钱统领也变得大汗淋漓。

刘公公平静地问道：“有麻烦？”

钱统领苦笑道："不一定，但只要起了冲突，就一定是捅破天的大麻烦，也许紧急调动一两千骑也无法摆平。"

刘公公摆摆手，笑道："只要这里是北凉就够了。"

那一刻，钱统领才真正对这位印绶监的掌印太监刮目相看。

在鱼龙齐聚导致云谲波诡的酒楼外头，一名佩刀牵马的公子哥儿突然在街上停下脚步。他这一停步，也让在青楼门口拉客的鸨母看清了他的模样。鸨母眼前一亮，她身边的两位打扮得花枝招展的姑娘更是恨不得把那位还卷着袖管的落魄俊哥儿生吞活剥。

怔怔出神的年轻人似乎没有听到浑身脂粉气的鸨母在说什么，任由她拉住自己的胳膊往那座青楼里拽。他只是想起了很多年前，自己跟李翰林、严池集、孔镇戎一起喝花酒的场景。那时候一直都是李翰林出钱——从他那个铁公鸡老爹那边偷来的银子，每次都是一副今夜快活了隔天就要赶赴刑场的架势。那时候被起了个"严吃鸡"绰号的严池集总是放不开手脚——不管身边如何依红偎绿，从头到尾倒像是他在被揩油。孔武痴那个傻大个儿，每次上青楼都是救苦救难去的，一进门就撂下那句口头禅："楼里哪位姑娘最长时间没接客了，我就点她！"所以每次有孔武痴在，酒桌边必然是一座青楼内最漂亮的女子和最难看的女子同时出现的荒诞场景。

年轻公子终于回过神，笑着问道："世子殿下喝花酒，能不能不给钱？"

那位鸨母乐不可支地回答道："这位公子真是爱说笑话，就算王爷来了也得给银子呢！"

已经被拖曳着走了几步的公子哥儿停下身，依旧用一只手牵着马，苦着脸道："那我就不进去了。"

上了岁数的鸨母妩媚地瞪了他一眼，说道："公子可不老实，敢在这会儿佩这种刀走在大街上，会没银子？我可以先答应公子，就算公子身上没带一枚铜板也没事，欠着！"

就在公子哥儿仿佛天人交战的关键时刻，一位貌不惊人的男子突兀地出现在他们身侧，竭力掩饰言语中的激动，压低嗓音道："二等房，地字号十六，有要事禀报。"

公子哥儿点了点头，不动声色地挣脱三位青楼女子的手臂，对她们抱歉地笑了笑，然后牵着马往前行。

公子哥儿转头望向那个竭力掩饰自己激动心情的拂水房精锐谍子，问道：

“有突发状况？”

后者沉声回复道：“刚才发现有人意图刺杀印绶监的三位宦官，属下如果不是发现王爷的行踪，临时擅作主张，此时应该已经动用青马驿的秘密兵符，调动那支驻军入城。”说到这里，这名在北凉拂水房地位已算不低的谍子低头说道，“请王爷恕罪！”

年轻人打趣地笑道：“不愧是拂水房出来的，跟褚禄山一个德行。请什么罪？请功还差不多！”

那名专门负责北安镇大小情报的拂水房谍子明显有些不知所措，略微失神之后，赶忙有条不紊地向这位牵马而行的年轻人详细汇报形势。

年轻人正是徐凤年。他听过之后，点了点头，说道：“这件事情接下来你们就不用插手了，本王自会处理。”

就在那名谍子领命，准备转身离去的时候，徐凤年沉声说道：“辛苦了。”

拂水房谍子愣了愣，欲言又止，但最终仍是没有说话，咧嘴一笑，然后默默离去。

徐凤年牵着马缓缓走向那栋酒楼。

一位少侠踉踉跄跄地越过屏风，正要扯开嗓子跟酒楼的伙计多要几壶剑南春烧，突然像是被人用绳子勒紧了脖子，死死地望向那名离他不过七八步远的女子。

江湖儿郎行走江湖，想要遇见一位陆地神仙靠什么？只能靠祖坟冒青烟！

那么一天之内，在遇见陆地神仙之后又能遇到名动天下的仙子，靠什么？大概就只能希冀老祖宗从棺材里爬出来晒太阳了吧。

但是这位前不久才被陆地神仙一脚踹入龙驹河的少侠，真的瞧见了那位江湖公认的仙子——天下十大帮派之一的鱼龙帮的帮主刘妮蓉！

他狠狠地揉了揉眼睛，然后瞬间涨红了脸，根本不敢向前跨出半步，如同脚下就是一座雷池，只是鼓足勇气战战兢兢地问道：“敢问足下可是刘帮主？”

如果老天爷能够再给他一次机会，他一定尽量把舌头捋直了再开口。

原本要去见一拨从远方来的贵客的年轻女子闻声后停下脚步，脸色平静地问道：“有事？”

在家乡江湖中也算风云人物的少侠脱口而出：“没事！”

她一笑置之，转头离去。

满腹懊恼的他恨不得抽自己一耳光。不过到底是酒壮屃人胆，他痴痴地望着那道曼妙的背影，略微提高嗓音，颤声喊道："刘帮主，在下霸陵郡宋观想，师从浩然楼楼主青蚨剑客……"

那位高不可攀的女子已经绕过屏风进入雅间，很快消失在他的视野里，而他没有那份胆识、气魄死皮赖脸地跟上去。看上去，这对年龄相仿的男女之间只隔了一扇不过丈余高的蜀绣屏风，但是这位霸陵郡浩然楼的高徒心知肚明，自己与那位看似近在咫尺的女子之间实则有着天壤之别。

离阳的年号由"永徽"变更为"祥符"之后，离阳的江湖上也出现了一道分水岭，除去那位无形中在两代江湖中承前启后的新北凉王，新、旧江湖之间的界限极为分明。包括武帝城王仙芝、春秋剑神李淳罡、春秋三甲黄龙士、"人猫"韩生宣、天下第十一王明寅、东越剑池宋念卿等在内的一大拨前辈宗师都已逝去，而"桃花剑神"邓太阿淡出江湖，大官子曹长卿战死于太安城外，更是为永徽江湖盖棺论定。如今的祥符江湖新人新气象，为人津津乐道的人物是那位以女子身份号令中原群雄的轩辕青锋，是她领衔的祥符十二魁和四方圣人；是春神湖畔快雪山庄、金错刀庄、江南道笳鼓台、幽燕山庄这些新一代的鼎盛帮派；是那位在剑道上突飞猛进，以一己之力将二流宗门送入十大帮派之列的太白剑宗年轻谪仙人；是南疆龙宫林红猿、笳鼓台柳浑闲这样引无数英雄竞折腰的年轻仙子。

如今的江湖人士喜新而不念旧。老人对年轻人说起"天下剑术出一姓"的吴家剑冢时，后者会说，太白剑宗那位半年破三境的谪仙人，肯定一人一剑就能踏平那不知道是啥玩意儿的吴家剑冢。老人对年轻人说起武帝城自称"天下第二"一甲子的王仙芝时，后者也许会说，也就是那姓王的老头子死得早，否则等到太白剑宗的谪仙人和金错刀庄的女子庄主这些武学天才再练个几年刀剑，到时候胆敢自封"天下第二十"都算老家伙脸皮够厚。

唯独提起那个手握三十万铁骑的新北凉王时，少有人质疑。

相信那位年轻藩王如果还有机会去离阳江湖走一趟，肯定会感到陌生。

这不是三十年河东三十年河西，而是三年河东三年河西。

刘妮蓉对于这种莫名其妙的搭讪早已麻木。一开始，她还会郑重其事地去应酬，信奉父亲那一辈所谓的"待人以诚"，与谁相处时都与对方平起平坐。只是吃过一次苦头后，她就不由自主地放弃父辈们的那套做法了。先前曾有一位和她不过有着一面之缘的中原宗门俊彦，竟然对外宣称与她这位鱼龙帮帮主一见钟情。流言在整个北凉江湖传得沸沸扬扬，不等她反应过来，帮内的两位秘密供奉便悍然杀人，直接将那颗鲜血淋漓的脑袋悬挂在陵州鱼龙帮总部校武场的旗帜上。而那个因言获罪的江湖俊彦所在的宗门非但没有兴师问罪，反而送了一封密信到鱼龙帮，满篇都是小心翼翼请罪的措辞。从那一刻起，她才真正意识到自己的身份：她即便再练武一百年甚至两百年都登不上武评，但只要人数傲视离阳其他帮派的鱼龙帮存世一天，自己就是江湖上拔尖的权势人物之一。这跟她姓什么无关，如今的江湖人士便是这般势利。她自知姿色远远称不上倾国倾城，不说陈渔、姜泥这些登上胭脂评的人间尤物，也不说那位容貌因为武道境界的攀升而日益美艳的轩辕青锋，就是相比与自己一同被誉为“离阳四大仙子”的其他三人——龙宫林红猿、金错刀庄庄主童山泉和笳鼓台柳浑闲，刘妮蓉也自认为无论相貌还是气质都比她们差了一大截。如今事务繁忙的她偶尔脱身得闲时也会胡思乱想，觉得那些看似豪气干云的江湖男子，他们仰慕、心仪的只是她的身份罢了。哪怕她的容貌再丑上几分，哪怕她性格暴戾、喜怒无常，也一样会有无数人争做她的裙下之臣。所以，她越来越怀念当年那个因为走投无路才去北莽走镖的自己，那个什么都懵懵懂懂的江湖雏儿。

刘妮蓉绕过屏风后，很快收起那份神游万里的可笑思绪。看着在座四位远道而来的南疆贵客，她作为当之无愧的地主，仍是没有急着落座，而是抬手抱拳致歉道：“路上耽搁了两天，让林宫主久等了。”

距离这位鱼龙帮帮主最近的男子，正是那名让禁军钱统领极为忌惮的刀客。虽说在刘妮蓉登楼之时，他就已经察觉她身后的四股悠长气息——等到刘妮蓉站在他身边后，这名刀客却依然视若无睹，继续喝酒、吃肉，不过倒是松开了按在刀柄上的手，想必是以此来表示自己并非恶客。至于刘妮蓉能否领会、是否领情，这位年已古稀却满头黑发的老人其实根本无所谓——他也的确有资格不在乎。

因为他是毛舒朗。

作为当世屈指可数的刀法巨匠，同时又是亲身经历过春秋十三甲那个灿烂时代的老人，他在巅峰时期曾与李淳罡并称为“北李南毛”，只可惜人生中较为重要的两场大战皆以失败告终。刀剑之争，他输给了李淳罡，那场大战也被很多老辈江湖人视为刀剑的气数之争。后来顾剑棠初露峥嵘，一路南下挑战毛舒朗。这场天下刀法第一人之争，毛舒朗虽然体魄不曾遭受重创，但是原本趋于圆满的无垢心境却支离破碎，从此彻底封刀。这二十年来，一位位后起之秀在武道一途上勇猛精进，而他毛舒朗却是如同在泥泞中向前艰辛爬行一般。从当年那个武力冠绝南疆的年轻天才刀客，沦为一个连沙场武夫王铜山都敢嗤之以鼻的废物，但老人始终没有对江湖说一个字。

被刘妮蓉称呼为“林宫主”的女子嫣然一笑，缓缓起身，说道：“刘帮主太客气了。鱼龙帮上上下下可是有好几万人，不像我龙宫，撑死了也就三百号人，想找点儿事情做都难。刘帮主能够从百忙中抽身见我们一面，林红猿已经是感恩戴德了。”

继毛舒朗之后被公认为南疆第一高手的程白霜的笑意略显无奈，显然知道林红猿这个心高气傲的闺女始终对鱼龙帮帮主刘妮蓉看不上眼。他听说上次跟随徽山紫衣一起赶赴西域围剿六个魔头时，林红猿就多次在公开场合露出与刘妮蓉针锋相对的端倪。至于到底为何会如此，这种只可意会不可言传的女子心思，隐约知道些内幕的程白霜当然不愿意掺和。何况于情于理，他都会护着几乎是自己看着长大的林红猿。

倒是作为南疆龙宫首席客卿的嵇六安皱眉沉声道：“宫主，不要耽误大事。我们此次北凉之行照理说本该前往陵州，先行见过刘帮主，是宫主擅自更改行程，非要亲眼看一看那太安城的阉人，怎可反过来怪罪刘帮主？”

林红猿瞥了眼刘妮蓉，笑眯眯地道：“嵇叔叔，刘帮主岂会跟我一般见识。”

刘妮蓉身后四名这些年陆续进入鱼龙帮担任供奉的高手或多或少都有些怒意，毕竟庙堂上讲究主辱臣死，江湖上同样讲究打人别打脸。林红猿多次绵里藏针地挖苦帮主刘妮蓉，鱼龙帮的高手早就心怀不满。再者，鱼龙帮众尤其是地位超然的那拨人都憋着一口恶气，因为江湖上虽然敬畏人多势众的鱼龙帮，却又认为鱼龙帮事实上没有一位真正的高手。比如南疆龙宫就有老宫主和嵇六安两大高手坐镇，更不要说徽山大雪坪有黄放佛这样的天象境宗师，太白剑宗拥有那一位出类拔萃的剑道天才就足以服众，箭鼓台也有四方圣人之一的乐圣，金错刀庄的女庄主同样是一人就能够力挽狂澜，而幽燕山庄虽说也没有顶尖宗师震慑江湖，却因为龙岩剑炉重新开始铸剑，并与各方豪杰交好，与江湖同道的香火情，远不是在西北偏居一隅的鱼龙帮可以相提并论的，至于西蜀春帖草堂，只要稍稍想象一下胭脂评美人谢谢身后的那位白衣男子，就不会有谁敢有半分小觑。说来说去，就数鱼龙帮的软肋最为致命。当初中原江湖正道领袖携手追杀六个胆敢从大雪坪偷窃秘籍的邪魔，在那场荡气回肠的大战中，也闹出过不少令人啼笑皆非的笑话。其中就有先前新评为江湖十位俊彦之一的窦长风在与鱼龙帮帮众起了冲突后，撂下了一句事后传遍中原江湖的“名言”：“你们鱼龙帮人多了不起啊？”

所以，当林红猿当着刘妮蓉的面“称赞”鱼龙帮有几万人后，虽然刘妮蓉神色淡然，但她身后一位正值壮年的魁梧客卿大步踏出。即便刘妮蓉已经试图拦阻，后者仍是不管不顾走到桌边，一只手按在桌面上，冷笑道："听说龙宫有个叫嵇六安的剑道宗师，剑术超群，相当了不得啊！连那个被咱们王爷一巴掌拍死的王铜山都夸口，说是能算半个高手？"

左右腰间各悬佩有一柄剑中重器的嵇六安骤然眯眼："在下便是'半个高手'嵇六安。"

魁梧汉子盯着嵇六安，皮笑肉不笑地道："原来就是你啊。来者是客，那我'开碑手'赵山洪就敬你一杯酒！"

只见他轻轻一按桌面，桌子纹丝不动，可嵇六安身前那只还有半杯绿蚁的酒杯却砰然碎裂，碎片并不向四方溅射，而是同时摔落在距离酒杯原先位置的一寸之内。

那半杯绿蚁酒竟依旧凝聚不散。

这一手下马威很有余味。

林红猿对此完全视而不见，乜着刘妮蓉的眼神中有着毫不掩饰的幸灾乐祸，似乎在说"你刘妮蓉这个帮主果然是个花瓶摆设，连一名原本应该成为自己心腹的供奉都驾驭不住"。

对于林红猿见缝插针的无声挑衅，刘妮蓉依然面无表情。

相貌清雅如同一位年迈儒士的程白霜看到这一幕后，对看似泥菩萨脾性的刘妮蓉悄悄高看了一眼。

嵇六安笑道："既然是敬酒，那嵇某人推托不得，就喝了这一杯。"

嵇六安并拢双指，伸出后在桌沿上轻轻一叩，那些碎片瞬间悬空合拢，重新凝聚成一只完好无损的崭新酒杯。

嵇六安轻轻拎起酒杯，微微抬手，然后一饮而尽。

随意放下酒杯后，嵇六安笑道："喝过了敬酒，倒是有些想喝罚酒了。"

在进入鱼龙帮成为供奉之前，"开碑手"赵山洪曾经稳坐蓟州黑道第一高手之位达十年之久。如果不是当时担任蓟州将军的袁庭山那条疯狗一夜之间把他辛苦积攒下来的家业连同两百多号人人弓马娴熟不输辽东精骑的兄弟扫荡而空，过了十多年土皇帝惬意生活的赵山洪又岂会像条丧家之犬只身逃入北凉？虽说这一年来安分守己了许多，可是江山易改本性难移，赵山洪在鱼龙帮内是出了名的桀骜难驯。虽然他在多达三十余人的供奉客卿中座位并不靠前，但随着跟另外几名实力相当且脾气相近的实权人物在鱼龙帮内俨然自立山头，他的气焰越发嚣张，否则也不会在龙宫这些外人面前无视刘妮蓉的拦阻。

赵山洪狞笑道："敬酒只是意思意思，罚酒嘛，可就没那么容易下嘴了！"

刘妮蓉终于转头，冷声道："赵山洪！"

赵山洪全然不理睬这位名义上的鱼龙帮帮主，只是轻轻拧转手腕，盯住嵇六安。

就在这个时候，刘妮蓉四名扈从中最为年轻的一人做出了一个鱼龙帮、龙宫双方都绝对意想不到的举动——站在"开碑手"赵山洪身后的他一拳迅猛地击中前者的后腰眼。巨大的寸劲儿几乎刹那间就贯穿了赵山洪的腰部。

赵山洪虽然属于穷凶极恶之辈，但确实是少见的武学天才，早年不过是凭借一本极为不入流的拳谱，就硬生生将外家拳练至炉火纯青，后来因缘际会，得到半本残缺的龙虎山失传心法，转入道家吐纳养身之道，内外兼修。因此，资质卓然的赵洪山虽说受限于先天根骨，武道境界止步于二品小宗师，但也可以被视为大半金刚小半指玄的二品境怪胎，战力极为不俗。所以，身后那名年轻供奉毫无征兆地暴起出手时，赵山洪凭借本能，猛然绷紧后背，几乎在那一拳击中自己后腰眼的同时，迅速向前踏出幅度极小的三小步。即便如此竭尽所能地卸去那股磅礴劲道，身材魁梧的赵山洪仍是摇晃了几下。他弯腰拉开一把椅子，顺势坐下，给自己倒了一杯酒，准确说来是半杯，在低头喝酒的时候，先将一口瘀血悄然吐入酒杯，然后才连鲜血带酒一起咽下肚子。

不得不说，赵山洪一贯对别人心狠手辣，对自己也好不到哪里去。

赵山洪抹嘴转头，双眼赤红，咬牙切齿地道："到底还是自家人贴心，让我喝了一杯好酒！"

那名年轻供奉平淡地道："回去再请你喝几杯，管够。"

刘妮蓉眼中的惊讶一闪即逝。在她的印象中，这位沉默寡言的年轻供奉在鱼龙帮从不拉帮结派，是寥寥无几的孤家寡人之一，所以声势远不如喜欢抱团的赵山洪之流。如今鱼龙帮内山头林立，像身后两位老者就是她的心腹，只不过所谓的心腹，也仅是相对今日之前一直保持冷眼旁观姿态的年轻供奉和"开碑手"赵山洪而言，否则两位老人也不会在赵山洪得寸进尺的时候袖手旁观。不过在大部分帮内事务上，两位老人都会附和刘妮蓉这个帮主；而包括赵山洪在内的三座山头，各有四五名供奉客卿同气连枝，经常会跟刘妮蓉掰手腕。另外还有两拨人各自结盟，人数不多，可势力颇大。一拨私下被称作"北凉刀系"，跟陵州当地的将种门庭关系莫逆。另外一拨人则被调侃为"文官系"，先前唯原陵州别驾宋岩马首是瞻，在宋岩离任高升调至幽州后，如今与新任陵州刺史常遂打得火热。

鱼龙帮鱼龙帮，当真是鱼龙混杂，刘妮蓉父亲当年取的这个帮派名字一语成谶。

不过鱼龙帮因为有过前车之鉴，前些年曾经整肃过一大帮实权人物，赵山洪这些豺狼枭雄之流多少还是心存忌惮，不敢与刘妮蓉撕破脸皮。虽说如今鱼龙帮的掌权角色都可以断定，刘妮蓉跟那位年轻藩王没有那种掰扯不清的关系，但是用膝盖想一想也知道，偌大一个有近三万帮众的鱼龙帮，别说是龙晴郡官府，就是陵州刺史府邸和清凉山恐怕都派了人专门钉着，这才是赵山洪这些人没胆子为所欲为的根源所在。一旦惹恼了连离阳朝廷都只能睁一只眼闭一只眼的清凉山，不用那位武评“四大宗师”之一的年轻藩王亲自出马，也不用调动北凉境内的骑军，只要拂水房或是养鹰房杀过来，都不用倾巢出动，拎出一百名精锐即可，相信鱼龙帮眨眼间便会分崩离析，树倒猢狲散是板上钉钉的事。然后他们就各回各家各找各妈去吧，当然前提是没被那些谍子死士列入必杀名单。

归根结底，鱼龙帮就如中原所说，缺少一位能够力压群雄的“定海神针”。其实鱼龙帮内不是没有聪明人暗自揣测：为何清凉山不直截了当找个人物，来顶替修为平平，手腕更是不够强硬冷血的刘妮蓉？甚至那个人只需要亮明来自清凉山的身份，哪怕是个比刘妮蓉还扶不起的废物，谁敢不乖乖俯首听命？别说下绊子穿小鞋了，摇尾乞怜还来不及。

这一点，其实刘妮蓉也想不明白。她一开始认为是那个人希望北凉出现一个易于掌控的地下王朝，可是随着鱼龙帮蒸蒸日上，那个人却始终没有收回这份本就是他栽培出来的庄稼。所以，刘妮蓉根本不清楚那个人的心思。放长线钓大鱼？可这都要打第二场凉莽大战了，清凉山从头到尾都没有强行征用鱼龙帮青壮的迹象，难道他还奢望北莽的马蹄踏破拒北城后，鱼龙帮能够死守北凉道？

刘妮蓉有些心灰意冷——对这个与她年少时所憧憬的江湖很不一样的江湖。

徐凤年将马匹交给酒楼伙计后，没有直奔三楼，而是在二楼挑了个刚刚空出来的临窗位置，点了一份焖断鳝和一份酱汁鲤鱼，听说绿蚁酒不要钱后，便要了两壶。

北安镇如此热闹有些出乎意料，不过也算在情理之中。今年秋冬之际会有一场武当论武，这无疑吸引了众多江湖草莽和武林豪杰，明眼人都晓得，北凉道显然是要帮助武当山力压龙虎山一头。至于这个趁人病要人命的主意，是副经略使宋洞明的手笔。在这件事上，武当硕果仅存的两位老人陈繇和俞兴瑞其实不是没有分歧。陈繇并不想如此招摇过市，如今山上昼夜不熄的鼎盛香火就已经让自己忙碌得焦头烂额。只不过任侠豪迈的俞兴瑞执意要办，陈繇也只好顺从这个脾气刚烈的师弟。说到底，让陈繇退步的理由，不是清凉山的暗示，也不是拗不过教出了现任掌教李玉斧这么一个好徒弟的俞兴瑞，而是山门牌坊上的那四个字——武当当兴。

李玉斧的一句话让陈繇彻底安心：山上无人时，我修清净；山上人海时，我也修得清净。

比起先前徽山紫衣引来江湖正道浩浩荡荡赶赴西域，这一次武当论武也许声势更大。大雪坪真正的话事人黄放佛早已对中原江湖放出风声——“届时所有的徽山客卿将会一同前往武当”，而快雪山庄和幽燕山庄几乎同时点头，龙宫和箭鼓台紧随其后，太白剑宗那位风头一时无两的年轻谪仙人更是扬言要与武当掌教李玉斧于紫虚宫论道，更要与北凉王徐凤年于小莲花峰顶论武！

如此一来，加上北凉本地的鱼龙帮，离阳十大帮派宗门，就已经有七个明确地参加武当论武。东越剑池和金错刀庄则一直保持缄默，剩下一个春帖草堂，由于北凉、西蜀交恶是朝野上下路人皆知的事情，想必那位两次登上胭脂评的谢谢不会凑这个只会为他人作嫁衣裳的热闹。脱胎于春秋十三甲的祥符十二魁中，轩辕青锋一骑绝尘，独占三魁，其余九人几乎人人动身，包括箭鼓台乐圣在内的四方圣人也有三人会莅临武当山，江湖十大散仙和十大公子至少有大半肯定要在这场盛会上现身。

根基不稳的快雪山庄、幽燕山庄、太白剑宗、箭鼓台的确还需要抛头露面，尤其是仅靠一人扛起大梁的太白剑宗，最需要向离阳江湖证明自己，而那位被誉为“江湖百年剑道造诣第三人”的年轻宗主，在向那位年轻藩王发出堪称惊世骇俗的豪壮战帖后，为太白剑宗赢得了无数喝彩声。据说一些无比仰慕这位谪仙人的江湖知名女侠仙子纷纷公开为他鼓气助威，大致措辞如出一辙，无非“就算这次论武失败，以你的绝世剑道根骨和一日千里的境界攀升，最多十年就能够将那位年轻藩王从武评大宗师的宝座上拽下来”。

徐凤年刚刚要举杯喝一口绿蚁酒，就看到酒楼伙计低头哈腰地领着两人走来。不用满脸为难的伙计开口，徐凤年就笑道：“拼桌是吧？没问题。”

落座的两人，老人相貌平平，对徐凤年笑了笑，然后坐在徐凤年对面；另外那名女子头戴帷帽，身穿黑衣，腰间悬佩了两柄刀鞘磨损严重的横刀，不分左右，而是在右腰一侧交错叠放，刀身比起寻常佩刀要更长。

女子坐在老人和徐凤年之间面对窗外的一条长凳上，摘下帷帽放在桌上，露出一张英气勃发的面容。

她的姿色算不得如何倾城倾国，但绝对当得起“不俗”二字，真能够让旁观者见之忘俗，属于那种你看过一眼就很难忘记的容貌，气势尤为凌厉，又不至于给人盛气凌人的感觉。

徐凤年笑道：“还真是好人有好报。”

年纪不大的女子听到这句话后没有丝毫异样神情，甚至没有皱一下眉头。

她不是斜视这个有登徒子嫌疑的陌生人，而是转过头，光明正大地直视他。等她看过这个年轻男人的眼睛后，微微一笑：“谢谢。”

她与他，都拥有清澈的目光。

老人哈哈一笑。相比应该是他孙女的年轻女子，他显然更为健谈：“相逢即是有缘，这位公子，听口音，你是凉州当地人？”

徐凤年点头道：“祖籍辽东锦州，不过我家很早就在北凉定居了。”

老人开怀道：“老朽姓童，勉强算是个半吊子的江湖人，你喊我‘童老哥’就行，若是不嫌吃亏，叫一声‘童老伯’也可。”

徐凤年笑道：“还是喊童老哥吧，喊童老伯总觉着见外了，辈分差太多，说话不得劲。对了，我姓徐。”

老人使劲点头道：“这话对胃口，等会儿老哥我要多吃两碗饭。”老人很快又皱着脸叹息道，“不承想在你们北凉开销这般厉害，这才几天工夫，兜里就已经快要见底了啊，要不然老头子我早就去三楼喝酒吃肉了。”

徐凤年微笑道：“能吃饱就行。”

老人愣了愣，伸出大拇指道：“徐老弟这话有嚼头，一看就是读过书有学问的人物！”

徐凤年哑然失笑。这么多年了，还真没几个人称赞过他有学问啊，当然，褚禄山、李功德这些举世皆知的“徐家佞臣”不算。再回过头来瞅瞅，他眼前这位老人的眼神多真诚。

徐凤年赶忙给老人倒了一杯酒，然后看了眼年轻女子。她摇了摇头，徐凤年也就没有帮她倒酒。

老人苦着脸道：“不像我这孙女，要她学女红就跟要她命一样，死活要耍刀，耍着耍着连个对象都要没了，都是快三十岁的老闺女了，搁在咱们家乡那边，这岁数别说当娘，再过几年都能抱上孙子了！徐老弟，你说老哥我能不愁吗？”

徐凤年忍俊不禁。只不过当着那个女子的面，他当然不好说什么。

悬佩两柄刀的年轻女子似乎有些无奈。对于自己爷爷这份天生的热情劲儿，显然她也没法子。

老人小心翼翼地瞥了眼自己孙女，唉声叹气地喝了口酒，轻声道：“借他人酒杯，浇自己块垒啊。”

年轻女子无动于衷。

老人果真如他所说囊中羞涩，比点了两个菜的徐凤年还不如——虽说同样是俩菜，可价钱就要差了一条街。好在有徐凤年不停劝酒，老人酒兴极高。

但是老人的酒量不行，酒品……也不咋的。

才半壶绿蚁酒下肚，他就已经喝高了，面红耳赤，大嗓门儿，唾沫四溅，偏偏还喜欢掉书袋，时不时来几句让听者哭笑不得的大话空话：“且与少年饮美酒，往来射猎西山头。徐老弟，今儿跟你喝过酒，这趟北凉就算没白来了。”“徐老弟，老哥我虽然没本事，读书不成，练武也稀拉，可是一直相信报应，相信救蚁得状元之中，埋蛇享宰相之荣，你信不信？”“贫贱人一无所有，临死时脱一个‘厌’字；富贵人无所不有，命终时担一个‘恋’字。此生孰胜孰负，想来那位高坐堂上翻阅生死簿的阎王爷只会哈哈大笑吧。徐老弟，你说是不是这个理？”

徐凤年总算明白了，这位童老哥读过几天书不假，但往往前言不搭后语，牛头不对马嘴，简单来说就是死记硬背，不过要说全然狗屁不通倒也不至于。

老人一只脚踩在凳子上，就只差拉着徐凤年划拳了：“徐老弟，你别觉得老哥我喝醉了，我没醉！”

徐凤年只得笑道：“必须的，我醉了童老哥也不会醉。”

年轻女子只是正襟危坐，悠悠然下筷子夹菜，细嚼慢咽。

老人突然望向窗外，感慨道：“古话说‘南方的士子北方的将，西北的黄土埋皇上’。你们北凉啊，明明有着天底下最厚重的土壤，却种不出最茁壮的庄稼。好在总算养育出了一支天下无敌的北凉铁骑，没委屈了这块土地。”

徐凤年跟随老人的视线望向街上通明的灯火，默不作声。

老人收回视线，猛然一拍桌子：“老哥我就是个江湖莽夫，沙场事不想管也管不着。徐老弟，咱们算是自家人了，说句难听话，你别往心里去。这一路走来，我对你们北凉那个什么鱼龙帮真是瞧不上，什么十大帮派之一，蛇鼠一窝！我就不明白了，就像那南疆龙宫只是燕剌王给那纳兰右慈的一座庭院罢了，这鱼龙帮之于清凉山，又好到哪里去了？无非就是那姓徐的年轻藩王的第二座听潮湖。嘿，两三万帮众，跟清凉山饲养的那万尾鲤鱼有啥区别？当然了，江南道上的箊鼓台也一个德行，据说是上柱国庾剑康的嫡长孙捣鼓出来的玩意儿，天晓得那个瞧着挺不食人间烟火的柳浑闲是不是某个大族子弟的姘头。”老人低头望着杯中酒，有些感伤，“哪怕是东越剑池这般拥有数百年悠久历史的宗门，为何宋念卿会死，又为何柴青山会出现在太安城的城头？徐老弟，你还年轻，不像老哥我活了这么大岁数，很多事情你大概不会懂得的。在那王仙芝坐镇武帝城或者说坐镇整个江湖的那几十年里，那时候的江湖，不是这样的。即便是早年与朝廷关系最为亲近的龙虎山，也是好似‘山上君王’的羽衣卿相，能够傲视公侯，更不要说两禅寺当年还有一位能够让离阳老皇帝亲自迎接的白衣僧人。”

老人不断呢喃那句“那时候的江湖，不是这样的”，最后一口喝光半杯酒，眼神茫然地望向徐凤年，苦涩地道：“王仙芝怎么就会输给你们那个年轻藩王？怎么会死？王仙芝不该死，也不能死啊。他这一死，江湖就变味了。”

徐凤年之前不是没有怀疑过这个姓童的老人认出了自己，不过这个猜测很快就被否定了。

言语、脸色甚至是眼神，都能够掩饰得天衣无缝，可是一名武夫体内的气机，只要不曾跻身陆地神仙境界，在徐凤年眼中都是一览无余。相反，徐凤年刻意收敛气息，就算是跻身天象境界的高手，也未必能够捕捉到蛛丝马迹。

老人重重叹气一声，咧嘴笑道：“老哥我毕竟是老江湖了，知道徐老弟身份不简单，否则也不敢公然悬佩一把北凉刀随意逛荡。如果老哥没有猜错，老弟你出身于凉州数得着的将种大户吧？”

徐凤年点头笑道：“是数得着。”

老人嘿嘿笑道：“这些都不是个事儿，喝酒喝酒。桌上没酒了，再请老哥喝一壶？”

徐凤年立即招手喊来酒楼伙计，多要了两壶绿蚁酒。酒楼伙计转过身后翻了个白眼，悻悻然去取酒。他娘的，你们这一老一少俩穷光蛋，需要掏银子的菜肴没点几份，不用花钱的绿蚁酒倒还真喝上瘾了？

不知不觉，这对鬼使神差坐在了一张酒桌上称兄道弟的哥儿俩已经喝掉了五壶绿蚁酒。绿蚁酒，可是被誉为“能够烫伤喉咙烧断肠”的烈酒，所以那位年轻女子轻声提醒道：“爷爷，差不多了，这酒后劲可不小。”

老人双眼浑浊，摇摇晃晃，乐呵呵地道：“爷爷难得痛痛快快喝上一回，你从不喝酒，不知道世间唯有醇酒最是清凉药，要不然古人为何要说‘功名利禄浓于酒，醉得人心死不醒’？”

然后老人跟徐凤年碰了一杯，又是哧溜一声狠狠灌下一大口。

先前老人举杯晃荡来晃荡去，徐凤年好不容易才跟他碰了这一杯。不过比起喝掉第二壶酒的时候，老人口齿清晰了许多，大概是大醉至醉醒了。

老人露出一个别具深意的笑容，朝徐凤年挑了挑眉头，头一回用上“徐公子”这个称呼，问道：“觉得我孙女如何？”

徐凤年无言以对。

敢情他是打算乱点鸳鸯谱？

老家伙看来是真的醉醒了。

年轻女子深呼吸一口气，然后屏气凝神，眼观鼻鼻观心。

老人喟叹道：“别紧张，我啊，人老眼不花，虽然你小子会是世上许多女子的良配，可惜却不是我孙女喜欢的那种男子。”

老人眼睛越来越明亮，双指扭转酒杯，自言自语道：“我跟你一般年轻时那会儿，喜欢闯荡江湖，所以有幸见过很多老家伙。有些是好似蛟龙的大人物，比如‘剑神’李淳罡、酆都绿袍、‘报春人’刘因公，等等。也见过很多江湖市井里头的小人物，如今连我都记不得名字了。可不管怎么说，那时候的江湖人，从心底相信被今人视为迂腐可笑的老规矩，信奉千金一诺，愿意重侠义轻生死，所以我不喜欢你们北凉的鱼龙帮，也不喜欢如今的离阳江湖。现在的江湖啊，就是庙堂阶下的一潭死水，就算陆地神仙再多，也无趣得很！毕竟江湖人是要走江湖，不是看江湖听江湖。”说到这里，老人眼神慈祥地望向自己的孙女，“可是她喜欢就好。”

老人笑了笑：“要说我最不喜欢的，还是北凉的徐家啊。”

徐凤年脸色如常，低头浅浅地喝了一口酒。

口无遮拦的老人感伤地道：“二十年前，离阳江湖不敢在徐家铁骑面前谈风骨，整个江湖的骨头就那么一寸一寸给徐家马蹄踩断了。如今，那个‘人屠’好不容易去见阎王爷了，可是离阳江湖仍然不敢在徐家面前自称高手。这江湖，好像真是越混越回去了。当年‘人屠’徐骁好歹是仗着所向披靡的无敌铁骑马踏江湖，可如今，徐骁的嫡长子，他一个人就够整个江湖喝上一大壶了。”

徐凤年举起酒杯：“老哥，来，我敬你一杯。”

原本已经不打算再喝酒的老人犹豫了一下，还是倒了满杯绿蚁酒，笑问道：

“这是为何？咋的，老弟你姓徐，难道跟清凉山北凉王府沾亲带故不成？”

徐凤年眯起眼眸，微笑道：“因为在这栋酒楼喝绿蚁酒不花钱啊。”

老人嘴角抽搐：“啥？喝酒不要银子？”

徐凤年点头道：“饭菜贼贵，而且一文钱不能少，唯独绿蚁酒不要一枚铜钱。”

年轻女子忍住笑意。

老人呆滞当场，猛然回神后吼道：“店小二，再拎两壶绿蚁来！”

徐凤年忍住笑意：“童老哥，我真不能喝了。”

老人瞪着这个家伙，气呼呼地道：“臭小子，别喊童老哥，喊童老伯！”

突然，年轻女子伸手按住一把佩刀的刀柄，沉声道：“楼上，有杀气！”

徐凤年一时间脸色古怪。

年轻女子以为这位气息寻常的凉州公子哥儿没有把她的话当回事，念在他陪着自己爷爷喝了这么多壶绿蚁的情分上，破天荒继续提醒道：“徐公子，三楼高手极多，最少有四五股气机堪称浑厚磅礴，这些足以跻身一品境界的宗师一旦交手，我未必能够照应到你。”

徐凤年岂会不知楼上的形势。

南疆第一人程白霜，刀法宗师毛舒朗，龙宫首席客卿嵇六安，南诏第一高手韦淼，目盲琴师薛宋官。

这就已经有五位了。

徐凤年之所以神色异样，是因为年轻女子这个“有杀气”的说法让他想起了两句曾经说过无数遍的口头禅。

我胯下有杀气。

裆下很忧郁啊。

两个初出茅庐的江湖游侠每逢一起扯掉裤带撒尿，都会比拼谁的“杀气”更足。

夜深人静辗转反侧或是清晨醒来时分，某人低头看一眼裆下，总会念叨一句：“兄弟，真是对不住了，是当大哥的没出息，再忍忍。”

某人还记得当年那个家伙配合自己当算命先生一起坑人银子的时候，有次背着自己往签筒里丢了支“粉身碎骨浑不怕，要留清白在人间”的下下签，结果被由一位长辈领着前去抽签算姻缘的小娘抽到了，结果……可想而知。

不过当时那位黄花闺女的相貌，真的很“惊天地泣鬼神”啊。

徐凤年下意识地望向窗外。连他自己都不知道，自己嘴角翘起，笑得很温暖。

等到徐凤年回过神的时候，三楼已经传出巨大的轰响声。

徐凤年站起身，说道："童老伯、童姑娘，三楼有我的朋友，我得去看看。"

他早就猜出那名女子的身份：南诏境内金错刀庄庄主，童山泉。

她是货真价实的当世女子刀法大家，走的武道路数，与武帝城拳法宗师林鸦如出一辙。她右腰叠佩的双刀，分别是天下刀中重器第六、第九——武德、天宝。

老人神情凝重："既然如此，就让我孙女陪你走一趟。"

徐凤年摇头笑道："童老伯的好意我心领了，放心，我知道轻重。"

老人还要说话，突然发现孙女扯了扯自己的袖子。他低头望去，见她摇了摇头。老人虽然不知其中玄机，但仍是忧心忡忡地道："千万小心，一有不对，就打声招呼。"

萍水相逢，可轻生死，也许，这就是老人那一辈人的江湖。

徐凤年刚走出去两步，蓦地转身抱拳，笑道："最后那杯酒，是替我爹敬童老先生的。他如果能够亲耳听到，别说五壶绿蚁酒，就是十壶二十壶，也要陪老先生喝个痛快。"

在徐凤年走后，老人一头雾水，纳闷儿地问道："妮子，爷爷刚才说啥了？"

她一本正经地道："我忘了。"

脑袋难免还有些昏涨的老人晃了晃头，干脆不去想了，笑道："妮子，爷爷我算是看出来了。"

她有些好奇。

老人认真地道："这个年轻人，不简单！"

与太白剑宗年轻的谪仙人并称为"江湖双骄"的女子深呼吸一口气，紧抿起嘴唇，一言不发。

就在她大失所望的时候，老人语不惊人死不休地抛出一句："他啊，就是北凉王徐凤年。"

她悚然大惊。

老人低头小酌一口后，嘿嘿地笑着。

傻闺女，这你也信？

天家使者死在藩王辖境，既是阴谋，也是阳谋。

印绶监三位蟒服太监对此皆是心知肚明。只是刺客的毅然决然超乎想象，刺杀地点最终选在与凉州城近在咫尺的北安镇，这种选择太过冒失，可恰恰是这种近乎不可理喻的愚蠢，为刺客带来了一线希望。

率先发难的刺客如禁军钱统领所料，正是掌印太监刘公公面对的那桌男女。

二十步，两扇屏风。

当一道身影凭借利器瞬间破开第一扇屏风时，早有准备的钱统领已经起身，拔出腰间那柄象征身份的御赐金刀。当刺客气势如虹，走直线劈开第二扇屏风时，钱统领没有一味退避采取消极守势，而是不退反进，一刀迅猛地劈向那名刺客。

其招至简，其势却雄壮，一刀出去，无愧于“京城斩马刀”的绰号。

钱统领的刀法摒弃了一切花架子，毫不拖泥带水，不以招数精细入微见长，却蕴含了几分返璞归真的意味。天下刀、剑相似，也有术、意之争。比如剑道上被誉为可与吕祖并肩的李淳罡与杀人术登峰造极的邓太阿，又如武帝城同为王仙芝徒弟的两名剑道宗师于新郎与楼荒，分别为天下剑士指明了两条剑、道登顶之路。至于世间刀法大家巨匠，亦有当年号称“通晓天下刀法”的毛舒朗与仅凭两式便后来者居上的顾剑棠，而这位远离江湖、沙场久居宫禁的钱统领，显然在刀法道路上追寻顾剑棠的背影，追求用最快的出刀在最短的距离内杀人。

这种略有武德浅薄嫌疑的毫不含糊在沙场上最为常见，在心有灵犀点到即止的江湖上却极为少见。如今离阳江湖四方圣人里的“雪庐枪圣”李厚重，就以“比武不让步，出枪不留情，得势不活人”名动天下，名枪“大雪锥”之下，少有生还者，也因此被称为“三不疯子”。虽然他的战力在四方圣人中位居前列，江湖名次却只能垫底，连累整座雪庐连准一流宗门都算不上。笳鼓台乐圣更是直言“李厚重此人武功太高，武德太少”，虽然同为四圣，却耻与为伍。

果不其然，钱统领一刀毙敌。如果说先前那名刺客是一刀将屏风劈成两半，那么钱统领就是直落一刀将此人带兵器一起从中劈开。

钱统领对于肩头近乎露骨的恐怖刀痕根本无动于衷，迅速呼出一口浊气，换上新气。若是平时，钱统领想要与这名实力不俗的刺客分出生死，哪怕注定稳占上风，也绝不至于在电光石火间一刀成功杀人。只不过此刻钱统领出手不留余地，不惜以受伤换人命，与那名刺客有意蓄力两三分以求后手形成鲜明对比。这一来一去，造就了钱统领仅是身负轻伤无损战力的大好局面。江湖高手之争，争胜负和争生死，其实有着天壤之别。看来这个道理，对江湖、沙场都不陌生的钱统领懂，不曾在战场上厮杀磨砺的刺客则不懂。

钱统领身后，掌印太监刘公公岿然不动，继续举杯饮酒。

掌司太监宋公公双手按在椅沿上，两颊的雪白肥肉颤颤巍巍，嘴唇铁青，好像在念念有词。

体形魁梧如同关外大汉的马公公在钱统领出刀迎敌之时，就已经放下筷子站起身，脚步沉稳地来到刘公公身边。

这位深藏不露的佥书太监在看到钱统领一刀分尸之后，并未流露出丝毫惊喜神色，相反很快出声提醒道："小心！"

在察觉到酒楼三楼的异样后，时时刻刻都如履薄冰的钱统领自然不会掉以轻心。事实上他等的就是刺客的真正后手，甚至连那一口看似匆忙的换气，也是引蛇出洞的假象。那名给他印象极深的阴沉女子，几乎在男子尸体被劈开的同时一掠而至，可以说是从两半尸体中间笔直而来，这一幕说不出的古怪血腥。

钱统领以比她想象中最少快了七八分的速度出刀"开门迎客"，依旧是斩马开山一般的沉重劈刀，而那名女死士根本没有以剑横胸阻挡刀势，依旧是剑尖直刺钱统领心口。

她眼神冷漠，手握三尺青锋的那条纤细手臂更是没有一丝一毫颤抖。

杀人是如此镇定，连被杀也是如此。

大概这才是真正的顶尖刺客。

钱统领在千钧一发之际身体微斜，躲过了致命一剑，但那绿莹莹的剑尖仍是在胸口割出一条血槽。

至于那名心狠手辣的女子刺客，已经毙命于钱统领的第二刀之下。刀劲虽未像先前那般将她的身躯砍成两段，却也将她的尸体撞得倒飞出去，撞得那张酒桌崩碎炸裂，满地狼藉。

她的尸体倒在血泊中，从眉心到腹部缓缓出现一条触目惊心的猩红血线。

她的头颅刚好位于一个酒坛摔落的地方，酒水在地面上缓缓漫延，寂静无声。

死时有酒。

这场刺杀从头到尾，从生到死，她与同伴皆是一言不发。

这种沉默，远比杀气冲天的搏杀更给人震慑。

据说如今那个逐渐浮出水面的割鹿楼，被武林视为天下第十一宗门，专门培养杀人如视草芥的杀手。拿人钱财，替人消灾，无论所杀之人是什么身份，不管是达官显贵，还是已经在江湖上扬名立万的顶尖高手，只要给得起价，割鹿楼都会接下生意。哪怕出动的刺客身死，损失惨重，割鹿楼也只会继续派遣第二拨、第三拨，不达目的誓不罢休，而且杀人之后一律割下头颅，以此向雇主彰显割鹿楼的信誉。江湖盛传，早年徐凤年还是世子殿下的时候，在襄阳城外替他杀死王明寅的刺客以及后来杀死天象境界宗师柳蒿师的死士，都出身于割鹿楼传说中最神秘的第九楼。真相在徐凤年登顶江湖后就变成了一件千古悬案，云遮雾绕的割鹿楼不会给出答案，也没有人敢去年轻藩王面前询问。

斩杀两名极有可能出自割鹿楼的刺客后，钱统领脸色惨白，轻轻颤抖的左手迅速抬起，在胸前几大窍穴叩指轻弹，让原本按照正常脉络流淌的体内气血立即另辟蹊径。他必须将伤口附近的那条血槽变作一块孤立无援的死地，因为那名女子死士的剑尖淬有剧毒，一旦深入骨髓，陆地神仙也难救。只是如此一来，虽然暂时性命无忧，但钱统领也失去了再战的实力。唯恐刺客还有蛰伏在暗处的策应之人，他赶紧转头，沉声道："三位公公，我们必须撤离此地。"

其实，从第一名刺客劈开屏风，到钱统领开口说话，不过几个眨眼的工夫而已。

就在此时，一声怒喝从刘公公右首的屏风外传来，一道沧桑的嗓音在印绶监三位蟒服太监和钱统领头顶响起，言语之间有着道不尽的酣畅快意："太安城的阉狗，到了我们北凉地盘耀武扬威，还想走？！"

臃肿身躯挤得那把黄花梨木椅似乎快要裂开的宋公公连人带椅都向后推移，可见这位印绶监大宦官有多惊慌失措。

那位脱去大红蟒服便极有豪杰气概的马公公不知何时已经绕到刘公公右侧，仰头看着飞扑而下的一人一剑。这名魁梧太监一手负后，一手握拳放在腹部，轻声冷笑道："等的就是你们这些乱臣贼子！"

坐姿稳如泰山的刘公公瞥见那名满头霜雪的持剑老者后，眼神复杂，轻轻叹息一声，将手中那杯绿蚁酒一饮而尽。

右座屏风后头那张酒桌边剩余的众人先后跟随辈分最高的白发剑客拔地而起，向三位京城公公这边飞来，一时间，屏风之上好似蜂蝶纷飞舞，煞是好看。

这伙人除了原本摘下刀剑就近搁置在桌面上的几个，其余的并未起身去悬挂刀剑的木架那边取回兵器，这也是钱统领没有能够第一时间告知三位太监的原因。在钱统领眼中，先前还在热闹地聊着大雪坪轩辕紫衣一夜观雪悟长生，四小宗师之中太白剑宗谪仙人最有望在将来独占鳌头的这九人，就是平平常常行走江湖的武林草莽。哪里能够为帮派积累声望，他们就削尖了脑袋往哪里凑堆——与江湖名宿攀附关系，与武林同道切磋武艺，与意气相投者交好结拜。这样的江湖人物，曾经靠着一把铁刀打天下的钱统领在十多年前就见得太多了。这种货色，比起那两位真正的死士，差距不可以道里计，但钱统领心底没来由感到一股浓重的不安，下意识地握紧御刀，转头望向那些照理说属于登堂入室的江湖高手，却绝不能算是入流的刺客。

以狮子搏兔之势向下扑杀的年迈剑客突然眼前一花。然后这位一向对自己的剑术极为自信的老人只觉得胸口如同大锤撞钟，来时快，去时更快，还未落地，就已经是一具七窍流血的尸体了。

老者倒飞出去的尸体与他身后一名白衣飘飘的年轻女子撞在一起，掀翻屏风后，二人一起跌落在酒桌上，然后带着一桌子酒菜碗碟滑落在地，女子生死不明。

钱统领突然厉声道："小心屏风下方！"

原来酒桌九人，高高越过屏风的，只有八人。

缺少的那一人，才是压箱底的撒手锏。

他们先是抛出两条人命作为障眼法，然后示敌以弱，最后奇正相合。

这种机关算尽的刺杀，缜密且阴毒，一环接一环，让人防不胜防。

钱统领看破真正的杀机可谓极快，那位一出手就尽显凌厉的马公公的反应也不慢，但是那名好似"优哉游哉"从屏风后走出的第九人堪称神出鬼没。他的出手石破天惊，仅仅脚尖一点，身体前掠便快若滚雷，双手向前，袖中藏短剑两柄，因为身形前突过于迅猛，长不过五寸的短剑剑气，竟宛如在空中留下两条纤细却璀璨的白虹。

所幸听到了钱统领的提醒，马公公后撤一步，才没有被那两柄袖剑当场刺透胸膛，即便如此，胸口仍是被刺出两个鲜血窟窿。

怒极反笑的马公公瞪大眼睛，虽负重伤，一身雄浑气势却不坠分毫，五指如钩，抓住那名刺客的脑袋，随手一挥，将那颗头颅上仿佛被钉入五枚钉子一般的尸体摔向墙壁。

袖剑刺客死时瘫坐在地，背靠墙壁，嘴角有笑意。

他好像已经看到了最后的辉煌战果。

马公公有些无奈，与钱统领一样不得不弹指叩窍穴。袖剑有毒，虽然当下看起来并不致命，但以这些刺客魔怔了一般拼命的疯狂架势，也足以致命了，只是早晚之差罢了。

事后北安镇青马驿和京畿铁骑即便把这座酒楼踏平，于局势又有何裨益?

酒楼三楼这一局棋，牵动的有可能是天下大势。

掌印太监刘公公的正面和右首的屏风都已经不在，剩下的那扇屏风，就显得格外突兀。

宋公公扶着椅沿鬼鬼祟祟地起身，倒是显得很合情合理。遇上这种他披蟒腰玉也不管用的情况，脚底抹油才是人之常情。

就在此时，刘公公眉头一皱，今夜第一次彻底放下酒杯，转头望去。

一个阴森森的嗓音在三位大宦官耳畔不轻不重地响起："敢在北凉道上肆意聚众杀人，是当我们鱼龙帮不存在吗？"

那个嗓音的主人很快露出真容，屏风从中而断，原来是被他的一记手刀当中截断。

刘妮蓉对于这名心腹供奉擅自插手这场莫名其妙的风波没有阻拦。

她虽然不知道这桩刺杀的首尾，但是先前"京城阉狗"这个说法，已经让她意识到这件事情不同寻常。这些年，作为鱼龙帮明面上的魁首，她少不了与北凉各地官府打交道，知道这次太安城兴师动众进入凉州宣旨，不管清凉山那座王府到底持何种态度，送旨大军中那几位身份特殊的蟒服太监绝对不能公然暴毙，否则不仅离阳赵室那个已经对三十万北凉铁骑做出退让的年轻皇帝会龙颜震怒，天下风评也一定会一边倒地质疑北凉徐家的居心。

这些年跟各地官府打交道，虽然不胜其烦，可她的眼界已经不是几年前的那个女子了。作为北凉江湖群龙之首的鱼龙帮，实力再雄厚，也是在北凉道这个湖里扑腾的蛟龙，即便算不上对清凉山王府俯首听命忠心耿耿，在这种敏感的时候，面对几步之外杀气腾腾的局面，也断然没有置身事外的理由。所以刘妮蓉不会阻止那名供奉出手，对此甚至是认同的，处理这种复杂的形势，必须快刀斩乱麻！

与刘妮蓉共坐一桌的龙宫首席客卿嵇六安，身为实力雄甲一方的武道宗师，看出那几位太安城阉人已经到了技穷的惨淡地步。虽然剩余五名刺客在他眼中属于不值一提的乌合之众，可说不定仍然能够在乱局里侥幸得逞。在得到宫主林红猿的首肯后，嵇六安微微一笑，伸手一挥，只见桌上五只白瓷酒杯飞旋至身前，滴溜溜地旋转不停，充满灵气的酒杯互相轻轻撞击的声响异常清脆悦耳，就像五只叽叽喳喳的小白雀。

酒杯一闪即逝。

下一刻，那五名刺客还未至马公公和钱统领的身前，就全部脑袋向后一个晃荡，倒地不起。

五条可怜虫的额头处，无一例外都是通红一片。

没了屏风遮掩，马公公和钱统领得以看到，那五只酒杯返回酒桌后微微摇晃，好似邀功一般。

马公公眯起眼，不动声色。

钱统领倒提御赐金刀，转身向嵇六安抱拳致谢。

原本应该就此落幕的这场血腥风波，因为某人一个隐蔽的动作，变得尤为惊心动魄。

刘妮蓉脸色骇然。

就连一直表现得隔岸观火很快乐的林红猿也微微错愕，俊俏的脸庞上带有几分玩火上身的懊恼羞愤，那双秋水长眸深处则隐藏着忐忑不安。

如同年迈儒士的南疆第一高手程白霜更是皱紧眉头，眉宇间浮现出清晰的怒意。

这位老者方才正在思量一件涉及国运移转的大事，所以才会有这一瞬的失神。

原来谁都没有想到，鱼龙帮那位前去“救驾”的供奉，竟然对着那个刚刚战战兢兢起身的胖子宦官当头拍下！

这一掌下去，以他轻描淡写一记手刀割开屏风如同切豆腐一般的不俗功力，还不得轻而易举地拍烂整颗头颅？

一直看似低头沉闷喝酒的毛舒朗其实已经按住刀柄，只是突然松开了手指。

毛舒朗是中途放弃拦截，程白霜是措手不及。

南疆两大宗师都没有出手，照理说，这一掌下去，是铁定要鲜血四溅了。

“失心疯”的鱼龙帮供奉的手掌的的确确是拍了下去，只是没能够马到成功而已。

因为他的胳膊断了。

落在掌司太监宋公公脑袋上的断手，倒像是一位家族前辈对晚辈稚童的亲热拍头。

远处一扇屏风后方，一位目盲女琴师身前的桌上，那床古朴的焦尾古琴显出真容。她尾指弯曲。

单论对于指玄境界的感悟之深，她稳居天下前三。

不服气？

可这是某位武评大宗师的盖棺定论。

前三，分别是早已跻身陆地神仙之列的邓太阿，曾经擅长以指玄杀天象的“人猫”韩生宣，接下来就是这位在中原江湖毫无名气的目盲女子——由北莽进入西蜀的女子琴师薛宋官。

刘公公看着在鬼门关前打了一个转却满脸茫然的同僚。在这位掌印太监的长久凝视下，后者终于收敛起那份江湖门外汉的滑稽表情，嘿嘿一笑，阴沉而自负，一切尽在不言中。

直到这一刻，马公公才意识到，这个伶人一般的可笑同僚，竟是修为不在自己之下的武道高手。

今夜这眼花缭乱的螳螂捕蝉、黄雀在后以及种种已经出手和未曾出手的弹弓在下，到底还有没有尽头？

马公公心情复杂。

一个鬼哭狼嚎的声音骤然响起：“这……这……这……这到底是闹哪样啊？！”

左右雅间之间的过道上，一位衣衫鲜亮的中年男子脸色如丧考妣：“怎么死了这么多人？我们酒楼还怎么做生意啊？！”

当他看到满脸冰霜的刘妮蓉后，更是像死了爹娘又死了儿子一般，满脸绝望：“大掌柜的，你听我解释，这些人杀来杀去，真的跟我无关啊，这是无妄之灾啊……”

马公公瞥了中年男子一眼，随即转头死死地盯住刘妮蓉，冷笑道：“好一个鱼龙帮！”

宋公公也一边揉着脖子一边扭头，嘿嘿笑道：“好一个北凉鱼龙帮才对。”

刘妮蓉的脸瞬间变得无比苍白。

她身边那名年轻供奉满眼怒意，杀气腾腾。

“开碑手”赵山洪则有些幸灾乐祸。这场一团糨糊却精彩纷呈的刺杀，刘妮蓉到底是不是得到清凉山的授意，他不关心，只知道这场刺杀失败后，刘妮蓉清白不清白已不重要了，在北凉道如日中天的鱼龙帮很快就要迎来一场大换血，一朝天子一朝臣嘛。至于刘妮蓉这个娘儿们还能不能活着卷铺盖滚蛋，估计只能靠烧香拜佛求菩萨保佑了吧。

刘妮蓉没有向两位印绶监大宦官解释什么，只是望向那个不断求爷爷告奶奶的酒楼二掌柜：“郭玄，我只问你一句——今夜之事，你到底有没有参与？”

名叫郭玄的中年男子算是新鱼龙帮的元老人物，资历之深，别说“开碑手”赵山洪，就算比起她身边两年前进入帮中的年轻供奉，也要胜出一筹。郭玄武力平平，但善于经商，也算是走了条终南捷径，得以很快脱颖而出，最终成为北安镇这栋酒楼的二掌柜——事实上的一把手。但是，当时在鱼龙帮，这种调动只能算作发配流放，因为郭玄是帮内少数忠心于刘妮蓉的人物，跟鱼龙帮的太上皇即老帮主都能隔三岔五喝个小酒。郭玄夹着尾巴灰溜溜地离开陵州，说到底还是刘妮蓉被架空的一个缩影。之前，谁都不看好无兵无将也没几个钱的郭玄真能够东山再起，从北安镇这个地方杀回鱼龙帮高层谋得一席之地——但郭玄很快就让所有人刮目相看。酒楼以及隔壁青楼的生意能够如此红火，郭玄功不可没。原本就对此人有些愧疚的刘妮蓉当然对鱼龙帮在北安镇的欣欣向荣乐见其成，甚至有意在明年将他提拔为鱼龙帮的实权执事——位不高，但权重，能够掌握鱼龙帮半数的生意往来。

郭玄带着哭腔委屈地道："刘帮主，我就是一个手无缚鸡之力的老百姓，放着日进斗金的大好生意不做，杀人图什么啊？！"

城府极深的宋公公看似人畜无害地笑道："大掌柜、二掌柜，你们这是要一个唱白脸一个唱红脸吗？是不是有些晚了？"

酒楼外，街道上，马蹄阵阵。

那种铁骑推进的沙场杀气，与江湖宗师一人敌国的杀气截然不同，却同样让江湖肝胆俱裂。

就在此时，一个带着明显笑意的温醇嗓音响彻三楼，充满了不合时宜的打趣意味："宋公公，话可不能这么说，否则今晚的绿蚁酒，就要收你们银子了。"

这个声音其实就在郭玄耳边发出，但是他全然不知自己身边怎么就多了个人。

本就一肚子火气的他，感觉又被这家伙不怀好意地架到火堆上，哪里还能有个好脸色，转头愤怒地道："收你娘的银子！这酒楼的绿蚁酒收不收钱，老子说了算！"

然后，他看到了一张年轻的英俊脸庞。

再然后，他看到此人双手笼在袖中，腰间悬挂一柄北凉刀。

如今的北凉道，已经没有任何鲜衣怒马的将种子弟胆敢私佩北凉刀了。

一个都没有。

有这份胆子的"英雄好汉"，要么还在官府里吃牢饭，要么就是已经把牢饭吃过了。

如今的北凉，除去关外边军和境内驻军，被清凉山准许公然悬佩北凉刀的人物，只有两种。

一种是军功卓著却已经退出行伍的武将。

一种是出身老字营的百战老卒。

这两种人几乎都是老人了，要不然就是正值壮年已经转入官场牧守一方的封疆大吏。

这个年轻人笑眯眯地看了眼郭玄，环视四周，最后微笑道："在北凉，都是我说了算。"

来酒楼一掷千金的普通豪客那叫一个胆战心惊。比如那位蹲在一张酒桌下抱头痛哭的官老爷，作为一县父母官，原本这趟是借着来北安镇体察民情的幌子，喝个无伤大雅的花酒，准备祭完五脏庙后就去隔壁青楼那边的床榻上，以五十高龄驯服一两匹"胭脂烈马"，这般老当益壮的"投笔从戎"，何其壮哉！他得知死人后也清楚此地不宜久留，只不过一来实在两腿发软走不动，二来也怕那群杀人都不带眨下眼的凶神恶煞万一嫌他碍眼，直接把他给咔嚓了。

这张酒桌边，唯一还坐在椅子上继续喝酒的，就只有那位今年在衙门里头几乎没有立锥之地的赴凉外乡士子了。身为文弱书生的他甚至缓缓移开屏风，只为了视野开阔，将那处江湖神仙打架的血腥战场一览无余。什么叫"每临大事有静气"？这大概就是了。只不过他这个尽显名士风流的荒诞举措，无疑引起了桌底下的同僚和北安镇豪绅的同仇敌忾。

也不是所有豪客都乐意束手待毙，有几桌江湖人士就在那名佩刀公子横空出世后，贴着靠窗的墙根蹑手蹑脚地想要下楼，只不过楼梯栏杆上站着一名身穿深红袍子的绝色女子，如一尊菩萨巍巍然立于佛龛中，不怒自威。

根本不用她开口，所有的江湖豪杰就都识趣地返回原位。

有个心思灵活的家伙悄悄打开窗户，试图一跃而下，结果吓得差点儿魂飞魄散——他瞅见窗外倒挂着一颗脑袋。

大眼瞪小眼之后，他什么话都没有说，缓缓关上窗户，应该是生怕还留有缝隙，还不忘使劲往里拉了拉，这才坐回椅子上，嘴中默念道："举头三尺有神明，有怨报怨有仇报仇。就算你是冤魂厉鬼，别看我王健三十好几的一条汉子，其实我还是童男之身啊，阳气最重，你找上我，小心两败俱伤……"

此时此刻，气氛微妙至极。

目盲女琴师薛宋官那边，屏风已经被衣裳绚烂的苗人少妇虚空一手拍倒。她双腿盘坐在椅子上，神采奕奕，盯着佩刀公子哥儿的那张侧脸，舔了舔嘴唇，啧啧道："真俊！"

作为她男人的那位南诏武道第一人——韦森笑着点头。对于妻子的离经叛道，这个貌不惊人的汉子从不以为意。

天下好事万千，以自己媳妇儿开心为最好。

真实身份是西蜀亡国太子的苏酥，在又一次见到这个家伙后，心情复杂，醋味翻涌。

仅凭这一点，他就能够跟剑冢当代剑冠吴六鼎做一对难兄难弟。

刘妮蓉那一桌，除了毛舒朗只是放下酒杯却依旧没有起身外，程白霜和嵇六安都已离开椅子，如今贵为南疆龙宫之主的林红猿更是一弹而起。

更远一些的位置，那位一日之间见过陆地神仙又见过江湖仙子的霸陵郡少侠，好像马上就要泪流满面了。

他觉得这一天光阴，已经把一辈子的江湖走完了，就算明天就退隐江湖娶妻生娃也无怨无悔。

好像唯一还被蒙在鼓里的酒楼二掌柜郭玄刚要对那个癞蛤蟆打哈欠——吞日吐月的年轻人怒目相向，就闭上了嘴巴。

因为他发现，那位被称为"宋公公"的胖子如遭雷击，脸颊上雪白的肥肉颤抖得厉害，却说不出半个字。

被嵇六安一只酒杯砸得倒地不起的一位中年刺客咬牙切齿地道："徐凤年！"

几乎同时，今夜落座后就再没有起身的司礼监掌印刘公公终于缓缓起身，微微弓腰，谦恭却不显谄媚，沉稳地道："咱家见过北凉王。先前在龙驹河渡口，是咱家有失礼数，还望王爷海涵。"

太安城宦官，无论品秩高低，都没有向一名异姓藩王下跪行礼的道理，哪怕是宗室藩王也不行。

反过来说，宦官一旦手捧圣旨，无论品秩高低，照理说，连皇亲国戚也要跪迎圣旨。

只不过面对这位西北藩王，别说刘公公这位坐印绶监头把交椅的不敢如此奢望，就连司礼监掌印太监宋堂禄也不会有此念头。

以前是因为他身后的北凉三十万铁骑，现在又多了一个只跟他本人有关的理由，就是钦天监那场天人之战。曾经享受离阳赵室历代香火的一幅幅龙虎山祖师爷挂像，如今所剩无几了。

后知后觉的郭玄正要将功补过，就听到年轻藩王轻声笑道："二掌柜的，行了，别演戏了。”

郭玄愣在当场。

徐凤年看着三名太监和如临大敌的禁军钱统领，收回视线后，重新打量起眼前这位酒楼二掌柜：“杀人何须用武功，躺在地上的那帮三脚猫也好，割鹿楼的四名刺客也罢，甚至加上蛰伏在鱼龙帮的那名供奉，都不是真正的杀招，到头来还是要靠你这位主心骨——靠你在他们酒菜里下的毒，对不对？”

远处那位苗疆女子拍手叫好道：“你这娃儿模样俊，眼光也俊！”

郭玄脸色阴晴不定，最终如释重负，悄然挺直腰杆，转身正视这位年轻藩王，哈哈大笑道：“不愧是武评‘四大宗师’之一！不愧是北凉王！不愧是‘人屠’徐骁之子！”

他连续说了三个“不愧”。

这个机关算尽太聪明的中年男人大笑一声，疯癫而苍凉，无比悲壮。

徐凤年再次环视四周：已经死绝的割鹿楼刺客，那些亡了国的春秋遗民，站着的印绶监宦官，还有更远一些的林红猿那一桌。

他自言自语道：“都是技术活儿。”

郭玄冷笑不已，竟是毫无惧意。

徐凤年撇了撇嘴：“你重金购置或是精心调制的这种毒药，毒性发作极为缓慢，病入膏肓后，他们应该在到达清凉山前后身亡。这曾是春秋南唐朝廷专门针对江湖宗师的手段，号称可以轻松摧破金刚不败之身。”

郭玄眼中充斥着刻入骨髓的恨意和快意，狞笑道：“怎么，王爷觉得能从我嘴里撬出解药的配方？”

徐凤年欲言又止，最终只是摇头，淡然道：“不奢望，有些事，道理讲不通。”

郭玄的嘴角突然渗出一丝血迹，漆黑瘆人。在倒地而亡之前，这位苦心孤诣制造出这场刺杀的春秋遗民呢喃道：“我郭玄象，苟活半生，死得其所……”

地上那名喊出徐凤年名字的中年男子高高举起手臂，要竭力拍碎头颅以求自尽。可是倒在他身边不远处的一名妙龄女子，本该在江湖上享受无数年轻俊彦爱慕垂涎的美人，仰起头望向那位年轻藩王，神情崩溃，满脸眼泪鼻涕的可怜模样，哭泣道：“北凉王，不要杀我，我不想死！我真的不想死啊……为了报仇，我已经付出太多了，已经不欠家族什么了……”

女子凄厉刺耳的哭腔在酒楼里回荡。

也许没有人意识到，在今夜这场前仆后继人人争死的厮杀中，这是唯一的哭声。

将离阳的“人屠”徐骁视为中原陆沉的罪魁祸首的春秋八国遗民，面对山河破碎的人间惨况，有些人选择殉国，于是有了西蜀京城内，树树白绫，井井沉尸；有些人选择逃避，就形成了洪嘉北奔；有些人选择躲藏，于是各大王朝覆灭之地的各大江湖门派中，一夜之间多出许多陌生供奉和幼年弟子，许多庭院深深的富贵门户，多出许多襁褓之中的婴儿，许多好似因一见钟情便匆忙嫁娶的男女，许多寺庙书院甚至是青楼勾栏——前者多出许多满身书卷气的老人，后者多出许多分明气质雍容如同大家闺秀的风月女子。

春秋战事中，离阳大将军徐骁杀得一柄柄战刀锩刃，杀得中原无处不狼烟，杀得曾经坐看历朝历代开国又亡国的春秋豪阀皆成过眼云烟。

之后徐骁率领麾下铁骑马踏江湖，从南到北，几乎把江湖杀了个遍，可一样杀不完那些宗门帮派中身怀国仇家恨之人。

斩草无法除根，便是春风吹又生。

所以，曾经的北凉世子殿下，每一次出行，都会死人。春秋遗民在死，拂水房也有人死。

那些年为偷袭清凉山慷慨赴死的刺客，更是多如过江之鲫。

最后，连梧桐苑里与世子殿下朝夕相处的丫鬟也会死。那两位世子殿下亲自帮她们取过绰号的女子，皆死得虽有小愧而无大悔。

徐凤年还清楚地记得第一次惊动梧桐苑的那桩刺杀。那个正值冬雪的夜晚，他没有穿靴子就跑出屋子站在台阶上，看着那座戒备森严的小院，入眼之处，尽是死尸，大雪被鲜血浸染，然后又被大雪铺盖，最终白茫茫一片。

当时腿还没那么瘸，背也没那么驼的男人一样没有穿上靴子，走上台阶跟少年并肩而立后，让身披铁甲的王府护卫将那些尸体抬走，笑道：“爹这辈子，仇家太多了，数不清，也懒得去数！儿子，你怕不怕？”

少年不知道是冻的还是吓的，牙齿打战，但仍倔强地道：“怕个卵！”

当时还未满头雪白的男人把自己身上那件老旧貂裘脱下，给少年披上，哈哈大笑道：“是咱们老徐家的种！”

少年翻了个大大的白眼，双手抓紧温暖的貂裘，赶紧跑回屋内。而那个自从媳妇儿去世后就没有被儿子喊过爹的男人，转身走下台阶，大踏步离开院子，只是刚出院门，就再没有豪气可言了，冻得差点儿跳脚。男人瞥见紧随自己身后的义子袁左宗后，二话不说就踹了他一脚。后者茫然，男人瞪着眼睛，压低嗓门儿，从牙缝里狠狠地挤出两个字：“脱靴！”

只可惜，那滑稽的一幕，少年看不到。

此时，三楼，一声怒喝打断了女子哭腔：“闭嘴！”

女子顿时愕然，然后由撕心裂肺的哭号转为低声抽泣。

那个出声的中年刺客对年轻女子厉色道：“我崇山宋家，世代忠良，绝无让祖辈蒙羞之子孙！”

说完这些，中年男子眼中闪过一抹复杂的神色，终于还是猛然抬起手臂，狠狠地拍向那名女子的额头。

二十年屈辱而活，只为清白而死，这就是这位宋氏男子的唯一心愿。

至于家族年轻子弟如何想，他顾不得了。

那名女子虽然敢于鼓起勇气向北凉王求饶，但这一举动也耗光了她所有的精神气，此时再没有任何勇气抗拒家族长辈的愤然狠手。

一直还算言语温和的徐凤年突然勃然大怒，下一刻就出现在地上那名男子身前，一脚踏在那个试图大义灭亲的男子的脑袋上。

这名瞬间毙命的刺客倒滑出去数丈远。

徐凤年深呼吸一口气，迅速平稳体内气机。他骤然迸发的那股气势，寻常武人还不觉得如何压抑，即便是林红猿，也仅是觉得有些窒息，但是像韦淼、毛舒朗、程白霜、嵇六安和薛宋官这五名武道宗师，几乎不约而同地将各自的气势攀升至顶点。目盲女琴师甚至双手重重按住了琴弦，站起身的毛舒朗则差一点儿直接拔刀出鞘。

徐凤年看向刘妮蓉身边那名年轻供奉，点了点头。

后者默然向前，打了一个隐晦的手势。随着这名年轻供奉做出这个动作，三楼很快就走出三名身份截然不同的男女：一位隔壁青楼出身的陪酒清倌；一位肩头搭着棉巾，手里还提着一个酒壶的年迈伙计；一位正陪着一群新结交的外乡豪杰看热闹的北凉本地江湖人物。四人一起开始清理战场，将地上那些还活着的春秋遗民全部拎走下楼。这些人是被拖出去杀了一了百了，还是要经历生不如死的严刑拷打，已经没有人感兴趣。如果这个时候还没有人看出这四人的身份，那就真是脑袋给驴踢过了。

他们要么是拂水房培养的谍子，要么是养鹰房豢养的死士，又或者两者兼有。

酒楼是鱼龙帮的，但是刘妮蓉始终像个局外人。

徐凤年转头望向印绶监三位公公，面无表情地道："中毒的事情不用担心。还有，你们到了清凉山，把圣旨放下，就可以返回太安城了。"

刘公公没有说话，率先走向楼梯。

只是经过年轻藩王身边的时候，他有意无意放慢脚步，眼神中充满询问之色。

徐凤年在这位印绶监掌印太监与自己擦肩而过的时候，好像打哑谜一般轻声道："跟他说，她很好。"

刘公公直视前方，不过微微弯了一下腰，这才加快步伐。

等到这伙权柄显赫却略显狼狈的京城宦官下楼离去，徐凤年走向刘妮蓉那一桌，落座前对苏酥他们招手笑道："酥饼、薛姑娘，还有齐大叔，来来来，都一起坐到这儿来，人多热闹！"

身穿一袭朱红大袍的女子自然是徐婴，而那个先前倒挂在窗外"晒月亮"的"女鬼"，显然就是呵呵姑娘贾家嘉了。

她们两人都是今夜才赶至北安镇。理由很简单：在清凉山待着，很无聊。徐渭熊也不太放心徐凤年，就干脆让她俩接人来了。

一张酒桌周围最多只能摆下九把椅子，但是现在有这么多人，自然不可能人人都有位置。

好在徐婴和呵呵姑娘根本不稀罕坐在椅子上。两人掠至不远处一扇幸免于难的屏风上——徐婴站着，少女蹲着。少女使劲啃着天晓得从哪里顺手牵羊来的烤鸡，三下两下就吐得满地骨头，然后把油腻的双手在徐婴的大红袍子上擦了擦，徐婴只是开心一笑。

在徐凤年率先落座之后，反而是能被在场任意一人单手撂倒一百个的苏酥搬了把椅子过来，第一个坐下。

赵山洪则是第一个跪下，双手撑在地上，对年轻藩王颤声道："鱼龙帮赵山洪，叩见王爷！"

这位蓟北黑道第一高手，是被"疯狗"袁庭山收拾得像条丧家犬后，才来到鱼龙帮寄人篱下的。如果他没有记错，眼前这位年轻藩王，恰好曾经在太安城皇宫当着大柱国顾剑棠的面，往死里揍过那个跋扈至极的袁疯狗。

对于信奉拳头就是王法的"开碑手"赵山洪而言，能够跪一跪这位北凉铁骑共主，就是他的膝盖上辈子修来的福气！

徐凤年嗯了一声："起来吧。"然后徐凤年转头望向鱼龙帮帮主，笑问道："怎么不坐？难道是当上了大帮主就摆谱儿了？"

原本只想站着的刘妮蓉犹豫了一下，最后还是坐在原先的座位上，凑巧就在徐凤年的右首。

那名平日里还会对刘妮蓉倚老卖老摆摆架子的供奉老者咽了咽口水。如果有块够硬的砖头在手里，他都想把自己拍晕了。

赵山洪起身后，低眉顺眼地悄悄来到刘妮蓉身后，与那名同样满脸肃穆恭敬的老供奉并肩而立，有些同病相怜的味道。

酒楼三楼，除了他们，其他人走得干干净净——除了劫后余生的欣喜，还有些不足为外人道的小心思。

行走江湖，除了本事，见识也很重要。

见识见识，见过了一面，就等于是认识了嘛。

既然认识了既是陆地神仙又是西北藩王的徐凤年，那么在江湖何处不能吹嘘个七八年？

林红猿、毛舒朗、程白霜、嵇六安重新落座，韦淼、苗疆女子各自搬了椅子过来坐下。薛宋官不管苏酥怎么劝，都只是抱着古琴站在他身后，而姓齐的旧西蜀铸剑大家一样没有坐下。

如此一来，刚好九人。

徐凤年打开一壶绿蚁酒的泥封，只给靠近自己的刘妮蓉和毛舒朗各自倒了一杯酒，再给自己倒满后，笑道："我就不客气了，大家各自倒酒，都随意。酒品如何，都是自个儿喝出来的，劝酒劝不出来；至于劝别人喝的人，酒品更是不行。"

嵇六安向年轻藩王举杯，一饮而尽："龙宫嵇六安，有幸见过王爷！"

程白霜也举起酒杯："南疆草民程白霜，这杯酒与嵇兄一样。"

韦淼自顾自喝了一杯酒，沉声道："韦淼！"

徐凤年分别回敬了一杯。

林红猿刚想要举起酒杯，不知为何，跟年轻藩王的视线交错后，就放弃了。

苗疆女子不用酒杯，直接拎起酒壶仰头灌了一口大酒，直愣愣地盯着徐凤年的脸庞，笑道："你的模样这么俊，你娘一定长得很好看！"

徐凤年笑脸灿烂，道："这位姐姐一看就是个耿直的人！"

韦淼会心一笑。

唯独苏酥双臂环胸，冷哼一声。

徐凤年斜瞥了眼这位相识于北莽的老朋友："哟，酥饼，不对，如今得尊称你一声'苏大侠'了，听说你在西蜀、南诏江湖闯下了偌大的名头啊。咋的，这趟来北凉，也是参加武当论武的？你就不怕有你在，其他人都只能去争天下第二？"

苏酥憋屈得满脸通红，差点儿当场憋出内伤，脱口而出道："姓徐的，放你的狗屁！"

徐凤年赶忙给自己倒上一杯酒，故作惊慌道："不愧是打遍蜀、诏两地无敌手的苏大侠，我得喝杯酒压压惊。"

苏酥站起身，一拍桌子，怒道："我喝你大爷！姓徐的，找削是不是？！"

别说林红猿这拨南疆客人，就连刘妮蓉和韦淼两伙人都有些咋舌，实在想不明白这家伙的缺心眼儿是不是从娘胎里带来的。

这姓苏的家伙武功稀烂，不承想竟然浑身是胆啊。

赵山洪和供奉老者则坚信，这位武功看似不入流的年轻人，一定是位真人不露相的当世顶尖高手！

徐凤年呵呵一笑："来削来削，我求你削！"

苏酥以迅雷不及掩耳之势一屁股坐下，大义凛然道："君子动口不动手！"

"开碑手"赵山洪都快把眼珠子瞪出来了。

经过苏酥这么一闹，原本略显沉闷的氛围轻松了许多。

一张酒桌，围坐的人个个背景复杂，自然不好深谈什么。

徐凤年约莫喝了一壶半后就说要下楼跟人打声招呼，结束了这桌酒局。林红猿与刘妮蓉本就有事相商，才在此地碰面，就顺势留在了三楼，而苏酥一行人没有留下的念头，倒是韦淼起身，主动向程白霜和嵇六安敬了一杯酒。双方勉强算是旧识：早先各自代表蜀王陈芝豹和燕剌王赵炳前往辽东一座小镇，会见大柱国顾剑棠。当时二方皆是不欢而散，世事无常，谁都料不到，最后恰恰是这两位藩王联手起兵造反了。天下豪杰，即便各为其主，也不耽误相互间惺惺相惜，何况此时都算是"一家人"了，就更不会心怀芥蒂。

徐凤年重新来到二楼，果然看到空荡荡的二楼只剩下坐在原先那张临窗酒桌边的爷孙俩。

看到徐凤年安然无恙地返回，老人如释重负。金错刀庄庄主童山泉虽然看似面无表情，但眉头也悄然舒展了几分。

老人在徐凤年坐下后，问道："如何？"

今夜喝了不少酒的徐凤年长呼出一口气，不知除了酒气，还有没有郁气。他笑道："没事了。出门在外靠朋友，虽然楼上动静很大，但我的朋友摆得平。"

年纪不算小的黄花闺女却也是年纪轻轻的刀法宗师重新皱起眉头，沉声道："方才有一人气势尤为雄壮，最少是天象境界巅峰的高手！"

老人脸色不悦，道："肯定是那个韦淼！这家伙投靠那位蜀王以后，底气就更足了。放着好好的江湖宗师不做，非要去官场当走狗！算我瞎了眼，早些年还觉得他是条响当当的汉子。"

对此，徐凤年不置一词。

刹那之间，童山泉起身，左手按住右腰间一柄长刀的刀柄，宝刀出鞘寸余！

不知她所握之名刀，是武德还是天宝。

徐凤年有些无奈。

邻近三人的那扇窗户外，此时正倒挂着两颗脑袋，目不转睛地盯着他们三人。

徐凤年揉了揉眉心，苦笑道："童庄主，不要误会，她们都是我家里人。"

童姓老人呆若木鸡，看了看这位徐老弟，又看了看窗外那两颗脑袋。

以童山泉不动如山的坚毅心性，都微微张开了嘴巴。由此可见，徐婴和呵呵姑娘的露面方式，尤其是在这大晚上的，不太受人待见。

贾家嘉呵呵呵了三声，撇撇嘴，一闪即逝。徐婴也依葫芦画瓢笑了三声，跟着消失了。

接下来气氛尴尬，谁都没有开口说话。

好在这个时候，苏酥一行人走下三楼，只听他啧啧道："呦，姓徐的，又跟陌生姑娘花前月下了啊，真忙啊！"然后苏酥提高嗓门儿，对童山泉一脸真诚地道："这位姑娘，千万别搭理那个色坯，他家里早就有三妻四妾了，连孩子都能爬树掏鸟窝了！"

徐凤年气笑道："滚！"

苏酥竖起大拇指朝下："你先教我？"

徐凤年作势要起身，苏酥干脆利落地一溜烟跑了。

韦淼和苗疆女子要比苏酥、薛宋官和负匣铸剑师三人稍晚下楼。童姓老人转过头，重重地冷哼一声，这让原本想要跟老人打声招呼的韦淼只好继续下楼。倒是那位身段妖娆的苗疆妇人肆无忌惮地对徐凤年抛了个媚眼，还不忘伸出大拇指。

在徐凤年登楼后就一直没有喝酒的老人下意识地伸手拿起酒壶，晃了晃，发现里面空落落的。放下酒壶后，他没好气地道：“徐公子，你给老头子透个底，给句痛快话！”

徐凤年认真地道：“要不然我再跟老哥喝两壶，否则我怕喝不成酒了。”

老人脸色阴沉地道：“不喝！”

徐凤年继续道：“按照酒楼的规矩，有人能够一天喝掉六壶绿蚁酒的话，连饭菜都不收银子。我再喝一壶半就成。”

老人不愧是老江湖，杀伐果决，立即道：“那就喝！”

这次换成童山泉揉了揉眉心。

二楼已经没了招徕生意的伙计，所以那两壶酒还是徐凤年亲自跑去柜台，翻箱倒柜，好不容易拎出来的。顺手，他还弄了两碟花生米。

他两腋夹酒壶，双手端碟子，就只差在肩头搭一块棉白巾了。

童山泉看到他这副模样，当时就低声问道：“爷爷，这能是那个人？”

当时本就是跟孙女随口胡诌的老人嘴角抽搐，没说话。

喝酒归喝酒，沉默还沉默。

百无聊赖的徐凤年只是偶尔在桌面上指指点点。

就这么枯燥乏味地喝掉了两壶酒，老人摇摇晃晃地站起身，平淡地道：“走了。”

徐凤年点了点头：“那我就不送了。”

老人摆摆手，大步离去。

徐凤年看向童山泉渐行渐远的背影，笑问道：“敢问童姑娘，哪一柄是世间名刀第六的武德？”

童山泉停下脚步，右手轻轻扶住腰间一柄长刀的刀柄。

徐凤年缓缓道：“快刀割水，刀不损锋，水不留痕。”

童山泉说了之前与徐凤年见面时同样的一句话：“谢谢。”

第三章

桃花剑神持太阿
剑气如虹满人间

这个祥符三年的秋天尤为多事。

中原燕剌王赵炳、蜀王陈芝豹共同起兵，广陵江以南的半壁江山尽陷，离阳朝廷不得不让卢升象与吴重轩再度领兵南下。兵部侍郎许拱代替因病请辞的蔡楠升任节度使，负责节制北凉道与两辽之间所有的北部边军。

朝廷敕封北凉王徐凤年为大柱国，同时大肆追封包括刘寄奴、王灵宝在内的所有关外战死英烈，并且破格在北凉道设置两名副经略使和节度使，原凉州刺史陆东疆一跃成为北凉文官二号人物，徐北枳与杨慎杏一起担任副节度使。

密云山口一役，曹嵬与一名原本寂寂无名的谢姓武将一举歼灭种檀部骑军，仅剩夏捺钵种檀率领十余名种家精骑突围。此役成功迫使已经接受北莽国师称号的烂陀山倒戈，两万僧兵驰援流州青苍城。

郁鸾刀率领万余轻骑绕过君子馆、瓦筑数座姑塞州边境重镇，孤军深入，直插北莽南朝腹地，兵锋直指西京，北莽两朝为之震动。

北莽王庭传出几条消息：女帝听闻密云山口惨败后，怒急攻心，卧病不起；太子耶律洪才临时主持南征事务；三朝元老耶律虹材领西京首辅衔，辅佐太子殿下；王帐成员耶律东床破格担任西京兵部右侍郎，同时受封镇国将军，节制包括君子馆、瓦筑在内的四座重要军镇。

离阳两位藩王的叛军并未立即向北方展开攻势，而是迅速蚕食广陵江以南的广袤土地。

就在整个离阳官场和军伍都以为燕剌王将自立为帝之时，中原迎来了一场影响深远的巨大震动——传言两大藩王要把那位因忠于赵室正统而享誉朝野的靖安王赵珣扶上帝位！

世人的眼光和心思都放在了这一连串令人瞠目结舌的变故上。

燕剌王世子赵铸依旧不动声色，不为世人所瞩目。

世人自然也不曾留意那个名叫北安镇的凉州小地方，在那个夜晚，浓郁的血腥背后隐藏着真正的血腥。

真正的血腥，不见血，相反，表现得温情脉脉，甚至同生共死。

偌大一座酒楼二楼，徐凤年独自坐在长凳上，闭眼打着盹。

等到徐凤年睁开眼睛，就见刘妮蓉独自一人站在桌旁。

看到她不是自己意料中的女子，年轻藩王松了口气。

哪怕注定要与另外那名女子见面，可即便只是晚一些，也是好的。

这就像游历江湖归来的世子殿下，明知道徐骁开始老了，但是慢一些，就是好的。

看着这位鱼龙帮帮主，徐凤年柔声道："坐吧。"

刘妮蓉嗯了一声，坐在他对面。

徐凤年笑问道："是不是觉得很累？"

刘妮蓉笑了笑，神色疲惫，可眼睛明亮："大概比你要轻松一些吧。"

徐凤年给刘妮蓉倒了一杯酒，开玩笑道："我不劝酒，你真的随意，孤男寡女，醉倒谁都不合适。"

刘妮蓉一笑置之，没有故作豪迈地一口喝光，只是浅尝辄止，意思到了，意味就有了。

徐凤年没有喝酒，双手插袖，缓缓道："热恼清凉，只在心境，故而佛国无寒暑，仙都似三春。只是我们终究是凡夫俗子，很难有这份境界，偶尔有，也未必长久。到最后，世上就只有两种人活得最轻松。一种是真正的大度人，有人骂老拙，老拙只说'好'；有人打老拙，老拙自睡倒。还有一种是真正的小气人，睚眦必报，讲究有恩报恩有仇报仇，甚至可以心安理得地以怨报德。前者只管往后退，后者只管向上爬。"

刘妮蓉问道："那么你呢？"

徐凤年咧嘴笑道："我当然是后者里头的前者，真小人不够分量，伪君子也当不好，两头不靠，所以裆下很忧郁啊。"

刘妮蓉没有被逗乐，相反低下头，声音低沉："鱼龙帮……"

徐凤年打断她的言语，说道："知道我为什么要你做鱼龙帮的帮主吗？你可能觉得我或者是需要一个额外的兵源之地，或者是觊觎你的美色不是一天两天了。"

哭笑不得的刘妮蓉抬起头，结果发现他的神情其实十分正经。

徐凤年平淡地道："都不是。我当初的念头很简单，觉得咱们北凉的江湖需要一两个我年少时憧憬的那种女侠。她的武功高不高不重要，重要的是她要满身正气，神采飞扬，意气风发，指点江山。她天生有一副侠义心肠，愿意路见不平拔刀相助。然后我找来找去，就只找到了一个小帮派里那个叫刘妮蓉的女子。她刚好也是喜欢江湖的，又曾经跟我患难与共。你看，就这么简单。"

刘妮蓉突然笑了："我相信。"

徐凤年打趣道："因为你傻啊，所以别人说什么你就信什么。"

刘妮蓉自嘲一笑，没有否认。

徐凤年这一刻才知道，她是真的累了。

如果是当年那个走镖北莽的刘妮蓉，早就跟自己针锋相对了，哪怕心虚也喜欢犟嘴。

徐凤年说道："鱼龙帮帮主的位置，我会找个人顶替你，还要麻烦你替我跟老帮主说声对不起，毕竟'鱼龙帮'这三个字，是他老人家一辈子的心血。"

刘妮蓉点了点头。

好似终于无事一身轻的她顿时判若两人，好奇地问道："今晚到底是怎么一回事，能说说看吗？过江龙、大湖蛟、山野蟒、洞口蛇、池塘鲤，感觉都凑齐了。"

徐凤年笑道："这有什么不能说的。在我尚未袭位仍是北凉世子的后期，其实就已经没有几个傻瓜愿意跑去清凉山自己找不痛快了。在我当上这个王爷，又成了武评大宗师后，很大一部分心怀死志隐藏在北凉的春秋遗民都接近绝望死心了。他们既无法去清凉山刺杀我，更不可能在关外铁骑的虎视眈眈下白白送死，怎么办？大概就只能满腔愤懑地等死了。然后鱼龙帮火速崛起，当时又有传闻说我跟你的关系不清不楚，当然就有很多人死马当活马医，潜入鱼龙帮伺机而动，这座酒楼的二掌柜郭玄便是其中之一。他本名郭玄象，是旧北汉忠烈之后，其父与樊小柴的爷爷同为一国砥柱，一文一武享誉春秋。只不过拂水房也没有想到，当年连尸体都确认过的郭家幼子竟然还活着，而且就在我们的眼皮子底下。

"至于你们鱼龙帮那名试图一掌拍烂印绶监掌司太监脑袋的供奉，隐藏得更深，就连化名齐撼石待在你身边的那名养鹰房死士，直到今天也没能挖出此人的真实根脚。如今人一死，就很难顺藤摸瓜了。

"那个自称崇山宋家的中年人，是旧南唐名门望族出身。虽说南唐灭国是顾剑棠做的，但为何最后会把账算到我头上，其中曲折，想必他们宋家自有理由。

"那四名刺客应该来自那个叫割鹿楼的门派，风格鲜明，不容小觑。我认为，那些春秋遗民请得动割鹿楼一般的杀手，却绝对请不动那种水准的割鹿楼精锐死士。所以这里头的水到底有多深不好说，但肯定不算浅。"

说到这里，徐凤年微微一笑，像是看到碟子里还剩下些花生米，便从袖子里抽出手，捡起一粒丢入口中："别人暂且不管，既然这割鹿楼有胆子在江湖上开宗立派，又敢大摇大摆地跑到北凉跟我掰手腕，那我就当收下一封生死自负的战帖了。"

刘妮蓉纳闷儿地道："你要亲自登门？"

徐凤年哑然失笑："凉莽大战在即，我跑去中原做什么？不过当初吴家剑冢派遣了百骑百剑赴凉，都归我调遣。不是所有的剑士都愿意战死关外，不少人想着返回故土……有二十余骑，原本我是想让他们象征性地去幽州葫芦口外厮杀一两次，每人杀敌百人就当双方都有台阶下了，现在……"

刘妮蓉也弯腰伸手，拈起一粒花生米放入口中："让那吴家二十骑直接去找割鹿楼的麻烦？"

徐凤年挑了下眉头："当然不是，还得杀够北莽蛮子一百人，再去中原踏平割鹿楼！"

刘妮蓉白了他一眼："你倒是会做买卖。"

徐凤年哼哼道："这叫燕子衔泥，持家有道！"

扬扬得意地说完这句话后，堂堂北凉王高高抛起一粒花生米，仰头张嘴接住。

刘妮蓉实在是无话可说。

一小碟花生米很快就被两人瓜分干净，刘妮蓉思量许久，终于还是忍不住问道："那些人明明连刺杀你的念头都没有了，为何还要这般不择手段？难道他们就不知道，一旦北凉、离阳为此交恶，真正吃大苦头的不仅仅是北凉铁骑，就连中原百姓……"

徐凤年连连摆手，轻描淡写地道："我前边在楼上不是跟那个郭玄象说了嘛，有些事，公说公有理婆说婆有理，这道理是讲不通的。"

刘妮蓉脸色晦暗，欲言又止，唯有一声叹息。

徐凤年想了想，缓缓道："有些人的确是什么都没了，活着就只是靠一口气硬生生吊着。你要他们把那口气咽回肚子，那比杀了他们还难受，所以你能说什么？你没有真正经历过春秋战事，有些东西难以体会。我呢，只因为是我爹的儿子，才比你多了解一些。不管怎么说，父辈的恩恩怨怨就摆在那里，父债子还，天经地义。谁如果真有本事杀了我，我认；但假若没有本事就找上我，那也别怪我杀人不嫌刀子快。道理往深处想总是好事，可麻烦往简单了解决也不是什么坏事。"

刘妮蓉问道："你就这么心平气和地说这些事情？"

徐凤年没好气地道："要不然能咋办？别人都要拿刀捅我了，我还要让那些大侠好汉先把刀子放下来，给他们讲一讲冤家宜解不宜结的道理？明摆着浪费气力，心还累，何必呢。很早以前我就想通了，为这种事情生气犯不着，不然就以我那小肚鸡肠的性格，早被那些死得一个比一个理直气壮的王八蛋、兔崽子、老混账气疯了！”

刘妮蓉脸色古怪。

徐凤年讪讪一笑，突然眨了眨眼睛，拍了拍腰间那柄北凉刀：“徐骁留了这个给我，我怕谁？退一万步说，就算哪天真被气死，我肯定也死在那些人后头，最少一百年！”

刘妮蓉打了个哈欠。

徐凤年起身后关心地道：“你早点儿睡，要不然眼角的皱纹更多了。”

刘妮蓉笑眯眯地道：“请！滚！远一点儿！”

徐凤年伸出大拇指：“这位女侠果然是性情中人……”

不等徐凤年拍完马屁，刘妮蓉已经站起身，双手负后，脚步轻盈地转身离去。

原来她一如当年，还扎着马尾辫。

马尾辫轻轻柔柔，一晃一晃，像微漾的江湖。

徐凤年离开酒楼，走在大街上。离酒楼、青楼越远，周围就越安静，然后徐凤年看到了那个身影。

他明知道她会等自己，却又最不希望她出现。

他原本舒畅了几分的心情逐渐沉重起来。

林红猿也见到了这位年轻藩王。他依旧是那个当年在春神湖畔带给她无数噩梦的家伙，看似吊儿郎当，实则精明阴险至极。

两人结伴而行，虽是闲聊，但毕竟双方的身份摆在那里，聊的不可能是鸡毛蒜皮家长里短，而是涉及广陵道战事的近期走势、离阳赵勾对时下江湖的大力渗透、顾剑棠麾下两辽边军的最新部署等军国大事。

最终，两人谈不上尽欢而散，也谈不上不欢而散。

总之，就是个不温不火的局面。

徐凤年今夜就要离开北安镇，林红猿则要返回镇上客栈，之后还要以龙宫宫主的身份参加武当论武。

所以当徐凤年破天荒先把林红猿送到客栈门口时，后者受宠若惊，漂亮的脸蛋儿上也满是“你徐凤年不是想要老娘帮你暖被窝儿吧”的幽怨表情。

徐凤年当然没有那份闲情逸致，转身就走。

林红猿有过喊住他的念头，但到最后也没有开口。

她看着那个渐行渐远的修长背影。他双手抱着后脑勺，优哉游哉。

之前在酒楼，很多事情，徐凤年对刘妮蓉开诚布公了。

但有些事情，徐凤年没有说出口。

比如为何林红猿四人会临时起意，最终选择北安镇作为与你见面的地点，为何恰好是在印绶监太监下榻青马驿的时候，又为何你刘妮蓉“恰好”在路上耽搁了一天路程。

小乞儿，你想当皇帝，我知道。那么你为什么不自己来到北凉，来这里请我喝顿酒，然后直截了当地跟我说：“兄弟，那张龙椅我赵铸坐定了，如何？！”

他没带酒来，却是林红猿到了北凉。

世间没有不散的筵席啊。

徐凤年走出北安镇后，向西一掠而去。徐婴和呵呵姑娘只是远远地跟随。

前往人迹罕至之地的途中，当空长掠如虹的徐凤年突然飘落在地，高高举起手臂，双指并拢做剑，大喝道：“两袖青蛇！”

一抹璀璨剑罡滚动如青龙，在深沉的夜幕下，尤为惊艳壮观。

徐凤年一次又一次地重复喊出“两袖青蛇”四字，于是在北安镇和凉州城的天地之间，一道道青虹连绵不绝。

剑气冲霄。

我有一剑，烘日吐霞，吞江漱月！

我有一剑，气开地震，声动天发！

我有一剑，摧山撼城，千军辟易！

接近凉州城时，汗流浃背的年轻藩王仰面躺在地上，拼命地大口喘气。

他使劲望着天空，咧嘴笑道：“无醇酒美人，不愿来此人间。无快剑挚友，不愿老此江湖。羊皮裘老头儿，你说得真好。”

在流州成为被离阳朝廷认可的北凉道第四州之前，清凉山其实就已经开始打造两条大型驿路，分别起始于控扼凉州西大门的清源军镇以及陵州西北的鸡脖子关隘，均通往流州刺史府邸所在的青苍城。

战况惨烈的密云山口战役刚刚落幕，便有三支车队在关内精骑和拂水房死士的联手严密护送下陆续进入青苍城。

三支车队的主心骨，身份大同小异，皆是一州刺史和将军，可谓当之无愧的封疆大吏。凉州有石符、白煜，幽州是宋岩、皇甫枰，陵州则是常遂、韩崂山。六人当中，三位刺史又都是在这个祥符三年上任的。尤其是白煜这个新鲜出炉的凉州刺史，让北凉道内外官场都大吃一惊。谁都没有想到，龙虎山的白莲先生，竟然会成为一位“徐家臣子”。相比之下，因为有士子赴凉在前，作为上阴学宫道德宗师韩谷子的高徒，又是徐渭熊的师兄，常遂一步登天荣升陵州刺史，就算不得如何令人咋舌了。至于原陵州别驾宋岩顺势迈上一个台阶，成为幽州文官第一把手，更显得理所应当。如今北凉官场都晓得，这位推崇法、术、势的酷吏，在新凉王当年临时担任陵州将军的时候就已经搭上线，算是第二拨投靠年轻藩王的“从龙之臣”，地位仅次于李功德、皇甫枰、韩崂山之流。

在三支车队由东往西进入青苍城之际，还有一拨人从西往东疾驰入城，加上流州刺史杨光斗，总计七位封疆大吏联袂出城相迎。在北凉道，无论在军界还是在政界，这都是极为罕见的奇高规格。

站在城门外的，有人人负剑的八十余骑，有斜提一杆铁枪的徐偃兵，还有两位拂水房大档头糜奉节和樊小柴，以及不知为何没有披挂甲胄也无佩刀的二十余骑。

马队在城门外停下，为首一辆马车的帘子被掀起后，跳下一位风尘仆仆的年轻文官。在向诸位刺史、将军微笑致意后，他便转头望向第二辆马车，招呼道：“到了。”

跟随年轻文官的视线，这些秘密会晤于青苍城的北凉道高官看到了一双缓缓下车的男女。两人年纪不大，姿色也都不出众。男子身材高大，腰扣北莽权贵独有的鲜卑头玉带；女子身段偏丰腴，腰间别有一个看似熏衣祛秽的精致香囊，上面绣有半面琵琶妆女子花纹，只可惜破损得厉害。男子望向青苍城并不显巍峨的西大门，神情淡漠。

围绕这驾马车的那二十余骑如临大敌，每人都是神情戒备。虽然这些来历不明的骑卒手无寸铁，但是作为身经百战的老卒，他们仍是选择坐在马背上，摆出随时展开冲锋的决然架势。

骑卒战死于马背上即是善终。

腰扣鲜卑头玉带的年轻男子用北莽话平淡地道：“下马。”

那些骑卒虽然满脸不甘，却还是毫不犹豫地下马落地。很多人显然有伤在身，可人人腰杆挺直。

两位年龄相仿的年轻男子都是北莽人氏，且出身显赫，只是最后的命运截然相反。前者正是原北莽北院大王徐淮南的孙子，如今以北凉道副节度使身份拜访烂陀山的徐北枳；而后者的身份仅仅得以在刺史折子、将军谍报上披露：北莽夏捺钵种檀，种家嫡长孙，北莽庙堂上数得着的新一代名将。

应了那句老话，“逃得过初一，逃不过十五”。先前在幽州葫芦口突出重围的种檀，这一次却被徐偃兵领着吴家剑冢八十骑成功拦截在姑塞州边境，然后与徐北枳在临谣军镇会合，一同来到青苍城。

当种檀凭借朱魍谍报分别辨认出城门口那些人物后，本就沉重的心越发沉入谷底。他辅助黄宋濮指挥流州战局，看似是葫芦口战役失利的后遗症——被北莽朝廷抛到了最能够捞取军功的主战场之外，但是此次出征，不但种家对他的东山再起寄予厚望，那位太平令也极为关注。在密云山口战役分出胜负之前，种檀距离大功告成已只有一线之隔：一旦数万烂陀山僧兵归顺北莽，与黄宋濮大军左右呼应，就意味着不仅凉、莽双方在流州战场上兵力差距悬殊，而且北莽还将率先在局部战场上成就“大势”。到那时，北莽大军不仅能一口吃掉龙象军，而且对以清源军镇为支撑的凉州西境甚至是直接对在第一场凉莽大战中置身事外的整个陵州，都将形成巨大的威慑。黄宋濮不管在流州胜得何等惨烈，最后只需要剩下两万到三万骑军，就可以在陵州西北地带长驱直入。打烂了陵州，就是打散了北凉边军的元气，而徐家铁骑的战略纵深也必然急剧缩小。

但是这些都成了可笑的“如果”。非但如此，直到看到北凉这一撮顶尖官员齐聚于此的这一刻，种檀才完全确定，北凉是铁了心要在流州有一番大动作，所以密云山口战役绝非两位年轻北凉将军的临时起意。

富贵险中求，求得了，那往往就是一场大富贵。

种檀微微叹息。自己何尝不是如此，只不过他种檀的运道实在太糟糕了。事后他得知，烂陀山在发现曹嵬部骑军后，并没有隔岸观火，相反迅速拢起了两万僧兵赶赴战场，甚至有三千骑撇下了主力大军，几乎咬住了曹嵬部骑军的尾巴。烂陀山不可谓不果断，只要再给他种檀小半个时辰，就能攻破密云山口外谢西陲用尸体堆积出来的血腥防线，或者只要曹嵬慢上片刻，就会被三千名烂陀山僧兵彻底缠住。种檀实在想不通，曹嵬也就罢了，毕竟是土生土长的北凉武将，为何谢西陲愿意为北凉如此死战不退，为何甚至不惜将性命交给曹嵬？

种檀只觉得这场败仗，自己输得很冤枉，也输得一点儿都不冤枉。

种檀此时此刻还不清楚，自己输给曹嵬和谢西陲联手，将会被后世史家誉为

“虽败犹荣”。因为曹、谢两人，在祥符之后的整整三百年里，都各自稳稳占据着“十大名将”之一的头衔。许多年后，种檀成为第一位跻身中原庙堂中枢的北莽人，与曹嵬各自成了兵部衙门的左、右侍郎。那个时候，朝野上下呼声极高，最有资格与寇江淮争夺兵部尚书一职的谢西陲，却在庙堂之高和江湖之远中选择了后者。后世笑言，若是谢西陲没有放弃仕途的话，那么那座兵部衙门就可以称为“密云山口”了。

在来青苍城的路上，种檀与徐北枳这两位分属不同阵营的一武一文，有过几次开诚布公的谈话。种檀大致知道，沦为阶下囚后，自己的脑袋暂时不至于被北凉边关铁骑用来祭旗，或者是被直接砍下来丢到葫芦口那边，去给那几座巨大的京观“添砖加瓦”。

种檀从不相信“生不如死”这个说法，人只要还活着，就有东山再起的希望。

所以一路行来，种檀没有任何自讨没趣的小动作。当然，这也是因为他心知肚明，除非是北莽军神拓跋菩萨亲自领军赶至，否则以徐偃兵和那八十骑吴家剑士的恐怖战力，当真是陆地神仙也救不了自己。

就在此时，一辆马车从城门处驶出，从马车上走下三人：三位官身比那些刺史、将军还要高的北凉道大人物——北凉道副经略使宋洞明、副节度使杨慎杏，还有北凉王徐凤年。

年轻藩王在和杨光斗等人略微寒暄过后，就来到徐北枳和种檀身前，看着这位北莽夏捺钵和他的贴身侍女，用地道纯熟的北莽官话道：“当年河西州持节令府邸一别，咱们又见面了。”

种檀淡然道：“如果早知道王爷的身份，当时我怎么都会留下王爷。”

徐凤年摇头笑道：“当时我虽然境界不高，但是就算你和这位来自公主坟的高手尽力拦阻，也未必拦得住我跑路。”

种檀冷笑道：“王爷别忘了，当时我父亲和小叔都在附近。”

徐凤年说了一句莫名其妙的话：“事先说好，没有别的意思，我只是一直很好奇，你叫种檀，你弟弟叫种桂，你叔叔叫种凉，都是两字姓名，为何你爹叫种神通？”

种檀皱了皱眉头，没有回答这个问题。

徐凤年让宋洞明和杨慎杏与那些刺史、将军先行去往流州刺史府邸，自己则拉着种檀和徐北枳步行入城。

年轻藩王和离阳最年轻的副节度使并肩而行，种檀和侍女刘稻谷这对主仆紧随其后。

种檀看着那个背影，开门见山地问道："敢问王爷，我是死是活？死是何时死？活又能活多久？"

徐凤年没有转身，微笑道："这得看你自己。"

种檀沉声道："如果王爷是想让我说服种家阵前倒戈，那就既高看了我种檀的分量，也小觑了我种家的家风。"

徐凤年忍不住停下脚步，转头望向这位神色坚毅的夏捺钵，笑意古怪，道："这话说早了。"

种檀对此百思不得其解，但也懒得刨根儿问底儿，犹豫片刻，问道："流州这边，北凉用谁针对黄宋濮大军，用谁孤军深入直奔西京？"

徐凤年放缓脚步，与种檀并肩前行，坦诚地道："原本是用我弟弟黄蛮儿和流州将军寇江淮针对黄宋濮，现在可就要加上谢西陲领军的烂陀山僧兵了。郁鸾刀的幽州骑军也会与曹嵬部骑军遥相呼应，共同进入你们南朝腹地。"

种檀点了点头："流州境内战事，你们北凉本来是勉强能战，如今却是勉强能胜。我们大好形势，却功亏一篑。"

徐凤年笑道："种将军是大功臣啊。"

种檀神色淡然，而他的那位贴身侍女可就没有这份老僧定力了，顿时杀机四溢。

徐凤年无动于衷，继续说道："先前我说你话说早了，意思是你不用着急。如果北凉关外战事不利，比如拒北城失守，那么你种檀肯定会死。但若是关外战事走势出人意料，比如我们北凉铁骑能够在明年重新夺回虎头城，那么你自然而然就有'分量'了。"

种檀面无表情地道："那我拭目以待。"

徐凤年突然打趣地笑道："我当年去北莽那趟，从头到尾都必须说你们北莽的言语。你种檀运气比我好，到了这青苍城也不用说中原官话。"

种檀一笑置之。

倒是那位公主坟女子高手冷笑道："听说北凉徐家与离阳赵室恩怨极深，不料王爷倒是有一副以德报怨的菩萨心肠，死心塌地为离阳皇帝看家护院！"

不等徐凤年说话，种檀就轻声喝道："稻谷！"

她眼神阴沉，嘴唇紧紧抿起，毫无惧意，与那位身为武评大宗师的年轻藩王对视。

她视死如归。

一直没有插话的徐北枳不轻不重地撂下一句：“这话说得……有些伤感情了，不太厚道。”

种檀将刘稻谷拽到身后，第一次流露出认输服软的神情：“还望王爷恕罪。”

徐凤年瞥了眼她腰间那个破旧的锦囊，问道：“喝没喝过我们北凉的绿蚁酒？”

她的言语中满是讥讽：“早年喝过一次就再不愿喝了，粗劣得很，不过下毒的绿蚁酒我倒是想喝，王爷记得到时候别太小气，一杯不够，来一壶。”

种檀转头怒喝道：“刘稻谷！你想死别拖上我！”

徐凤年从她脸上收回视线，有些意兴阑珊，继续向前走去：“行了，你们主仆二人就别演戏了。一个想着自己血溅当场死了，好让那位王爷减少怒火，为主人多赚一丝生机。一个想着跟贴身丫鬟撇清关系，以免她被人迁怒。说到底，你们俩的演技啊，比绿蚁酒的滋味，粗劣多了。”

种檀和她在被揭穿后皆是哑然。

徐凤年抬头望向远方，怔怔出神。

他之所以问那个有关绿蚁酒的无聊问题，是因为在看到这位公主坟的谍子死士后，没来由想起了梧桐苑那名被自己取了个“绿蚁”绰号的丫鬟。

男子愿为家国壮烈而死，为知己者死，死得慷慨激昂。

有些女子却是只愿为男子而活，只为悦己者容，最后便是死，也死得柔肠百转。

接近刺史府邸时，种檀、刘稻谷和那二十余种家精骑，在麋奉节、樊小柴和几名拂水房谍子的“护送”下离去。

徐北枳站在官邸外的阶下，望着那行人的背影，自嘲道：“本来我都想好了措辞，让你别急着杀种檀，都白费了。”

徐凤年笑而不语。

徐北枳问道：“怎么，想招降这位用兵不俗的北莽夏捺钵？可不像啊，否则就该是礼贤下士相见恨晚这个套路了。”

徐凤年摇头道：“我用谁都不会用种檀。”他很快补充道，“再说了，你也没把他五花大绑嘛，我怎么快步上前赶忙亲自为其解缚？”

徐北枳龇牙咧嘴道：“倒胃口！”

徐凤年突然笑问道："你说种檀有几颗脑袋？"

徐北枳愣了一下，翻白眼道："说笑话？一点儿都不好笑。"

徐凤年望向远处，轻声道："幽州葫芦口内，有卧弓城、鸾鹤城两座城，可他种檀脖子上只有一颗脑袋，不够分啊。"

徐北枳点头道："那就先留着吧，说不定以后大有用处。一旦北莽真被我们逼得内乱横生，种檀所在的种家确实可以添一把大火。"

徐凤年嗯了一声。

徐北枳似乎记起一事，好奇地问道："种檀也就罢了，怎么连那名北莽女子也没杀，是怜香惜玉不成？这我可就得说说你了，那名侍女的姿色那么平庸，你果真下得了嘴？"

徐凤年无奈地道："你这话说得也太不厚道。"

很快，这位柿子就搂住橘子的肩膀，嬉皮笑脸地道："难道你刚才没发现，那女子看似视死如归，其实早已经是汗流浃背了？而且我当时那么重的杀气，你也没察觉吗？我当时都差点儿忍不住提醒你一句——'我杀气太重，快躲开！'"

徐北枳只打赏了一个字："滚！"

徐凤年撇了撇嘴。

徐北枳收敛神色，低声道："种檀有句话说得真妙——'拭目以待！'北莽西线主帅王遂，河西州持节令赫连武威，太子耶律洪才，新任西京兵部侍郎耶律东床，以及深深扎根在北莽版图上的某些春秋棋子，如今再加上一个种家，真是……"

徐凤年接过话，缓缓道："离阳这边也有蠢蠢欲动的顾剑棠，两淮道经略使韩林，胶东王赵睢，蓟州韩芳、杨虎臣！所以真是……好重的杀气啊。"

整个天下，杀机四伏。

武当山脚的逃暑镇因为是烧香南山道的起始，又由于传闻是祁嘉节那万里一剑的收官之处，加上临近武当论武，一座原本名声不显的小镇顿时变得热闹非凡。武当山上大小道观早就人满为患，所以逃暑镇诸多客栈的下等房都卖出了上等房的高价，酒楼生意更是用"日进斗金"形容也不为过。

一些慕名远道而来的江湖人士，一开始在街上认出了快雪山庄庄主尉迟良辅时，还会一惊一乍，等到进了酒楼惊喜地发现隔壁两桌外就坐着幽燕山庄的少庄主张春霖，然后听说楼上还坐着江南道箶鼓台的众多仙子，紧接着看到大步走入酒楼的十六散仙之一的辽东紫檀僧，就彻底麻木了。寻常行走江湖，凤毛麟角的宗师那都是神龙见首不见尾的稀罕存在，这下倒好，就跟烂大街的白菜一样，想不见到都难。

小小一座逃暑镇，卧虎藏龙。

于是，无论是何等宗门背景的年轻俊彦，何等修为的一方枭雄，都再不敢大嗓门儿说话了，就怕不小心随地吐了口唾沫，星子都会溅到某位武道宗师的衣服上，那就真要吃不了兜着走了。这可绝非危言耸听，先前鱼龙帮捎话给武林同道：在北凉道境内，点到即止的切磋无碍，却不准因私怨斗殴伤人，否则一经发现，境内的徐家铁骑立斩不赦！

先前半旬就有两个触了霉头的可怜蛋，因为某人吃饭瞥了眼邻桌，双方一言不合便拔刀相向，一人当场重伤，另外一人豪气纵横地扬长而去，结果后者仅在一炷香内就被当地骑军绞杀，头颅悬挂于闹市示众。这让人明白了一个道理：行走江湖，尤其是原本一直游离于中原之外的北凉江湖，没事千万别瞎瞅，更别胡乱动手，会死人的。

许多武林豪杰还专程赶去凑热闹，目睹了那场别开生面的骑军追剿，那名轻功不俗的成名高手，竟然在北凉两百骑的一次冲锋下就毙命了，什么水上漂、草上飞，什么三品武夫体魄，在训练有素的轻弩激射之下，根本毫无还手之力。北凉骑军的正面冲锋、外围游弋、快马堵截一气呵成，相比之下，中原那边官府捕快跟绿林好汉的过招，就像是泼妇挠人、打情骂俏，有着天壤之别。

小镇外的官家大道一侧有座茶摊。正值晌午，茶摊在贩卖武当著名的定神凉茶汤，加上香气弥漫的春晓饼，生意火爆。路边的槐柳下站满了陪主人一起歇脚的高头大马，六七张满是油垢的桌子都坐满了外乡茶客，人人气质不俗，显而易见都是奔着武当论武而来的江湖人。两张桌子边围坐着八位身前各自放有古筝、箜篌、忽雷等乐器的妙龄女子。一张桌子边坐着并未携带兵器的青壮汉子，双眼精光外泄，坐姿雄壮，一眼便知是登堂入室的外家拳高手。一张桌子边的年轻人每人都背有一杆白杆枪，虽是日常练手的木枪，但是四人木枪的样式截然不同，有线条相对烦琐的鸦颈枪，有线条简洁的锥枪、大蜀笔枪和东越裂马枪。如果不是吃饱了撑的装神弄鬼，那么这四位用枪的年轻人必然师出名门。

这四张桌子众星拱月一般围着居中那张“主桌”，桌边坐着年龄看似悬殊的三人：年轻女子腰佩一支晶莹剔透的青玉长笛，婀娜动人；双鬓微霜的男子身负长、短两个布囊；中年男人身材矮小，比前者足足矮了一个脑袋，但是神色间顾盼自雄。

其余两张桌子边坐着的，大概都是对这五桌抱团人物来说的外人，位置也相对靠近道路，一旦有车队马匹路过，尘土飞扬，也就不知道到底是喝茶还是吃灰了。

此时，一辆马车缓缓停下。三名骑士担任马车扈从，年轻的马夫转身掀起帘子，一位身穿白衣的俊雅男子弯着腰从车厢内走出。他习惯性地眯起眼，依稀望见逃暑镇的轮廓。与手下窃窃私语过后，男子返回车厢。年轻马夫跳下马车，从一名扈从手中接过马匹缰绳，那名扈从则接替了马夫的位置，马车继续向小镇驶去。三名扈从仅有一骑跟随年轻马夫留在原地，是位腰间佩刀的年轻女子，容颜出众，可惜脸色阴冷，白白减了许多风采。

大概是大户人家仆役的这对年轻男女牵马走向茶摊，正巧也有两位与他们年龄相仿的男女从远处的河畔散步返回。女子背着一把裹在西蜀纹锦套内的琵琶，唇薄嘴小，婉约且妩媚。那名结伴而行的男子就要逊色太多，长了一张“相当辟邪”的蛤蟆脸，而且太过少年老成，笑起来的时候怎么看都不像一位江湖俊彦，属于那种哪怕有良民户牒在身也会被城门守卫当作采花贼的角色。当两对年轻男女同时走向茶摊时，“蛤蟆脸”的小眼睛滴溜溜地转动着，露骨地打量着那名马夫身后的女子佩刀扈从。这位已经碗里有肉吃的仁兄显然不太知足，又盯上了锅里的肉，只不过碍于佳人在侧，不好意思露出太难看的吃相，终究没有上前搭讪。当发现那名陌生女子投来冷冽的眼神时，他微微咧嘴，挑了下眉头。然后就看到她竟然单手握住了刀柄，一副拔刀相向的架势，他更是乐不可支。呦，还是匹胭脂烈马，若是往日，他可是最好这一口，忍不住习惯性地伸出舌头舔了舔嘴唇。

这个动作惹来佩刀女子的一声冷笑。“蛤蟆脸”倒是没觉得怎么奇怪，但是那居中一桌的三人几乎同时屏气凝神，如同二虎相遇于一山。

矮小汉子沉声道：“长风，回来！”

与此同时，先前给人担任马夫的年轻人也停下脚步，拍了拍身旁女子的肩膀，后者顿时神意内敛，杀气外泄。

“蛤蟆脸”悻悻然，和嘴唇纤薄给人的印象尤为深刻的女子一起走向长辈的桌子。刚好邻近官道的一桌客人结账离去，另外那对男女便顺势坐下，只要了两大碗定神汤。

佩刀女子压低嗓音娓娓道来：“那名驻颜有术的女子，是淮南道缥缈峰的宗主陆节君，二品宗师修为，不知为何与北派炼气士渊源颇深，得以身负两种指玄神通，如今与徽山大雪坪交好，和离阳刑部关系也不错。刚才开口的男子叫冯宗喜，拂水房谍报记录此人曾经在永徽末年败在武帝城拳法大家林鸦手上，两人交手了四十余回合，离阳江湖人称‘中原神拳’，与‘飞婵仙子’陆节君、紫檀僧等人并列为‘十六散仙’。至于那名背负枪袋的男子，从他与随行弟子的行囊推测，多半是‘祥符十二魁’之一的‘枪魁’李厚重，同时也是‘四方圣人’之一。此人是新近冒头的中原武人，是以先前并未在拂水房入档。三人之中，其实也就李厚重还算有几分真本事。”

同桌男子正是护送白煜离开流州青苍城去往逃暑镇的徐凤年。白莲先生和两禅寺‘白衣僧人’李当心曾经在十年一度的龙虎山佛道之辩中互相打过机锋，况且徐凤年刚刚得到消息，至交齐仙侠也已经与东越剑池柴青山结伴赴凉。所以这场武当论武，他是无论如何都不愿错过的。背对那一桌人的徐凤年嗯了一声，轻声道：“虽说比起徐偃兵还差许多火候，但应该跟韩崂山的修为相差无几，路数也相同，都是大开大合，而且大器晚成，有机会成为‘枪仙’王绣那般的大宗师。你与他交手，胜算不大。”

与麋奉节一起成为拂水房乙字房掌事的女子淡然道：“我只知道自己绝对能够杀掉他。”

徐凤年哑然失笑：“以命换命的赔本买卖，有什么值得骄傲的？”

樊小柴默不作声。

徐凤年瞥了眼不远处那位独占一桌的青衫年轻人：“拂水房没有此人的档案？”

樊小柴愣了一下，摇头道：“没有。”

徐凤年解释道：“太安城祁嘉节和北莽‘剑气近’黄青，还有武帝城舍道求术的楼荒，遇上旗鼓相当的死敌，皆是满身剑气。世间登堂入室的剑客大半如此，剑气远远重于剑意，即便返璞归真后不显山不露水，一旦出手，还是会一览无余。只有极少数剑客才会天生意气风发，也就是所谓的天然剑坯。这种罕见的天才，只要开窍，再加上一点儿气运，往往可以达到陆地剑仙的成就。遍观春秋之前的江湖，历代剑道魁首莫不是如此。”

樊小柴用余光打量着那名貌不惊人的年轻人，皱了皱眉头：“他也是？”

徐凤年点头道：“这些年走了那么多位剑道宗师，自然会有人应运而起。例如顾剑棠和南疆卢玄朗突然死了，只需要五六年，就会有人一鸣惊人。”

樊小柴眼神古怪，瞥了眼腰间还悬挂着北凉刀的年轻藩王。

你这位使刀的武评大宗师若是死了，又会给谁带去那份滔滔如广陵江的气数恩泽？

是王生、余地龙和吕云长这三位徒弟？

还是那位也是剑坯的姜姓女子？助她一步跻身陆地神仙之列？

猜出她心思的徐凤年狠狠地瞪了她一眼。

樊小柴一手端碗喝茶汤，桌底下那只手按住刀柄细细摩挲。

曾经十指不沾阳春水的纤纤玉手，如今却握着杀人饮血刀。

樊小柴突然问道："当真不登山？"

神情略微古怪的徐凤年摇头道："我就算了，不过你要是想凑热闹，就不用随我去拒北城了，褚禄山那边我帮你打声招呼。我觉得你不妨去趟武当山，毕竟这种盛况，以后未必见得着了。"

樊小柴笑道："武当山再高，有你高？"

徐凤年翻白眼道："拍再多马屁都没用，我就算英年早逝，也不会把气运过渡给你。"

樊小柴一笑置之。喝过了那碗定神汤，她还真有几分气定神闲的意味。

樊小柴猛然间握紧刀柄，气势勃发，毫不掩饰的浓郁杀气，就连远处那位"蛤蟆脸"都感受到了。

这即是拂水房大档头樊小柴的作风，她要杀人，从来都是光明正大，不分胜负，只分生死。

那名她看不穿深浅的年轻剑士起身，端着茶碗向他们走来，很不客气地一屁股坐下，跟年轻藩王相对而坐。

徐凤年微笑着不说话，对于这名不知名剑客的冒昧打搅并不以为意。

那人落座后，神情肃穆，一本正经地道："不料世间竟有与我一般英俊的男子，幸会幸会。"

樊小柴忍不住嘴角抽搐。她这辈子见过不要脸的，还真没见过这么不要脸的。

然后那人转头凝视樊小柴："姑娘的刀好，刀法更好，只可惜刀势不尽如人意。"

樊小柴一脸笑意："哦？"

那人举了举手中茶碗，如同私塾的教书先生，一板一眼地道："我家乡那边盛产一种大家闺秀钟情的青花压手杯，握于手中，大小、分量均适中，微微外撇的杯沿熨帖合手，故有‘压手’之誉，无论饮茶、喝酒，都切合女子体量。反观姑娘的先天体魄并不出众，只是凭借家学渊源或是宗门底蕴，融会贯通，靠着气盛于心胸才有今日修为，但是长此以往，必然伤身。须知气势气势，最重‘顺势’二字。姑娘修行，却是反其道行之，恰似酒量平平的女子故作豪迈，以大碗饮酒，绝非长久之计。”

樊小柴语气平淡地撂下一句：“你是我爹？”

那人略作思量，平心静气地道：“自然不是，不过我可以做姑娘的夫君。”

喝茶比樊小柴要慢许多的徐凤年听到这句话后，差点儿一口水喷出去。

樊小柴微微一笑，好似并不恼怒这个登徒子的浪荡言语，只是刀已出鞘寸余。

那人原本右手提碗，左手搁在桌底的膝盖上，这个时候，他的左手突然高高举起。

分明只是一个轻描淡写的平常动作，竟让杀人如麻的拂水房头等杀手刹那间头皮发麻，生出一股荒诞不经的错觉——

刀出鞘之时即是自己的死期！

樊小柴握刀的那只手微微颤抖。

哪怕是对上无论是武道境界还是对敌经验都胜出一筹的糜奉节，樊小柴都不曾有过这种悚然的感觉。关键是她自认从不畏死。

那名深藏不露的年轻剑客没有乘势出手，只是转头对茶摊老板喊道：“添三碗定神汤。”

徐凤年笑道：“厉害。”徐凤年对樊小柴说道：“不用紧张，这位公子没有恶意。”

樊小柴脸色苍白，眼神越发阴沉。

等到茶摊掌柜的把三碗定神汤端到桌上后，那人点头道：“当然没有恶意，我自入江湖以来，一直以为会与徽山大雪坪那位轩辕紫衣结为神仙眷侣，但是见到眼前这位姑娘以后，便觉得那名女子必定要错过我这良配了。”

徐凤年不得不重复道：“厉害。”

那人又转头，对樊小柴善解人意地道：“姑娘想杀我也并非不可，不过最好喝过了茶汤，再寻个僻静宽敞的地方。届时我肯定不还手，任由姑娘出刀。”

樊小柴深呼吸一口气，五指死死地握紧刀柄，咬牙切齿地道：“你找死？！”

结果那人给出一个谁都没有想到的混账答案，他的神色无比认真：“我找你。”

樊小柴眼神中透出视死如归的毅然决然，不顾一切地拔刀出鞘，就在刀尖即将彻底露出，浑身气势攀至顶点的瞬间，一直一板一眼的年轻剑客破天荒微微一笑，身体向着樊小柴微微前倾，左手双指并拢，电光石火之间指向了樊小柴的眉心，并停留在距离她眉心寸余的位置。

动静之中，大有意味。

樊小柴的身体迅猛地后仰，试图避其锋芒。

但是那人松开双指后，手掌轻轻按住她的肩头。

樊小柴嘴角渗出触目惊心的猩红血丝。

徐凤年眯起眼。

那人这一手的确了不起，不在招式新奇或是气势高绝，而在其心意之深。

樊小柴抬起手臂，随意地擦拭掉血迹。

年轻剑客依然扶住她的肩膀，收敛了笑意，语重心长地道：“姑娘，论及气势雄壮，浩然正气可成，凶邪戾气也可成，区别在于，前者就如这条驿路，数骑并肩也无妨；后者却是那仅有立锥之地的独木桥，掉头不易。人之郁气沉疴，积重难返。为何世人有‘不吐不快’一说？便是此理啊。我辈武道修行，无论刀剑还是拳法，都是长久事，哪有能一鼓作气登顶的？任你是陆地神仙，与人死战，也需要换上一口新气。”

樊小柴嘴唇紧闭。

事实上，她此时此刻已是满口瘀血，连说一个“滚”字都做不到了。

但她仍然不愿意吐出这口瘀血。

如果说北凉王徐凤年是她这辈子最想杀的人物，那么眼前这个脑子被驴踢过不止一次的家伙可以排在第二位，已经超过早年亲手将她变成拂水房死士的褚禄山！

徐凤年叹息一声，举起刚送来的那碗定神汤，往先前那只空碗里倒了大半茶汤，这才递给樊小柴。

她犹豫了一下，才接过白碗，抖落那人按在她肩头的手掌，转过身去，低下头，将鲜血吐入茶碗，连同茶汤一饮而尽。

除去徐凤年，附近那些桌子旁的江湖人物，也许就只有“雪庐枪圣”李厚重参透了些许玄机。

即便是在缥缈峰陆节君和拳法巨匠冯宗喜看来，年轻剑客的出手除了快，并无丝毫出奇之处，而这种快，似乎也仅是快而已。

至于其他人，更是满头雾水，莫名其妙。

那名年轻剑客望着樊小柴的背影，欲言又止，最后还是没能说出什么话。

他转头看向徐凤年，问道：“你要么是不曾习武的平常人，要么是擅长炼气的顶尖人物，否则我不至于捕捉不到你气机流转的独到之处。但你既然有胆子悬佩北凉刀招摇过市，身边又有……这位姑娘同行，相信身份不简单，那么……”

徐凤年安静地等待下文。

这一次，年轻剑客果然又没有让人失望：“那么敢问这位姑娘的芳名？”

徐凤年微笑道：“以前叫樊小钗，钗子的钗；如今叫樊小柴，柴火的柴。”

那人点头道：“如我所料，都是好名字！”

徐凤年无言以对。

自己闯荡江湖这么多年，终于遇着脸皮厚度不相上下的对手了！

不过当年最落魄的那趟江湖之行，自己好歹除了脸皮，还能靠脸向村妇小娘儿们讨水喝，堪称所向披靡从无败绩，可眼前这位，那纯粹是靠一张脸皮啊。

那人想了想：“算了，本来还想跟你打听一件事，现在不需要了。反正去不去武当山已经无所谓了。”

已经知道年轻剑客身份的徐凤年笑问道：“为什么无所谓？难道你真的不去跟那位北凉王一争高下？”

年轻剑客满脸错愕地道：“你知道我是谁？”

徐凤年点头。

他揉了揉下巴，恍然大悟道：“你能够仅凭相貌就猜出我的身份，殊为不易，不过话说回来，也在情理之中。”

徐凤年开始有些理解樊小柴的心情了。

樊小柴已经转回身，将白碗搁在桌面上，死死地盯住那人：“我必杀你！”

那人既无讥讽也无恼火，咧嘴一笑，阳光灿烂：“随你喜欢。”

徐凤年好奇地道：“你不是开玩笑？”

那人正襟危坐，沉声道：“我从不与人开玩笑！真正喜欢一个人，难道不正是一见钟情？我想，不是相濡以沫才会喜欢上一个人，而是喜欢上一个人后，才会相濡以沫。怎么，你不信？”

徐凤年看着这张年轻的脸庞，有些恍惚。

他想起了羊皮裘老头儿和那位酆都绿袍。

原来，如今的江湖，亦有痴人。

不可理喻，不用理喻。

徐凤年笑着轻声道：“我相信。”

樊小柴面无表情地问道：“你是谁？！”

徐凤年情不自禁地揉眉头。果不其然，对面这个家伙又开始伤人于无形了：“小柴姑娘，我喜欢你，与你喜欢不喜欢我没有关系。”然后他对樊小柴眨了眨眼睛，“如果有一天，我不再喜欢你了，不要奇怪。”

樊小柴的情绪几近崩溃，怒吼道：“你到底是谁？！”

年轻剑客直到这个时候才按住腰间的剑柄，目光清澈，望着她笑道：“太白剑宗，陈天元！”他略作停顿，大声道，“所以，我不喜欢你之时，只有陈天元剑断之时！”

附近那几桌，只要是刚好在喝茶汤或是嚼饼的年轻男女，无一例外都当场一口喷出。

太白剑宗，“谪仙人”陈天元！

百年江湖，群峰竞秀，可春秋“剑甲”李淳罡之后，只有陈天元是当之无愧的剑道天赋最高，破境最快之人！

陆节君和冯宗喜同时悄然望向“雪庐枪圣”李厚重，后者微微点头：应该就是太白剑宗那位。

与三位前辈坐在一张桌子上的“蛤蟆脸”和薄唇美人面面相觑。

不是说太白剑宗谪仙人初出江湖便以白衣白马悬佩白鞘长剑名动天下吗？

不是说那位谪仙人丰姿如天上神仙吗？

徐凤年慢悠悠地举起茶碗，没有急着喝茶汤，而是举目远望，怔怔出神。

此人此时此景。

他人别时那景。

曾经有位喜欢抠脚的糟老头儿，气哼哼地说：“什么老剑神！就是剑神！”

曾经有位穷得叮当都不响的木剑游侠儿，豪气万丈地说：“如果有天江湖上出现了一位姓温的绝代剑客，不用怀疑，那就是我了！”

有人已不在世间。

有人已不在江湖。

有人则还在眼前。

徐凤年回过神后，放下茶碗，对那边战战兢兢的茶摊掌柜喊道：“有没有绿蚁酒？来两壶！”

如今北凉道辖境已经禁止酿酒，所以大大小小的酒肆，新酿绿蚁是注定没有了，多是往年窖藏。这座茶摊因为赶上趟儿，要做外乡江湖豪客的生意——毕竟一碗定神汤才几文钱，远远不如卖酒容易赚钱——特意从酒楼买了些相对粗劣的陈年绿蚁酒过来，现在还剩下四五坛，就给这一桌拎了两坛。如今一坛的价格抵得上前几年的四坛绿蚁了，好在北凉这边从无兑水的习惯，绿蚁有好坏，但都地地道道。随着中原江湖人蜂拥赶赴武当山，也不知是谁率先喊出来的，说是“不喝绿蚁酒，就白来北凉了”。

陈天元问道：“你请客？”

徐凤年点头道：“你请我定神汤，我回请你绿蚁酒，有何不妥？”

陈天元认真地道：“没有不妥，只不过我不喝酒。”

徐凤年讶异地道：“天底下还有不喝酒的剑客？”

陈天元指了指自己，一脸天经地义地道：“我就是啊。”

徐凤年看着桌上的两坛绿蚁酒，有些尴尬。

徐凤年、陈天元那一桌之外，心情最为复杂的人物，肯定是“蛤蟆脸”、薄唇女子这些心高气傲的年轻人。他们若是在离阳一州之内，毋庸置疑，俱是头等风流人物，可就怕货比货，就像那名背负琵琶的冷艳美人，不管她在淮南道江湖有多少裙下之臣、跟风之徒，真正走入更大的江湖，有幸接触到一品四境的顶尖武夫这些“天上风光”后，都会心虚。对太白剑宗那位年轻谪仙人，远在天边之时，作为年龄大致相当的江湖子弟，既有惊艳，又有质疑，更多的是艳羡。当下冷不丁换成了近在眼前，他们就更是百感交集，觉得对方高不可攀，难免自惭形秽，又奢望能够攀谈一二。

他们心知肚明，自己更多的是靠宗门靠师父才得以风风光光走江湖，但是陈天元截然不同。

据说北莽有人曾一人即宗门，那么在短短一年内连破二品、金刚和指玄三境的陈天元，相形之下也并不逊色。

这位在同龄人中一骑绝尘的年轻剑客，是有资格与他们的靠山平起平坐的，前程更是不可估量。离阳江湖公认的“四小宗师”之中，无疑陈天元未来的成就最高！

他的成就到底能有多高？可能“剑甲”李淳罡和凉王徐凤年有多高，陈天元就能有多高。

“蛤蟆脸”向那位绰号响当当的冯宗喜小声问道：“师父，这位太白剑宗的年轻人，如今的武道修为真的进入指玄境了？”

身材矮小却独具气势的拳法宗师点头道：“应该不假。”

薄唇女子双眸熠熠，秋波流转。

她怎么也想不到，那个貌不惊人的青衫男子，自己一眼斜斜瞥过就不愿再看第二眼的家伙——正是她心目中未来天下剑道的领袖人物。

落差很大，但惊喜也很大。

虽说陈天元不是传闻中的李淳罡第二，最不济看上去也并非风流倜傥之人，但只要他的剑道天赋没有太大水分，就足以让她心甘情愿地竭力依附。

冯宗喜小声笑道：“长风，借此机会，跟你说一桩秘事。你可知为何天下剑道登顶之人，往往能够成为那一代江湖的天下第一人？”

窦长风嘿嘿笑道：“师父请说，徒儿洗耳恭听呢。”

冯宗喜缓缓道：“习武之人万万千，抛开三教中人不言，就属世间剑士最重气数，此消彼长，都在争个一枝独秀。说到底，卧榻之侧，岂容他人鼾睡。”

窦长风似懂非懂。

坐在缥缈峰陆节君身侧的薄唇女子柔声问道：“是不是就像陆地神仙的人数都有定数？”

身负指玄秘术的陆节君微笑点头。

窦长风哦了一声：“那跟官场差不多嘛，六部尚书，六把交椅，一个萝卜一个坑。”

双鬓霜白的“雪庐枪圣”低头喝茶，扯了扯嘴角，满是不屑。

窦长风小心翼翼地问道：“师父，我去谪仙人那一桌坐坐？嘿，就当沾沾仙气了。”

冯宗喜嗯了一声。

这个“蛤蟆脸”屁颠屁颠地一路小跑过去，十分热络地说道：“在下窦长风，能否与……”

陈天元根本就没有理睬这位离阳江湖新评“十大公子”之一的俊彦翘楚，直接转头望向冯宗喜。

他先前几乎与这个姓窦的同时看到樊小柴，窦长风的那副嘴脸，陈天元都清清楚楚地记在心头。

与缥缈峰陆节君同样在大雪坪跻身前列席位的拳道宗师冯宗喜，心底对这名风头一时无两的晚辈有些不悦，但是脸色如常，只不过也没有按照陈天元的意思，把热脸贴冷屁股的徒弟窦长风喊回原位。窦长风天资平平，性子更是不堪，冯宗喜既然能够达到今日的武道高度，加上常年奔波在外，少不得与三教九流打交道，自然早早练就了火眼金睛的识人本领。只不过窦长风是位身世显赫的世家子弟——出身嫡房却非长子而已——家族供奉更是一位退出江湖隐姓埋名的前辈宗师，早年曾经有恩于冯宗喜，窦长风这才成了这位中原神拳的得意弟子。况且冯宗喜这辈江湖人最重脸面一事，讲究人敬我三分我敬人一丈，只喝敬酒不吃罚酒。陈天元虽说名声极大，与龙虎山齐仙侠、武帝城江姓打潮人、金错刀庄庄主并称为新武评“四小宗师”，可是冯宗喜还真不怵这位宗门远离中原的年轻谪仙人。退一万步说，他身边还有宗门势力盘根错节的陆节君，更有“大雪锥枪下唯死人”的李厚重。因此，冯宗喜岂会自降身份向一位晚辈示弱？传出去后，他还怎么混江湖？有师父撑腰的“蛤蟆脸”窦长风顿时心中大定，既然拉拢不了这位太白剑宗的天才剑客，那么借势踩上几脚，毁掉一个江湖名声还要在自己之上的家伙，真是天大的美事一桩啊。

一袭青衫的陈天元缓缓站起身，脸色平静：“今日起，我的佩剑更名为‘木柴’。”

这句话，显然只是向樊小柴一人而说。

徐凤年忍住笑意，瞥了她一眼。

后者像是全然无动于衷。

冯宗喜皱了皱眉头。按照中原江湖那边不成文的规矩，假若冲突双方实力并不悬殊，又都知根知底的话，肯定都是先坐下来谈，不坐下来也行，即便最后还是要打，也会站着先磨一磨嘴皮子。

他没有想到，这位后起之秀根本就不懂那套“礼数”。

窦长风唯恐天下不乱，煽风点火道：“陈公子，我并无他意，你为何连这点儿面子也不给？好，就算陈公子你不愿与我窦长风结识，算我自作多情便是，没关系，但是我师父与雪庐宗主和飞婵仙子都在场，你又何必报出剑名，咄咄逼人？”

背对樊小柴的陈天元柔声道：“放心，我不会输。”

徐凤年忍俊不禁：你难道不清楚，樊小柴这会儿是想着你给人乱刀砍死吗？

一人撑起一座宗门的年轻人在说完这句话后，气势陡然一变。

虽然他连剑柄都不曾握住，满身无剑气，剑意却冲霄。

腰悬三尺。

如挂大江。

徐凤年抬头望向武当山大莲花峰的方向，有些头疼。

这一刻，冯宗喜终于神情微变。

他自认已经有意高估这位剑道谪仙人了，可现在才知道，自己仍是低估了对方很多。

就连已五十高龄却貌若十八的缥缈峰陆节君，都不得不站起身充当和事佬。她嗓音沙哑地劝说道："陈公子，萍水相逢即是缘，何必刀剑相向？"

陈天元沉声道："理在我这边，剑在我腰间。"

陆节君苦笑无言。

年轻人啊，真是不晓得江湖的水深水浅，你陈天元赢了这位中原神拳又如何？冯宗喜在离阳江湖兢兢业业混了三十年，才攒下了如今这份口碑声望，可谓好友遍及大江南北，尤其是与大雪坪大管事黄放佛相交莫逆！太白剑宗既然已经跻身十大宗门之列，将来必然要与中原江湖有所来往。偏居一隅的太白剑宗本就没有地利优势，一旦与冯宗喜交恶，就不怕中原江湖门派、地方官府，甚至是太安城的刑部衙门，都对你们太白剑宗怀有成见？说不定下届江湖评就会直接抹去你们！

给人感觉没心没肺的陈天元不知是灵光乍现还是如何，这一次竟然直指人心道："我太白剑宗既然是剑宗，就当以剑立身！提剑平丘壑，只向直中取！"

徐凤年灌了一大口酒，笑道："说得好！"

就在冯宗喜和陆节君都犹豫不决之际，气象森严的"雪庐枪圣"李厚重已经摘下一大一小两个枪囊，淡然道："枪名'大雪锥'。"

突然，徐凤年火急火燎地跟樊小柴说道："我得先走了，你帮忙钉着这个家伙，如果需要就出手，当然不是让你杀他，是帮他！实在不行你就报出身份。"

徐凤年刚起身准备风紧扯呼，一个清脆的嗓音就从众人头顶遥远处清晰地传来："姓徐的！"

徐凤年一脸苦相，喃喃道："没道理啊，这么远也看得见我？"

已经"因病暴毙"的隋珠公主赵风雅如今恰好就在武当山上，而小泥人也在。

更凑巧的是，这两位公主殿下早年就在山上针尖儿对麦芒儿过。徐凤年哪里想得到赵风雅进入北凉后铁了心要在武当山隐居，又哪里想得到小泥人更铁了心要在山上打理那块菜圃？

徐凤年可不觉得她们两位会同病相怜，不打架自己就要烧高香了。

陈天元侧过身仰起头，第一次握住了那柄原名为“大意”的“木柴”。

他是百年难遇的天生剑坯。

那一位，更是。

一个江湖，遇上了千年难遇的大年份，就不讲道理了。

所有人都不约而同望向天空。

有女子负匣驭剑凌空而来！

她从大莲花峰破开那壮阔的云海，如同仙人下凡，飞掠而至。

老人总说，行走江湖，要讲派头。

她这种派头，大概已经不能再大了。

陆地剑仙，驭剑千里，朝游昆仑，暮至东海！

只不过在众人的瞠目结舌之中，这位女子剑仙飘然落地后的举动更让人呆若木鸡。

她没有继续充满神仙风采地驭剑归匣，而是直接提着那柄大凉龙雀剑，用剑尖指着某位笑容勉强的家伙，怒道：“想跑？！”

某人坐回长凳，理直气壮地道：“怎么可能？我刚才还想着上山给你带壶绿蚁酒呢！”

她瞪大眼睛。

他回瞪过去，看似毫不露怯。

她始终涨红着脸，怒气冲冲。

两人大眼瞪小眼。

旁边还有一大堆人陪着这两位一起瞪大眼睛。

最后，她瞥了眼桌上一壶尚未启封的绿蚁酒，板着脸道：“你自己结账！”

徐凤年嬉皮笑脸地道：“我知道你出门喜欢携带钱囊，先借我，回头就还你。”

见她就要举起长剑砍人，徐凤年立即低头摸出一个钱袋子：“咦？明明记得我没带银子的啊！”

陈天元看到这一幕后，觉得这人真不要脸。

她重重地冷哼一声，驭剑而返。

天上来，天上去。

他还不忘高声提醒道："慢些，天上风大。"

等到她的身形消逝于滔滔云海后，所有人都转头望着那个没有骨气的家伙。

他一拍桌子，恼羞成怒地道："怎么？！男人心疼媳妇儿，有错？"

姜泥这一趟驭剑来回，无疑给冯宗喜一伙人找了个台阶下——真正见识过年轻谪仙人的剑意大势后，他们就再没有切磋的心思了。冯宗喜自认捉对厮杀肯定要输给陈天元这位在江湖上声势如日中天的后起之秀，但若是与陆节君联手对敌，只会沦为一桩笑谈：两人加在一起都九十多岁了，合伙欺负一个还没到而立之年的年轻晚辈算怎么回事？输了晚节不保，赢了也不光彩，不值当。

就连先前已经报出大雪锥名号的"雪庐枪圣"李厚重也犹豫了一下，在瞥了眼徐凤年后，重新收起了那杆与王绣的"刹那"以及陈芝豹的"梅子酒"齐名的名枪。

这位在中原江湖被视为武力极高却武德有亏的宗师，原本以性格暴烈著称，只是比冯宗喜、陆节君两位江湖越老胆子越小的"朋友"要多出一份说不清道不明的直觉。他其实并不忌惮锐意无匹的陈天元，反而对那名气机平平的佩刀公子更为上心。

武者一旦跻身指玄境，便心有灵犀，便未卜先知，便见微知著。

李厚重作为拥有金刚体魄的纯粹武夫，他的指玄境是脚踏实地，一步一个脚印达成的，与在江湖上名声不显的北凉剑道宗师糜奉节如出一辙，远比道教真人更能料敌机先，也就更能杀人。

陈天元看那"雪庐枪圣"没了生死厮杀的念头，也就顺势坐回原位，心思更多地放在那名驭剑女子身上，疑惑地道："武当山何时多出一位隐居的女子剑仙了？"

徐凤年当然不会回答这个问题——没必要交浅言深，欣赏这位年轻谪仙人是一回事，如何打交道又是一回事。他收起钱囊，一手拎起一壶绿蚁酒，然后丢了个眼色给樊小柴。后者默默掏出一块碎银子放在桌子上，准备跟随徐凤年登山，两人一起走向那两匹坐骑。因为是产自纤离牧场的优等北凉战马，无须拴系也不会走失，更不会被陌生人任意骑乘。陈天元犹豫了一下，刚要开口结伴而行，就被樊小柴转头冷冷地瞥了一眼。有信心一人力敌三位江湖名宿的年轻剑客顿时有些气馁，坐在原位上，喝了口定神汤，感觉没滋没味。

突然，远处有人骑着毛驴沿着驿路悠然而来，蹄声嗒嗒。比起马蹄声的雄壮密集，毛驴踩踏出来的声响，实在是有些绵软滑稽。

徐凤年愣了一下，看着那名骑毛驴看山河的中年人，脸色复杂。

樊小柴不认识此人。可是她从年轻藩王脸色的蛛丝马迹里，猜出了那名中年人的身份。

骑毛驴，腰佩剑，且能够让徐凤年驻足等待的，世间剑士唯一人。

不料陈天元看到这位中年剑士后，面瘫一般的脸上绽放出惊喜的神色，猛然起身，大步前去，抢在徐凤年和樊小柴之前，激动万分地颤声道："见过师父！"

中年人跳下毛驴，无奈地道："说过多少次了，我不是你师父，而且我的徒弟只有一个。"

陈天元笑脸灿烂，道："认不认我做徒弟，是师父的事情；认不认师父，是我陈天元的事情。"

中年人没好气地道："也亏得你还算剑术小成，否则就凭你这种不讨喜的执拗脾性，早就给人打得你爹娘都认不得了。"

他牵着毛驴走到徐凤年身前，打量了一番，奇怪地问道："不就是一个洪敬岩吗，怎么这么惨？"

徐凤年轻声道："挨了拓跋菩萨倾力一拳，没死已经是赚到了。后来陈芝豹在怀阳关找到我，又点到为止地打了一架，稍稍耽搁了气机休养。"

中年人恍然，哦了一声。

这次轮到心比天高的陈天元目瞪口呆。洪敬岩加上拓跋菩萨，再来个陈芝豹？

徐凤年想了想，决定先不登山。领着牵驴子的中年人走回茶摊，徐凤年瞥了眼他腰间的佩剑，笑问道："最早在东海武帝城外，第二次在北莽敦煌城，还有上次在太安城，三次见面，都不曾见你佩剑，这次怎么……？"

邓太阿一本正经地道："大秋天的，上哪儿去折桃花枝，难不成北凉这会儿还有桃花盛开？"

徐凤年叹息一声。"桃花剑神"也好，"谪仙人"陈天元也罢，为什么这些剑客总喜欢说一些不好笑的笑话？

邓太阿拍了拍腰间的佩剑，微笑道："我那徒弟孝敬师父的，如何？"

徐凤年瞥了眼平淡无奇的佩剑，只好说道："礼轻情意重。"

邓太阿摇头道："二十两银子呢，可不轻。"

徐凤年笑道："听潮阁其实还有几把好剑，你如果想要新铸之剑，我与幽燕山庄还有些交情，如今他们的龙岩剑炉和水龙吟炉也都在铸剑……"

邓太阿摆手打断徐凤年的盛情：“我要那些剑做什么？”

徐凤年笑眯眯地道：“知道你肯定不要，可这些话还是要说的。”

邓太阿冷笑道：“不愧是徐骁的儿子，可惜随了吴素的相貌。”

徐凤年有些讪讪然，落座后问道：“喝酒还是喝茶？”

邓太阿酒能喝，却谈不上喜欢，至于喝茶更是觉得无趣，不过既然到了北凉道，就入乡随俗要了壶绿蚁酒。

启封的时候，邓太阿乜了眼陈天元，随口问道：“这副模样是怎么回事？”

陈天元笑了笑，伸出两根手指，轻轻扯掉那张天衣无缝的生根面皮，露出一张英俊至极的容颜，不输西楚宋玉树，不输北凉郁鸾刀。

徐凤年终于理解为何这厮见到自己后会惺惺相惜了，原来还真不只是因为脸皮厚。

徐凤年问道：“江湖传闻你教过他剑术，我本来还不信。”

邓太阿淡然道：“谈不上传授剑术。在李淳罡万里借剑之后，我从北莽返回，刚好在南诏境内见到此人在一座山顶悟剑，就点拨了几句。后来我从东海访仙归来，在南海观音宗登陆，顺道又见了他一次。”

徐凤年深深地望了陈天元一眼，感慨道：“难怪。”

难怪陈天元能够在剑道上一日千里。李淳罡不愿飞升，死后身负的剑道气运自然而然散落人间，而小泥人因为当时坐拥西楚王朝的气运，不可能继承羊皮裘老头儿这份江湖气数，那个幸运儿，想来就是邓太阿找到的陈天元了。

于是徐凤年脱口而出道：“陈天元，你想不想学两袖青蛇和剑开天门？”

陈天元皱了皱眉头，摇头道：“为何要学？”

徐凤年沉声问道：“你敢不学？！”

陈天元针锋相对道：“我有何不敢？是李淳罡的成名绝学能如何？你是徐凤年又能如何？”

樊小柴有些奇怪，印象中这位年轻藩王虽说城府极深，却也不算是嚣张跋扈的人物。

至于那位太白剑宗的谪仙人，无论做出什么举动，樊小柴都不会感到丝毫惊讶。

即便见识了“真人露相”的陈天元，樊小柴仍是打心眼里不喜欢他，甚至可以说深恶痛绝。

你喜欢我，不需要理由。

我不喜欢你，有万般理由。

世间情爱，自古辛酸。

徐凤年与陈天元之间的剑拔弩张，尤其是后者浑身剑意勃发如旭日东升，让原本以为已经息事宁人的几桌人都如临大敌。

陈天元正色道：“我来北凉，本就是找你一战。”

一向在江湖中置身事外的邓太阿破天荒道：“不可退让的必死之战，拔剑也就拔剑了，无谓的必输之战，拔剑作甚？”

陈天元握住剑柄，脸色冷漠：“是他咄咄逼人在先！”

徐凤年轻轻吐出一口气，讥讽道：“不学就不学，估计羊皮裘老头儿的两袖青蛇，你这种人想学也学不来。”

陈天元冷笑道：“天底下就没有我陈天元学不会的剑招！”

徐凤年转头望向樊小柴：“你有没有觉得这家伙长着一张欠揍的脸？”

樊小柴点了点头。

只是她又有大不敬嫌疑地补充了一句：“跟某人一样。”

陈天元倍感欣慰：女子的胳膊肘果然往自家拐啊。

徐凤年忽略了樊小柴一箭双雕的忤逆言语，瞥了眼陈天元：“你长得这么丑，比李淳罡差远了。”

陈天元冷笑道：“彼此彼此。”

徐凤年喝了口酒，得意扬扬道：“谁跟你彼此彼此，你陈天元有名正言顺的媳妇儿吗？”

陈天元看了看近在咫尺却像远在天边的樊小柴，又看了看小人得志的年轻藩王，有些忧郁，人生第一次有些想要喝酒浇愁。

邓太阿倒了些绿蚁酒在手心，转过身去。那头老毛驴马上屁颠屁颠凑近，舔尽酒水。

徐凤年问道：“怎么来北凉了？”

徐凤年根本不觉得一场武当论武就能让这位超然物外的“桃花剑神”闻讯赶来。

邓太阿平淡地道：“离阳、北莽怎么打仗我不管，甚至凉、莽怎么死磕我都不上心。”

徐凤年等了半天，邓太阿都是这般话说一半，没有给出答案。

邓太阿好不容易才意识到年轻藩王在等自己开口，这才啧啧道：“这绿蚁酒……真烈，让我缓一缓。”

然后徐凤年和邓太阿不约而同地抬起头，只不过两人抬头的方向截然相反。

逃暑镇方向的，是东越剑池柴青山、龙虎山齐仙侠。

两位剑道宗师之前结伴赴凉，悄然上山，暂住在武当最新开峰的那座青山观，并没有像许多江湖大佬那般惹人注意。

驿路东面的，则是一辆马车，年迈的马夫背负长剑而非腰间佩剑。

柴青山和齐仙侠联袂而来，很快就被冯宗喜、陆节君认出身份。尤其是冯宗喜，曾经多次造访东越剑池，与上任宗主宋念卿也算熟识——只不过当时面对宋念卿时，如今不过不惑之年的冯宗喜自然是以晚辈自居。柴青山由春雪楼首席客卿的身份转为入主东越剑池之后，冯宗喜更是第一拨客人，开口必称“先生”，对柴青山这位昔年离阳东南第一高手无比尊敬推崇。陆节君认出柴青山，缘于缥缈峰与刑部关系深厚。上次曹长卿兵临太安城，陆节君本该与柴青山并肩作战，只是由于闭生死关才错过那桩堪称荡气回肠的盛事。但是陆节君在江湖上一直放言，东越剑池无论宗学底蕴还是剑道立意，皆要高于吴家剑冢，是举世皆知的倒吴派。

所以，当柴青山出现，冯宗喜、陆节君两人都迅速起身，神情恭谨。窦长风和那些缥缈峰弟子更不敢坦然而坐，如地方官场胥吏得见位列中枢的紫黄公卿。

柴青山并不是那种拒人于千里之外的武道宗师。面对冯、陆两人的殷勤热络，他也是和颜悦色地寒暄，顺便介绍了身边那位忘年交齐仙侠。

齐仙侠神色平和，君子如玉。

他原本是在山脚逃暑镇等待同出于龙虎山的白莲先生，无意间感知到此处的浓郁剑气后，这才和柴青山赶来。

此时此刻，武评四大宗师，有徐凤年和邓太阿两位。

新武评四小宗师，也有陈天元、齐仙侠两人。

与此同时，东越剑池和吴家剑冢的当家之人，事实上也都到了。

柴青山，吴见。

马车停在驿路旁，吴见缓缓下车。

背对老人的邓太阿冷哼一声。

他这位横空出世的“桃花剑神”，对于那座剑冢，从没有半点儿好感。

江湖近百年，只有寥寥三人得以走出吴家剑冢。最早是李淳罡大摇大摆取走了那柄木马牛，然后是上一代剑冠吴素彻底与家族决裂，最后是邓太阿以无敌之姿潇洒离开。

老人很不客气地坐在徐凤年身边的长凳上，笑眯眯地道：“小太阿啊，咱们多少年没见面了？”

邓太阿板着脸低头喝酒，不乐意说话。

徐凤年面对这位娘亲娘家的长辈，欲言又止，感觉古怪。

老人伸出干枯的手掌，轻轻拍了拍徐凤年的手背，然后对邓太阿和蔼地笑道：“生不同祖堂，确实是我吴家对不住你在先，你离家之时扬言‘死不共坟山’，难道真要如此？”

邓太阿冷笑道：“怎么，堂堂吴家剑冢，还需要我一个姓邓的外姓人来撑起脸面？”

老人笑呵呵地道：“你若愿意认祖归宗，也是可以的嘛。”

邓太阿估计是差点儿就要骂脏话了，好在还是忍下把话咽回肚子，狠狠地灌了一口酒。

老人的眼神似乎有些恍惚：“我吴家剑山之巅，曾经树立有四剑——木马牛、太阿、大凉龙雀、胸臆。”

老人接过徐凤年递过来的酒碗，低头浅尝辄止，然后抬头望向武当山那边：“木马牛给李淳罡拿走，断了。幸好素丫头取走的那柄大凉龙雀还算完整，也有了继承之人。素王剑本是我的佩剑，后来假借六鼎之手送给了翠花那孩子。唯独古剑胸臆不曾认主，如今还是孤零零地插在剑山之顶。”

不仅仅是徐凤年、邓太阿和柴青山这几位剑道宗师，就连陆节君、冯宗喜都听闻远处有剑鸣于匣。

足可见附近必然有一柄绝世名剑藏于匣中，且微颤不止。

邓太阿脸色冷漠，无动于衷。

老人唏嘘不已，也没有继续劝说邓太阿。

邓太阿放下酒壶：“吴素当年在剑山救我之恩，我在东海武帝城救徐凤年一命时，就已还清。吴素传我吴家剑术，我亦以十二飞剑赠送徐凤年，也已两清。”

老人似乎有些疲态：“你说什么就是什么，我只是替那柄太阿剑感到遗憾罢了，它何尝不是弃儿？”

邓太阿终于抬头，第一次正视这位老人。

还是孩子的时候，他独自苟活在死寂如同阴曹鬼府的那座剑山上，只有饥饿之时，才下山觅食，否则就待在万剑丛林之中，任由森森剑气侵袭体魄，一次次昏厥，一次次醒来，那种痛楚，深入骨髓。

那些年里，只有两人登上剑山：徐凤年的娘亲吴素，变着花样传授他最基础的剑术；还有一人，便是眼前的老人。

他曾经背着昏死过去的少年登顶剑山，俯瞰剑冢。

直到离开剑冢之日，邓太阿才知道那个古怪老人的身份。

剑鸣声大作，如女子掩嘴呜咽不止，如泣如诉，哀怨至极，几乎刺破耳膜。

除去老人、徐凤年、邓太阿和柴青山四人，就连陈天元、齐仙侠和李厚重都皱起眉头；冯宗喜、陆节君更是气机流转不停，以此来抵抗那股动人心魄的无形剑气；窦长风之流已是拼命捂住耳朵。

倒是茶摊老板这位普通人，只觉得那个声音嘈杂了些，丝毫未受伤。

老人没有转头，只是伸手指了指马车那边："三十余年来，那柄剑三次自行飞离剑山。第一次是你离开吴家，它被你强行留下；第二次，是你登上东海武帝城挑战王仙芝；第三次，是你在北莽与拓跋菩萨死战。在太安城，你与徐凤年、曹长卿三人之战，它并未离开剑冢，只是在原地悲鸣而已，大概是觉得主人此生都不会将自己握住在手中了。自古传世重器皆有灵，我相信如太阿剑这般可怜的，也算屈指可数了。"

徐凤年突然自嘲道："同为武评'四大宗师'之一，本来曹长卿死后，等我重返巅峰，三人之中，拓跋菩萨很难更进一步，我自认最为接近天下第一人。"

老人看了看徐凤年和邓太阿，开怀地笑道："反正都一样。"

邓太阿重重叹息一声。

徐凤年忍不住打趣道："老邓啊，矫情了不是？"

老人深以为然，点头道："就是！"

邓太阿神色落寞。

老人收敛了玩笑之色，沉声道："别忘了，你邓太阿的先祖，曾是大破北莽万骑的吴家九人之一！更是主持剑阵之人！"

邓太阿深呼吸一口气，凝视徐凤年："关外拒北城以北，一万北莽铁骑交给我！"

徐凤年眯眼笑道："一万少了点儿吧，两万别嫌多。"

老人扯了扯嘴角，自言自语道："果然跟徐骁一个德行。"

邓太阿猛然抬起手臂。

一道白虹飞掠而至。

邓太阿手持太阿剑。

剑气满人间！

第四章

人生不得行胸臆
纵年百岁犹为夭

幽州沂河城郊外有一条灌溉沟渠，入秋时分，那一大片芦苇荡竟似下过茫茫大雪般，几个临河的村庄便错落其中。一辆马车由官道转入小路，颠簸不停。马夫是位身穿古怪衣裳的年轻人，神情木讷。

马夫身后坐着一位身穿素洁棉衣的男子。男子斜靠车壁，双腿悬在车外，随着起伏不定的马车一起轻轻晃荡。

黄昏的小路上，马车赶上一位劳作完毕的老农。马车越过老农时，棉衣男子转头望向那位正好向自己投来好奇视线的老人。老人长了一张很不中看的脸，沟壑纵横，虽然身形伛偻，仍是比那些南方老人要高出半个脑袋，脚步也相当矫健。可见老人年轻时候肯定是位好把式。

棉衣男子轻轻喊了一声“先生”，车夫便勒了勒缰绳，马车缓缓停下。男子跳下马车，笑着打招呼道：“四姥爷？”

老农满脸错愕，不晓得这位瞧着很面生的后辈为何要喊自己四姥爷。大概是震慑于棉衣男子的气势，老农嗫嗫嚅嚅，局促不安，不敢搭话。

棉衣男子用最地道的幽州乡土腔微笑着道：“我啊，村尾的陈望，四姥爷，不认得了？”

老农瞪大眼睛，使劲打量这位自称住在村尾的后生，然后猛然醒悟，皱巴巴的沧桑脸庞上绽放出笑容：“小望？！”

陈望咧嘴笑道：“是啊。”

老人唏嘘不已，随即纳闷儿地道：“怎的又回来了，不是上京赶考去了吗？”

陈望笑道：“早就考完了，这趟回家看看。当年四姥爷还借我二两银子来着，可不敢忘。”

老人摆了摆手，好奇地问道：“考得咋样啊？”

陈望轻声道：“还行。”

老人哦了一声，兴许是担心伤了年轻人的面子，没有刨根儿问底儿。何况一辈子都跟黄土地打交道的老人其实也问不出个所以然，只是叹息一声：“可惜了。”

陈望脸色平静，好像没有听明白老人言语里的惋惜。

陈望与老农并肩走回村子，聊今年庄稼地的收成，聊同龄人的婚嫁，聊村里长辈是否还健在。

通过闲聊，陈望得知自己的黄泥房祖宅早已破败不堪，一堵墙都塌了。这在情理之中，他十年不曾还乡修缮，本就简陋至极的房子如何能够安然无恙？陈望的爹娘在他赶考前就先后过世，无主的房子可不是那些看似柔弱的芦苇，今秋一枯还有明春一荣。老农有些话没有说出口。其实，在这位小望进京后，村里有位女子原本会经常去打扫，收拾得干干净净，就像对待她自己的家一般，年复一年。那些偷偷心仪她的年轻人也都死了心，娶妻生子，而那个黄花闺女逐渐变成了一位老姑娘。只是如今她人都不在了，再与陈望说这些有什么用？何况陈望到底是在京城待了那么多年的人，指不定也记不得她了吧，否则若真有心，哪怕这么多年无法回家，为何连一封信也没有寄回？

已经接近村头，老人抬起头望向炊烟袅袅的村庄，忍不住叹了口气。那个闺女的家就在村头，多贤惠的一个孩子。方圆百里说到她都要竖大拇指，早年媒婆差点儿踏破她家的门槛。可她不答应，她爹娘也没法子。谁都没料到，到头来竟然会发生那件惨事。老百姓都认命，命不好，怨不得谁。这就跟得个病一样，扛得过去就能活；扛不下来，是老天爷不赏饭吃了，就当入土为安。

陈望没有进村子，突然停下脚步问道："四姥爷，她的坟在哪儿？"

老人愣了一下，压低嗓音道："你咋知道她……"

老人没有继续说下去，陈望同样没有说话。

老人指了指渡口那边，道："就那儿，坟头虽小，但也好找。"

陈望掏出一个沉甸甸的钱囊和一张信笺："四姥爷，麻烦你帮我把村里的账还上，交给里正或是附近的私塾先生，上头都写清楚了。"

老人犹豫了一下，还是没有拒绝，小心翼翼地接过信笺、钱囊，问道："不回村里头看看？"

陈望摇头道："我就不去了。给我爹娘上过坟，要马上动身回京城去。"

老人感慨道："这也太急了啊。"

陈望笑了笑。

老人才走出去几步，突然回头问道："小望，你真在京城当大官啦？"

陈望似乎不知如何作答。太安城的大官？黄紫公卿，位列中枢，一朝宰执？

所以他只好笑道："不算大。"

老人欣慰地道："那也很出息了，四姥爷很早就知道你小子肯定不差！"

陈望笑意淡然。

老人临走时不忘多瞥一眼那位站在陈望身旁的年轻人，转身离去的时候满肚子狐疑：那身衣裳瞅着挺古怪。

陈望与那位与国同龄的"年轻宦官"缓缓前行——他爹娘的坟在村外不远处。

陈望抬起手，拂过那些芦苇。

他当年寒窗苦读的时候，都没敢想什么进士及第金榜题名。他爹娘就更没那份奢望了，只觉得自己儿子能够读书识字，就已经是一件光耀门楣的大好事。北凉苦寒，一家一户能够出一个读书人就很了不起了，跟中原尤其是富饶的江南那边大不相同。那里讲究耕读传家，在北凉这里，青壮投军从戎很常见，手里捧书的人却很稀罕。他刚入京参加会试时，北凉是唯一在太安城没有设置试馆的。人生地不熟，更没有科举同乡或前辈的照拂，他只好借宿在一间小寺庙里。北凉口音让他四处碰壁，甚至同样一本古籍，店家卖给他就要贵出许多。即便后来通过殿试，他在官场上仍然没有沾到半点儿同年之谊的光，在北凉也算独一份了。

晋兰亭在太安城飞黄腾达，严杰溪一跃成为皇亲国戚，两人出于私人恩怨，都故意没有去改变北凉人在京城备受歧视这一局面；姚白峰就算担任了国子监左祭酒，仍是心有余而力不足；而他陈望，满朝文武眼中的陈少保，堂堂门下省左散骑常侍，当今天子最为倚重的未来首辅，则是有心且有力，偏偏做不得。

陈望缓缓而行。两侧是高过人顶的芦苇丛，硕大松软的芦花随秋风纷纷起，不知落在何方。

陈望到了那处坟头，拔去杂草，然后正衣襟，跪下，重重地磕了三个响头。

子欲养而亲不待。

那位被这位棉衣男子尊称为四姥爷的老人，可能这辈子都不知道，晚辈交到他手上的两样东西——钱囊、信笺，后者仅凭最后署名的“陈望”二字，就价值千金了。

北凉二十年来，跻身离阳官场高层的只有寥寥数人，其中，晋兰亭官至礼部侍郎，严杰溪受封大学士，理学宗师姚白峰执掌过国子监，但是这三人加在一起，都未必有陈望一人的分量重。甚至可以说，这个背井离乡的北凉读书人，他的那两封密信，很大意义上改变了北凉的格局。

在原路返回的路上，陈望遇到了一位身材结实的同龄男子。看到他后，那人神情复杂，有愤懑，有敬畏，有惊讶，有不解。

那人重重地呼吸一口气，然后板着脸递给陈望一个粗布行囊：“我妹留下的东西，都是你当年留下的书，还给你。”

陈望接过布囊，怔怔出神。

那人转身，大步离去，蓦地又停下身形，沙哑地道：“望子，虽然我妹妹……但你别觉得她死得不清不白！她比谁都干净！”

陈望捂住嘴巴，望着那个早年经常与自己勾肩搭背喊自己一声“妹夫”的背影，含糊不清地道："对不起。"

那人喃喃道："这话你对她说去。"

陈望默然，指缝间渗出猩红色，久久没有挪步。

陈望捧着布囊，来到渡口，找到那座小坟。

宦官不知所终。

陈望盘腿，与小坟相对而坐。

有位不识字的女子，会在太阳底下寻个干净的地方，晒书，一本一本摊开，一本一本收起。

有位没有嫁人的女子，会在无人时前往那座小渡口，等人，一次一次远望，一次一次转身。

陈望轻轻打开布囊，低头望去，里面有再熟悉不过的《礼记》《大学》，也有年岁更为久远的蒙学读本《三》《百》《千》。

当年，或是田间劳作，或是渡口捣衣，或是大雪时分，或是采摘芦苇，他经常背书给她听。

今年与当年，已是十年之隔。

他与她，也已是阴阳之隔。

陈望闭上眼睛，柔声念道："国有患难，君死社稷，大夫死宗庙，百姓最后死乡间……

"君子曰：'大德不官，大道不器，大信不约，大时不齐。'察于此四者，可以有志于学矣……

"使天下之人，齐明盛服，以承祭祀。洋洋乎，如在其上，如在其左右……"

暮色里，读书人读书。

风吹芦苇轻轻摇晃，如女子点头，笑靥如花。

三骑一驴绕过逃暑镇，来到武当山山脚那座牌坊前。徐凤年、樊小柴和陈天元一起翻身下马，邓太阿落地后则拍了拍老驴的背脊，絮絮叨叨。

陈天元抬头仰视吕祖亲笔书写的"武当当兴"四字，不似寻常练剑之人那般流露出高山仰止的神色，反而意气风发、斗志昂扬。

徐凤年突然转头对樊小柴说道："你去一趟离阳东南，如果两年内能够找到那个家伙，就帮我捎句话给他，说当年欠我的银钱，得还。"

樊小柴皱眉道："按照拂水房的谍报，那边村庄、镇子星罗棋布，十里不同音，百里不同俗，凭借先前那些零碎线索，并不好找。”

徐凤年点头道：“大海捞针，只能看缘分。你当作尽人事即可，我其实也不奢望你真能找到那家伙。”

樊小柴板着脸问道：“能不能换一个谍子？我擅长杀人，也只会杀人，找人一事，拂水房有很多人更适合。”

徐凤年笑道：“不能。”

在樊小柴那双秋水长眸之中，隐隐约约有些怒意，如水草摇曳。她自然是敢怒不敢言。

徐凤年调侃道：“说不定不用两年，你就会听到我的死讯了，岂不省心省力？”

樊小柴生硬地道：“世间第一等快事，莫过于手刃仇人。”

徐凤年叹了口气，无奈地道：“你也就只敢在我面前这么表露心迹，若是禄球儿在场，你有这份胆识？”

樊小柴嫣然一笑，反问道：“褚禄山在吗？”

徐凤年没好气地道：“所以说啊，恶人唯有恶人磨。”

樊小柴深深地凝望了这位年轻藩王一眼，重新翻身上马，犹豫了一下，伸手握住腰间刀柄：“这把过河卒？”

徐凤年微笑道：“暂借而已，一样得还！”

樊小柴快马离去。

陈天元先前始终沉浸在吕祖那四字的壮阔剑意中，被一串渐行渐远渐轻的马蹄声惊醒回神，疑惑地道：“她怎么走了？”

徐凤年淡然道：“我让她去中原那边做件事。”

陈天元哦了一声，等到视线中那一人一骑彻底消失，这才上马，目视她身影逝去的方向，豪气横生，大笑道：“愿世间知我剑唯有三者——青山、绿水、樊小柴！”

徐凤年嗤笑道：“有本事这种话亲口对她说去。”

陈天元上马后微微扶正腰间那把名剑：“这种惹她厌的话，我说个甚？”

徐凤年道：“可我和你的半个师父也都不爱听。”

陈天元覆上那张生根面皮后，撂下一句“关我屁事”，快马加鞭扬长而去。

邓太阿笑了笑：“我倒还好。”

徐凤年翻白眼道：“我是真受不了这位年轻谪仙人的脾气。”

邓太阿没来由地感慨道：“说不定李淳罡初出茅庐那会儿，也是这般惹人厌。据我所知，江湖上的女侠仙子，偏偏就吃这一套。”

徐凤年龇牙咧嘴，讪讪地道：“不能吧？”

邓太阿一笑置之。

徐凤年重重地叹了口气，喃喃道：“裆下……有些忧郁啊。”

邓太阿问道：“你这是等人？”

徐凤年嗯了一声，喟然道：“虽说当年宋念卿曾经携十四新剑杀我，但不妨碍我对东越剑池一直心怀好感，至于接手剑池的柴青山，跟我也算不打不相识。江湖上有种人，无论敌我，都恨不起来。柴青山是如此，襄阳城外的王明寅也是如此，神武城外的‘人猫’韩生宣更是如此。”

邓太阿默然。

那位与他和年轻藩王都有深厚渊源的吴家剑冢老祖宗，在送剑之后就已返回中原，想来是彻底退出江湖了。

邓太阿仿佛后知后觉，有些好奇地问道：“为何要让那名女子在此时离开北凉，是希望她能够带着陈天元去中原？”

徐凤年笑道：“主要是找人，顺便把那位碍眼的谪仙人牵走，一举两得。”

年轻藩王按住刀柄，站在那座牌坊下，清风拂面，衬得他飘然欲仙。

“桃花剑神”与他一起并肩眺望远方，腰间一侧悬太阿，可谓当世剑仙第一。

徐凤年轻声问道：“羊皮裘老头儿、王老怪，还有曹长卿，他们都曾遗留气数在人间，老黄当初也留了一部剑谱给我，邓太阿，你呢？”

这位以剑术入道，继而与吕祖、李淳罡比肩，立于剑林之巅的“桃花剑神”，脸色平静地道：“我邓太阿，生前不想死后事。”

徐凤年羡慕地道：“真是潇洒。”

邓太阿看到远处柴青山一行人缓缓而至。显然没有陪着徐凤年等人意图的他，牵驴转身，率先登山。

柴青山与齐仙侠结伴而行，“中原神拳”冯宗喜和缥缈峰那些仙子也都凑了这份热闹，倒是“雪庐枪圣”李厚重和他的弟子并未出现，气节高下，一眼可见。

徐凤年的左侧肩头突然给人重重拍了一下，他转头望去，无人；转向另外一方，仍是无人。

徐凤年做惊讶状。

很快就有位蹲在地上的小姑娘哗啦一下跳起身，哈哈笑道：“吓到没有？”

徐凤年眯眼微笑，嘴角翘起，笑意尤为温柔。

他每次见到她，从初遇到重逢再到相逢，都只有开心。

徐凤年伸出手，揉了揉她的头发："呦，长个子啦。"

她双手叉腰，高高仰起下巴，使劲挺起胸膛，毫不遮掩她的扬扬得意。

徐凤年笑问道："南北小和尚呢？"

她翻白眼道："笨南北啊，正跟一个叫余福的小道童叨叨叨呢，我不乐意带他们玩。你是不知道，一颗小光头，一个小学究，这俩待在一起，最喜欢鸡同鸭讲，比以前咱们家那些大光头、老光头凑在一起讲经吵架还无聊。"

"那你爹娘呢？"

"愁死我了，前不久山上有个从江南来的女香客，不知怎么认出了我爹，哭得那叫一个泪眼蒙眬、梨花带雨，把我娘气得那叫一个七窍生烟哟！我爹都主动洗了好几天衣服了也不管用，昨天还跟武当山的牛鼻子老道士借了些铜钱，说是让娘下山买些胭脂水粉……"

"然后你娘没肯？"

"哪能呢？！你又不是不知道，我娘跟谁较劲都不会跟胭脂水粉较劲的，拿到钱就下山到了山脚镇上，满满当当的回到山上，在屋子里捣鼓了差不多个把时辰才肯见人。"

"你爹给吓着了？"

"屁咧！我爹一个劲儿说我娘国色天香美若天仙。可惜啊，我娘好不容易才消了气，那个女香客就借口辞行找到了我爹娘。瞅见我娘的妆容后，那女子倒也没说啥，就是斜瞥了我娘一下，然后嘴角一翘，就不搭理我娘了，只顾跟我爹寒暄。她离开的时候——我瞧得挺真切——又对我娘悄悄撇了撇嘴。如此一来，然后，就没有然后啦。"

"李子，你娘算是遇上对手了。"

"唉，当时没觉得，现在回想一下，的确挺伤人的。其实也怪我，我娘往脸上狠狠地抹胭脂水粉那会儿，我没怎么上心，要不然我娘肯定会更好看些。"

"没事，你爹觉得你娘好看就行。"

"话是这么说，没奈何他有笨南北这么个徒弟啊！当时我爹实在没法子了，就问了一句'笨南北，你是不是也觉得你师娘是天底下最好看的女子'。你猜怎么着？笨南北回答了一句'师父你说过，出家人不打诳语的'。接下来就是我娘扯我爹的耳朵，我爹扯笨南北的耳朵……唉，这仨也真是，都跟长不大的孩子似的，把我给愁得不行。徐凤年，要不然你带我去清凉山玩玩呗？凉州城的肉包子可好吃了，就是贵了些。”

徐凤年哭笑不得地看着歪着脑袋的少女，又不愿她失望，便弯曲手指在她的额头轻轻一弹：“去清凉山玩可以，不过得经过你爹娘答应。”

她点头如小鸡啄米，然后扯了扯徐凤年的袖子，压低声音道：“到了山上见着我爹，你记得，只要看到我爹转身回屋子，你立马跑路。”

徐凤年一头雾水。

少女讪讪然道：“这几年，我爹没事就喜欢磨刀。”

徐凤年无言以对。

此时，恰好柴青山一行人走近牌坊。柴青山站在台阶下，点头致意。他身旁的齐仙侠泰然自若，不卑不亢。

冯宗喜和陆节君这两位如今赫赫有名的江湖大佬，相较柴青山这种真正享誉朝野的武道宗师，其实都属于“后起之秀”。两人此时都毕恭毕敬地向那位年轻藩王抱拳行礼，朗声自报名号。

徐凤年伸手虚抬，轻笑道：“今日本王只是武当山的香客而已，诸位不用多礼。”

李东西偷偷做了个鬼脸。

徐凤年会心一笑。

她不轻不重地咳嗽一声，朝他眨眼睛。

徐凤年忍住笑意，一本正经地道：“给你们介绍一下，这位是李姑娘，最是任侠仗义，且武艺高强，江湖人称……”

徐凤年略作停顿，迅速转头望去，也朝她眨了眨眼睛。

当年他们一起闯荡江湖的时候，最喜欢做的一件事情就是给自己取绰号。那时候除了老黄，三只江湖雏鸟的眼窝子都浅，能够想出来的名号，大抵上也就是冯宗喜的“中原神拳”之流，怎么吓唬人怎么来，听上去气魄越大越好。当年那位离家出走的李子姑娘就给自己取了不下二十个绰号，还老气横秋地教训徐凤年和那个挎木剑的家伙：“咱们武林好汉，只有取错的名字，没有取错的绰号，所以江湖中人对待绰号一事，一定要慎重再慎重！”

徐凤年看清楚了她的口型后，不露痕迹地接着说道：“江湖人称‘通玄仙子’，只因李姑娘刀剑枪棍无一不精，又取百家之长熔铸于一炉，故而自成一家，足可开宗立派……”

少女顾不得摆女侠架势，火急火燎地提醒道：“我的轻功呢，轻功别忘了说！”

徐凤年只得乖乖查漏补缺道：“李仙子的轻功也是一绝，可谓独步武林。”

冯宗喜、陆节君这些老江湖何等火眼金睛，虽然不清楚年轻藩王到底是在唱哪一出，但仍是很捧场地跟那位小姑娘做足了一套江湖礼数。

一板一眼还礼之后，过足了女侠瘾的她乐得合不拢嘴。

突然，她小声道：“徐凤年，还记得咱们当年的那个约定不？”

徐凤年笑着点头。

过日子，能躺着绝不站着！

混江湖，能飞着绝不走着！

她很不客气地拍了拍徐凤年的肩膀。

徐凤年对众人说道：“不好意思，本王要先行一步。”

然后他蹲下身，背起她后，身形如飞虹起于平地。

两人到了大莲花峰顶，徐凤年依旧背着这位女侠，就像当年她疲乏了要他背着一般。

她趴在他背上，轻声道：“徐凤年，你一直把我当妹妹，对不对？”

徐凤年嗯了一声。

她突然笑了：“没关系的！”

徐凤年稍稍转头，苦着脸道：“这话伤感情了。”

她用额头撞了一下他的额头。

徐凤年重新转过头，脸上满是笑意。

她抱紧他的脖子，小心翼翼地问道：“徐凤年，如果我带着笨南北离开北凉，你会生气吗？”

徐凤年轻轻摇头道：“当然不会。打仗这种事情，你一个闯荡江湖的女侠，南北一个吃斋念佛的和尚，掺和什么？”

她抽了抽鼻子。

徐凤年安慰道：“我以后一定去找你们打秋风。”

她没有说话。

山水之间，少女的心思，胜过一切山水诗。

接近少女家——一栋匆忙搭建的茅屋时，一个原本坐在屋前小板凳上唉声叹气地给自己媳妇儿洗衣服的白衣僧人见到徐凤年背着少女这一幕后，顾不得搓衣板，猛然起身，大踏步走向那栋简陋的茅屋。

李东西赶紧从徐凤年的后背上跳下去，对他大声道："风紧扯呼！"

徐凤年二话不说就脚底抹油跑路了。

白衣僧人很快就手提菜刀气势汹汹地冲出屋子，举目四望，杀气腾腾。

这份杀气，大概不比先前山脚邓太阿手持太阿剑的风采逊色。

须知昔年天下间，公认曹长卿的天象境最风流，邓太阿的指玄剑最通神，最后便是两禅寺李当心的金刚境——最无敌！

李当心之气象，卧也佛，坐也佛，立也佛。

天底下完全不怕李当心的人物，只有两个。

他媳妇儿，他闺女。

少女刚好是其中之一。所以她根本不理会她爹，双手负后，哼着小曲子，优哉游哉地去别处闲逛了。

这个不知道心疼爹的闺女啊。

白衣僧人重重地叹息一声，放下菜刀，坐回板凳，继续搓洗衣服。

等到南北小和尚回到茅屋前，就听到师父在那里自言自语。

小和尚搬了条板凳坐下，问道："师父，念经呢？"

"算是吧，比较难念而已。家家户户、寺寺庙庙都有本难念的经哪。"

"师父，可是老方丈说，天底下就数经书最好念了。"

"所以方丈才是方丈，你呢，就只能是方丈的徒弟的徒弟。"

"唉，师父，徒儿以后要是找不到徒弟咋办？"

"如果咱们寺没被封山，倒也简单，找个月黑风高的日子，师父陪你带上条大麻袋，随便抓个小光头回来就是了——现在就难喽。"

"师父……"

"我的徒弟比起老方丈的徒弟，真是差远了。"

"师父，你直接说徒儿不如你好了。"

"那不行，哪有这么不要脸的师父。"

"师父，今日余福给人解签算卦，还帮人写了一封家书。那两位老人家一定要给余福银子，余福怎么推托都没成功。知道我们师徒开销很大，他就把银子塞给徒儿了，徒儿这就把银子还给他。"

"南北啊，师父能收你这么个徒弟，其实心里是很骄傲的。"

"师父，这钱我肯定是要交给师娘的。对了，师娘呢？"

“你师娘啊，睡觉呢。世人皆爱睡，深谙其中三昧者，少之又少，要不然古人为何会说‘书外论交睡最贤’？你师娘，比师父还厉害。”

“师父……徒儿只知道，师娘的呼噜声，很厉害……师父能够睡得比谁都香，更厉害。”

“嗯？笨南北，有长进啊。”

“嘿。”

一大一小两人，几乎同时摸了摸自己的光头。

白衣僧人摸着脑袋，望向远方，柔声道：“你师娘头上的一根根青丝，就是师父心中的一座座寺庙；她眼角的皱纹，是师父看不厌的经书；她睡觉的鼾声，是师父听不厌的佛法……”

小和尚目瞪口呆，不知为何师父突然间这么有诗情画意。

然后只听得师娘在两人身后轻哼一声，笑骂道：“死样！”

小和尚转头瞥了眼走回屋子的师娘，再看向满脸安详的师父，感叹道：“师父啊。”

白衣僧人没有回首，低头搓洗衣物，低声道：“你师娘，其实觉得自己涂抹胭脂并不好看，只是想听师父说她好看而已。可是她不知道，在师父眼中，她总是那么好看，不能再好看了。”

小和尚嗫嚅道：“师父、师父，师娘已经走远了。”

白衣僧人喃喃道：“烦恼清净远不远？不远。市井西天远不远？不远。阴阳生死远不远？不远。那么师娘与师父，自然很近。”

小和尚懵懵懂懂，由衷地、敬佩地道：“师父，你真有慧根！”

白衣僧人在笨徒弟的光头上打赏了一记栗暴：“找打！哪有徒弟称赞师父有慧根的？！”

小和尚一脸无辜。

背对茅屋的中年僧人压低嗓音：“你师娘真走远了？”

小和尚转头再回头都只在刹那间，显然这个动作早已娴熟至极，点头，沉声道：“师娘把屋门都关上了！”

中年僧人哦了一声。

小和尚唉了一声，搬动水桶和搓衣板。

白衣僧人微微一笑，赞许道：“徒弟啊，你也有慧根。”

小和尚不说话。

白衣僧人双手叠放在膝盖上，身体后倾些许，抬头望向天空。

天下经文佛法，贫僧已悟透。

世间良辰美景，贫僧已看遍。

唯有那张经常涂抹厚厚胭脂的容颜，贫僧总也看不够。

白衣僧人笑了笑，摸着自己的脑袋：“立地成佛。”

若是站在视野最为开阔的大莲花峰顶俯瞰，行人摩肩接踵的南、北两条登山神道宛如两条蛟龙，巍巍然卧于武当山间。

作为武当山颇为著名的胜地，洗象池更是人头攒动，呼朋唤友、拖家带口的游人和香客在此流连忘返。有嗓门儿奇大的江湖草莽站在池畔青石上，高声讲述洗象池的种种奇观轶事，说那武当前辈“剑痴”王小屏曾经在此闭关悟剑，这才有了后来荡气回肠的与武帝城王仙芝的拦江一战，又说当今凉王更是在此练刀数载，下山之前便能够一刀迫使瀑布倒流，浩大声势远达十里之外……听得年轻些的善男信女无不心旌摇曳，初出茅庐尚且憧憬着江湖的少侠、女侠更是人人心潮澎湃，好像亲眼见证过那位年轻武评大宗师的绝世风采。洗象池附近有一座凉亭，池、亭之间，摊位林立，既有贩卖敬神香烛的，也有替人解签算命的，更有出售种种灵巧物件的，甚至还有小贩就地起灶，武当春烧饼、道家素炒、定神汤等，一应俱全。

一个公子哥儿肩挑水桶，目瞪口呆地站在密密麻麻的人群外围。看这架势，他要想挑两桶水的话，还不得杀出一条血路？他只得沿着一条幽深的青石板小径原路返回。回到那栋女主人暂时不知所终的茅屋，他放下扁担、水桶，拿过一个葫芦瓢，弯腰从水缸底舀起一瓢水，缓缓走向菜圃，悠悠然浇起水来。入秋以后，菜圃那份绿意远不如春夏浓郁，瞧着便有些萧索。他最后拎着葫芦瓢蹲在菜圃边缘，神游万里。察觉到一股故意流露些许的熟悉气机后，他站起身，走向茅屋，看到牵驴而来的邓太阿站在那堵矮小的青竹围栏外。看到主人，这位“桃花剑神”才轻轻推开围栏门，系好缰绳，坐在年轻人搬来的小竹椅上，满屁股凉意。

徐凤年因为背着李东西飞掠武当山，反而比拾级而上的邓太阿要更早登顶，此时笑问道：“去过吕祖亭了？”

邓太阿点头道：“如果不是那块碑，还真认不出。”

徐凤年又问道：“字如何？”

邓太阿淡然道：“没意思。”

徐凤年理直气壮地道："当年下山前，我连一品境界都没有，意气不足也正常。"

原来，那座简陋的吕祖亭始建于七百年前，根据地方县志记载，年轻的吕祖在将武当山作为修行之地前，曾独自佩剑登山，在半山腰登高望远。有老者拄着槐根拐杖出现，向当时名声不显的吕祖询问长生大道，吕祖便以谶语相赠，助其证道。后来有一首诗广为流传，相传出自吕祖："独行独自坐，举世不相识。唯有老槐精，知晓神仙过。"诗文被武当道人篆刻在一块古碑上，只是年深日久，石碑表面风化，字迹几近被磨平。徐凤年练刀下山之前，某位骑牛的年轻师叔祖被他的师兄推出来，跟徐凤年讨要了那篇被改为行草的碑文。

邓太阿环顾四周，怡然自得。

徐凤年开玩笑道："这会儿武当山上的武道宗师真是烂大街了，仅是南疆一地，就有刀法巨匠毛舒朗，试图跻身儒家圣人之列的程白霜，剑道宗师嵇六安，蜀、诏两地也有韦淼和薛宋官。"

邓太阿语不惊人死不休："方才我登山时，见着了顾剑棠，随后在吕祖亭内又看到了轩辕青锋。"

徐凤年皱了皱眉头："顾剑棠登山，我毫无察觉并不奇怪，只是轩辕青锋近在咫尺……"

邓太阿一语道破天机："太安城外一战，曹长卿好像对这名拦路女子青睐有加，轩辕青锋因此受益匪浅，如今大概只有一线之隔。"

徐凤年感慨道："原来如此，这位大雪坪女当家的机缘一向不可以常理论之。刘松涛、赵黄巢、王仙芝、曹长卿，先后或倾囊相授，或稍加点拨，使她最终成为当世屈指可数的集大成者。"

邓太阿略带讥讽地道："你漏了个最重要的人吧？"

徐凤年顿时满脸尴尬。

邓太阿突然问道："需不需要我替你挡下意图不明的顾剑棠？"

徐凤年只觉得一头雾水，不知这位超然物外的"桃花剑神"为何突然这么菩萨心肠。要知道，王仙芝早就对邓太阿的品性做出过盖棺定论，大抵意思是：邓太阿极情于剑，最是无情，故而也最是契合天道。何况正处于离阳朝廷风口浪尖上的顾剑棠擅自离开辖地，选择微服私访武当山，算是单枪匹马深入北凉腹地，明摆着不会在武当山翻云覆雨。退一万步说，徐凤年即便不位于境界巅峰，对付藏拙多年的顾剑棠，赢面仍是较大。

就在徐凤年百思不得其解的关头，邓太阿轻轻咳嗽一声后，瞬间消逝不见。徐凤年下意识地望向青竹栅栏那边，竟然连那头老毛驴也一并消失了。

脸色铁青的徐凤年僵硬地转头，举目望去。果然，茅屋东北角的那块菜圃内，有些原本长势喜人的绿意已经给啃得荡然无存，就像一幅出自名家手笔的山水画给无知稚童挖出了一个窟窿！

之前曾有白衣僧人大踏步转身入屋拎出菜刀，现在徐凤年如出一辙，咬牙切齿地跑回茅屋，火速摘下那把悬挂在墙壁上的北凉刀，出屋后愤懑至极地道："邓太阿！有种就别跑！老子今晚请你吃驴肉火烧！"

同为武评大宗师，邓太阿一旦刻意掩饰气机，就算是徐凤年也无法捕捉到蛛丝马迹。

徐凤年蹲在地上，长吁短叹：真他娘的好大一桩无妄之灾啊。

有些时候，老天爷捶了你一拳，不是再给你一颗枣子吃，而是再给你当头一拳。

徐凤年余光瞥见远处姗姗而来的一袭衣裙时，如遭雷击，屋漏偏逢连夜雨！

徐凤年不愧是头顶异姓王和大柱国头衔的人物，当机立断，别管什么躲得过初一躲不过十五，能躲一天就是多活一天啊。

在徐凤年长掠而去的时候，背后传来姜泥那满腔悲愤的嗓音："姓徐的！你今天死定了！"

姜泥背负紫檀大匣猛然驭剑升空，气势如虹。她踩在大凉龙雀剑身之上，飞剑骤然悬停后，红着眼睛俯瞰整座大莲花峰，杀气之重，惊世骇俗。

一方小菜圃，能够让两位武评大宗师先后视若雷池，不得不说是件匪夷所思的事情。

徐凤年出乎姜泥的预料，非但没有直截了当地溜下山去，甚至都没有掠出太远，而是老奸巨猾地躲藏在了洗象池附近的人流中，蹲在一个拥挤的摊子后头，跟那位风韵犹存的老板娘买了两张武当春烧饼，细嚼慢咽，好似品尝断头饭。妇人也好奇这位蹲在她脚边的俊俏公子为何不愿落座。她俏脸微红：他莫不是有那种心思？她心头倒是没有太多旖旎的涟漪，只觉得，早知是这般情况，刚才就该多收他两文铜钱的。

这个摊子的隔壁就是一位山羊胡老道人在给人解姻缘签。老家伙穿着一件缝补多次的老旧道袍，看样式显然不是武当山上的道士。小桌上摆放有一只摩挲得油亮的青竹大签筒，任由客人抽签，然后他解签收钱。

徐凤年抬头望去，有些惊讶这个摊子的生意兴隆，竟然有三四十号信男信女等着抽签。老道人老神在在地坐在桌后，眯眼捻须。桌对面摇签的客人是位身段婀娜的妙龄女子，约莫是从江南道那边千里迢迢赶来武当山烧香的香客，个子虽然不高，容颜也稍显稚嫩，胸前的分量却很重。老道人不动声色地微微抬起屁股，方便瞥向她的腰肢。啧啧，好细的小蛮腰，他都担心会不会一个风吹，就把她的腰肢吹断了。

徐凤年难免有些腹诽，当年自己落魄时，也曾干过这种无本买卖，可哪里遇上过这等好光景，往往等到熙熙攘攘的庙会结束，客人都没有达到一双手的数目。

瞅见徐凤年的神情，妇人闲暇时轻声笑道："公子，这位吴老仙长虽然不是武当道人，但是如今方圆百里都听说他的姻缘签极其灵验呷，我就亲眼看到好些凉州那边的千金小姐专程赶来抽签。甚至有人在得偿所愿后，又赶来给吴老仙长送银子，最多一人足足给了十两银子，真真正正是心诚则灵。"

徐凤年使劲啃了一口武当春烧饼，没好气地道："我若是在这里摆个解签摊子求财，也会舍得本钱雇请一些女子来演戏，久而久之，不灵也灵。"

妇人哭笑不得。作为一位寡居文君，她也曾好奇多于希冀地跑去隔壁抽签。听到这个年轻客人这么大吹法螺后，她也不好说些难听的重话，只好说道："公子你真是……爱说笑话。"

徐凤年一笑置之。

那名腰肢纤细、胸脯壮观的小娘子摇出一支签后，使劲攥在手中，怯生生地低头望去，有些茫然，然后伸手递上姻缘签，娇娇柔柔地问道："道长，此签何解？"

她兴许是出身大家门户的女子，递签时双指仅是小心地夹住尾端。有些惋惜没能假借接签机会揩油的老道士低头看了眼手上的签，又郑重其事地抬头看了她一眼，端起茶壶喝了口茶，润过嗓子，这才缓缓说道："'再，斯可矣。'此乃二十八签。"

小娘子忐忑不安，静待下文。

老道人微微一笑："姑娘放心，虽不是上吉绝佳之签，却也是不错的上平之签，意思是说姑娘心仪之人若是一次求不得，切记莫气馁，总有柳暗花明之日。"

额头都已经渗出汗水的小娘子如释重负，笑意盈盈。那份北凉少见的婉约风情，差点儿让老道人看得痴了。

小娘子让身旁的丫鬟多掏了一百文铜钱，欣喜地转身离去。

下位客人是个身材壮硕的年轻人，抓起签筒就是一阵使劲晃动，甩出一支签后，抓起来重重地拍在桌上："瞧瞧是啥签！"

老道人眼皮子直颤，板着脸捡起竹签，言简意赅地道："'费长房缩不尽相思地'，十六签，下签。"

年轻人愣了愣，怒道："连那小娘儿们的二十八签都是上平，为何老子第十六签却是个狗屁下签？老王八蛋，找削是不是？！"

老道人对此置若罔闻，微微偏移视线："下一位。"

年轻人恼火地道："老子不给钱！"

老道人不愧是不食人间烟火的仙长，淡然道："贫道替人解签有个规矩——无论签好签坏，一律信则百文，不信的话，离去便是，贫道绝不为难。"

年轻人显然给震住了，气势骤减，问道："这费长房是啥玩意儿？"

老道人冷笑道："是大奉王朝鼎鼎有名的一位道教长生真人！"老人略作停顿，满脸肃穆之色，沉声道，"这位费师，与贫道的本门祖师亦是至交好友，最后更是相约联袂飞升。人间盛况，莫过于此，莫过于此啊。"

年轻人不由得咋舌，最后竟是乖乖掏出一百枚铜钱，轻轻放在桌上，忧虑重重地黯然离去。

经过这场不大不小的风波，老道士尽显得道高人风范，以至于他身上那件破败不堪的道袍，好像都有了一种沧桑的岁月感。

徐凤年从头看到尾，对老道士刮目相看。老骗子还是有些道行的，于是他看热闹看得越发津津有味。接下来求签客人的签文都比较平淡无奇，既无极差下签，也无大吉上签，有趣的是，许多签文取自王初冬的《东厢头场雪》。像一位年轻少侠就求得一支"轻泉刀若土壤"，之后有一位客人求得的"不忍重看卿鬓绿，却遇客衫黄"，都是出自《东厢头场雪》的脍炙人口的佳句。相传早年离阳皇宫里几位尊贵至极的娘娘都对《东厢头场雪》十分喜欢，不但如此，就连北莽棋剑乐府的三个词牌名，都是《东厢头场雪》首创的。可想而知，王初冬要是出现在中原士林，必是第一等的座上宾。

每听到一句熟悉的言语，徐凤年便眯眼微笑，最后又都转为神情恍惚。他记得当年有位远嫁到千里之外的女子最是钟情此书。

徐凤年叹了口气，正要起身，突然又迅速地蹲回去——邻近摊子那边络绎不绝的求签之人里，出现了两个熟人。

一位是幽燕山庄的少庄主张春霖，背负的剑匣内藏有四剑，应该分别是雏兕、僧庐、霜刀、无根天水。

当年正是在幽燕山庄，徐凤年第一次遇上了那拨观音宗的白衣仙师，其中就有卖炭妞。后来在西域，徐凤年跟张春霖偶遇，没想到这位年轻人始终把自己当作恩人，连铸自水龙吟剑炉的那把佩剑都取名为“霜刀”。这种身为剑士却不尊剑道的悖逆行径，在江湖上肯定会惹人非议。好在如今的幽燕山庄如日中天，龙岩剑炉和水龙吟炉陆续铸出十多把名剑，使得幽燕山庄一举跻身离阳十大帮派，排名还要在江南笳鼓台和北凉鱼龙帮之前。

另外一位则是春神湖畔快雪山庄的女子，也是少庄主，尉迟读泉。

不同于张春霖孑然一身行走江湖，她身边站着一位衣衫朴素却气象威严的中年男人，想必是她的父亲尉迟良辅。

徐凤年看着结伴而行的张春霖和尉迟读泉，忍不住会心一笑：倒是门当户对的一双良配。

张春霖没有抽签的意思，只是站在尉迟读泉身侧，看着她小心翼翼摇签的俏皮模样，眼神温柔。

老道人看人下菜碟的功夫早已炉火纯青。只要不是那种确凿无误的下下签，遇上被他认作大富大贵的客人，他都能无比娴熟地把一支平签说成上签。归根结底，他乘着这场武林盛事捎来的东风，瞅准机会在武当山上摆摊子解签，不过是一锤子买卖，哪里还计较什么回头客。所以，当那位一看就是出身不俗的年轻女子递过竹签，看清楚签上的内容后，老道人毫不吝啬笑脸，开怀地道：“姑娘，你这可是难得的上吉好签啊！‘满殿英雄都在此，不知谁是状元郎？’这里头还有一个典故，是说先帝一统中原后，大开科举，第一次取士，看到站满大殿的俊彦，龙颜大悦，故有此问！此签寓意极佳，相信姑娘身边不缺良人追求。哈哈，其实贫道已经不用多说什么，只多嘴一句，就是姑娘莫挑花了眼，白白耽误了年华。”

尉迟良辅微微一笑。身为当之无愧的江湖巨擘，他自是看得出这名老道人的斤两。但是不管怎么说，自己闺女能够抽中一支好签，他这个父亲自然没有不高兴的理由。

尉迟读泉扭头对父亲雀跃地道：“爹，我就说这里的签很灵吧！”

尉迟良辅的眼神里满是宠溺，微笑道：“灵，很灵。”

她想起什么，转头试探性地问道：“道长，我能拿走这支签吗？”

老道人有些为难。

不过当瞥见女子父亲的掏钱动作后，他立即笑道：“姑娘取走也无妨，贫道当场重写一支便是，举手之劳，不打紧、不打紧。”

尉迟读泉双手接过竹签后，对父亲眨了眨眼睛。

尉迟良辅无奈一笑，干脆将整个钱囊都搁在桌上。

她将那支竹签高高地举过头顶。秋日温煦的阳光下，她仰起头，神情专注而欢喜。

一旁的张春霖也跟着开心起来。

因为两座山庄同为离阳江湖名列前茅的新贵，又不是早先江湖上吴家剑冢与东越剑池或是龙虎山与武当山那种对立关系，快雪山庄和幽燕山庄天然拥有做盟友的潜在条件。事实上，尉迟良辅对脾性温良的张春霖，在年轻人第一次投帖拜访的时候，便一眼看中，心底早已视其为佳婿人选。尤其是骤然富贵的张春霖进入江湖之后，并未沾染上拉帮结派、横行霸道的恶习。作为偌大一座幽燕山庄唯一的继承人，他竟是仅负剑匣单独登门，更让城府极深的尉迟良辅十分认可。况且年轻人的父母——幽燕山庄那对贤伉俪，素来以为人厚道享誉江湖。不过内心深处，尉迟良辅也有些不可与人说的考虑。如今离阳北派扶龙士凋零，江湖秘传张春霖的母亲出自南海观音宗，曾是天赋异禀、前途远大的炼气士，尉迟良辅就不得不想得更深更远：如果快雪山庄与幽燕山庄成功联姻，表面看是后者稍稍高攀，但将来未尝不是快雪山庄有先见之明。

当然，若是自己女儿与张春霖无缘，尉迟良辅也不至于做出强扭瓜的勾当。毕竟，女儿的幸福在充满枭雄心性但丧偶后便不曾再娶的尉迟良辅看来也很重要，甚至比庄子的江湖地位更重要。

尉迟良辅从不否认自己为了快雪山庄的崛起费尽心思，不乏冷血手腕。可是这个中年男人始终坚持，自己在江湖上那般用心，就是为了独女以后在江湖上可以不用心。

得偿所愿的尉迟读泉在与尉迟良辅并肩离去的时候，冷不丁把脑袋凑过去，小声问道：“爹，你还要耽误柳姨几年啊？柳姨可不年轻了哦。”

被揭穿老底的尉迟良辅老脸涨红。虽说那名女子从未出现在山庄，可是庄子上下多少有些耳闻，不过尉迟良辅怎么都没想到，竟有人吃了熊心豹子胆，敢让自己闺女听说了这件事。

尉迟良辅微微眯眼，念头急转。

如果被他查出是谁泄露了天机，别怪他把那个家伙丢进春神湖喂鱼。

尉迟读泉好似全然不知她爹的难堪脸色和阴沉心思，仿佛漫不经心地道：

“那就娶了呗，多大点儿事啊！爹，藏藏掖掖的，真是一点儿英雄气概都没有，小心我以后不崇拜你了哦。”

尉迟良辅恢复正常脸色，轻轻嗯了一声。

她莫名其妙地加了一句：“可不许生气。”

尉迟良辅微笑道：“知道了。”

就在张春霖跟随那对父女转身之际，余光扫到一人。他立即瞪大眼睛，仿佛白日见鬼。

不过当看到那人竖起手指嘘了一声后，张春霖就强自镇定，神色自若地继续前行。

吃完武当春烧饼的徐凤年在阻止张春霖出声后，拍拍手掌，准备起身离去。小泥人在驭剑当空寻找无果后，便气呼呼地打道回府，这会儿差不多也消气了，最不济应该不至于见面后就拿剑砍人。至于自己是被痛骂几句还是吃闭门羹，以徐凤年厚如拒北城城墙的脸皮，都不算个事。

可就在此时，吕祖亭和洗象池之间这股密集的人流轰然分开，恰如武当老掌教王重楼一指断江。

徐凤年揉了揉额头，站起身，却没有就此离去。

是那名走出吕祖亭的徽山女子。哪怕她今日不知为何没有身穿名动天下的紫衣，也仍是给某位地位不俗的眼尖江湖人率先认出了身份。

然后她就如同一尾蛟龙闯入蚁穴，身前道路上的人流不由自主地向两侧移步。

尉迟良辅停步抱拳，笑道：“轩辕盟主。”

轩辕青锋置若罔闻，直接与他们二人擦肩而过。

尉迟良辅好似习以为常，驻足原地，等到那位大雪坪缺月楼楼主走出去十数步，这才继续前行。

尉迟读泉忍不住转头望了一眼那个让整个离阳江湖无数豪杰臣服在紫衣裙下的传奇女子。

祥符十三魁，她独占三魁。

传言她曾将当今皇帝拒之门外，更传言她在牯牛大岗上一夜观雪悟长生。

尉迟读泉呢喃道：“果真是好漂亮的女子，就是冷冰冰的。”

尉迟良辅赶紧瞪了女儿一眼。

轩辕青锋径直走到老道人的摊子前，后者咽了咽口水，不知所措。

她俯视着那位噤若寒蝉的“老仙长”，淡然问道：“灵不灵？”

老道士又不是瞎子，更不是聋子。在知晓了这位漂亮女子当世独一份的身份后，别说过过眼瘾了，就是突然之间变成名副其实的道教大真人，他也没胆子生出半点儿歪心思。

大雪坪轩辕紫衣的喜怒无常，离阳朝野几乎无人不知。

她敢在广陵江上拦阻武帝城王仙芝赴凉；她敢在京城下马嵬驿馆拦阻北凉王徐凤年；她敢在太安城外拦阻大官子曹长卿。

她敢如此疯狂，因为她是轩辕紫衣啊。

离阳江湖再大，这般不可理喻的疯子又有几人？

所以老道士在听到她的问话后，硬着头皮战战兢兢地答道：“回禀盟主，不太灵。”

他是真不敢自夸半句，万一不合她心意，这不是自己挥锄头给自己挖坟吗？

轩辕青锋扯了扯嘴角：“哦？”

心知不妙的老道士如丧考妣，赶紧亡羊补牢说道：“大多时候还算灵验，却不敢保证次次都灵！”

一旁看热闹的徐凤年开始由衷地佩服这个老道士的急智了。天底下任何坑蒙拐骗的手法，最关键的都是把话说圆，才能立于不败之地。

技术活儿，一般人做不到。

可惜他囊中羞涩，没法赏。

轩辕青锋面无表情，伸手握住那只装有一百零八支姻缘签的竹筒，微微抬起手臂，轻轻晃动。

她温润如羊脂美玉的手腕缓缓拧转。

签筒每转一次，老道人的心肝就要颤动一次。

以往那意味着一百文钱入账，当下则意味着他极有可能老命不保啊。

终于，一支签跳出竹筒。

她拈起后，缓缓道：“‘两世一身，形单影只’，是第几签？”

老道人想死的心都有了。

这支破签还需要他解签？

老道人瘫坐在长凳上，颤声道：“是第八十四签。”

生死一线，老道人灵光乍现，壮着胆子高声道：“盟主，这次正是属于不灵的那种情况！”

附近不少心善的香客都替老道长捏了一把冷汗。

轩辕青锋将那支签丢回竹筒，继续转动。

老道人目不转睛地盯住那只签筒，在心中念念有词，向漫天仙、佛、菩萨都祈求了一遍。别说是坐镇武当的那尊真武大帝，就连他河州家乡的土地祠也没忘记。

只是当那名女子报出第二支签的内容后，老道人就彻底心如死灰了。

“缘木求鱼，终不可得。”她依旧问道，“是第几签？”

汗流浃背的老道人轻轻哀叹一声，有气无力地道：“是五十四签。”

她一手持签一手握筒，既没有把竹签丢回签筒，也没有开口说话，只是眯起那双狭长的丹凤眼眸。

老道人低头，颓然地道：“我的签，不灵的。”

老人都已经不敢自称“贫道”了。

她不露痕迹地瞥了别处一眼，犹豫了一下，开始第三次摇动签筒。

一支竹签轻轻跌落在桌面上。

老道人闭上眼睛，想着装死算了。

只听头顶传来那个清冷的嗓音：“卜以决疑，不疑何卜。”

已经接近崩溃边缘的老道人眼神恍惚，一时间没有回过神。

不知是谁替他回了一句：“十一签，中平之签。”

终于醒悟的老道人满脸狂喜，撕心裂肺地道：“盟主，是中平之签，真的是中平之签！”

老道人一时间喜极而泣。

世情皆如此，鬼门关前走过了一遭，回到阳间，只要有口冷水喝有个冷馒头吃，就已经是天大的幸事了。

世人皆言“事不过三”，可出乎所有人意料，她陷入了沉思，笑了笑后，第四次摇动签筒。

这一回，认命的老道人不知哪里来的精气神，左右张望，试图找出那位先前帮忙出言解签的恩人。

只是茫茫人海，何其难哉。

轩辕青锋这一次抽出那支竹签后，没有自报签文内容，而是看过后便递给老道人，如同最寻常的求签之人，问道：“何解？”

老道人颤颤巍巍地接过竹签，驴唇不对马嘴地大声回答道：“中签！中签！

中签……”

老道人只是反复高声说着“中签”二字。

她也没有生气，等到老道人稍微平静后，继续问道：“何解？”

老道人抬起袖子狠狠地抹了一把泪水，艰难地站起身，双手握签作揖之后，惶恐地说道：“回禀盟主，此签是第九十六签，‘或十年，或七八年，或五六年，或三四年’。此签是说，姻缘一事，欲速则不达，须耐心静待。”老道人不忘说道，“未必准，未必灵。”

轩辕青锋不置可否，伸出手。

老道人赶忙将那支竹签递给这位阎王爷一般的可怕女子。

然后她说了一句让所有人惊愕的言语：“你的签，挺灵的，很好。”

她低头放下竹筒，先后从中抽出三支签，其中两支在离开竹筒后瞬间在她的指尖化作齑粉。

她只留下了两支签。

她抬起头，看向如同刚从洗象池里爬出来的老道人，略作思量，说道：“你替我解了四签。”

老道人情不自禁地瞪大眼睛，嘴唇干涩。

只听她缓缓说道：“黄金一百两，道教秘籍一本，北凉陵州宅院一座，徽山头等客卿一席，你可以任选一样。”

老道人喜极而泣，老泪纵横地道：“我要去徽山！去大雪坪做客卿！”

轩辕青锋脸色冷漠地转身离去，带着那两支姻缘签。

感觉恍若隔世的老道人站在那里，自言自语，不知道在碎碎念些什么。突然，他一脚踢翻那条长凳，哈哈大笑道：“做个屁的道士！今儿起，我就是徽山客卿了！头等的！”

显而易见，即便老人打算继续摆摊解签，也不会有谁还有兴趣求签了。

老道士耳畔蓦然响起一个略带打趣意味的嗓音：“老仙长，这可是在满山道士的武当，你这么说话可不妥当。”

正满腹豪气的老道士皱着眉头转头望去，看到一位自己觉得勉勉强强能称为玉树临风的公子哥儿。老道士冷哼一声：“说了又如何？贫道可是徽山头等客卿！就算陈老神仙和俞老真人这两位，贫道现在若是遇上了他们，想必也能讨杯茶喝！”

年轻人伸出大拇指，赞叹道：“了不得！”

年轻人身边的妇人气笑道："老吴，刚才正是这位公子帮你说话，你猪油蒙心了吧？！"

老道士愕然，立马转变脸色，眉开眼笑地道："是贫道失礼了，公子莫怪罪。"

老道士大踏步走向妇人的摊子，道袍大袖晃荡得厉害，颇有龙骧虎步的风采："韩妹子，来来来，帮老哥还有这位公子来两张武当春烧饼，记得把饼摊大些！老哥不缺那银子，何况咱也从不是小气人！"

妇人自顾自摇头，有些无奈。

她手脚伶俐，且熟能生巧，很快就分别递给两人一张分量十足的武当春烧饼，热气腾腾，香气四溢。

接过春烧饼的时候，老道人想要顺手摸一把妇人的手，后者快一步抽回手，没让这个老不修得逞。

老道人咬下一大口春烧饼，笑眯眯地道："韩妹子，还做这苦累活计干啥，起早摸黑的，也赚不到多少银子，要不然陪着老哥我去那徽山，如何？"

妇人翻白眼道："去那中原作甚？"

老道人嘿嘿笑道："老哥我的心思，妹子你还不清楚吗？"

妇人先是一愣，然后恼羞成怒地道："滚！"

老道人不死心，道："妹子，你男人不是很早就在凉州关外没了吗？这么多年后改嫁又咋了？你们一家子孤儿寡母的，多可怜，有个靠得住的男人照顾是好事啊。再说了，你之前不也让老哥解过签吗？"

已是怒极的妇人脸色苍白，上前几步，扯过老道人手中的春烧饼摔在地上："滚！我卖给谁春烧饼，也不卖给你这种恶心人！给再多银子，我都嫌脏！"

老道士倒也不生气，只是遗憾地道："唉，韩妹子，你是好女人，可惜就是没享福的命。罢了罢了，就当咱们有缘无分。"

妇人不再理睬这个为老不尊的家伙。

老道士自顾自唏嘘一番，转头对那位年轻人笑道："得嘞，贫道只好自个儿去中原享福喽。青山不改，绿水长流，公子，以后若是去徽山游玩，报上贫道的名号即可。"

年轻人笑道："好的。"

老道人潇洒地离去。

年轻人问道："老道长，连摊子也不要啦？"

老道士没有转身，挥挥手，“豁达”地道：“要那些不值钱的物件做什么，跌份儿！你要喜欢就归你了！”

等到老道士走出很远，妇人轻声对年轻人道：“连姓什么叫什么都没有与公子知会一声，还报他的名号呢，见过脸皮厚的，真没见过这么厚的！幸好我听说这个老家伙是河州那边的人，否则真是丢了咱们北凉的脸。”

徐凤年笑问道：“听口音，大嫂是咱们北凉陵州人？”

妇人眼神古怪，半晌才冒出一句：“公子问这个做什么？”

正在吞咽武当春烧饼的徐凤年差点儿噎到。

妇人掩嘴笑道：“瞧把你吓的，嫂子逗你呢。”

徐凤年委实哭笑不得，一边咬着春烧饼，一边走向隔壁摊子，扶起长凳，转头，微笑道：“大嫂，请我吃春烧饼的家伙跑路了，要不然我替你解一签，就当饼钱了？”

经过那名气势吓人的女子一折腾，妇人摊子的生意都冷冷清清了。她坐在长凳上伸手轻轻捶打腰肢，看着那个笑脸温和的公子哥儿，怀疑地道：“你会解签？”

徐凤年点头道：“老本行了！”

妇人摇头笑道：“公子你啊，可没那个老家伙能骗人，大嫂哪里会上这个当。放心，饼钱就算了，大嫂请你。”

徐凤年好奇地问道：“大嫂，怎么从陵州跑来这武当山摆摊子了？”

妇人平心静气道：“我娘家在这边啊。前些时候来山上烧香祈福，见到这里的光景后，琢磨着自己刚好会这些手艺，闲着也是闲着，摆个摊子能多赚些。”

徐凤年笑问道：“大嫂家的孩子都在蒙馆学塾读书了吧？也对，咱们北凉这边，书籍贵着呢，最吃钱。”

妇人又不说话了，直愣愣地瞧着徐凤年。

有些憋屈的徐凤年无奈地道：“大嫂，我真不是吴老头儿那种人！”

妇人忍俊不禁道：“真是经不起逗，可不像咱们北凉的爷们儿。”

徐凤年佯怒道：“大嫂别骂人啊。”

妇人摆了摆手，端了一条小板凳和一碗定神汤，坐在徐凤年对面，笑道：“饼是送你的，这碗定神汤，就算是解签钱了。大嫂不识字，可不许骗我。”

徐凤年吃完春烧饼，俯身拿过定神汤喝了一大口：“哪能啊！”

妇人双手捧起竹筒，眼神虔诚。

徐凤年正襟危坐，微笑不语。

落签在桌后，她以双手拇指和食指拎住首尾，大概是想着自己既然不识字，就没有多此一举去细看什么了。

她亦是用双手递给徐凤年。

那份无言的沉重庄严，好像在交付性命。

从来与青史无缘的老百姓，总归是相信头顶三尺有神明的，会事死如事生，才愿意相信来世福报，才会不辞辛苦地登高烧香祈禳。

徐凤年接过竹签，看过签文后，嘴角翘起，柔声道："'忘足，履之适也。忘腰，带之适也。'第七十二签，上签。"

妇人不识字，但签文内容大致听得明白，至于"上签"二字，更是简明扼要，毋庸置疑。

她释然而笑。

徐凤年收回竹签放入竹筒，喝了口定神汤，笑道："大嫂是好人有好报。"

她笑意恬淡。

之后两人随意地闲聊，多是她说他听。她说起了她眼中的陵州乡土风貌，当然最多的还是家里两个孩子的蒙学情况。她说年龄大些的孩子还不错，没那么顽劣，虽说也从没人听说学塾先生夸奖过什么，多半是考不中秀才的，便是通过县试成为童生估计都相当不易。可是每次看着那个孩子挑灯读书，摆出那副读书人独有的摇头晃脑的模样，她就会没来由地很高兴。而那个小些的孩子就让她很头疼了，宁肯下田劳作，也不乐意去私塾背书，小小年纪就想着打仗杀蛮子。她最后还说不晓得如今北凉其他地方如何，前两年，至少陵州那边的大小私塾，孩子们都能拿到很便宜的书籍，便宜到她这种家境贫寒的人家都觉得便宜。这是之前陵州有个姓徐的大官的主意，好像是那位大官说了句"北凉人少，但读书人可以多些"。她也不知道是真是假，反正那几本蒙学书籍比前五六年的确是便宜了一大截。

所以她说，那个姓徐的大官是个好人，只可惜听说离开陵州去凉州当官了。

徐凤年笑脸温柔，望向远方，轻声道："橘子他啊，什么都好，就是酒品差了些。"

妇人没听懂，也没有多问。

她的摊子那边有生意了，妇人问道："公子，我能要回那支签吗？"

徐凤年笑道："那我得找找。嫂子你先去忙，我找到了就给你送去。"

她点了点头，起身后，突然脸色微红，道："公子，喊我姨也好，别喊嫂子了！"

徐凤年一头雾水。妇人冷哼一声，去隔壁摊子忙碌起来。

徐凤年摇了摇头，不明就里，倒提竹筒，倒出竹签。在尉迟读泉和轩辕青锋之后，原本一百零八支姻缘签就少去了五支。

他找出妇人摇出的那支竹签，起身送去。

她发现这位游手好闲到去当算命先生的年轻人似乎仍没听懂她的意思，于是有些难为情了。

她瞥了眼竹签便小心收起，抬头问道："是那支签？可别骗我。"

徐凤年摇头，正色道："不骗人。"

她笑眯眯地道："去吧去吧，嫂子就不耽误你骗人银子啦。"

有些郁闷的徐凤年坐回桌前，重操旧业，开始熟门熟路、大大咧咧地招徕生意。

只是山羊胡老道人留下那么个烂摊子，好事不出门，坏事传千里，加上附近摊位认定徐凤年是个钻钱眼里头的神棍，而且年纪轻轻，当下又没有披件唬人的道袍，自然给人"嘴上没毛办事不牢"的印象。一拨拨香客、游人来往路过，显然都没停步抽签的兴致。难得两三位年轻女子欲语还休，想要上前摇签，结果都在家里的长辈或是身边的同龄男子委婉的说服下放弃了。徐凤年小口小口喝着定神汤，委实百无聊赖，逐渐从道貌岸然的正襟危坐，变成跷着二郎腿，再变成趴在桌上晃动签筒，最后干脆自己摇出一支支竹签，也不看那签文，随手丢回去。

隔壁妇人抹了抹额头的汗水，调笑道："哪有你这么做生意的？天底下最难的事情本就是从别人的袋子里拿钱，公子你倒好！"

徐凤年叹息道："难道真要我去跟武当借件道袍？"

妇人纳闷儿地道："公子也不像是缺钱的人，真稀罕那点儿银子？"

徐凤年下意识地瞥了眼茅屋方向，柔声笑道："我媳妇儿最没出息了，只喜欢收集铜钱。大的小的她都不嫌弃，就像个守财奴。"

妇人乐不可支："也亏得你媳妇儿不在！"然后她劝解道，"女子持家都这样，公子你想开些。"

徐凤年深以为然："燕子衔泥，积少成多，是这个理儿。"

妇人长呼出一口气，抬手捋了捋被汗水浸透的鬓角发丝："嫂子先回了。"

徐凤年奇怪地问道："这么早就下山？零零碎碎这么多物件，搬得动？"

她指了指一位从吕祖亭外的山路上缓缓行来的年轻女子，笑道："她是我侄女，在山上更高些的玉清观那边卖胭脂水粉，估摸着是早早卖完了，以前都要更晚才来搭把手。今儿我也偷个懒，早点儿下山。"

徐凤年起身道："从这里下山，可还有不少山路要走，嫂子，我还是帮你挑一段路吧？"

她摇头，坚决地道："不用，我这儿的东西瞧着多，其实都不重。"

徐凤年开玩笑道："嫂子，就当我用心不良，好歹送你们到山脚牌坊那边，行不行？"

妇人轻啐了一口，瞪了口无遮拦的徐凤年一眼，气笑道："你不怕闲话，嫂子怕！我那侄女可泼辣得很。怎么，难不成你瞧上她了？那嫂子倒是可以当回媒婆。"

徐凤年瞥了眼那名越来越近的年轻女子，倒抽一口冷气。她那腰肢，可不是啥柳树，而是大槐树啊。他只好苦笑道："还是算了吧。"

妇人趁着年轻侄女尚未走近相邻的两座摊子，面对徐凤年，眉眼柔柔低敛，轻声问道："你到底想什么呢？"

此时此刻，她看到那个年轻人，模样英俊，尤其是目光清澈，干净得就像她年少时初次登上武当山见着的洗象池。

徐凤年说道："我去过凉州关外，去过怀阳关，也去过虎头城。"

她脸色平静，道："这样啊。"

徐凤年咧嘴一笑。

她没来由地问道："你说北莽蛮子会一路打到这里吗？会打到陵州吗？"

徐凤年神色坚毅，说道："只要我们北凉铁骑还剩下一人，那么北莽蛮子的马蹄就踩不到北凉关内的一草一木。"

她点了点头，然后展颜笑道："口气真大，说得跟自己是大官似的。"

徐凤年打哈哈道："我可不是当官的。"

她没好气地道："这也用说啊。"

徐凤年犹然不死心："嫂子，真不用帮忙挑担子？"

她接下来的一句话让徐凤年呆若木鸡："别嫂子嫂子的，我这些天见多了江湖人，听他们说啊，咱们那位年轻王爷以前闯荡江湖的时候有句口头禅，叫什么'好吃不过饺子，好玩不过嫂子'！"

徐凤年伸手抹了一把脸，悲愤欲绝。

我在大雪坪之巅说的那句“还个屁”，没人跟你提起过吗？难道不比这句口头禅更牛气？

再说了，这句话是某位吊儿郎当的木剑游侠儿不知在什么地方道听途说，然后非要教我的啊。

妇人眼神促狭，不再言语，转身去收拾物件。

徐凤年望向她的背影，终于没敢再称呼嫂子，只是问道：“官府那边的抚恤银子可有克扣或是拖欠？”

她动作一滞，没有转身，摇头道：“不曾，他的老伍长前些年还经常寄给我们额外的银子，去年才没有。”她停顿了一下，轻声道，“今年春我才听说，老伍长死在虎头城了。”

之后她始终没有转头。

她其实知道，自己最先摇出的姻缘签并非怀中这支竹签。她虽然不识字，却牢牢记得那支签的字数。

不过这也不算什么要紧的事。

老百姓过日子再苦，只要还有盼头，咬咬牙就能过下去。

她的盼头在于两个孩子，至于今天摇出的签是好是坏，其实无所谓。

最后，她与侄女挑起担子离去之前，无意间瞥见那个给人的感觉总是干干净净的年轻人——他挺直腰杆坐在桌后，双手握拳放在腿上，安安静静的，不怎么像年轻人，倒像个上了岁数的老人，春光远去，只能默然地晒着秋季的和煦阳光。

第五章

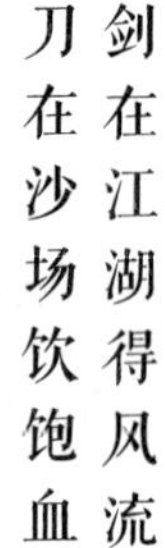

剑在江湖得风流

刀在沙场饮饱血

大莲花峰幽静处的那栋崭新茅屋前从未如此热闹过。

白衣僧人身材高大，给人的感觉却是异常协调，胸口那串挂珠色泽昏暗，显然与中原诸多大寺高僧的珍稀佛珠在高下贵贱上有天壤之别。

自万里西行归来，他再未持珠佩珠，只戴了这么一串桃木材质的佛珠。这串挂珠算是他与媳妇儿的定情之物，她在赠送之后其实不是没有悔意，因为后来听说桃木是道教极为推崇的材质，能够禳恶辟邪，但是在佛门里头，桃木佛珠实在不值一提。可是白衣僧人李当心除了睡觉前将这串佛珠悬挂在墙上外，平时从不离身。佛门有“静虑离妄念，持珠当心上”的说法，他的俗名又叫李当心，故而当年白衣入京时，离阳老皇帝御赐了一串价值连城的七宝挂珠，却被他随手丢入了箱子。有了李东西这个闺女后，那串挂珠就被他媳妇儿隔三岔五摘下十几颗珠子，编制成环，戴在闺女头顶。喜欢在两禅寺满山疯跑的小丫头哪里晓得那些珠子的贵重，很快就会弄丢，好在这一家三口谁也不会心疼。

此时白衣僧人对面坐着来自两座道教祖庭的三名道士：刚刚升任凉州刺史的白煜，同为龙虎山外姓小天师之一的齐仙侠，武当小柱峰青山观的韩桂。

不远处，李东西，吴南北，现任武当掌教李玉斧唯一的弟子余福，韩桂的徒弟小道童清心，四人凑在一起蹲着，在听李东西讲述她那些“荡气回肠”的江湖履历。

白衣僧人的媳妇儿已经午睡了。之前在得知三名道士携手登门后，她斜靠着屋门，啧啧道：“人多势众，来者不善啊。”

白衣僧人笑道：“吵架而已，不怕。”

她还是有些忧心，说道：“那我就不准备茶水了，让他们口干舌燥便是，但是你可以随便找个借口进屋子喝水吗？”

“好的。”

“那会不会失了礼数啊？”

“不会。”

“对了，万一真吵不过他们，动手的时候，千万记得打人别打脸，否则白白落下话柄，记住了没？”

“……”

“怎么，难道打不过？那就算了，和和气气聊天吧。哈，出门在外，和气生财嘛。”

“打得过。”

“哦。也要记得别打得太夸张，咱们闺女还想在山上多玩几天呢。”

“晓得了。”

此时白衣僧人与道教三人相谈甚欢，因为根本就没有涉及佛道根柢之争。

他问道：“李掌教在小莲花峰闭黄庭关？”

作为武当近二十年来唯一“开峰”的道士，一向与人无争的韩桂并未遮掩此事，点头道：“掌教师兄之前有所明悟。”

白衣僧人笑道：“好事。”他轻轻摩挲着那串桃木佛珠，淡然道，“地陷东南，四渎俱流巽位，未尝不是有始有终之意。”

韩桂一身素洁道袍，头戴洞玄巾，有些感伤。看书看伤了眼睛的白煜习惯性地眯起眼眸，仿佛置身事外。齐仙侠仰头望向大莲花峰顶的滚滚云海，满怀感慨。

白衣僧人笑问道：“‘人生不得行胸臆，纵年百岁犹为夭’，是不是曹长卿当上大楚棋待诏后说的？”

白煜摇头道：“实为曹长卿授业恩师李密所言。曹长卿能够由儒家圣人转入霸道，这句话恐怕正是点睛之语。”

白衣僧人轻轻捻动佛珠：“如果说花好、月圆、人寿三事，是凡夫俗子的至乐愿望，那么心意顺遂、念头畅然，就是你们道教中人的追求吧？”

意态惫懒的白煜揉了揉眼睛，笑问道：“怎么，要吵架了？可是这儿连一杯茶也没有啊。”

白衣僧人轻声道：“媳妇儿不让准备茶水，贫僧可不敢擅作主张。至于吵架嘛……”白衣僧人的视线越过众人头顶，望向不远处，高声道：“徒儿，来来来，跟咱们白莲先生说说佛法！”

不承想年轻和尚微微抬起那颗小光头，不情不愿地道：“师父，如果不是李子不让我走，我还要去玉清观那边给师娘买胭脂呢。师娘说那边有位貌美如花的年轻女子，这些天贩卖的蜀葵花胭脂很是价廉物美，据说还有江南吴越烟柳坊特制的绵燕支，去晚了可就一盒都买不到啦。”

白衣僧人瞪眼道：“你还好意思说那绵燕支？！指甲片大小的一小盒，就敢卖五两银子？！如果不是你跟师娘说起，她又岂会心心念念一晚上，昨夜说梦话都是绵燕支、绵燕支！”

年轻和尚理直气壮地道：“徒儿只是觉得那种胭脂的确好啊，山脚逃暑镇的那些便宜归便宜，可香气也太呛鼻了些。虽然它盒子更大，可师父昨天又不是没瞧见，因为觉着价钱不贵，师娘便扑了那么多在脸上，吃饭时一低头，香粉就扑簌扑簌往饭碗里掉，可瘆人啦。师父你也真是，明明看得胆战心惊，偏偏还要跟师娘说什么‘这等景象，真是天女散花，世间罕见’，然后师娘咧嘴一笑，胭脂掉得就更多了……”

白衣僧人咳嗽了几声。

白煜只觉得十多年前龙虎山那场佛道之争，如果这位两禅寺的中年僧人没有缺席，恐怕就没有自己力挽狂澜的份了。

青山观观主韩桂眼观鼻鼻观心，一个道士却似老僧入定。

齐仙侠好像偷偷揉了揉眉心。

突然，屋内、屋外两个嗓音同时响起，均充满惊喜：“烟柳工坊的绵燕支？！”

屋内的自然是白衣僧人的媳妇儿，屋外的则是李东西。后者更是猛然起身，飞快地跑向屋子，大声喊道：“娘！爹新近在经书箱子底下藏了四五两银子，他藏银子的时候，给我偷瞧见了！爹让我守口如瓶来着，可我是谁啊，是娘的亲闺女啊！”

茅屋内顿时传来一阵噼里啪啦手忙脚乱翻箱倒柜的急促声响。

白衣僧人抬头望向天空，面色悲苦。

外人若是不知晓其中缘由，肯定要惊叹真是宝相庄严如佛祖悲悯世间苦。

一大一小两名女子走出茅屋的时候，白衣僧人摸着光头站起身，关怀道：“这大太阳的，要不要撑把伞？”

他媳妇儿想了想，大手一挥，豪迈地道：“绵燕支可是稀罕物，存货定然不多，万一错过咋办？”

李东西已经开始发号施令：“笨南北，你去屋内取伞，然后快些跟上咱们！清心和余福，武当山是你们的地盘，有没有去玉清观近些的小路？有的话就前头带路！”

如今对女侠李东西已经佩服得五体投地的小道童清心挺起胸脯，自豪地道：“有！”

然后一行人便浩浩荡荡杀去玉清观，白衣僧人犹然不忘望着他们的背影提醒道：“小路难行，走慢些。”

好像是觉得气氛有些尴尬，白衣僧人坐回小板凳，望向白煜，随便找了个话题：“听闻白莲先生有‘三怕两喜’？”

白煜点头道："有三怕——怕打雷，怕走路，怕赵凝神问问题。有两喜——读书到快意处，说话到会心处。"

白衣僧人疑惑地道："赵凝神？"

白煜有些感伤地道："本名赵静思，是老掌教的独子，性情尤为质朴沉稳，下山后数次历经磨难，因祸得福，如今其心几近大道。"

白衣僧人哦了一声："是不是那个在春神湖上请下天师府祖师，结果给徐凤年搬来的真武大帝法相一巴掌拍烂的年轻道士？"

白煜苦笑无言。

白衣僧人似乎对年轻藩王成见颇深，气呼呼地道："打架就打架，还要装神弄鬼，跟稚童哭哭啼啼回家找长辈出马有何两样？尤其是那徐凤年，更不像话，仗势欺人，不成体统！"

如今算是北凉"徐家家臣"的白煜识趣地闭嘴不语。

白衣僧人哼哼道："我家闺女就从不跑到贫僧跟前诉苦，她哪次出手，不是打得那些小光头哭着跑回去找他们的师父？"

韩桂会心一笑，似乎是想起了自己的徒弟清心，也想起了掌教李玉斧带回山上的小道童余福。

方外之人，未必无情。

就在此时，三名道士中唯一"修力"的齐仙侠猛然站起身，转身望去，如临大敌。

白衣僧人依旧安然地坐在小板凳上，缓缓捻动佛珠。

一名双鬓微霜的男子出现在众人的视野中，两手空空。

只见他微笑道："自方寸雷后，我近二十年又悟出两刀，想要向两人讨教。如今王仙芝已死，我便只好来此叨扰。"

李当心缓缓起身，淡然道："趁贫僧媳妇儿不在，赶紧出手。不过事先说好，切磋也好，论生死也罢，可别毁了茅屋，否则贫僧真会生气。"

听到白衣僧人这番不留情面的言语后，那人笑道："我只管出刀，至于你生气与否，我不管。"

李当心一笑置之，双手轻轻合十，以礼相待。

乌黑佛珠，雪白袈裟，真可谓超尘拔俗。

齐仙侠拉着白煜走向茅屋檐下，韩桂紧随其后。

他们三人当然猜出了来者的身份。

此人的出现，在意料之外，也在情理之外。

方寸雷。

这无疑是一个如雷贯耳的名头。

就像世人每次提及春秋“剑甲”李淳罡，必然绕不开木马牛，还有两袖青蛇和剑开天门。

不说离阳江湖，即便是朝堂之上，也无人不知那位兵部老尚书的成名绝学——方寸雷。

正是凭借此招，为离阳赵室平定了东越、南唐两国的武将顾剑棠，战胜了原本如日中天的刀法大家毛舒朗，以此奠定了天下用刀第一人的超然地位。顾剑棠之于刀，如李淳罡之于剑，王绣之于枪。

这种一览众山小的武道地位，无数江湖人梦寐以求。

只是顾剑棠最为难堪的地方在于，虽然站在了世间用刀之人的顶点，但历届的武评名次始终不出彩，别说像武帝城王仙芝那样一骑绝尘，恐怕连名列前茅都算不上。更重要的是在刀剑之争中，无论是老剑神李淳罡，还是“桃花剑神”邓太阿，无论是修为境界，还是纯粹的战力，离阳公认的这两代剑道魁首都甩开了顾剑棠很大一段距离。在某位世子殿下初入江湖之际，王仙芝、邓太阿和曹长卿，便被誉为“唯三人卓然于世”，其余七人，显然沦为了陪太子读书的角色。包括顾剑棠在内的七人，对整个中原江湖而言不可或缺，可跻身最拔尖的十人之后，则可有可无。

用剑之人更是在李淳罡重返陆地神仙境界后，扬言顾剑棠与李淳罡的差距还隔着一个顾剑棠！

这二十年来，长久执掌太安城顾庐权柄的顾剑棠，从来没有与人切磋过，之后以大柱国头衔总领两辽军政，更是深居简出。

只有那次西楚曹长卿携带姜姒闯入京城，本来都已经将心爱佩刀转赠女婿袁庭山的顾剑棠才稍露峥嵘。

顾剑棠似乎对武榜名次的高低从不在意，对刀剑之争更是提不起兴趣。

王仙芝有自称天下第二便无人敢称第一的霸气，曹长卿有三过皇城如过廊的风流壮举，邓太阿有骑驴看山河的恣意逍遥。

最近这些年，新凉王徐凤年横空出世，大雪坪轩辕青锋异军突起，魔头洛阳更是接连震动北莽、离阳两朝。

顾剑棠依然沉寂。看那新旧江湖潮涨潮落，他始终无动于衷。

所以，天生排斥那座太安城的中原江湖，对这位在庙堂上位极人臣的刀法大宗师始终仰慕不起来。

但就是这么一位只愿意置身江湖之外的一国砥柱，在今日登上武当山，找到了白衣僧人李当心，好像还要一刀摧破他的金刚不坏之身。

除去执着于剑道，齐仙侠一向清心寡欲，对于顾剑棠的登门拜访，曾经在太安城以大毅力摒弃旧有剑道的小天师其实并不关心这场巅峰大战的胜负，也就不会指手画脚，或是故作惊叹。

韩桂被老掌教王重楼誉为“心诚意正，大器晚成”，被前任掌教洪洗象视为至交好友，此时有些忧心，生怕声势闹大了，武当无法收拾残局，给年轻藩王增添没必要的烦恼。

人生唯有“三怕两喜”的白莲先生对打打杀杀就更没兴趣了，搬了条小板凳坐在屋檐下，怔怔发呆，已是神游万里。如今两位藩王联手搅得中原大地动荡不安，朝廷原本答应交给北凉道的漕粮说不定就要节外生枝，以陵州刺史身份具体负责漕粮事务的常遂已密信清凉山，要求动用鱼龙帮势力，竭力渗透襄阳城至陵州的广陵江漕运，万不得已，还需要鱼龙混杂的两万帮众以鲜血开道，为北凉边关铁骑赢得那数百万石的沾血漕粮。

以致三人都不曾在意顾大将军为何没有携带佩刀。

顾剑棠的符刀南华，与武当“剑痴”王小屏的符剑神荼并称于世。

顾剑棠身材高大，典型的北人体魄；青衫儒雅，则是南人气度。

顾剑棠，剑棠。

他却用刀。

战胜毛舒朗后，他的江湖声望攀升至巅峰，也被赞叹为“刀法圣人”。

绰号有没有取错不好说，名字好像是真取错了。

顾剑棠一手负后，一手缓缓抬起。

白衣僧人李当心由双手合十变作单掌行礼，低垂视线，默念一声。

“阿弥陀佛。”

真是峰回路转，许多别处的江湖人士听闻轩辕紫衣不但在武当山露面，而且曾经在洗象池附近的摊子一口气求了四支姻缘签，徐凤年所在的摊子立即就生意兴隆起来。虽说瞧见徐凤年只是个年轻后生，而非印象中那种仙风道骨的世外高人，但本就是凑个热闹图个乐和的江湖人士大多不吝铜钱。加上这名模样英俊的解签先生也确实能说会道，便是一些中下之签，都能舌灿莲花，说得天花乱坠。渐渐地，不只是江湖草莽和绿林好汉愿意掏钱，很多不涉江湖的香客、游人也开始信以为真。尤其是一位外乡女侠抽中一支大是吉利的姻缘签，更是让人跃跃欲试，因为她那支第一百零八签“但愿人长久，千里共婵娟”，不但是仅次于头签的好签，而且此句出自那位女文豪的《东厢头场雪》。世人皆有胜负心，至今，那支最为吉利的签王尚未被人摇中，自然让人摩拳擦掌，不少原本对摇签断姻缘一事嗤之以鼻的旁观者也一试手气。只是奇了怪哉，一个多时辰，百来号人物都摇签解签完毕，仍是无人从竹筒中摇出那支签王。这般犹抱琵琶半遮面的情景彻底让人生出一举夺魁的争胜心思，好些不信邪的家伙干脆再度摇签。众人只见那名年轻的解签先生把武当定神汤喝了一碗又一碗，铜钱收了一百文又一百文，桌面上的大小铜钱堪称堆积成山，极为壮观。

赚钱赚得盆满钵满的年轻藩王在给一位摇了三次姻缘签的壮硕汉子解签后，伸手覆住签筒，突然高声道：“收摊了！收摊了！今日不宜再解姻缘！”

那个满脸愤懑的汉子背后，一名苦等了将近半个时辰的年轻人顿时跳脚骂道：“姓徐的！你玩我？！”

徐凤年翻了个白眼，开始收拢铜钱。

那人一巴掌拍在桌上：“你要敢走，就别怪我苏酥揭你的老底！”

徐凤年抬头斜瞥了眼这位旧西蜀流亡在外的太子殿下：“断人财路，小心踩到狗屎。再说了，你小子给得起解签钱吗？”

苏酥冷笑道：“一万，够不够？！”

徐凤年停下收拢铜钱的动作。苏酥的言下之意，整座武当山大概就只有他这位北凉王听得懂。一万，是指来自蜀诏之地的一万兵源。

所以徐凤年笑问道：“你说话能作数？”

站在苏酥身后的齐姓铸剑师轻声道：“是老夫子的意思。”

徐凤年笑眯眯地并拢双指：“这个数，我才帮你解签。”

苏酥满脸怒意，身体前倾，双手重重地按在桌面上，压低嗓音，沉声道：“你当我是撒豆成兵的道教神仙？！”

徐凤年这次竖起三根手指：“没诚意！我加价了。”

苏酥黑着脸，气喘吁吁。

背负琴匣的目盲琴师薛宋官嘴角翘起，悄悄扯了扯苏酥的袖子。苏酥冷哼一声，双臂环胸，一副破罐子破摔的姿态。

徐凤年收回手的同时，也收起了那份玩世不恭，眼神蓦然冷冽起来，仰头望着这三位北莽旧人："有些亏，我吃过一次就够了。念在往日的情分上，我奉劝一句，千万别学当初那些左右逢源的春秋豪阀，我们徐家是怎么跟他们打交道的，赵定秀老夫子肯定比你更清楚。"

苏酥满脸通红，竟是气得浑身发抖，羞愤至极。

熟悉内幕的薛宋官微微叹息，然后轻轻握住他的手。

苏酥竟是隐约间眼眶湿润，握紧她那只手，撇过头，不知是不愿看到年轻藩王那张脸，还是不敢。

当初逃亡至北莽陋巷市井后，老夫子几乎已经绝了西蜀复国的心思，之所以死灰复燃，并且下定决心重返中原，都是这位年轻藩王的功劳，甚至连他们早期的顺风顺水，很大程度上都归功于北凉埋在蜀、诏两地的各种死士棋子。但是陈芝豹封王就藩于西蜀，不但截断了北凉与他们的联系，更迫使西蜀真正的主心骨赵定秀改弦易辙。说好听点儿，他们是审时度势；说难听点儿，就是过河拆桥了。最开始老夫子甚至做了最坏的打算，准备迎接北凉尤其是拂水、养鹰两房震怒之下的报复。只是不知为何，被他们背后捅了一刀的年轻藩王对此好似浑然不觉，这无疑让饱受儒家仁义熏陶的老夫子深感愧疚，这才有了苏酥三人的赴凉之行。毕竟那位曾经将蜀、诏两地玩弄于股掌的"白衣兵圣"如今已身在离阳广陵道，为逐鹿中原运筹帷幄。他辖境的精锐兵力大多出蜀东奔，如此一来，就给了老夫子亡羊补牢或者说是重新押注的机会。

齐姓铸剑师摘下剑匣，轻轻放在桌上："老夫子在临行前与我说过，两万已是底线，再加上这把'满甲雪'当个添头。"

徐凤年缓缓吐出一口浊气。对此事，他心中积郁已久。

对那位一心匡扶西蜀苏氏的老夫子，徐凤年确有怨气。如果不是他们赶赴蜀、诏竖起复国大旗，许多北凉暗中埋藏在那里的棋子就不会那么快浮出水面，哪怕留着不用，也远比现在的尴尬形势好。如果不是当初陈芝豹没有彻底跟北凉撕破脸皮，那些曾经耗费北凉无数精力、财力的间谍死士就要十不存一。要知道，在师父李义山的既定方略中，一旦离阳朝廷在未来的凉莽战事中打定主意拖后腿，北凉就会直截了当地兵锋直指蜀、诏，将之作为补充北凉后继粮草、兵源的战略大后方。故而对蜀、诏两地的持续渗透，北凉称得上不遗余力，远比对中原更为重视。因此，某座郡王府内兢兢业业的勤勉管事，传道授业的古板私塾先生，奔波于市井的贩夫走卒，青楼勾栏中取媚恩客的丰腴花魁，甚至是蜀、诏军伍中的实权校尉，都有可能是拂水房的死士。

退一万步说，蜀、诏和北凉被陈芝豹拦腰斩断，就算徐家铁骑最后守不住北凉，以至那些拂水房棋子到最后都无法建功，最不济，那些人也能够带着一种不为人知的遗憾慢慢老死于蜀、诏两地，而不是像现在这样，如游魂野鬼曝晒在光天化日之下！不但陈芝豹知晓他们的身份，恐怕连离阳赵勾都开始悄悄录档，只等将来秋后算账。

对苏酥，徐凤年谈不上如何记恨，这个年轻人本就是连甩手掌柜都算不上的牵线傀儡，大势之下，更是只能随波逐流。在蜀、诏两地，苏酥拉着目盲琴师假扮少侠、魔头，混迹江湖，肆意游荡，未尝不是一种类似借酒浇愁的情绪。对眼前这位曾经赠送自己新剑“春秋”的齐姓铸剑师，徐凤年只有敬佩。

说到底，徐凤年愤怒于赵定秀的临阵倒戈，但是更怨恨自己的大意。

某些时候，君王一言可兴邦也可亡国，史官一言定人青史留名还是遗臭万年，武将一言更是决胜负定生死。

“兵者，国之大事”——绝非戏言。

也许心思单纯的苏酥只是愧疚于他和老夫子的背信弃义，根本就想不到那些扎根蜀、诏多年的北凉死士，也想不到更深层次的凉莽大战格局。毕竟这个出身天潢贵胄的年轻人，从懂事起就只知道自己是个在北莽混吃等死的普通遗民，只知道老夫子是个迂腐严厉的不得志老书生，齐叔叔无非是个力气大些的打铁匠。什么钟鸣鼎食，什么君王社稷，什么西蜀皇叔死战于城门，什么西蜀与国共同赴死之臣冠绝春秋，除了襁褓之中包裹幼儿的那幅金黄纹龙蜀锦，他没有穿过一天太子蟒服——所以他全然不懂那些慷慨激昂。

苏酥偷偷抽了抽鼻子，尽显其性情软弱，毫无枭雄心性可言。

他只憧憬江湖，并不喜欢那种陌生的庙堂官场。

亡国后，苏氏旧臣见到自己的那种热泪盈眶，那种跪拜大礼，非但不会让这个胸无大志的年轻人感到欣喜，反而会让他觉得千斤重担压在了肩头。

私底下，他曾经对心仪的目盲女琴师自嘲地说道：“百无一用是苏酥。”

不知何时，没有和苏酥三人一起来此的韦淼和苗女这对夫妇站在了齐姓铸剑师身后，无形中隔开了人流。尤其是当服饰绚烂扎眼的苗疆女子笑嘻嘻地拧碎一名登徒子的手掌后，人群里只是来武当山烧香的善男信女就开始作鸟兽散。自负武艺在身的江湖人倒是大多没有远去，但也隔着些距离谨慎地冷眼旁观。

韦淼上前几步，开门见山道："蜀王要我捎句话给你们双方——'过境无碍。'"

徐凤年发现齐姓铸剑师皱了皱眉头，心中了然，便问道："他这句话是什么时候递给你的，春雪楼变故之前，还是之后？"

韦淼漠然道："我不会说，这也不重要。"

徐凤年不再理睬这名声名远播的南诏第一大宗师，而是望向齐姓铸剑师："也替我捎句话给陆老夫子——'北凉与蜀、诏的关系不比北凉与中原别地，一旦我们守不住拒北城，蜀、诏很快就要直面北莽铁骑，所以两万人已经是最少的数目，而且必须是精锐，否则到了我们北凉只会帮倒忙，也只能是送死。"

齐姓铸剑师点了点头。

尘埃落定，苏酥刚要转身离去，就听到年轻藩王笑问道："砸了这么多本钱，称得上天底下最贵的一支姻缘签了，不试试手气？"

苏酥执意要走，不料袖口被人扯住。他转头望去，她虽闭着眼，却是满脸希冀。

苏酥顿时心一软，板着脸走回桌前，握起竹筒，一阵剧烈摇晃，终于摇出一支竹签。

徐凤年伸手拿起竹签，瞥了眼，然后流露出怜悯的神色。

苏酥的心情瞬间跌入谷底。

经过先前那场让他深受内伤的风波，此刻雪上加霜的年轻人再无半点儿玩世不恭的风采，又红了眼睛。

徐凤年叹了口气。

苏酥转头对目盲女琴师挤出一个笑脸："走吧，这签不灵。"

薛宋官微笑点头。

徐凤年挑了一下眉头："不灵？！"

苏酥连斗嘴的精气神都没了，拉起她的手就要走。

只听背后传来一句："第三十九签，'意中人，人中意'，上签。哦，原来不灵啊。"

苏酥如遭雷击，以迅雷不及掩耳之势转身就要抢夺徐凤年手中那支姻缘签。

徐凤年持签的手臂高高躲过："先给钱，一百文！"

苏酥怒目相向："还收钱？！"

徐凤年另外一只手的拇指和食指轻轻捻动："钱爱给不给，签爱看不看。"

薛宋官笑了笑，默默掏出一个织工精美的秀气钱囊，就要给钱。

苏酥一把握住她的手腕，狠狠地盯着徐凤年，咬牙切齿地道："真是好签？"

徐凤年懒洋洋地撂下一句话："爱信不信。"

就连性情木讷的齐姓铸剑师都有些于心不忍：咱们太子殿下遇上了这位年轻藩王，真是糟心又遭罪。

薛宋官依然给了一百文。不过她伸出手，摊开手掌。

签，无论好坏，她都要收藏。

与此同时，当世指玄境造诣仅次于"桃花剑神"邓太阿的目盲琴师气势勃发。

她不给这位年轻藩王半点儿机会去更换竹签。

签，无论上下，她都要真实的那一支。

徐凤年笑着递出竹签。苏酥抢先抓在手中，然后愕然。

徐凤年唉了一声。

薛宋官的黯然神色一闪即逝。

察觉到她的细微变化，苏酥立即醒悟过来，气急败坏地道："姓徐的！你个挨千刀的王八蛋！"

徐凤年哈哈大笑："念错了、念错了，是第八十一签，比上签还要好些，上上大吉之签！"

薛宋官猛然抬头，面对苏酥，满脸匪夷所思。

苏酥狠狠地抱住她，带着哭腔，道："是真的好签，真的！"

徐凤年优哉游哉地摇头晃脑道："八十一签，'可妻也'！"

薛宋官挣脱苏酥的怀抱，侧过身，竟是破天荒地脸颊绯红，然后郑重其事地向年轻藩王施了个万福——

也许是感激他在此摆摊解签，让苏酥摇出了这支她做梦都没有想到的好签；

也许是庆幸当年他没有死于那场北莽雨中小巷的刺杀，让自己认识了苏酥；

也许是感恩他在最后关头的挽留，无异于帮苏酥解开了心中死结。

徐凤年摆了摆手，打趣道："薛姑娘，说句心里话，这只酥饼真配不上你。他摇签，当然会是大吉大利的好签，可薛宋官你是实打实的遇人不淑啊，所以换成你来摇签的话，我敢断言，肯定是下签。"

苏酥早就给徐凤年折腾得不剩半点儿精气神，就连那句"放你娘的狗屁"听着也绵软无力。

徐凤年痛打落水狗："酥饼，既然是好签，就再给一百文，多喜庆的事，这点儿小钱节省不得。”

苏酥二话不说，牵着薛宋官就走。

虽是仅次于老夫子赵定秀的扶龙之臣，可齐姓铸剑师到了蜀、诏却从不掺和军政事务。此时，他向徐凤年抱拳告别，徐凤年同样起身抱拳相送。

既然我们相逢于江湖，那就告别于江湖。

只有江湖，没有庙堂。

春秋之后，有两场宗师之战最让离阳江湖神往。

一场是李淳罡和王仙芝战于东海之上。

一场是新凉王徐凤年、“桃花剑神”邓太阿和大官子曹长卿，三人乱战于太安城。

至于拓跋菩萨与邓太阿之战，或是徐凤年和拓跋菩萨在西域转战千里，由于旁观者不多，远不如前者声势浩大。

今日茅屋之前就更显寂寞了。只有寥寥三名看客，而且都是不喜欢鼓唇弄舌的道教中人，想必到最后，江湖多半不会听说这场巅峰的矛盾之争。

不过对战双方，一位是曾白衣入太安早早享受人间至誉的得道高僧，一位是手握王朝半数兵权的国之砥柱，肯定都不在乎那些江湖虚名。

顾剑棠哑然失笑，突然收回手掌，摇了摇头，欲言又止。

白煜眯着眼睛，瞧不真切，低声好奇地问道：“怎么还不打？”

齐仙侠淡然道：“打完了。”

白煜愣了愣：“怎么，如今江湖流行打架比吵架还要快了？”

齐仙侠身形笔直地站在屋檐下，从这个方向虽然只能看到白衣僧人的背影，但是齐仙侠依然能够凭借那件雪白袈裟的细微颤动看见快若奔雷的较量，只是被李当心强行压下了。

方丈天地。

一件袈裟，即一座小千世界。

那个世界只是白煜、韩桂看不清楚，一旦置身其中，就真是天翻地覆了。

简而言之，顾剑棠看似轻描淡写甚至仿佛没有出手的一刀之威，换成另外一人来扛，那人如果身处雄山之脚，那便要地崩山摧；如果身处大江入海口，大江就要被海水倒灌数十里。

白衣僧人胸前的那串挂珠缓缓安静下来。

就在此时，大莲花峰北方的一座大峰的峰顶轰然碎裂，声响沉重如雷。

顾剑棠无奈地道："李当心，这不合适吧？"

白衣僧人笑道："不好意思，贫僧上山之后，看道士们每日清晨打拳，也有所悟，学了那四两拨千斤。"

嘴上说着不好意思，可是中年僧人看上去真没有半点儿不好意思的觉悟。

顾剑棠冷哼一声。

白衣僧人犹豫了一下，脸色认真，道："力大气壮，与王仙芝的一力降十会有异曲同工之妙，换作王仙芝来扛，你也能让他受伤。当然，想要凭此胜过王仙芝，仍是不现实。"

顾剑棠平静地问道："仅是如此？"

白衣僧人笑道："最关键的是你此招能损人气数，若是给你接连砍上七八刀，王仙芝也要迅猛跌境，要不然我也不会取巧将你这一刀拨至后头那座山峰上。"

顾剑棠自傲地道："我能连出十二刀！"

白衣僧人没好气地道："你以为自己有姓徐的从高树露那里继承的天人体魄，同时身兼气机流转生生不息的武当大黄庭？王仙芝三四拳就能砸死你！"

顾剑棠冷笑不止。

白衣僧人摸了摸自己的光头："你还真不信！当世真正知晓王仙芝厉害的人屈指可数——李淳罡、徐凤年，最多加上一个洪洗象，其他连邓太阿、曹长卿都无法理解透彻，毕竟那两人不曾与王仙芝有过真正的生死之争。还有，贫僧哪怕不用那武当拳法的精髓，站着让你砍十二刀，贫僧的身形依旧能够不动如山。只是不久以后贫僧要亲自出马做件事，不能在这里折损气力而已。"

顾剑棠默然无言。

白衣僧人叹息道："顾剑棠，你若是能够心无旁骛地执着于刀，未尝没有机会去争那天下第一人。"

顾剑棠恢复常色，笑道："刀在顾某人看来，只能是沙场杀人的凶器，用来争夺江湖名头，太糟蹋它了。"

剑在江湖得风流，刀在沙场饱饮血。

这兴许就是大将军顾剑棠心底的真实认知。

顾剑棠最后问道："我想知道，天底下到底有谁能破你的金刚体魄？"

白衣僧人摸了摸自己的脑袋，伸出三根手指："邓太阿的太阿剑。"

顾剑棠点了点头，表示自己已经猜到了。

白衣僧人继续道："贫僧媳妇儿的鼾声。"

顾剑棠深吸一口气，不打招呼就直接走了。

第三人，他已经不想知道了。

白衣僧人犹然絮絮叨叨："再就是贫僧女儿手里的小木槌，喜欢拿她爹这颗脑袋当木鱼敲。闺女不晓得心疼爹，当爹的自然是真疼。"

白煜和韩桂相视一笑。

天下难事，到了白衣僧人李当心面前，好像都不难啊。

韩桂突然为难地道："先生，那座损毁的山峰？"

白衣僧人转头，笑眯眯地道："找姓徐的要钱修缮去！"

韩桂想了想："倒也是个好法子。"

作为凉州刺史，白煜连忙摆手道："要不得！要不得！咱们北凉如今银子不多了！"

顾剑棠离去没多久，去购置胭脂的那一行人比预料中更早返回。

后头小道童清心、余福两个孩子偷着乐。

前头三人，李东西扯着吴南北的耳朵，李当心媳妇儿扯着自己闺女的耳朵。

妇人懊恼气愤地道："李子，你还是娘的亲闺女吗？要不是你拉着笨南北听你说江湖，耽搁了时间，他早些去玉清观，能买不着烟柳坊的绵燕支？！"

李东西扯着笨南北的耳朵，气咻咻地道："都怪你！什么烟柳坊绵燕支都是你说的，也不晓得早些说！"

吴南北委屈地道："师娘、李子，我一开始就没想到师父私藏了银子啊。"

三人一起望向那位白衣僧人。

中年僧人双手合十，抬头望天，喃喃道："佛祖保佑今晚能有饭吃。"

此时，在场众人无人知晓，白衣僧人李当心胸口的那串佛珠，串起一百零八颗桃木珠子的绳线，既因为常年磨损，更因为顾剑棠那一刀，其实已消散如烟。

虽无绳线，但是佛珠依旧成串，竟是李当心用一气呵成。

世事无常。

当心如常。

供奉真武大帝的那座大殿内外香火鼎盛。

一名面容肃穆的年迈道人快步跨过门槛。看到一袭白衣的高大背影时，老人定了定神，放缓脚步，走上前，与其并肩而立。

身形比一般北凉男子还要高出寸余的白衣人竟是位容颜年轻的女子，面容隐约流光溢彩，大概这就是所谓的“宝相庄严”，宛如菩萨降世。

年迈道人本是来此接手敲磬功课的。虽然他在武当山上辈分最高，更是掌管一山戒律数十载的大真人，但仍是事必躬亲。方才接近大殿之时，察觉了她异样的气机，老道士心知肚明，准确说来是她率先发现了自己，才故意流露出蛛丝马迹。

老道士顺着她的视线，看到一名虔诚的信士正在蒲团上三跪九叩，虽是身子骨薄弱至极的古稀之年，叩拜礼节却做得一丝不苟。

老道士对此最为熟悉不过。年少时便被师父黄满山带上山修行，与王重楼、宋知命他们做了师兄弟，如今已是年近百岁的高龄，因此老人看人烧香已有将近八十年。

老人感慨道：“世人白首求神仙，为长生，为解忧，为无苦。”

高大的白衣女子淡然道：“那你们武当山为何要断了天下修行人的念想？”

老人正是武当掌律真人陈繇，前任掌教洪洗象的师兄，现任掌教李玉斧的师伯。他洒然笑道：“澹台宗主，贫道只晓得这座山上的条条框框，对什么该做什么不该做还算清楚，可要是问贫道长生之术或是更大一些的问题，就真是问道于盲了。你如果早些登山，贫道的师父、师兄、小师弟，他们三人都能回答，哪怕早个十几天，掌教也能回答。”

澹台平静收回视线，抬头望向那尊气势威严的真武大帝塑像：“是很难想明白，还是不想明白？春秋为何覆灭？中原为何陆沉？是因为一小撮豪阀阻断了整个天下的上升道路。显而易见，如果当今离阳皇帝排斥布衣寒族，一味提拔世族子弟充塞庙堂，赵室气数一样无法长久。流水不腐，户枢不蠹，道理何其浅显。”

老真人笑了笑，点头道：“澹台宗师说得不错。”

澹台平静又问道：“难道武当山野心之大，大到了要让整个人间成为割据藩镇的地步？”

老真人反问道：“在澹台宗主眼中，人间的凡夫俗子，就要比天上的仙人低上一头？”

澹台平静又有些无礼地伸出手指，点了点那尊塑像：“难道不是？那为何这尊塑像能够高坐俯视，享受千年香火，让人心甘情愿地低头叩拜？”

老真人对这位昔年南方炼气士领袖的大不敬举止并不感到恼火，摇头道：“还是贫道先前那句话，世人白首求神仙，是心有所求。贫道斗胆也打个不恰当的比方，这就像山下官场或是市井，向人求情，总归是要捎带些见面礼，与人说话嗓音总归是要小几分的。事是这般事，理是这般理，可这并不意味着被求之人就能够肆意作为。”原本并不健谈的老真人竟是打开了话匣子，声音低沉了几分，“听闻天上仙人擅长垂钓人间气数，人之寿命，国之国祚，皆在其掌控之中。若仅是天道无情，故而人不以恶而早夭，不以善而长寿，其实也无妨。可若是设身处地，想到连自己的姻缘、寿命、福禄等诸多命数尽为他人操控，何其悲哉？贫道的师父曾经与我们六位师兄弟说过，天行健，君子以自强不息，愿为命途多舛而奋发，不愿天生命好而坐享其成，不愿事事皆有死板定数。虽然我们道士身为山上方外之人，却不可忘记自己仍是世间之人，世间生，世间死。”

从吕祖到黄满山，再到陈繇这一辈的王重楼、宋知命、俞兴瑞、王小屏、洪洗象，皆不长生。

有些是不能且不想，如宋知命和他陈繇。

有些是可以却不愿，如王重楼、俞兴瑞。

有些是不屑，如洪洗象、王小屏。

陈繇突然哈哈大笑，转头直视这位据说已经跻身天人境界的陆地神仙，毫无惧意：“人间百年，飞升者又有几人？屈指可数的人物之中，又有谁不是谪仙人下凡？怎么，澹台宗师要为谁做说客？贫道只知道，让澹台宗主如此行事之‘人’，绝对不会是这尊真武大帝。”

澹台平静皱了皱眉头，嘴角泛起古怪的笑意，问道：“那你有没有想过北凉王徐凤年和你们掌教李玉斧是不是谪仙人，又为何他们偏偏要在这一世大逆不道？！”

陈繇满脸天经地义的神色，笑呵呵地道：“贫道一个只管武当戒律的，管那些作甚？”

澹台平静脸色冷漠：“好一个武当山！不愧是吕祖道场！”

陈繇依旧微笑道：“过奖。”

澹台平静转身望去，双眸雪白。

俞兴瑞站在大殿门槛之外，但她却是直接望向大莲花峰之外的那座小莲花峰。

下一刻，她身形消散。

见匆忙赶来的俞兴瑞如释重负，陈繇缓缓走向这位师弟。以不苟言笑著称于世的老真人难得打趣道："俞师弟，赶紧擦把汗。"

俞兴瑞担忧地问道："就这么放她离去？"

陈繇豁达地道："其实她愿意在这个时候现身，就表明她暂时没有动杀心。你想啊，王爷在山上，邓太阿在，李当心在，还有那么多大宗师在场，谁敢在这里撒野？她毕竟不是武帝城王仙芝。"

俞兴瑞点头道："也对。"

陈繇突然问道："真想好了？"

俞兴瑞沉声道："与你们不太一样，我俞家终究世世代代都是土生土长的凉州人。"

陈繇不合礼仪地拍了拍俞兴瑞的肩膀："那就放心地去吧。有玉斧、韩桂，还有……那余福，都很好。"

俞兴瑞遗憾地道："只可惜大概等不到小师弟开窍的那天了。"

陈繇点了点头："师兄也差不多。"

"师兄，能不能跟你说件事？"

"你说。"

"小师弟如今才多大点儿孩子，正是贪睡的岁数，哪有你这样每天天不亮就跑去敲门的长辈？"

"师弟啊，你是咱们山上的掌律道士，还是师兄我啊？"

"……"

"还有别的事情吗？"

"有。小师弟偶尔贪嘴，在给人解签的时候偷买些糖葫芦之类的吃食，师兄你能不能别每次都那么火眼金睛？那么大的娃儿，好几次挑灯抄经书，我瞧着都心疼，玉斧更是次次悄悄在屋外头候着。"

"哦。师兄差点儿忘了，小师弟如今名义上是你徒弟的徒弟，你们仨香火情旺着呢。"

"师兄这话就有些酸味了不是？哈哈，没法子、没法子，师弟我收了个好徒弟。"

"师弟啊，你今天不是本该在经楼当值吗，怎么有工夫在这里跟师兄闲聊啊？晚上把《道教义枢》抄一遍吧。"

“师兄，那你此时还本该在敲磬呢！”

“哈哈，没法子啊，师兄掌管武当山戒律嘛。”

“……”

解签摊子前，苏酥三人已经远去，韦淼仍然留在原处，那名早为人妇的妖娆苗女兴致勃勃地坐在桌前的长凳上，望向已经开始收摊子的年轻藩王，用蹩脚的中原官腔说道：“小俊哥儿，能给姐姐解支签吗？”

徐凤年忍俊不禁道：“这位姐姐，你都嫁人好些年了，还求什么姻缘？”

她大大咧咧地道：“没得法子，我男人天不怕地不怕，就怕我不要他。姐姐也没啥心思，就想看看当年是不是嫁亏了。”

相貌平平且身材矮小的韦淼咧嘴笑笑。身为男人，而且是当今江湖屈指可数的武道大宗师，他的脾气真是好得没话说。

徐凤年看着这对夫妇，斩钉截铁地道：“不用看，肯定是好签！”

苗女犹豫不决，最后还是作罢。

韦淼离去时转头深深地望了徐凤年一眼。

徐凤年自然不会连桌凳一起搬走，那筒签也没打算要，当然，小山一般的铜钱，一枚都不能少！

这可是他将功补过的救命钱啊。

就在此时，徐凤年微微怔住。

一名木钗布裙的年轻女子缓缓行来，即便衣衫寒酸，即便不谙武学，可那股仿佛沾染了天家气焰的独到气势展露无遗。

她的手臂上挽着一条布袋，里面装满了刚刚从树上采摘下来的金黄柿子。

徐凤年有些头疼。

她在武当山，顾剑棠则刚上山，谁见着了谁都不合时宜。

一位是已经在朝廷史书上病死宫中的公主，一位是对离阳赵室忠心耿耿的大柱国。

正是隋珠公主赵风雅的她施施然坐在算是已经收摊的长凳上，与他相对而坐。

徐凤年坐回原位，无奈地道：“你怎么也来了？”

她淡然地笑道：“看我能不能摇出那支头签。”

徐凤年正要说话，她继续说道：“藏在哪儿了，还不拿出来，否则我如何能够摇出？”

徐凤年毫不难为情地抖了抖袖子，一支竹签掉出。

她讥笑道：“真会做生意，以后哪怕当不成北凉王，躲去中原也一样能腰缠万贯。”

徐凤年呵呵两声：“是该说你乌鸦嘴呢，还是该说‘借你吉言’？”

她冷着脸道：“签筒！”

她颐指气使的派头不输当年。

徐凤年认钱不认人：“你有一百文？”

她从布袋中拿起一颗熟透的柿子，放在桌上。

徐凤年瞪大眼睛。

不是因为这位昔年的离阳公主殿下的蛮横，而是因为赵风雅身后另一位公主殿下的出现——

昔年的大楚公主殿下。

赵风雅转头瞧了一眼，道：“哟，喜欢飞来飞去抖擞威风的女剑仙来啦。”

姜泥没好气地道：“要你管？”

不知为何，哪怕当过了西楚皇帝，哪怕如今已是女子剑仙，姜泥面对这个曾经毁去她菜圃的罪魁祸首，本该是落难凤凰不如鸡的赵风雅时，仍是底气不足。

论打架，当年两人初次相逢，弓马娴熟的隋珠公主赵风雅小胜一筹，如今姜泥大概能打趴下千儿八百个赵风雅了——可越是如此，姜泥就越没有打架的念头。

论骂架，以前、现在还有将来，姜泥大概都不是赵风雅的对手。

赵风雅跋扈地道：“先来后到，我先摇签！”

姜泥撇了撇嘴，愣是没敢针锋相对。

徐凤年叹了口气，放下那只竹筒。

赵风雅抬头说道：“摇签的时候，别动手脚！”

徐凤年翻了个白眼，挥了挥手掌，示意赵风雅赶紧摇签。

赵风雅一手拿起竹筒，随意地转动了几圈，轻轻甩出一支竹签，随手拿起，漫不经心地一瞥，然后嘴角翘起，一边转头看着分明比她紧张许多的姜泥，一边重重拍下竹签。

她起身离去，竟是很不厚道地连那颗柿子一并拿走了。

等到赵风雅转身，姜泥这才鬼鬼祟祟地拿起竹签。

她那张倾国倾城的脸庞上，震惊、委屈、幽怨、伤心，一一浮现，到最后便是泫然欲泣。

一头雾水的徐凤年俯身瞥去。

徐凤年有些理解苏酥的心情了。

真是一报还一报！

此时被姜泥握在手上的那支签，就是先前赵风雅随手摇出的那支签，上面写着：

“佳偶耶？神仙美眷也。夫复何求？”

头签！

徐凤年伸手狠狠地按住额头，无话可说。

得嘞，自己千辛万苦费尽唾沫弄来的那些铜钱，算是彻底白挣了。

徐凤年不得不小心翼翼起来，生怕眼前这个可怜兮兮的小泥人也来一个“随手”。

她只要随手一抬，茅屋那边的紫檀剑匣里可就要飞出一把大凉龙雀了！

徐凤年忍不住唉声叹气，有些心酸。

她烫手一般飞快将那支姻缘签丢回竹筒，然后转头抹了把脸，再次转头后，既不看徐凤年，也不看签筒，只是盯着那堆积成山的铜钱，轻声问道：“都是你下午挣的？”

哀莫大于心死的徐凤年点了点头。

她的语气蓦然轻快起来：“有多少？”

徐凤年柔声道：“可不少，如果折算成银子，得有小一百两吧。”

她立即两眼放光，原本晦暗的脸庞瞬间变得光彩照人。

她抬起头，试探性地问道：“都是我的？”

徐凤年忍住笑意道：“当然啊。”徐凤年站起身，趁热打铁递给姜泥一条早就准备好的大布袋，“你帮忙兜住钱，会有些沉。”

她小鸡啄米般使劲点头，连忙起身绕过桌子，站到他身边，弯腰，用双手拉开布袋后，眼神无比认真，满脸都写着“期待铜钱落袋为安”！

徐凤年横肘在桌面上，扫钱入袋。

桌上铜钱挤铜钱，袋中铜钱敲铜钱，皆是哗啦啦作响。

她一开始笑得还有些矜持含蓄，到后来就毫不遮掩了。

他手上的动作不停歇，只是偷偷转头凝视她的侧脸，看着那个酒窝。

喜欢之人喜欢，世间第一欢喜事。

她目不转睛，感慨地笑道："真的很沉！"

徐凤年回答道："等下回去的时候，我来拎袋子。"

她使劲点头，道："嗯！"

第六章

天门洞开剑气至
生死之间见生死

一行四人穿过小莲花峰那片金灿灿的柿树林，来到山顶龟驮碑附近。此碑为大奉王朝初奉命敕建，碑文为《御制道教祖庭大岳》，象征着武当山数百年前的荣光，其体形之巨，举世无双。四名游客里唯一的女子手里抓了颗熟透的柿子，站在龟驮碑下，仰头浏览碑文。其余三名男子并肩站在崖畔，眺望山脚风光。最老之人腰间佩刀，居中而立，左首是位背负长剑的消瘦剑客，右首是位双鬓霜白的清雅儒士。

当貌美女子随意地转头后，就看到了古怪的一幕：不知何时，那边只剩一人临崖而立，原来的剑客、刀客都已后退数十步，离她不远。

她轻轻走到两位长辈身边，向那位佩刀老人轻声问道："毛爷爷，程伯伯这是？"

他们三人正是南疆龙宫少宫主林红猿、南方刀法第一人毛舒朗和剑道宗师嵇六安。

眉发雪白的毛舒朗压低嗓音，简明扼要地道："契机。"

这般打哑谜，林红猿自然不得其解，转头望向龙宫首席客卿嵇六安，眼神充满疑惑。后者犹豫了一下，也是轻声说道："老程身为旧南唐第一等风流儒士，出身高门豪阀，却不喜功名，常年负笈游学，走遍大江南北，之前愧于家国覆灭自身却力不从心，这才开始习武。这么多年过去了，他脚踏实地，在武道一途按部就班层层攀登，最后不知为何在指玄境滞留长达二十年之久。这趟赴凉之行，他厚积薄发，便有破境迹象，与西楚曹长卿还有那徽山轩辕敬城都有相似之处。"

林红猿惊喜地道："程伯伯终于要跻身天象境界了？！"

毛舒朗可不管她是不是未来的龙宫当家的，更不管她与南疆藩王父子有何牵连，小声斥道："噤声！"

林红猿顿时噤若寒蝉，微微赧颜。

程白霜双手负后，向南远眺。

这位老儒生独立崖畔，自言自语道："身外身，握麈尾矢口清谈，真如画饼。窍中窍，向蒲团问心究竟，方是清净。

"道德文章，随身销毁，而精神万古长青。功名利禄，逐世而空，而气节千秋不移。

"平生不做皱眉事，天下便无切齿人，何其谬哉！"

老人缓缓闭上眼睛，大风拂面，衣袖飘飘。

异象突起，毛舒朗猛然瞪大眼睛，刹那间拔刀出鞘，身形前掠，与宛如闭目养神的程白霜擦肩而过，撞向崖畔，只差一步就要坠落山崖。

老人这一刀无声无息，却罡气磅礴，如一轮光亮璀璨的弧月浮现在身前！

林红猿只见崖外高空中无缘无故出现的一袭白衣身体后仰，大袖鼓荡不止。她伸出双指，抵住了毛舒朗那一刀的罡气。

神仙一般的白衣女子一退数十丈，这才抵消了那道雄浑无匹的罡气。

高大女子站直身体，就那么悬停在绝无立足之地的空中，脚下山风呜咽，身侧云雾萦绕。

林红猿倒抽一口冷气，认出了这名不速之客的身份：观音宗澹台平静，世间炼气士的魁首！

林红猿虽然在历次与年轻藩王的钩心斗角中均处于下风，但事实上她不但不笨，反而极为聪慧，立即心中了然：程白霜此次浑然天成的登高破境，绝非由指玄跻身天象那么简单！

须发怒张如剑戟的毛舒朗顾不得是否会惊扰程白霜的物我两忘境界，向那名白衣仙师厉声道："你要想从中作梗，先问过我毛舒朗的刀！"

澹台平静瞥了眼浑然不觉身外事的老儒士，平淡地道："烈火烹油，鲜花着锦，能有几日风光？"

毛舒朗握紧刀柄，眯起眼，沉声道："我一介莽夫，听不懂你澹台宗主的玄妙禅机！"

澹台平静不再理睬毛舒朗，视线稍稍偏移，对程白霜开口问道："你既然有此心境，当知以后陆地神仙至多四五人，儒、释、道三教必然各占其一，江湖草莽或一或二。你此时强行破境，不仅仍有一线之隔，无法真正地跻身陆地神仙境界，更舍弃了将来唾手可得的儒圣，与寻死何异？！"

程白霜缓缓睁开眼睛，坦然道："那样的儒家圣人，还是儒家圣人吗？我儒家圣人曾有言——'民不畏死，奈何以死惧之？'我程白霜从不垂涎长生，奈何以长生诱之？"

澹台平静讥讽道："皆是井底之蛙！"

程白霜意气风发，放声大笑道："都说'盛世出能臣，乱世出名将'，又说'国家不幸诗家幸'，我程白霜作得些酸诗，却不愿点头同意！国难当头，慷慨赴死，虽死无憾，我们读书人如何能让沙场武人独享其美！"

澹台平静冷笑道："你要死便死，无非是我宗水月天井又多出一位儒家的孤魂野鬼罢了。"

程白霜笑声豪放，朗声道："如此才好，今人无愧古人！"

澹台平静寂然无语，神情冷漠。

林红猿瞪大眼眸，心旌摇曳，痴痴地望着这名气质出尘的高大女子。对于自诩替天行道的炼气士，林红猿并不陌生。燕剌王赵炳身边就有数位这种奇人异士，身上都带有一股看待人间如同隔岸观火的冰冷气息，极为不近人情。对于凡夫俗子无不渴求的功名利禄，那些白衣仙师从心底厌恶，常年沉默寡言。常人与之交往，根本不奢望他们能向自己袒露心扉。因为这位澹台宗主是女子，林红猿一向对她极为崇拜。虽说姜泥是继吴素之后又一位当之无愧的女子剑仙，大雪坪轩辕青锋也是修为冠绝江湖的角色，可这两位女子毕竟年纪太轻，心高气傲的林红猿很难去由衷地敬仰。澹台平静则不一样，百岁高龄，童颜常驻，人间仙人！所以林红猿此生最钦佩且艳羡的人物，便是澹台平静无疑！

须知美人、名将之老态，尤为可怜，她林红猿很早就怀有各种各样的野心，其中一样，便是向澹台平静请教一下驻颜有术的独到法门——林红猿希望自己死时犹是妙龄。

只可惜澹台平静一闪即逝，来去无踪，从头到尾都没有看林红猿半眼。

嵇六安与程白霜相识相交数十载，感情莫逆，感伤地道："老程，果真如澹台平静所说？"

程白霜并不掩饰，点头道："我的大天象境界确实是拔苗助长，无法长久维持，至于有朝一日成就儒圣就更不用想了。"

嵇六安喟然长叹。

程白霜反过来安慰这位至交老友："读书人一身所学总归要落在实处，做那独善其身的山中宰相、林下神仙有何裨益？"

嵇六安长呼出一口气，沉声道："那行，我就陪你去凉州关外走一遭！"

程白霜笑问道："你又是为何？"

嵇六安伸手指了指背着的长剑："我这老伙计还没割过北莽蛮子的头颅！"

林红猿的心一震。如果说在江湖上无根浮萍一般的程白霜要留在北凉，她这个南疆江湖的小盟主还算无所谓，可若是连宗门首席客卿都留下，自己回去可就不好跟纳兰先生交代了。

收刀回鞘的毛舒朗突然说道："加上我一个。"

林红猿瞠目结舌。

来时有三位武道宗师相伴，去时就剩她一个孤家寡人了？

除了永葆青春，她的另外一个野心可是跟轩辕青锋掰手腕，成为离阳第二位女子武林盟主！跟她近水楼台的毛舒朗、程白霜、嵇六安三人，都是她登顶江湖不可或缺的助力。

林红猿心知他们一旦下定决心，恐怕只有纳兰先生亲自出马才有机会劝回。

她想起前不久自己那个心怀鬼胎的谋划，呢喃道："报应不爽啊！"

儒士程白霜重新望向远方，突然放声道："子曰——诗三百，一言以蔽之，最动人处皆在'思无邪'！"

双鬓霜白的年老读书人，此时此刻满脸笑意。

昔年少年思无邪。

迟暮之年应如是。

沉沉夜色中，刚刚给人一脚踹下小木板床的年轻藩王搬了把竹椅坐在屋檐下。他倒也没太亏待自己，不忘带了壶绿蚁酒和一碟花生米出来。酒没喝，小碟子搁在袍子上，他慢悠悠地一粒一粒把花生米丢入口中，长夜漫漫，省着点儿吃吧。

徐凤年叹了口气。心急吃不了热豆腐啊，本以为帮她挣了那么多铜钱，她的心情应该不错，事实上也的确让他摸上了小床，可他的爪子刚覆上某个"终于不太平"的地方，都没来得及回味，他就"惨遭横祸"了。

徐凤年低头瞥了眼裆下，忧伤地道："江湖义气少年郎，有福你享，有难我扛，够讲义气了吧？"

嘀咕过后，徐凤年靠着椅背，双手抱着后脑勺，仰头望去，明月当空。

入秋了，夜凉如水。

白天顾剑棠与白衣僧人那场交锋，以及之后澹台平静在大、小两座莲花峰惹出的动静，他都感知得到。甚至连顾剑棠和澹台平静最终在山下相见，徐凤年都一清二楚。

有些事，他顾不上，也管不着，真要计较，只会徒增烦恼而已。

针对凉州关外最北的虎头城，屯兵最多的北莽中路大军三线并进，章法森严，滴水不漏。

好在曹嵬、谢西陲两人联手，在西域密云山口打出了那场出乎所有人意料的大胜仗。只是谢西陲麾下的两镇骑军，还有刘文、柴冬笛收拢起来的马贼，损失殆尽。怀阳关都护府已经下令破格擢升谢西陲为流州副将，暂时统辖临谣、凤翔两镇所有兵力，而且两万烂陀山僧兵也一并交由谢西陲调度。谢西陲部骑军折损不大，清凉山和都护府经过匆忙的临时商议后，决定让谢西陲领军向北突进，与已经逼近北莽君子馆一带的郁鸾刀部幽州精骑形成左右呼应的齐头并进之势，直捣南朝西京！

幽州葫芦口外还算风平浪静，凉、莽双方心知肚明，这处战场再不会是决定大局走势的胜负手，只会发生一些小打小闹。那拨脱离吴家剑冢的二十多骑剑士正好借此机会带领小股骑军在关外游弋，虽说只是不痛不痒地锦上添花，但也是桩好事。

流州青苍城以北地带，黄蛮儿和寇江淮两部的骑军蓄势待发。

今日下午徐凤年算是与苏酥达成了口头盟约，两万蜀诏步卒虽不能说是杯水车薪，但也只能在凉州关外作为一支奇兵去用了。辗转腾挪空间极小的一场仗，打到需要剑走偏锋的时候，绝不是什么幸事，徐凤年无比希望最后根本用不着那两万人赶赴战场。至于随后韦淼帮忙替陈芝豹捎话，说是不会阻拦老夫子赵定秀的兵马过蜀入凉，可信，却不可全信。当下广陵江附近的南北疆域一团乱麻，燕剌王赵炳、蜀王陈芝豹、靖安王赵珣，离阳三大藩王共同起事，也许忠心于赵室的离阳朝野还会觉得有顾剑棠这位定海神针，会认为朝廷依旧占据了些许优势，但是徐凤年知道，顾剑棠与太安城赵家的缘分已尽。自家女婿袁庭山在春雪楼的庆功宴上叛离朝廷，外人看来是给老丈人顾剑棠出了难题，但那个野心勃勃的疯狗会有这种举动，何尝不是一种心有灵犀的顺势而为。

现在徐凤年除了关心箭在弦上的关外战事走势外，真正担心的还有朝廷之前答应的漕粮入凉一事。以他跟靖安王赵珣的“交情”，加上赵珣如今马上就要被推到龙椅上，漕粮还能顺风顺水地运到陵州才是怪事。

原先这些事都不是事，赵珣即便真的穿上了龙袍，也只是牵线木偶罢了，能够说上话，但肯定不能真正左右形势。即便燕剌王赵炳对北凉也心怀忌惮，只要赵铸在那边，还是能够回旋一二的。

但自从遇见林红猿后，徐凤年不得不做最坏的打算，那就是北凉将真正意义上迎来腹背受敌的最大困境！

徐凤年细细嚼着一粒花生米，平静地道：“赵铸，这是你逼我跟你争的，就算将来我坐不上那把椅子……”

徐凤年叹了口气，没有说出什么狠话。

今天黄昏，那头海东青从清凉山梧桐苑传来一个隐秘的消息，只有寥寥四字——“已至凉州”！

这四个字，是二姐徐渭熊的亲笔，而且一望便知，她当时下笔心情极为沉重。

这是一桩谋划已久的秘事，甚至连拂水房、养鹰房都完全没有参与其中。

自始至终，都只有徐渭熊一人布局。

几年前，徐凤年第二次游历江湖，身边除了有羊皮裘老头儿和小泥人，还有后来死于芦苇荡的吕钱塘，如今又有极有可能成为皇后的舒羞，有不少人。在这中间，那名抱白猫的丰腴女子很不起眼。最后，她便被徐渭熊向徐凤年“借走”带去了上阴学宫。当时徐渭熊说了句很奇怪的话，说是要用本名鱼玄机的鱼幼薇做鱼饵，从湖底的淤泥里钓出一头千年老王八。事实上，这些年徐凤年并未深思这句话，甚至几乎忘记了这件事情。直到今年鱼幼薇以稷下学宫先生的身份，带领一群稷下学子赶赴北凉游学，开始在北凉各大书院往还传道授业，徐渭熊这才跟他说起了当年之事。原来鱼幼薇不只是身世不俗那么简单，身为大楚人氏的李淳罡当年就曾经随口提及，大楚历代皆有女子剑侍，凭借煌煌剑舞脱颖而出，修为不高，其意却长，真是咄咄怪事。鱼幼薇的娘亲便是大楚最后一位古怪剑侍，与国师李密的棋术并称于世。至于为何如此奇绝，那本就是一桩扑朔迷离的大楚姜氏秘事，随着西垒壁战役的结束，一并湮没于历史的长河之中，世人自然不得知。

徐渭熊在上阴学宫求学那些年，只对三人尊称“先生”。其中两位是她的授业恩师，一位是门下弟子几乎全部被北凉收入囊中的文坛宗师韩谷子，另一位便是最早投靠北凉徐家的王祭酒，也是那场士子赴凉的牵头之人。

最后一位，徐凤年只听说是个目盲老琴师，很早就在上阴学宫那座道德林中结茅而居。

徐渭熊传来的消息“已至凉州”，说的正是此人。

世外高人，仍在人间。

寻常武人会觉得这是句废话。

可自从徐凤年见识过那位与国同龄的太安城宦官后，或者说更早一些，在自己遇到真正的天人高树露后，开始明白一个道理。

如今世上又多了一个不可以常理度之的澹台平静。

这句话，哪里是什么废话，分明是假话！

能够跻身儒家圣人境界的读书人，自北方张家圣人起，到西楚曹长卿，几乎就没有谁有好下场。

同为三教中人，释、道两教，却几乎是代代有人成功证道，或圆满，或飞升。

为何唯独儒家不得“善终”？

澹台平静曾经以炼气士身份，将其解释为天道使然。

徐凤年觉得她说得有道理，只是并没有把道理说全。

神游物外的徐凤年突然想起一事，放下酒壶、碟子，起身跑去挑水了。夜深时分，洗象池那边应该好不容易清静下来，那他就把水缸装满水。

只是徐凤年刚推开青竹栅栏，就忍不住要跳脚骂娘了，这深更半夜的，竟然还有两拨人往洗象池那边凑？！

徐凤年犹豫了一下，然后决定不管了，那帮江湖草莽爱咋的咋的，真要惹火了自己，就让那帮王八蛋尝一尝秋高气爽凉水澡的滋味。

他挑着担子继续往那边行去。

踩着透过竹林洒下来的细细碎碎的月光，临近洗象池时，徐凤年已经了解出一个大概。两拨分别抱团的外乡江湖人士各有一人在白天烧香的时候和对方起了冲突，由于北凉律法严苛，已经有鲜血淋漓的教训在前头，不敢在大庭广众之下斗殴逞凶，双方就约好了深夜在洗象池切磋切磋，还偷偷立下生死状，但规定不可携带兵器，生死一律自负，而且事后绝不得告知武当山脚的北凉地方官府，即便不小心泄露出去，也要咬紧牙关不牵连他人。徐凤年走到竹林尽头，停下脚步，举目望去，只见双方在洗象池畔气势汹汹地两相对峙，七八人对阵二十余人，人数悬殊，可前者气势更壮，后者兵力占优，却是鸦雀无声，任由七八人里的为首一人几乎指着鼻子戳戳点点。

徐凤年转头望去，池中那块出水巨石上，一个原本仰面而躺的婀娜身形坐起。

大晚上晒月亮的女子这个动静不大不小，被有些耳聪目明的江湖好汉发现后，气氛瞬间尴尬起来。

她坐直身体后，面对两拨哑然失声的家伙，道：“你们继续，不用理我。”

众人定睛望去，池水摇动，月辉朦胧，只见她独坐石上，左首整齐地摆放着一双靴子，右首搁着一壶酒。

她的姿容并不出彩，只是此时此景衬托得她朦朦胧胧，使得增色无数。

她开口说话后，酒壮人胆，美色更是能够壮胆，那个原本给人指着鼻子训斥的魁梧汉子顿时嗓门儿震天响，一手握拳重重地拍在胸口上：“王松风！老子纵横江湖数十载，靠什么？靠的就是一个‘义’字当头！我不管你白天跟李邦贤谁对谁错，既然他找到了我，就是把我洪明堂当朋友！哪怕你请来了唐帮主和宋大侠助阵，咱们今儿也各凭本事，按着道上规矩，最后谁趴下谁认错！”

他对面那个矮小男子翻了个白眼，直接跳起来就甩了一记大耳光过去。

混江湖，如果说打人是结仇，那么打人脸就是结死仇了。

于是双方就因为那名女子横插了一句话，开始大打出手。起先有些人还讲究身份，到最后打狠了，撩阴腿、黑虎掏心、猴子摘桃等等不入流招式都用上了，而且似乎用得都挺得心应手。驴打滚、狗吃屎之类的招式更是层出不穷。

惨烈！

挑着水桶一旁观战的徐凤年都替有些挨揍的英雄好汉感到肉疼。

给人一巴掌扇在脸上，扇得整个人在空中旋转了好几圈再落地，能不疼吗？

或是给人一脚撩中裤裆，倒地后双手抱紧裤裆滚来滚去，却要咬牙坚持不去哭爹喊娘，能不壮烈吗？

并不引人注意的徐凤年趁这机会来到洗象池畔，装满了两木桶水。

那名女子已经穿好靴子，拎着酒壶飘落在徐凤年身边，眼神古怪。

徐凤年停下手上动作，笑问道：“童庄主这么有闲情逸致？”

金错刀庄的年轻女当家正色道：“之前王爷临别有赠言，童山泉铭记在心！相传洗象池一直是武当‘剑痴’王小屏的练剑之地，他曾以竹剑去斩瀑布，在下就想来此试试看，只可惜毫无所得。”

徐凤年轻声道：“各人有各人的因缘际会，不用强求，尤其是遇到那种将破未破的瓶颈之时，更急不得。”

童山泉的腰间一侧同时悬佩武德、天宝两柄名刀，她点了点头，对于今夜的失望而归，显然并无心结。

这也符合徐凤年对她的印象——大气。

徐凤年习惯性地抖了抖扁担，与乡野间挑水的村夫无异，在分别之际对她笑道：“你要是不介意，回头我让人给你捎去王仙芝的一部拳谱和一些我自己的刀法心得。”

童山泉愕然，然后直截了当地问道：“王爷可是需要我做什么？”

徐凤年点头道：“当然！”

童山泉眨了眨眼眸。

徐凤年继续道：“以后练刀练出一个比顾剑棠还厉害的刀法宗师，到那时，童宗师在行走江湖的时候，若是能对人说一句受过北凉某人的指点，就更好了。”

童山泉微微一笑，干脆利落地道：“好！”

这个时候，有人鬼鬼祟祟地往他们两人这边摸过来。

徐凤年转头瞪眼，大声怒道：“老子的爹当了二十年北凉绿林总瓢把子，他娘的你小子敢惹我？！”

那家伙给这份跋扈震得呆若木鸡，权衡利弊一番，兴许是出于小心驶得万年船的心理，灰溜溜地转身走了。

徐凤年转回头，开玩笑道：“我没说错啊，我爹他本来就是北凉黑、白两道的扛把子。”

童山泉说不出话来。

徐凤年挑水离去。

童山泉望着他的背影，最后缓缓转身，脚尖轻轻一点，长掠而逝。

洗象池畔，则是满地鸡毛。

徐凤年回到茅屋，把水倒入水缸。

他转身望去，看到了邓太阿。徐凤年没有兴师问罪，而是脸色沉重，说道：“我去取刀。”

邓太阿点了点头。

徐凤年敲门而入，从桌上拿起那柄北凉刀，轻轻离开。

没过多久，徐凤年和邓太阿两人并肩站在大莲花峰石阶顶部的尽头。

邓太阿平静地问道：“知道身份吗？”

徐凤年摇头道：“不清楚。”

腰佩双剑的“桃花剑神”不再言语，闭目养神。

徐凤年说道：“不到万不得已，你不用出手。”

邓太阿依然沉默。

武当山山脚，有一老一少穿过牌坊，缓缓登山。

少年叫苟有方，曾是东海武帝城市井最底层的人物。直到少年某天遇到了一名端碗入城的奇怪中年人，还有一位紧随其后相貌平平的中年人。

少年至今仍然不知前者是谢观应，后者名叫邓太阿。

然后少年离开武帝城，四处游历，又遇上了身边这位伛偻老人。两人结伴西行，来到北凉。

少年只知道他姓张，就喊老人“张爷爷”。

老人是不苟言笑的老古板，像是个严厉的学塾老先生。好在少年虽然不曾学文识字，但天生淳朴知礼，一老一小相处得还算可以。

少年在拾级而上之时念念有词：“子曰——天地之道，博也，厚也，高也，明也，悠也，久也。”

类似的语句，都是一路上老人想要说话时教给少年的，少年也只管死记硬背，意思不明白就不明白，先放着。

当少年照本宣科念出那句“子曰——发愤忘食，乐以忘忧，不知老之将至”后，老人忍不住叹息一声。

老之将至，人之将死。

自大秦覆灭，八百年以来，世上一代代读书人，都要诵读那些在圣贤书里密密麻麻的“子曰”二字。如今离阳大兴科举，士子更多，自然“子曰”更甚。

这个“子曰”，即那位儒家张圣人说的话。

此时，老人感慨道：“原来，我说了那么多话啊。”

少年问道：“张爷爷，你说什么？”

老人破天荒露出一抹笑意，摸了摸少年的脑袋：“有方，你算是我的关门弟子，以后喊我‘先生’就好了。”

少年一脸茫然。

老人牵起少年的手，继续登山，淡然道：“你有很多位师兄，最小的那位，叫黄龙士。”

少年习惯性地喊了一声“张爷爷”，好奇地问道：“是跟春秋大魔头黄三甲同名的黄龙士吗？”

老人一笑置之。

有客自远方来，不亦乐乎？

徐凤年此时就很不高兴，甚至有些压抑不住的怒意。

不同于在幽州小镇上与那名宦官的相逢，那场意气之争，徐凤年从头到尾都谈不上如何生气，甚至将其视为心目中的君子。但是这位拾级而上的陌生来客，在山脚现身后，就给徐凤年带来一股说不清道不明的烦躁。

到了徐凤年这个境界，自有几分未卜先知之能。所以徐凤年可以断定，登山之人，绝不是邓太阿这般雪中送炭的角色，论凶险程度，极有可能不亚于当初祁嘉节那柄起始于东越剑池的万里一剑，甚至能够媲美当时王仙芝的单身赴凉。但是对王仙芝和祁嘉节的露面，徐凤年事先都有心理准备。二人初衷，一人为自身武道，一人食君之禄忠君之事，徐凤年相对也能理解。可此时在视野中越发清晰的老人，就像一场让自己躲无可躲的飞来横祸，让原本打算明早就前往关外拒北城的徐凤年如何不愤怒？

这就像一个人在自家院门口晒太阳，分明谁也没碍着，一个路人莫名其妙就劈头盖脸丢了一簸箕屎尿过来。

清晰地感知到徐凤年紊乱心境的“桃花剑神”皱眉道：“你这是准备不战而降？”

徐凤年深呼吸一口气，沉声道：“火气大了也好，直接往死里打！”

邓太阿轻轻按住腰间那柄太阿剑，瞬间剑气满袖。他加重语气道：“那人不容小觑，就算曹长卿转入霸道之后，也不过如此！你若是还想以这种心境应敌，就一边凉快去！”

徐凤年脸色铁青，闭上眼睛，手心抵住北凉刀的刀柄，起伏不定的心境终于趋于平稳。

相距百余石阶，双方就要碰头。

伛偻儒士停下脚步，揉了揉少年荀有方的脑袋，微笑着问道：“那位大叔，可是赠送你白木剑匣的恩人？”

少年瞪大眼睛望去，果不其然，台阶顶部站着那个有过一面之缘的大叔。只是当初在武帝城吃馄饨的大叔邋里邋遢，也没有佩剑，远不如此时有……高人风范。

从身体到气质都透出一股腐朽气息的年迈儒士拍了拍少年的脑袋，轻声道：“去打声招呼。”

背负竹箱的少年闻言一笑，脚步轻快地迈上台阶。

邓太阿在台阶最高处，少年荀有方向他跑去，年迈儒士驻足原地。

就在此时，老儒士接连大喝三声：“邓太阿！太阿剑！吴家剑冢！”

口含天宪，言出法随，一语成谶。

与此同时，邓太阿的身形一闪即逝，不知所终，所立之处只剩下涟漪阵阵。

徐凤年身边蓦然大风扶摇，袖袍猎猎作响。

眼睁睁看着恩人大叔消失的少年愣在当场。不知何时老人已经来到他身边，笑道：“晚些致谢也无妨。有方，你登顶之后随便走走，紫虚观那边有翘屋曾经悬挂吕祖遗剑数百年，你去瞻仰一番。”

心神激荡的少年哦了一声，小心翼翼地继续前行，与那名佩刀的年轻男子擦肩而过，然后小跑离去。

老儒士站在原地，抬头望着年轻藩王：“对阵强敌，还在犹豫什么？难道你们北凉边军在凉州关外遇上北莽骑军，也是如此畏畏缩缩？北凉铁骑甲天下，总不至于是你们徐家自吹自擂的吧？”

徐凤年默不作声，体内一气不坠，刹那流转八百里。

老儒士充满讥讽的激将法没有扰乱徐凤年的心绪。

倒不是徐凤年刻意要摆出不动如山的防守架势，而是他的意念根本就捕获不到这名老者的存在。

人立于天地间，不可能真正意义上做到纹丝不动。

女琴师薛宋官之所以目盲也能够杀人，就在于她身负妙不可言的指玄神通，根本不用眼睛去看，就可以察觉最细微的波动。无风时檐下看似安静的风铃，她也能够清楚地感受到它的摇晃。曾有儒家圣人对此境界有过阐述，称其为“心髓入微处用力”。徐凤年在接连与洪敬岩、拓跋菩萨和陈芝豹三名大宗师交手后，虽然此时天人体魄受损，远远没有恢复巅峰状态，但是境界并未跌落。当今天下论对指玄境的感悟之深，他依旧仅次于邓太阿、薛宋官两人而已。

正因为如此，徐凤年才会一动不动，始终握住刀柄而未拔刀。

伛偻老人笑道：“若是在等邓太阿，我劝你还是算了。这位‘桃花剑神’如今已在吴家剑冢的剑山之上……嗯？当下已是驭剑急急西行，约莫三个时辰后才能赶回武当山。没有办法，如今已至巅峰的邓太阿剑术杀人可谓冠绝千年，我也不敢掉以轻心。”

徐凤年开口问道：“你要耗掉我的气数？”

老儒士摇头道：“你只说对了一半。”

徐凤年脸色阴沉。

老人自顾自说道：“我还要找武当掌教李玉斧。”

徐凤年好像下定决心，突然摘下腰间那柄北凉刀，双手拄刀而立：“那就如你所愿，我找不到你，不意味着谁都找不到你！”

老人眯眼道：“哦？那我就拭目以待了。”

建于武当山主峰大莲花峰的紫虚观，殿内那尊享受人间千年香火的真武大帝塑像灰尘四起！

本是死物的塑像竟是活过来一般，一脚踏下神座，大殿轰然作响。

负笈少年苟有方刚走到紫虚宫外的广场上，就呆若木鸡。视线中，一尊高达三丈的威严塑像快若奔雷地撞出道观，每一步都具有雷霆万钧之势，然后从他身边跑过，看样子是要下山。

少年眨了眨眼睛，有些回不过神来。

苟有方抬起手狠狠地给了自己一巴掌，真疼。

石阶那边，老人啧啧道："有点儿意思。"

一连串雷声响彻武当山。

只见徐凤年身后，一尊满身紫金气的真武塑像高高跃起，手持巨大的桃木剑，重重地劈向台阶下的年迈儒士。

整肃好衣襟的老人双手叠放在腹部，平淡地道："君子不语怪力乱神！"

身披黄金甲胄的真武塑像那一剑斩下，气势如虹。

但是，当那剑就要劈在年迈儒士的头顶之时，竟是骤然静止不动，悬空而停。

徐凤年终于动了，毫不拖泥带水，直接就是羊皮裘老头儿的两袖青蛇。

他虽是以北凉刀使出，却与李淳罡手持木马牛如出一辙。

两者之间的石阶之上，粗壮辉煌的青色剑罡如一条江水迅猛流淌。

老人洒然笑道："君子直道而行！"

当儒士抬脚向上跨出一步后，原本静止的真武塑像好似脱离束缚，桃木剑先于那道剑罡劈下。

老人举起左手，轻轻托住桃木剑，同时右手手掌迎向剑气激荡的两袖青蛇。

那种闲庭信步，如寒窗苦读多年的士子兴之所至地随手提笔书写，自然而然，毫无凝滞。

圣人气象！

伛偻儒士不知何时已经挺直腰杆，一步一步跨上台阶，左手托住那尊真武塑像，右手挡下两袖青蛇。

真武塑像的桃木剑。

李淳罡的磅礴剑气。

交相辉映之下，老人拾级而上的脚步虽然缓慢，但始终没有停止。

甚至老人犹有余力开口说道："我倒要看一看你这口气能有多长。"

真武大帝塑像身上的紫气有些摇晃，而那柄几乎与人等长的木剑开始出现肉眼可见的裂缝，从那些缝隙之间，绽放出无数条刺眼的光芒。

这尊来自武当紫虚观大殿的真武塑像当然不是真武大帝降世的人间法相，因为徐凤年早已放弃那份气运，再无牵连。但是出于某种不为人知的考虑，此次登山后，徐凤年悄然将自身气数凝聚其中。先前年轻藩王曾经开玩笑一般询问邓太阿："死后如何安置自身气数？""桃花剑神"的答案当然一如既往地潇洒："生前不管死后事。"

可徐凤年做不到那种无牵无挂的豁达。他需要考虑太多人、太多事——让樊小柴去寻找那位木剑游侠儿是如此，很多看似无心之举的事情皆是如此。

老儒士那张沧桑脸庞在紫气和剑罡的映照下熠熠生辉，讥笑道："北凉王，只凭你自身的气数，好像力有不逮啊！"

在那道恢宏剑罡之起始处，年轻藩王沉声道："李玉斧，你继续闭关！"

老儒士大步向前，朗声道："徐骁挥师马踏六国，打断春秋脊梁，以至中原遍地新坟！当真以为他死了就不用你们徐家为此还债？！"

无穷无尽的剑罡在老人手心处不断炸裂崩碎。

老人隐约间也有些怒意，大喝道："徐凤年！你当真以为世间无人能杀你，你可以为所欲为？！只要你的那个念头不灭，谢观应死了，还会有澹台平静；澹台平静死了，依旧会有下一人！"

徐凤年眉心处浮现出一枚紫金枣印。他缓缓说道："君子直道而行？我北凉铁骑戍守边关，虎头城、卧弓城、鸾鹤城、青苍城，都只有背南向北而死之人！"

年迈儒士右手手掌猛然前推，同时左手腕轻轻一抖。

整条剑罡倒退数十丈，那尊桃木剑化作齑粉的真武塑像更是横摔出百丈。

哪怕是对阵并非战力巅峰的徐凤年，能够从头到尾稳占上风，老人深不可测的修为也堪称惊天地泣鬼神。

老人终于走到了台阶顶部，视野之中，年轻藩王斜提北凉刀站在远处，嘴角渗出一丝鲜血。

老人微笑着问道："沦落到这般田地，你还是不愿搬出整座北凉的气运来对敌？"

徐凤年吐出那口瘀血，换上一口新气。

如果徐凤年没有挨拓跋菩萨那全力一捶，老人即使修为通玄，即便能够挡下人间剑气至极的两袖青蛇，但也绝对不至于可以一掌将剑罡倒推出去。

徐凤年扯了扯嘴角，笑道："我那点儿气数确实不多，可把你留在武当山还是有机会的。”

老人眼神中充满怜悯，一语道破天机：“本以为你会说‘哪怕我死在此处，清凉山上还会有一位相貌、身高相同的北凉王’，怎么，这就是跟我拼命的底气？什么时候堂堂三十万北凉铁骑共主，当之无愧的武评大宗师，也这么不思进取了？”

徐凤年握紧刀柄。

老人好像并不急于出手，不知是担心两败俱伤还是唯恐玉石俱焚，问道：“你就不好奇我是何方神圣？”

徐凤年嗤笑道：“丧家之犬！”

老人愣了愣，然后哈哈笑道：“倒也算一语中的。”

武当山脚牌坊处，有紫气登山。

那正是被老儒士随手丢下山去的那尊真武塑像，虽然塑像身躯破碎不堪，但是萦绕四周的紫气更为浓重。

徐凤年冷笑道：“我只好奇你怎么不继续在上阴学宫道德林装那个瞎子老琴师了。”

老儒士轻轻点头，恍然道：“难怪你早有准备，原来是徐渭熊向你泄露了天机。你还真是谨小慎微，原本以我在上阴学宫对那名鱼姓女子的照拂，你怎么都不该将我视为敌人。只可惜现在澹台平静不会帮你，任你机关迭出，到头来仍是一切成空，万事皆休。”

徐凤年左手持北凉刀，横刀在前。

他右手双指并拢，在刀背上轻轻抹过。

老人笑道：“蚍蜉撼大树。”

徐凤年答道：“有位你们儒家的弟子，却说‘可敬不自量’。”

老人挥了挥袖子：“那岂不是我误人子弟了？”

徐凤年并拢的双指停在刀尖。

无声无息之间，那柄北凉刀如贴符箓。

高树露曾经被此式“封山”。

老儒士依旧泰然自若，瞥了眼那柄先前平平无奇的北凉刀，发现它当下仿佛蕴含了无穷无尽的道意，雪亮的刀身上，隐约有一条漆黑的蛟龙张须游弋。

可老人竟然还有心情称赞道：“大有意思了。”

徐凤年眼前之人，本该逝世八百年之久。

从大奉王朝开国，儒家的地位水涨船高，之后历朝历代，此人都被君王尊奉为至圣先师！

无数文臣，无论是否名垂青史，生前都将陪祭其左右视为无上荣光！

张家圣府，龙虎山天师府，南北称圣八百年。

但是没有谁真的觉得赵家能够与张家媲美，尤其是在天下读书人心中，羽衣卿相的赵家大概连给张家提鞋也不配吧。

这个不起眼的老儒士，便是初代张家圣人！

这场惊天地泣鬼神的神仙打架，动静可真不算小。武当山上下，大概除了某位白衣僧人的媳妇儿依旧鼾声如雷，其他人几乎披衣而起，但是无一例外，没有人过去凑热闹。

武帝城李淳罡、王仙芝一战，太安城徐凤年、邓太阿、曹长卿三大宗师各自为战，还有之后曹长卿一人的攻城之战，以及一些仅次于这些巅峰之战的江湖盛事，都给过武林中人鲜血淋漓的教训——那就是本事没到那个份上，千万别掺和其中，否则殃及池鱼没商量！寻常武人想要去对那些武评宗师的招式指指点点，难如登天。

真正的顶尖武道宗师做生死之争，绝不会给小鱼小虾在旁拍手叫好或是一惊一乍的机会。

胸前没有那串挂珠的白衣僧人坐在茅屋前的板凳上，安静地抬头赏月。

同样是白衣且身形高大的女子出现在他对面。

白衣僧人没有看她，只是轻声道："此心拖泥带水，世人皆谓之苦，唯有你我，乐在其中。"

这位天下炼气士领袖点了点头，又摇了摇头："你我一样，又不一样。"

白衣僧人摸了摸光头，感慨道："我闺女不知道从山脚哪里听来一句混账话，说是对世间女子而言，十年修得宋玉树，百年修得徐凤年，千年修得吕洞玄。"

百岁高龄却容颜如妙龄的女子伤感地呢喃道："他不懂。"

白衣僧人叹气道："更怕装糊涂。"

她压下那股情绪，望向白衣僧人："不管如何，我毕竟是炼气士，始终都会遵循本心行事。"

白衣僧人哦了一声："那贫僧就不请你喝茶了。"

她问道："只是如此？"

就在此时，突然响起一个少女的清脆嗓音："娘亲娘亲，快醒醒！爹又偷偷摸摸跟他的红颜知己见面了！”

白衣僧人脸色大变，赶紧站起身：“澹台宗主，你先别走，帮忙解释解释！”

只管替天行道的女子哪里会理睬这些狗屁倒灶的柴米油盐，直接一掠而逝。

白衣僧人僵硬地转身，看到幸灾乐祸的自家闺女、睡眼惺忪的笨徒弟，还有气势汹汹拎着一把菜刀跑出屋子的媳妇儿。

白衣僧人灵光乍现，一本正经地道：“那女子都一百多岁了，根本就不是一个辈分的人！”

妇人愣了愣：“这么老？”

白衣僧人使劲点头。

妇人翻了个白眼，转身就走。

老娘我正貌美如花呢，最不济也是徐娘半老风韵犹存，跟一个百来岁的老女人争风吃醋？

偷捏一把冷汗的白衣僧人瞪了自己闺女一眼。

她做了个鬼脸，气咻咻地道：“白天给娘扯得现在还疼！”

白衣僧人没好气地道：“爹辛苦攒下那么点儿私房钱，谁让你告诉你娘的？搬起石头砸自己的脚了吧。”

少女一愣。就在白衣僧人老怀欣慰，以为女儿良心发现有所醒悟的时候，不承想她立马转头喊道：“娘！那女子虽然岁数很大，可瞧着年轻得很哪！看上去比你还年轻！”

屋内顿时响起一声比佛门狮吼还威严的怒喝：“啥？！”

白衣僧人默默举头望月，估摸着这回佛祖也救不了自己了。

佛祖大概是真救不了这个喝酒吃肉娶媳妇儿的和尚，倒是他的笨徒弟突然开了窍，壮着胆子跟他师娘好一番解释，竟是把师娘劝回去了。

死里逃生的白衣僧人揉了揉脸颊，笑呵呵地把笨徒弟喊到身边：“南北啊，趁着月明星稀心境澄澈，为师要传你艰深佛法……”

小光头叹了口气：“师父，你也真是的，一大把年纪了，也不晓得收收心。难怪师娘这两天总跟我和东西说，苍蝇不叮无缝蛋。”

白衣僧人金刚怒目。

只可惜笨徒弟半点儿不怕，反而一板一眼地道：“师父，佛曰——违己情有情生，起憎恚，有怨恨情，须观五义去除。”

白衣僧人没脾气了。

李东西做了个俏皮可爱的猪头脸，晃荡回屋。

白衣僧人无可奈何。

笨南北突然低声道：“师父，东西其实一整宿都在帮你穿那佛珠呢。怕师娘知道绳子断了，又要忧心念叨人生无常，东西连油灯都没敢点，只是借着窗口的月光穿珠子。”

白衣僧人满脸欢喜，一副天经地义的表情，道：“师父的闺女嘛！”

心情大好的中年僧人笑道：“徒弟啊，为师还是继续传你佛法吧。”

小和尚年纪轻轻却早已是两禅寺的三藏法师，无论是山门辈分还是对佛法的体悟之深，其实都是当之无愧的得道高僧了。

小和尚突然脸色微红，鬼鬼祟祟地道：“师父，佛法就先放一放，不如先把藏在韩道长那边的三两银子借给我？明天我就给东西买那烟柳坊绵燕支去。”

白衣僧人大袖一挥，大踏步走向茅屋：“今夜月色不行，不宜传授佛法！”

只留下小和尚一人唉声叹气。

武当山山脚，那尊真武大帝塑像大步登山，紫气升腾。

石阶顶对峙的两人，徐凤年手持封山符刀，刀身荧光流转；张家圣人泰然自若，双手下垂，轻轻抖袖：“还真是不撞南墙不回头的性子。”

静极思动，徐凤年并未展开奔雷掣电般的冲势，倒像是施展了道教神通里的缩地成寸，转瞬之间身形就出现在张家圣人面前，高高跃起，身体拧转，一刀斜劈而下。

他大袖飘动，有仙人扶摇之姿。

张家圣人抬起手臂，伸出一根手指，微笑道：“仁者乐山。”

徐凤年蕴含万钧罡气的一刀就这么凝滞不前，竟是连老儒士的手指都未触到。

两者之间，仿佛隔了连绵起伏的十万大山，一线之隔，咫尺天涯。

身体凌空的徐凤年几乎同时默念道：“开山！”

其神意是李淳罡的“山不来就我，我剑开山便是”，其招式则是剑九黄的六千里。

刀尖继续下压，称不上势如破竹，却缓慢而坚定。

一手负后的张家圣人似乎并不想真正触及那柄藏有一尾蛟龙的符刀，眼见刀尖距离手指仅有寸余，皱了皱眉头，沉声道：“智者乐水！”

他的负后之手悄然抖腕，半山腰那座洗象池中，便如有青龙汲水，一根粗如井口的恢宏水柱迅猛拔起，直扑山顶。

与此同时，张家圣人并不给年轻藩王撤刀而退的机会，由单指抵住刀尖之势转为双指夹刀之势：“我倒要看看你有没有资格当那北凉铁骑共主！”

左手持刀的徐凤年脸色如常，右手举起，一掌拍下，掌中风雷大震。

仙人抚顶断长生！

张家圣人原本要驾驭那条池水长龙撞击徐凤年的胸膛，却不得不稍稍改道，迎向年轻藩王的压顶手掌。

老儒士以单掌驱散两袖青蛇，摧枯拉朽，气势凌人。

徐凤年还以颜色的这一掌亦毫不逊色。

两人之间，闷雷阵阵，恰似沙场上两支铁骑狭路相逢，唯有死战不退。

片刻之后，被圣人浩然气象牵扯的洗象池沸腾不已，水面已下降了丈余。

两人不约而同地转换一口气机。水柱停歇，张家圣人往后倒滑出数步，徐凤年手持符刀飘落地面。

刚好那尊真武塑像已经接近山顶，向老儒士背后扑杀而去。

张家圣人并未转身，而是直视眉心紫金的年轻藩王，哈哈笑道：“好教你小子知晓我儒家何谓‘修身养性’，何谓‘以浩然气与天地共鸣’！”

只见老儒士轻轻一跺脚。

世间寻常武夫尤其是外家拳宗师，都讲究寸劲儿透土杀蛇鼠，言下之意便是，一脚跺地，藏于地下深处的蛇鼠都会被当场震死。

可张家圣人这一脚声势全无，像是乡野老农在自家庄稼地里的一次随意踩踏。

当真武塑像即将登顶之时，张家圣人背后突然出现一尊泥塑像，高达数十丈，巍然而坐，与大莲花峰山顶齐平！

这尊手持书卷的泥塑像，远比只在北凉道享受香火的北方玄武大帝更被世人熟识。

张府祠堂、京城皇宫、夫子庙、学宫、书院……离阳疆域之内，无处不见。

张家圣人轻描淡写翻转手掌，朗声笑道：“沧海桑田，如观掌纹！”

他背后那座圣人泥像随之以书卷拍向真武塑像。

书卷粉碎，真武塑像亦是轰然崩塌。

徐凤年轻声喝道：“起！”

泥土木屑四溅之地，巍巍然站起一尊金甲披发的巨大法相。

泥像、法相一坐一立。

一位是读书人奉若神明的至圣先师，一位是坐镇北方的道教荡魔天尊。

文武之争！

张家圣人笑道："这便是大奉高树露提出的世间一品天象境——法天象地？不承想你凭借仅剩的个人气数，还能支撑起这幅场面，可惜只是破落门户穷讲究！"老儒士笑意更盛，"秀才遇到兵，有理讲不清？这话说得好没道理！"

圣人泥像抬起一条胳膊，手指轻点。

真武法相十指交错握成一拳，重重砸下！

老儒士淡然道："我心中也有一番指玄心得，欲叫天下人知晓——读书人读书，达则兼济天下，于庙堂指点江山；穷则独善其身，提笔翻书不忘初心。"

圣人泥像指向之处，不断出现如殿堂栋梁般粗壮的雪白罡气，真武法相的手臂被罡气激射而过之处，出现了一个个漆黑的窟窿。

当真武法相的双拳终于成功地捶在泥像头顶时，已是颓然无力。

真武法相的两条胳膊皆断折，消散在空中。

圣人泥像仅是轻轻晃动，意气根本远未受损。

所以年轻藩王眉心的紫金之气渐渐淡去，张家圣人则始终气势不减，圣人泥像更是安然无恙。

但是接下来的那一幕，让老儒士始料未及。

丧失双臂的真武法相竟然仰起头，一脚踏在石阶上，身体前倾，然后用尽浑身力气，对着那尊圣人泥像来了个头槌攻击！

整座武当山随之一颤。

尘埃四起。

真武法相的头颅炸碎，无头之身依旧保持前倾姿势。

圣人泥像却依然健在，只是出现了些许龟裂痕迹。

张家圣人故意摸了摸自己头顶的儒巾，面朝那位大概连压箱底本事都拿出来了的年轻藩王，讥讽道："不疼，你就只有这点儿能耐？"

此人说话的口气总是奇大，但事实又恰恰如他所说——人间人与他为敌，哪怕是徐凤年，也只能是那蚍蜉撼大树！

老儒士眯起眼，啧啧道："我早说了，凭你自身那点儿气数，今夜对上我，不够看。即便你藏藏掖掖不肯动用整座北凉的气运，为何连你们徐家的气数也不愿挪用？徐渭熊也好，徐龙象也罢，可都算不得常人，勉强都是身负气运之人。你向他们借一些气数也无妨，偏要独力支撑局面，何苦来哉？人都要死了，还在乎那点儿细枝末节？你徐凤年不总戏言自己从不做亏本买卖吗？”

徐凤年对此不理不睬，默不作声。

从小到大，作为徐家嫡长子，都是他送给大姐、二姐和黄蛮儿各种奇巧珍稀玩意儿，从没有跟他们要过什么东西，想都没有想过。就像当初获得了那双年幼虎夔，他也是毫不犹豫地分别送给了二姐和黄蛮儿。

在北莽从齐姓铸剑师那里得到那把新剑春秋，他亦是第一时间想到自己的兄弟，想着他总算可以把木剑换了。从江斧丁那里抢来过河卒，他心底也是想着跟白狐儿脸借过绣冬、春雷，总算能还一次人情了。

徐凤年一直坚信，自己已经获得太多，便不该诉苦，便应该大方。

老儒士凝视着徐凤年的眼睛，冷笑道：“一叶落而知秋，堂堂离阳第一大藩王，手握三十万精骑，竟是这般优柔寡断的痴儿，可笑至极！”

徐凤年缓缓道：“等你赢了再叨叨，现在为时还早。”

张家圣人哈哈笑道：“我赢你之时就是你身死之时，到时候我与谁抒发胸臆？难道要我对着一个死人念叨不成？”

徐凤年眼神坚毅且脸色冷漠：“我师父李义山，上阴学宫王祭酒，离阳张巨鹿，要我帮他捎带一抔土的蓟州卫敬塘，还有很多很多，在我心目中，他们才是读书人。你这个儒家张圣人也幸亏几百年不敢露面，否则真要让人笑掉大牙。”

张家圣人不以为意，笑眯眯地道：“这话也说得为时尚早。”

徐凤年屏气凝神。自从真武法相消散后，他就越发难以捕捉这名老儒士的气机。

老人抬起手臂，随手一抹，顿时出现三尺青罡气。

老人好似陷入追思，唏嘘道：“后人大概只知我之学问，却不知负笈游学、儒衫仗剑之风，可是发轫于我啊。”

张家圣人气凝成剑之际，徐凤年瞬间出刀，无声无息。

老人站在原地，持剑的手臂拧转至身后，简简单单的一招立剑式，就挡住了那柄试图一刀削去他头颅的身后符刀。

之后，无论神出鬼没的符刀从哪个角度出现，这位张家圣人都只是平平常常的持剑式，却防御得滴水不漏。

双方一气之长，竟然长达一炷香工夫。

徐凤年终于在张家圣人身前二十步外站定。

老人依旧气定神闲，手中三尺剑罡雄浑如初。

身后那尊被他请入凡间的圣人泥像也没有消失，始终安静地望向远远的山脚。

老人意态闲适地环顾四周，哑然失笑道："鬼画符！以符刀之中的北莽真龙残魄坐镇中枢作为符胆，还算马马虎虎，可用上了龙虎山的神霄雷法，就有些牵强了吧，这算哪门子雷池显化人间？又如何能够召神劾鬼，如何能够镇魔降妖？"

老人的四周高高低低悬停有二十一柄袖珍飞剑。

其中，十二飞剑为邓太阿所赠，九柄飞剑是后来徐凤年依照各种生平意气，恳请清凉山墨家巨子所铸。每一柄静止不动的飞剑之上，都浮现出一张金光熠熠的黄色符箓。

张家圣人轻轻咦了一声，好奇地问道："怎么还缺了符胆之字？世间道教流派分分合合，但是归根结底，符箓的符胆无非就是罡字内十数字而已。符胆无字，你辛辛苦苦造就此符，灵气从哪里来？"

徐凤年握紧刀柄，轻轻叹息一声。

这本该是他用来镇压天人澹台平静的一座雷池。

至于这张符是什么符，其实显而易见。

他徐凤年既然身处北凉，这张符，自然便是"凉"字符！

二十一柄剑与剑之间，意气相连。

二十一张符与符之间，雷电相牵。

老人摇了摇头，道："读书至酣畅处，千秋兴亡也是一页翻过，小小雷池算什么？"

张家圣人站在原地，一手持剑，一手蘸了蘸口水，做出一个翻书动作。

他一页一页翻过。

每一页翻过，便有一柄飞剑坠地。

当最后一柄飞剑摇摇欲坠之时，徐凤年第一次双手持刀，开始笔直地前奔。

张家圣人挥袖散去三尺罡气，向前跨出，冷笑道："真当我怕了你这封山厌胜之术？！"

刹那之间，老人左手五指握住刀尖。正当这位儒圣老祖宗就要右手一巴掌拍出去的时候，却蓦然停下动作，眉头紧皱。

一抹虹光从洗象池那边骤然升起，划破天际，然后以更快的速度落在老人身后，或者说那尊圣人泥像之前。

剑名“满甲雪”。

剑落之时，没有落雪，却带来两道绚烂的光柱从天而降，如开天门！

张家圣人无奈地道：“你小子真够烦人的啊。”

老人大概是为了蓄力应付那扇辉煌的天门，只是松开握住刀尖的手指，随手推开年轻藩王，便转过身去。

那尊圣人泥像如同被人使劲拉扯，缓缓滑向天门之内，巍峨的身形逐渐隐没。

老人先后抬起双脚，踩了一下地面。

落地生根！

老人背后如同吹起阵阵雄劲大风，衣袖猎猎作响，一边倒向那扇天门。

徐凤年转头望向东方，沉声道：“剑来！”

仍是在数千里之外，那位驭剑飞行的“桃花剑神”大笑答道：“一座吴家剑冢，二十万剑，够不够？！”

天门大开！

隐约间可见天女散花，恍惚间可闻梵音袅袅，仙家钟磬长鸣。

仙人自然是要强行“招安”张姓老人这位儒家初代祖师爷。

这种阵仗，就像世间富贵门第大开仪门，喜迎贵客。

千钧一发之际，两袖鼓荡的老人犹有心情转头对年轻藩王笑道：“我这副埋在地里好几百年的老身子骨，可经不起你这么折腾呀！”然后老人将视线偏向东方，大笑道：“你这位‘桃花剑神’也忒小心眼，身为江湖晚辈，也不知尊老，还真是没有隔夜仇，当晚就想把仇报啦？”

徐凤年脸色凝重。邓太阿驾驭二十余万柄吴家剑冢飞剑，浩浩荡荡赶赴北凉，甚至还需要剑先于人行。祁嘉节在逃暑镇山脚那次人先至剑后到，比起邓太阿这次需要耗费的精气神，相去不可以道里计！

哪怕邓太阿被江湖视为杀力当世第一人，指玄境造诣第一人，更被誉为“千年以降剑术第一人”，这一次同时驱使整座剑冢的古剑，徐凤年用膝盖想，也知道邓太阿的艰辛。

越是如此，徐凤年的负担越大。

尤其是眼前这位老人表现得如此镇定自若，哪里像是在垂死挣扎？

张家圣人缓缓收回视线，重新目视徐凤年，好整以暇道：“年轻人，送你一句话——情深不寿，慧极必伤。你啊，两样都占了，很难善终的。做人嘛，得过且过，难得糊涂，才能轻松。”

那拨起始于剑冢的飞剑，密密麻麻，几无缝隙，所过之处，如山岳当空，遮蔽月辉。

徐凤年不再遮掩自己气机的急速流转，神意瞬间攀至巅峰，以此作为牵引，如万古长夜独燃一支烛，引来飞蛾扑火。

面对徐凤年的毅然决然，老人眼神中闪过一抹复杂的情绪，再无对年轻藩王冷嘲热讽的心思，也没有去看那扇对自己而言无异于龙潭虎穴的天门，而是转身低头望去。他立足之地，青石板地面寸寸碎裂，密密麻麻的裂缝交织如蛛网。

老人抬起头后，背对徐凤年，淡然道：“都说书生不出门便知天下事，你与王仙芝一战，我早有耳闻。那姜姓女子剑开天门试图逼走王仙芝的手腕，又如何能够让我去天庭走一遭？况且……”两鬓发丝飘拂不定的老人猛然转头，眼神冷冽，加重语气道，“况且吕洞玄能过天门而反身，我便做不到？非不能，实不愿！”

老人身形转动，最终背对天门，面朝那个年轻人：“树有枯死日，人有力穷时！我今天就让你知道，你徐凤年哪怕手握无敌铁骑，哪怕是武评大宗师，也有不得不认命的时候！”

大风扑面，徐凤年洒然而笑：“你可知后世有人曾讥讽你是‘知其不可为而为之人’？”徐凤年继续说道，“你又可知儒家地位仅次于你的一位亚圣，更说过一句‘虽千万人吾往矣’？”

老人淡然道：“都是好话，比你那句‘丧家之犬’要更好。”

徐凤年与张家圣人对视：“心向往之，虽未必达之，但是终究能够让人心向往之。徐骁年老之后私下对我说过，他对天下的读书人总是喜欢不起来。可是记起早年那么多次看到一位位读书人联袂上殿，人人意气风发，腰间佩玉叮咚作响，声音真是悦耳，他真是羡慕。”

最后老人问道：“‘大凡物不得其平则鸣’，此言道理说尽。既然如此，徐凤年你可有遗言要说与这方天地？”

北凉刀上的封山符箓已经烟消云散，徐凤年重新悬佩好这柄徐家第六代新北凉刀：“北凉战死英烈无数，家家户户皆缟素，大多不曾留下遗言，更不缺我这一句。”

老人摇头道：“这只是因为你还没有真正绝望而已。”

无动于衷的徐凤年抬起一只手掌，状如抓物。

张家圣人冷哼一声：“邓太阿的飞剑是不俗，可也要能够来到武当山才行！”老人也抬起手臂，然后往下一按，“给我落剑！”

原本已经接近北凉道幽州的当头一拨飞剑，仿佛变成了强弩之末，斜斜地钉入大地。

幽州、河州交界处顿时出现了无比壮观的一幕：仿佛风吹雨斜落，当空飞剑纷纷划出一个弧度，插入地面，落在山岳，落在河川，落在田野，落在沙丘，如一场大雪落在一切无人处。

始终在牵引飞剑赴凉的年轻人，眉心渗出一缕猩红的血丝。

但是这场剑气霜雪，最新的落剑之地还是距离武当山越来越近，最近一拨倾斜下坠的飞剑离这座大莲花峰已经不足百里，而年轻藩王的耳、鼻、嘴三窍，也开始淌出鲜血。

张家圣人在一掌按下之后，原本不动如山的身形倒滑出一步，距离天门也就近了一步。

当一拨千余柄飞剑陆续落在大莲花峰右侧的青竹峰之上时，年轻人的眼眸都开始渗出血丝，已是满脸瘀血。

当某柄飞剑落在大莲花峰外的深涧之中时，徐凤年的脸庞已经模糊不清。

可是，那柄锈迹斑斑的不知名古剑，已是吴家剑冢二十万飞剑中的最后一柄了。

但那位张家圣人，哪怕看上去已是背靠天门，他的双脚，事实上依旧立于那道门槛之外。

一步之遥，天壤之别。

天庭人间。

老人低头斜眼望向那柄名为满甲雪的三尺剑，伸出空闲的左手轻轻按去。

满脸鲜血的年轻人微微扯动了一下嘴角。

分明没有望向年轻藩王的老人好似已经洞察天机：“我知道，你还有最后一剑。只是你千算万算都不会算到，整座北凉道四州之地，换成任何一处，你都能够借到那一剑，唯独在这武当山，你做不到。武当山毕竟是道家清净地，自古即是道教北方祖庭，自大秦皇朝到大奉王朝，再到如今的离阳，此地几乎从未被战火殃及，所以与你徐家的天人感应最为薄弱。若是在凉州关外，在幽州葫芦口，我别说阻挡你借取邓太阿最后一剑了，恐怕此时都已经给你送入天门了。”

老人微微弯腰，轻轻拍了下那把剑的剑柄："你与那柄太阿剑，难兄难弟啊。"

一抹虹光如彗星当空，由西向东，笔直地撞向大莲花峰。

只是它如同撞在了一堵无形的城墙之上，激起一阵阵刺眼的电光，绚烂无比。

古剑不得向前推进一寸，哀鸣不已。

老人闭上眼睛，好似在侧耳倾听那声响，呢喃道："文章讲究哀而不伤，沙场却说哀兵必胜，到底哪个才对？"老人自问自答道，"读书人写文章伤神，可真正呕心沥血的能有几人？但是打仗是要死人的，不死人才是怪事。"

这位儒家祖师爷终于望向那个年轻人。

年轻人缓缓闭上了眼睛。

鲜血模糊了他的脸庞，因此根本看不清他的神色，不知道是痛苦、悲伤、遗憾、释然，还是什么。

耗费北凉气数，他兴许便能自救，可是凉莽大战北凉便必输。

他到底还是不愿吗？

他同样是"非不能，实不愿"吗？

这位今夜在武当山上力压两位武评大宗师的张家圣人放声大笑，仰天大笑。

苍凉、悲恸、欣喜，百感交集。

老人突然朝天空大骂道："我辈读书人，自我张扶摇起，虽善养浩然气，却从不求长生！滚你娘的天道循环！我镇守人间已有八百年，便看了你们仙人指手画脚八百年，如今你们竟然还想得寸进尺？！"

那扇天门砰然炸裂！

老人不理睬身后的巨大动静，一步踏出，目视年轻藩王，厉声问道："徐凤年，我且问你——新谷晒日，桔槔高悬，渔翁披蓑，老农扛锄，妇人采桑，稚童牧牛，老妪捣衣；铁甲铮铮，剑气如霜，擂鼓如雷，铁骑突出，箭如雨下，狼烟四起，尸横遍野……世间百态，可都看过？！"

那个浑身鲜血的年轻人纹丝不动。

生死之间见生死。

走投无路之时，最能见人性情根骨。

可这个姓徐的家伙，不会是真死了吧？

照理说不至于啊！

老人破天荒流露出一丝慌张，身形前掠，迅速来到年轻人身前，伸出拇指扣住这位藩王的人中，纳闷儿地道："体内气机分明还挺足啊，怎的就没动静了？"

下一刻，这位人间至圣就给年轻人一脚踹飞出去。

老人重重地摔在地上，也没有站起身，就那么席地而坐，好像还没彻底回过神。

年轻人也一屁股坐在地上，双手撑在膝盖上，睁开眼睛，有气无力地道："你大爷的！"

老人捧腹大笑。

徐凤年完全不知道这个疯老头儿在想什么，到底想干什么。

他不断地大口喘息，当然也在大口吐血。

只是不知为何，他痛彻心扉的同时，又有一种莫名其妙的神清气爽让他如释重负。尤其是自己那一脚，真是踹得酣畅淋漓。

张家圣人抬手拍了拍灰尘，指了指自己的鼻子："读书人厉害不厉害？"

年轻藩王已经说不出话来，只是动了动嘴，看样子，应该是个"滚"字。

老人冷哼道："吕洞玄又如何，早年不一样跟我请教过学问？"

年轻人也指了指自己的鼻子，然后艰难地抬手，做了个嫌弃挥手的动作。

老人顿时脸色难堪。

大秦一统天下之前，张家圣人曾经率领弟子门生周游列国，唯独被大秦拒之门外。

老人自嘲道："君子报仇，十年不晚……不过八百年，是有些晚。"

狼狈至极的徐凤年等气机略微恢复，才虚弱地问道："除去了结私仇，还有什么事？"

老人正襟危坐，沉声道："在你与李玉斧斩出天人之隔前，就由我替你们两人扛下天道压力！否则，闭关修行的李玉斧还好，你徐凤年就别想安心对付北莽了！你真当仙人能够眼睁睁看着你们大逆不道？指不定那些家伙干脆就要让北莽蛮子入主中原了！"

徐凤年斜瞥老人一眼，然后垂下眼。

老人怒道："小王八蛋，别得了便宜还卖乖！我已经帮你打通窍穴积淤，别人不知道其中难度，你徐凤年会不知道？这就跟那张巨鹿整治离阳漕运一般无二！"

徐凤年不搭理老人。

老人深呼吸一口气："徐凤年啊，咱俩别这么俗气行不行？本来多慷慨激昂的一件壮举，愣是给你小子折腾得像笔生意，多跌份儿，是不是？"

徐凤年直接闭上眼睛。

他实在不习惯这种"应酬"的老人，哪怕有满腹韬略也难以施展啊。

可人间走向，又恰好是老人唯一的软肋，是这位儒家至圣的七寸所在。

长久的寂静。

徐凤年终于睁开眼睛，抱拳行礼。

老人坦然受之。

徐凤年摇摇晃晃站起身，轻声问道："要不然给个添头，把漕粮入凉一事给解决了？"

老人本想当场拒绝，但突然想起一事，笑眯眯地道："这件事可不容易，不过只要你稍后让那姓邓的家伙好好说话，我就试试看，但不保证肯定能成。"

徐凤年摆摆手："天底下就没谁拦得住手持太阿剑的邓太阿，我也不行。"

老人一跺脚，火急火燎地道："你赶紧把那柄太阿剑藏起来！"

说话间，太阿剑已经倒掠回去。

徐凤年有些幸灾乐祸，缓缓走向老人。

老人笑了笑，转身望向山脚。

徐凤年与老人并肩而立。

老人伸手指了指远方："以前听黄龙士胡言乱语说过以后千年的古怪境况，我宽心也忧心，因此总是举棋不定。"

徐凤年轻声道："先生不妨换个角度想一想，回到八百年前看今日，这个世道总归是变好了一些，对吧？"

老人点点头："有些变好了，有些变坏了，大抵而言，确实还是当下好些。"

随后两人均无言。

老人突然说道："我大概是等不到邓太阿回到武当山了，你帮我捎句话给他——若只论剑术高低而不论剑道远近，他是古往今来第一人。"

徐凤年说道："好的。"

老人瞪大眼睛远眺，身形缥缈不定，低声感慨道："那就让我再看这人间最后一眼。"

徐凤年小声问道："先生可有遗言？"

老人思量片刻："有！"

徐凤年沉声道："先生请讲！"

老人平静地道："闭嘴！"

当邓太阿驭剑而至时，只看到年轻藩王独自坐在破碎不堪的石阶顶部，膝上横刀。

一袭衣衫血迹斑斑的徐凤年虽然满脸疲惫，但是神意十足，且那具接连遭受重创的天人体魄如同枯木逢春，重新焕发了勃勃生机，逐渐趋于巅峰。

邓太阿飘然落地，腰佩那柄徒弟赠送的寻常铁剑，倒持太阿，站在徐凤年身边："八百年书生意气，尽散人间？"

徐凤年点头道："老先生去之前显然有些恋恋不舍，熬了个把时辰，加上妥善安排了些后事，这才当场虹化。"

邓太阿皱眉道："那这场架？"

徐凤年苦笑道："这位中原文脉脊梁的至圣先师，应该是比较放心道心纯粹的李玉斧。李掌教当初护送龙鲤沿着广陵江入海，老先生肯定暗中观察过，信得过。对我嘛，他可就没什么信心了——不但是徐骁的儿子，还极有可能去逐鹿天下。换成是我，也不会放心把老人肩上那副家当交出去，所以才有这么一出风波。他老人家一定要把我逼到死地绝境，亲眼见过我的根柢心性，才愿罢休。"

对于天下兴亡从无半点儿兴趣的"桃花剑神"冷笑道："终究还是倚老卖老。"

徐凤年不置可否，转头笑问道："是不是对飞剑无法进入武当山心有不甘？"

邓太阿坦然道："这是当然，一剑既出，岂有无功而返的道理？"

徐凤年与邓太阿同时抬头，望向渐渐泛起鱼肚白的遥远天际。在张家圣人以类似道门长生真人自行兵解的方式虹化之后，天地之间就好像多出了一股新颖气象，说不清道不明，遮蔽了天机。

天地有正气，杂然赋流形，沛乎塞苍冥。

徐凤年低声道："立德、立功、立言，读书人三不朽。这位老先生，真的做到了。"

邓太阿双臂环胸："了不起是了不起，可在我看来，仍是有些不爽利。"

徐凤年无奈地感叹道："人生在世，哪能人人如你邓太阿。你啊，也就别站着说话不腰疼了。"

徐凤年记起一事，笑道："对了，老先生临走之前让我告诉你，在他看来，自剑问世千年以来，就数你邓太阿的剑术最高。"

邓太阿没好气地道："剑术一途，不过是吕祖捡了西瓜后舍弃的芝麻而已。"

徐凤年翻白眼道："跟你说话真没意思。"

邓太阿乜了他一眼。

徐凤年问道："吴家剑冢那些散落地面的二十万柄剑如何处置？还需要你还回去？"

邓太阿反问道："怎么，你想留下？"

徐凤年赶紧摆手道："我哪敢啊，那位吴家老祖宗还不得跟北凉拼命？挥锄头挖人墙脚的事情，总不能太过分。"

邓太阿哦了一声："那我就全还回去了。吴家的东西，我本就用得碍手碍脚。"

徐凤年压低嗓音："别啊，你好歹拣选个千百把好剑、名剑偷偷留下，就说被那位张家圣人毁去了。吴家剑冢如果不依不饶，有本事去那座张家圣人府邸砸场子！"

邓太阿满脸不屑地道："这种事情我懒得做。"

徐凤年笑脸灿烂，道："不用'桃花剑神'费心费力，我来我来，截和这事我还算熟稔。"

邓太阿显然不想搭理这茬，开始屏气凝神养意——驾驭二十余万飞剑共赴北凉，绝非一桩易事。

徐凤年突然说道："老先生走之前告诉我，北莽拓跋菩萨的武道修为，在一夜之间突飞猛进了。"

瞬间想通其中关窍的邓太阿脸色阴沉："这是要用拓跋菩萨和澹台平静双管齐下对付你？"

徐凤年嗯了一声："差不离了。"

邓太阿问道："老人可曾说过拓跋菩萨的修为高到何种地步，可有类比？"

徐凤年摇头道："含糊不清，只说了五个字——'天人大长生'。"

邓太阿皱眉道："参透这些晦涩难明的话语，我向来不擅长，你就直接说与王仙芝离开东海之时相比，拓跋菩萨是稍逊一筹还是相仿？"

徐凤年明显早就思考过这个令人大为头疼的问题，脱口而出道："我猜最好的结果是稍逊半筹。"

邓太阿问道："那最坏的结果？"

徐凤年半真半假打趣道："我怕说出来吓到你。"

邓太阿扯了扯嘴角："有没有人说过，与你说话，其实也挺没意思的？"

徐凤年摇头道：“还真没有，尤其是女子！如今中原盛传一句话，便是佐证——十年修得宋玉树，百年修得吕洞玄，千年修得徐凤年。”

邓太阿淡然道：“哦？不是百年徐凤年，千年吕洞玄？”

徐凤年捏了捏下巴，故作糊涂道：“难道是我记错啦？”

邓太阿忍不住提高嗓音：“有屁快放！”

徐凤年收起玩笑神色，收起北凉刀悬佩在腰间：“最坏的结果，就是在某种时刻，拓跋菩萨的战力尤胜王仙芝半筹。”

邓太阿一笑置之，松开双臂，伸了个懒腰：“那就是最坏的结果了，要不然拓跋菩萨交由我来应付？”

徐凤年摇了摇头，眯眼远望天色渐青白的安详景象，懒洋洋地道：“你在北莽都跟他打过一架了，这次还是我来吧。”

邓太阿沉默片刻，后知后觉地讥讽道：“别忘了，你和他在西域还有凉州关外都打过两次了！如果我没有记错，是一平一负吧？”

徐凤年任由清风拂面，吹散身上最后那点儿血腥气：“我哪有输过？何况那次在西域转战千里，如果不是李密弼在最后关头横插一脚，拓跋菩萨早已是个死人了。”

邓太阿一笑置之：“行吧，你一心想要逞英雄，我邓太阿满足你。”

徐凤年轻声道：“也许就战力而言，咱们几个都是天人境界，差异并不悬殊，但是那种王仙芝独有的心境，就算你邓太阿手持太阿，就算拓跋菩萨得到仙人馈赠，仍是不可能有。”

邓太阿好奇地问道：“人间无敌？”

徐凤年猛然抽出北凉刀，刀尖指向那一轮跃入人间视野的大日：“举世皆敌！”

邓太阿又问道：“你有？”

徐凤年答非所问：“我北凉一直有！”

第七章

天下人共分徐家
千金散尽不复来

神道石阶之上逐渐出现登山香客的身影，徐凤年便悄然前往洗象池，脱去外袍，蹲在池畔清洗。不光是对截和一事熟门熟路，徐凤年做起这些活计，也丝毫不差。

昨夜那场惊心动魄的天人之争，虽然姜泥和李玉斧被刻意拒之门外，但仍是有几位借宿武当的中原宗师或近或远观战。有白衣炼气士远在玉柱峰顶向此眺望，大概是心存渔翁得利的念头——毕竟张家圣人也好，新凉王徐凤年也罢，谁死了，于她而言都是一番气运大补。如果两人皆死，她又侥幸能够同时撑下两份气数，指不定人间就要多出一位真正意义上的陆地神仙，不但长生久视，而且不受天道束缚。

南疆三位顶尖高手毛舒朗、程白霜和嵇六安，联袂站在一条悬空栈道上远观。目盲女琴师薛宋官缓缓而行，最终在半里地外站定。但当时距离战场最近的一人，是那袭紫衣。

就在徐凤年在青石板上熟稔捣衣的时候，洗象池已经出现了三三两两扎堆的江湖人士。如今中原公认武当山不仅是修行的洞天福地，更是习武之人体悟天心的风水宝地，所有闻讯而来的江湖豪杰，多是遇上武道瓶颈之人，没事情就喜欢在这里盘腿而坐，看瀑布，看潭水，看巨石，去想象上代掌教洪洗象曾经在此打拳，“剑痴”王小屏在此出剑，以及大宗师徐凤年在此练刀。他们挤破脑袋也要争抢位置，像极了香客争抢头炷香的情景。

徐凤年无意间听闻附近一伙人窃窃私语，似是在说一首童谣：“木龙对石虎，金银万万五，谁人能识破，买到扬州府。”说是老凉王徐骁早就算到北莽百万大军叩关压境，便未雨绸缪，派遣拂水房死士，倾力将徐家从春秋豪阀那里搜刮的所有金银财宝沉于一处隐蔽秘地，为的就是万一挡不住北莽铁蹄南下，徐家也能凭此东山再起，继续逐鹿天下。

徐凤年起先还觉得好笑，可很快就听出其中意味的不同寻常，顿时心情沉重。广陵道扬州府一直是富甲天下的中原头等郡府，“买到扬州府”寥寥五字，便无比直观地给市井百姓描绘出了徐家沉银之巨。不但如此，听这些人碎嘴闲聊，似乎将本该嫌疑最大的听潮湖都直接忽略不计了，而是直接猜测青城山和临谣军镇两地，这不得不让徐凤年悚然一惊。按照这些听信谣言之人的说法，后者是猜测徐家当年由李义山亲手负责沉银藏宝相关的大小事务，那位死心塌地为徐家出谋划策了一辈子的毒士便使了个障眼法，明面上不断往流州驱逐流民，混淆视听，暗中勾结西域烂陀山，堪称万全之策。至于为何会猜测藏宝地在凉、蜀接壤的青城山，那些江湖人士说不出个所以然来，但是徐凤年心知肚明。徐骁在青城山深处藏有六千甲士，这是拂水房都没有几人知晓的机密要事，显而易见，故意流传这首童谣的角色，不但对北凉心怀敌意，而且对北凉军政都有很深的渗透。

徐凤年对于曾经祸乱春秋八国的谶语童谣一向不以为意。黄三甲正是这种事情的祖师爷，几乎让所有君主都感到焦头烂额。徐凤年没有想到，如今北凉也要遭此横祸。倒不是说小小一首童谣就真能动摇北凉的根本，事实上，以北凉历来重武轻文的风俗，加上徐凤年袭位之后的一系列举措，尤其是第一场凉莽大战的大获全胜，已完成了师父李义山遗嘱上开篇要求的“务必继续保持北凉即徐家之格局”，故而再多出几十首这类谶语歌谣也无妨。只是李义山生前反复提及，风起于青萍之末，浪成于微澜之间，治国治军，皆要注意防微杜渐。那位谋国之士甚至不惜自称“我李义山并无超标之才，也无卓绝谋略，一生唯谨慎”，以此来警醒徐凤年。

徐凤年突然有些疑惑：此人既然如此洞悉北凉内幕，为何还会使用这种并无实际意义的无聊手段？

这就像“桃花剑神”与一位二品小宗师交手，明明可以一剑了事，却偏要猫逗耗子要上一百招，大概那名知根知底的小宗师只会觉得恶心人。

这种手法，是火上浇油，还是画蛇添足？

徐凤年陷入沉思。

不远处有人眼神闪躲地打招呼道：“小兄弟，你身上咋有血迹？怎么，昨儿在这武当山遇上仇家对头了？”

北凉人的秋衣厚重，所以徐凤年脱去袍子后，里边的衣服被鲜血浸染得不多。徐凤年拎着清洗完毕卷成一团的外袍，站起身去往喊话之人那边蹲下——离得不算太近，隔着四五步——直接开门见山地轻声笑问道：“可不是，给拾掇得有些惨了。我也不兜圈子，一看大哥就是道上做更夫的，打断一条腿要多少两银子？要是直接往死里打，又是啥价位？如果公道的话，按照老规矩，头道杵我先给一半定金。”

市井更夫巡夜之时，往往会收拾街上的垃圾，所谓道上的更夫，也就是那种拿人钱财替人消灾的人物。

那人眼前一亮，没有急于接下这桩从天而降的买卖，而是打量着这个地道北凉口音的年轻人，用中原吴越一带特有的官腔说道：“小兄弟，事先说清楚，你的仇家是土条子还是海条子？”

土条子即当地人，地头蛇的意思。海条子则是外乡人，属于那种过江龙。

徐凤年笑道：“土条子。”

那人顿时皱眉。对付北凉当地人可远比拿捏人生地不熟的过江龙来得棘手。他不由自主地压低声音：“怎么，莫不是那练鹊儿，甚至是这边的海马子？”

练鹊正是离阳朝廷九品官公服官补子所绘图案，海马则是武官的官补子，对老百姓而言，那就是破家的县令、灭门的郡守。作为一县父母官的县令，品秩往往是八品、九品居多，“练鹊儿”和“海马子”就成了当官和当兵的江湖黑话，都属于绝对不可以轻易招惹的角色。要知道，自那位“人屠”徐骁开始，朝廷就有了把不服管的江湖人的脑袋传首九边的血腥规矩。离阳一统春秋，尤其是徐骁马踏江湖后，整个江湖不得不越发伏低做小。否则，掌管铜鱼袋子颁发权柄的太安城刑部尚书，为何私下被称为“江上皇帝，湖里君王”，被江湖人视为庙堂上的武林盟主?

徐凤年缓缓道：“那家伙家里有个祖父当过练鹊儿而已，不过早就去世了，家族在白道上没剩下啥香火情。你想啊，在咱们这儿，练鹊儿算得什么玩意儿，海马子才是大爷。不过那人有个太岁海了的贴身扈从，空手，连把青子也没有，我琢磨着该有五品上下的实力。”

那精瘦汉子与身边四名同道中人目光交会，迅速权衡利弊。他们五人都是京畿南那边刀口舔血惯了的绿林汉子，这趟在北凉结伴而行，交情渐深，加上都是相互知晓根脚的汉子，本就有回到家乡道上后就斩鸡头烧黄纸的意思，也就不忌讳把这桩买卖摊开来商量。听年轻人的意思，那名扈从年岁大，五品实力还算上得了台面。可拳怕少壮棍怕老郎，他们五人把式架子都有些，只要联手，板上钉钉是乱拳打死老师傅的结果。可五人都担心在这北凉道上犯事，一旦走漏风声，就是板上钉钉给北凉游骑劲弩射成刺猬的下场。但一文钱难倒英雄汉哪，他们多是大手大脚的性子，不过喝了两三次花酒，就彻底囊中羞涩了。这两天巧了，祖坟冒青烟，他们竟有幸结识了一位名动京畿南的黑道豪杰，人家也愿意折节而交。但是入庙烧香拜佛是需要香火的，所以更需要香火钱啊。你对人家光是嘴上说如何久仰大名如何如雷贯耳，有卵用？！

精瘦汉子小心翼翼地问道：“他是住在武当山哪座道观？”

这句话就问得极有讲究了。

武当山八十一峰，开峰座数其实不多，还不到三十座，大小道观高高低低散布在这些峰上。也许武当山的道士不讲究修行处的大小高低，可是江湖人讲究啊，这趟参加武当论道，自然是首选借住名气大的山峰和道观，若是都不出名，那就削尖了脑袋往高处住去。

听说好些名门大派为此都生出了嫌隙，只是忌惮北凉官府，才会隐忍不发。

江湖辈分，武林名次，一把把交椅高低前后，消息灵通的江湖人士心目中都有一本账。比如江湖上比较熟悉的徽山大雪坪那边的座上宾，总计五十余人，皆属于非神仙即宗师的名宿大佬，打谁主意都别打到他们身上。接下来一拨人，主要就是有资格进入京城刑部衙门的家伙。这些灰色人物，江湖更惹不起。除了新、旧评上那十数个庞然大物，那些能够在一州之地执武林牛耳的宗门帮派也需要留心，从帮主、宗主，到客卿、长老，再到亲传弟子，都要上心。最后一拨人，例如那以仗义疏财享誉天下的“中原神拳”冯宗喜，还有同为散仙之一的辽东紫檀僧，一般都是独自行走江湖，也当清楚记住名号和相貌，以免冲撞冒犯了。否则，觉得人家双拳难敌四手就贸然行事，可就不是什么阴沟里翻船，而是活该在大江大浪里淹死了。

徐凤年一脸嫌弃地道：“在少游峰那边的一座小道观里，还是靠着他祖父是那边的大香客才住进去的，要不然就他那点儿能耐，早给人挤得卷铺盖滚蛋了。”

精瘦汉子笑眯眯地道：“敢问小兄弟是哪条道上混的，跟那人又有什么恩怨啊？”

徐凤年笑了笑：“老哥这可就坏了规矩，天底下的银子可是没有姓氏的。”

自知理亏的精瘦汉子打哈哈道：“银子都姓赵嘛。”

徐凤年笑眯眯地伸手指了指青石板，道：“在这儿，得姓徐。”

就在徐凤年很快就可以顺藤摸瓜“随口”聊及那首童谣的时候，一名不速之客打断了他们的聊天。

来人是那腰佩武德、天宝两柄刀中重器的童山泉。关键是她径直向徐凤年走来，毫不掩饰。

徐凤年倒也没为此恼火。相信武当山上的拂水房谍子也已经知晓此事，就算他们对此不像自己这般重视，他回头亲自打声招呼便是。武当山毕竟仍是北凉的地盘，再三教九流、鱼龙混杂，只要肯花心思，还是能够找到一些蛛丝马迹的。只要对方心存侥幸，不是做那一锤子买卖，还敢继续煽风点火的话，拂水房谍子就能让他知道生不如死的滋味。对此，徐凤年不是相当自信，而是足以自负。世人只知北凉铁骑的名头，却很少知道，拂水房能够在离阳赵勾和北莽朱魍的夹缝中活下来，并且不断壮大，是何等精锐！只有北凉道高层武将才知道，在这位新凉王心中，对北凉谍子死士的敬重，比对凉州关外的白马游弩手还要多！

徐凤年没有起身，抬头笑问道："童庄主又来悟刀了？"

性子喜静但是刀势尤为雄壮刚烈的金错刀庄庄主微微一笑，轻轻点头。

只见她脚尖一点，身形轻灵地掠向池中巨石，盘膝而坐，面向瀑布，将双刀横放膝上。

自然而然展露出来的轻功不带烟火气，也就不显得如何高明上乘。

但是年轻女子的宗师气度一览无余。

精瘦汉子自言自语道："怎的跟传说中金错刀庄那位年轻庄主有些相似？也是腰佩双刀，也是……国色天香？也或许是某位仰慕童山泉的中原女侠。"

徐凤年打趣道："老哥，你觉得我能认识那般高不可攀的武道宗师？"

在寻常江湖好汉的江湖里，别说那大雪坪，就说如金错刀庄这样高高在上的武林圣地，它正门悬挂的匾额写了什么，庄子里那株丰姿冠绝天下的芍药"绿腰肢"，年轻庄主童山泉的两柄佩刀武德、天宝，与某人腰佩绣冬、春雷双刀的品次高低，童山泉与同样出身离阳西南的太白剑宗陈天元到底是不是神仙眷侣，有没有过一场露水姻缘，甚至是她到底有没有为那位年轻谪仙人珠胎暗结，可都是中原江湖茶余饭后的助兴谈资，足够喝下好几杯酒了。

活在这种江湖的鱼虾，自然带着满满的土腥气，从不说那与天地山河沾亲带故的天上言语，也做不来一剑光寒中原三十州的壮举。

去武帝城瞻仰那堵曾经插满天下神兵的高墙，去徽山大雪坪看鹅毛大雪，去东越剑池见"山高水深剑气长"七个草书刻字，去幽燕山庄看龙岩剑炉铸剑，去北凉陵州鱼龙帮附近的酒楼喝绿蚁酒，去快雪山庄赏春神湖景……这些事，就是他们梦寐以求的幸事。

一位途经洗象池的年轻背匣剑客在无意间看到徐凤年后，满脸惊喜。他正是幽燕山庄少庄主张春霖。昨天在徽山轩辕青锋摇签的时候，他已经认出当时蹲在邻近摊子上啃饼的徐凤年。张春霖昨天回到住处后，耗了一大缸子口水，好不容易才从武当山一位"清"字辈老道士那边得知新凉王的准确住处。当年声名狼藉的世子殿下吃饱了撑的跑到武当山练刀，其实山上道士都颇不以为意，毕竟他们又不是未卜先知的长生真人，哪里能想得到如今情景？徐凤年袭位之后，武当山就封了从洗象池去往那栋茅屋的道路，其实也就是在小路上架起围栏。那些年里，大概就只有尚未骑鹤下江南的年轻师叔祖会经常跑去帮忙打理菜圃，才让那份绿意年年长久。后来徐凤年亲自写信给武当山掌律真人陈繇，恳请山上帮着维持茅屋附近那份清静，武当山就又多竖起了一堵青竹围栏，仅此而已。

徐凤年伸手招呼道：“小张来了啊。”

张春霖百感交集。第一次见面，当时还是世子殿下的徐凤年满头白发，他误以为对方是返璞归真童颜永驻的陆地剑仙。第二次相逢是在西域，两人也没怎么深谈，让这位连佩剑都取名为“霜刀”的年轻剑客引为憾事。

张春霖蹲在徐凤年身边，略显局促不安。

徐凤年打趣道：“背着这么多把剑四处逛荡，你是卖剑的啊？”

张春霖赧颜。

很奇怪，兴许是出身铸剑世家的缘故，张春霖对于剑道并无太多执念，更没有那种“我一定要独秀于天下剑林”的高远志向。江湖百年，剑道宗师层出不穷，张春霖对李淳罡、邓太阿这些剑仙反而不是特别崇拜，对吴家剑冢和东越剑池也算不上如何神往，反而对那位剑九黄最是仰慕。他最大的愿望就是如那位西蜀老剑客一般，收天下名剑入剑匣，只是背着它们行走江湖，就知足了。

徐凤年笑问道：“小张，给自己取绰号了没？”

张春霖涨红了脸，使劲摇头。

徐凤年以过来人的身份谆谆教导道：“那一定要趁早取个威风些的名号，要不然莫名其妙被别人安上一个傻啦吧唧的江湖绰号，保管你哭都来不及。这在江湖上是有很多前车之鉴的。比如江南道那个天生白发、长臂如猿的剑道高手，剑术其实不差了，可在年轻时候被人称作‘白猴子’以后，就一辈子都没能甩掉。哪怕他每次行侠仗义都要说上一句‘我是白猿神剑某某某’，可别人不管啊，都是一口一个感谢‘白猴子大侠’救命之恩，你说他憋屈不憋屈？还有东南剑州那个响当当的拳法宗师，明明是个混白道的侠客，就因为姓王，排行老八，进入江湖的时候也不知道早点儿自报名号，结果到最后被人送了个‘王八拳仙’的绰号——王八都成仙了，不是老王八是什么……”

听得茅塞顿开的张春霖如同小鸡啄米，不停点头，深以为然。

那个精瘦汉子正想要打断这个公子哥儿的碎碎念，却被同伴扯了扯袖子。

他转头望去，从同伴眼中得到一个浅显的意思——这家伙，不靠谱儿！即便这桩生意是真事，而且给银子也不含糊，可这么不靠谱儿的家伙肯定不可能守口如瓶啊。

精瘦汉子一想，的确如此。

他叹了口气，仍是有些惋惜，重重咳嗽一声，惹来年轻人的视线。

精瘦汉子拍了拍徐凤年的肩膀："小兄弟，不凑巧，哥儿几个突然想起还有急事得办，你那个麻烦恐怕是没法子帮你了。不过买卖不成情意在，老哥多嘴劝你一句，以后想要在江湖上混出名堂，一定要脚踏实地啊！"

徐凤年笑着点头道："老哥这话在理！"

幽燕山庄的少庄主目瞪口呆。

那五人走后，徐凤年陪着张春霖在洗象池边闲聊片刻。由于来此感悟武道的江湖人物越来越多，徐凤年就率先起身告辞离去。

张春霖虽然还有些意犹未尽，却也算是乘兴而来乘兴而归。只是年轻人不明白恩人最后为何聊到了金错刀庄那名女当家，便随口说了句自己的想法：听说那童姓女子天赋极高，练刀更是刻苦异常，可是性情古板，所以他张春霖就算与她相逢，也绝不会投缘。最后张春霖还笑着说"美人纵马豪饮最绝色，因此那女庄主哪怕容颜倾城，也算不得真绝色"。张春霖说得挺带劲尽兴。年轻藩王临行前拍了拍他的肩膀，语重心长地叮嘱了一句让张春霖一头雾水的话："江湖说大很大，说小很小，以后见着了童庄主，一定不要这么言语耿直。"

张春霖目送徐凤年离去后，感觉到背后似乎有杀气。

他猛然转身，看到一名独坐巨石的年轻陌生女子正转头望向自己，然后微笑道："金错刀庄童山泉，见过张公子。"

世人皆言，在独占祥符三魁的徽山紫衣之后，女子剑仙有西楚女帝姜姒，拳法宗师当属武帝城林鸦，女子刀圣则是南诏童山泉。

张春霖跟给雷劈了似的，嘴角抽搐，说不出半个字来。

大概这辈子都不会纵马饮酒的童山泉缓缓转回头，不再理睬幽燕山庄的少庄主。

徐凤年优哉游哉地回到茅屋前，姜泥就坐在檐下的小板凳上。

徐凤年柔声道："没事，就是稀里糊涂跟人打了一架，最后还占了天大的便宜。"

她眨了眨眼睛。

徐凤年伸出双手，两手空空，笑道："这种事情可赚不到半枚铜钱。"

她轻声问道："你什么时候离开武当山？"

徐凤年搬了条凳子坐在她身边："马上就得走。"

她小声道："是去清凉山，还是直接去拒北城？"

徐凤年笑道："拒北城马上建成，很多人都在等我呢，当然是直接去凉州关外。"

她如释重负道："那我也去！"

徐凤年点头道："行啊。"

徐凤年随即好奇地问道："今天武当山大莲花峰紫阳宫那边就要开始论道论武，会有很多神龙见首不见尾的宗师高手出现，你不去看看？"

姜泥没好气地道："他们吵架打架，关我什么事？"

徐凤年忍俊不禁。

姜泥小心翼翼地问道："那么多铜钱搁在这里，会不会遭贼啊？"

徐凤年摇了摇头："我会跟武当山打声招呼的，只要少了一枚铜钱，下次咱们上山就去紫阳宫那边撒泼打滚儿。"

姜泥微笑："你一个人去就够了。"

徐凤年也被自己逗乐了，不再言语，安然享受这份难得的悠闲。

姜泥歪了歪脑袋："那我就只带剑匣了？"

徐凤年嗯了一声，突然说道："这次咱们怎么气派怎么走，别偷偷摸摸的了，到时候你带我驭剑飞行，记得慢些。"

姜泥脸颊微红。

徐凤年牵着她的手站起身，大声笑道："走，去凉州关外，我带你去看看那幅'铁骑守边关，如大戟横江'的壮阔画面！"

大凉龙雀剑缓缓飞升，一对年轻男女在众目睽睽之下离开大莲花峰。

洪洗象和徐脂虎之后，世间又有了一双神仙眷侣。

也正是这一天，有位腰佩双剑的中年男子，将那头陪他走过万里山河的老毛驴留在了小莲花峰上，与那头老青牛做伴。

有位目盲女琴师，在那个自称"百无一用是苏酥"的年轻男人不舍的视线中，独自缓缓下山。她下山，只为山上的他心安。

有位其貌不扬的矮小汉子，下山之前对一位苗疆女子说了句话："要是我死了，你就找个英俊男人嫁了。"

有位身旁站有两人的年迈儒士，在崖畔向滔滔云海深深作揖后，直起腰，朗声道："晚辈向张圣人辞行！读书人程白霜，不负圣贤书！"

一袭紫衣站在紫阳宫屋脊上，高高仰起头，望着那对渐飞渐远的年轻男女，轻轻嗤笑一声。

一位老道士揉着他徒弟的小脑袋，然后对更为年迈的师兄释然笑道："此生修行，无愧武当。"

一位气质清逸的龙虎山道士在跟武当山道士辞别："若有机会，再来喝茶。"

一位老人在屋内轻轻拿起佩剑，悬佩妥当后，自言自语道："我东越剑池，岂能不死一人在关外！"

这一日，邓太阿、薛宋官、韦淼、程白霜、毛舒朗、嵇六安、轩辕青锋、俞兴瑞、齐仙侠、柴青山，十大中原宗师，不约而同地离开武当山，共赴凉州关外！

北凉道陵州，一座漕运码头上人头攒动，熙熙攘攘。

这座码头在前任刺史徐北枳手上大肆扩建，陵州官场不是没有劳民伤财的怨言。除了码头，还有那些不输离阳"甲"字规模的巨大粮仓。这位买米刺史在任期间可谓大兴土木，只不过谁不知道徐北枳号称"宠绝北凉"？加上北凉从无言官弹劾的风俗，顶多就是官场文士和将种门庭腹诽罢了，没谁乐意去那座清凉山碰钉子。

大概是徐北枳在陵州的官声实在糟糕，新任刺史常遂到任后的休养生息政策，让原本做好继续瞎折腾心理准备的整个陵州感到如沐春风，对这位来自上阴学宫圣贤门下的读书人赞不绝口。

今日码头，在两百陵州最精锐轻骑的护送下，两辆马车缓缓而至。马车停稳后，从上面分别走下两名身穿官服的儒雅男子。他们正是文坛宗师韩谷子的得意弟子——陵州刺史常遂和当今新凉王的老丈人——刚刚由凉州刺史升任北凉道副经略使的"中原陆擘窠"陆东疆。

陆东疆在短短一年之内坐上北凉道文官第二把交椅，虽说是典型的父凭女贵，但是北凉官场务实，不好虚名，没有离阳朝廷那些是否进士出身、是否担任过翰林院大小黄门郎的繁文缛节。陆东疆如今与宋洞明的官职品秩相同，只不过陆东疆分领幽、陵两州政务，宋洞明分领凉、流两州，有些分庭抗礼的意思。所以前不久，有位他们青州陆家子弟在家宴上说出了那句话："太安城曾有张庐、顾庐之争，咱们北凉如今也有陆庐、宋庐之格局，更是君子之争，至于那王林泉，满身铜臭的商贾而已，算什么东西？"这句溜须拍马的话里头的两个意思，都让进入北凉后满肚子不合时宜的陆东疆深以为然。

如今陆东疆对那个心狠女儿陆丞燕虽然还有些芥蒂，可是这般平步青云之后，登高望远，对于眼皮子底下这点儿糟心事也就逐渐释怀了。陆东疆心知肚明，陆家想要长盛不衰，少不了陆丞燕这个极为重要的助力。哪怕陆丞燕当真与陆家决裂，只要清凉山那边还有陆丞燕，陆家在北凉官场的际遇就会截然不同。而陆丞燕能不能坐稳北凉王妃的位置，很可能决定陆家的地位会不会出现翻天覆地的变化。

陆东疆最近想着，今年春节，是不是邀请女儿、女婿回陆家一趟。本就是患难与共的一家人嘛，你徐凤年哪怕贵为藩王，请你陪咱们和和睦睦吃顿年夜饭，也不算过分吧？

与副经略使大人崭新的官服不同，刺史常遂身上那件官服显得老旧许多，褶皱也多了不少，原本白皙的脸庞也变得黝黑，两个人站在一起，年龄更长却养尊处优保养得体的陆东疆反而更显年轻。虽说从二品锦鸡官补子和正三品孔雀官补子相差不大，两者的官身也都属于离阳当之无愧的封疆大吏，只不过前者已是货真价实的朝堂中枢重臣，后者只是牧守一方的权臣，跟前者仍有一线之隔。陆东疆是享誉中原士林多年的清流名士，若是换成其他刺史相伴，兴许还会摆摆官威架子。对上文坛宗师韩谷子的高徒——蜚声朝野的上阴学宫稷下先生，同时又是徐渭熊师兄的常遂，陆东疆自然将其认为同道中人，态度和煦，十分热络。

陆东疆作为总领陵州、幽州政务的副经略使，对离阳漕运一事当然有所耳闻，知道朝廷原本保证入秋之前有一百万石漕粮进入北凉，只是到如今连半数五十万石都不到，先后三拨，零零散散，藏藏掖掖，堪堪四十万石而已。离阳漕运有横、竖两线，横线以广陵江为主干，被视为中原腰膂之地的青州襄阳城是漕粮中转重地。只是谁都没有想到，那位年轻藩王赵珣竟然跟燕剌王赵炳和蜀王陈芝豹一同造反，并且据说要被推举为新帝。如此一来，赵室朝廷就丧失了大半座靖安道的统辖权，漕粮就顺势一拖再拖，陆东疆对此也只能感慨一句“流年不利”。

常遂陪着陆东疆走到渡口岸边。江水上，船只连绵扎堆，人走在上面，有如履平地之势，码头两岸一派热火朝天的景象，这让陆东疆有些惊讶。

常遂一语道破天机：“离阳朝廷对外宣称，入秋前供给北凉道五十万石漕粮，其实咱们王爷当时和尚书令齐阳龙说好的是一百万石。事实上，这个秋天，在齐阳龙以及桓温几乎算是事必躬亲的督促下，已经有将近八十万石漕粮运入我陵州粮仓，只不过照顾离阳颜面，我们对外说只收到了四十万石。”

既然辖境“风调雨顺，政事清明”，陆东疆自然一阵惊喜欣慰，只是随即发现身旁这位骤居高位的陵州刺史心情似乎并不好。

常遂淡然道："陆大人刚刚上任，对有些事情可能不清楚内幕。离阳朝廷除了允诺入秋之前一百万石漕粮入凉，其实还答应之后再运入两百万石。可是以眼下的形势来看，剩下的漕粮是遥遥无期了。"

陆东疆疑惑地道："中原大乱，靖安道又是叛乱藩王赵珣的辖境，朝廷无力掌控漕粮入凉也在情理之中吧？"

常遂摇了摇头："并非如此。靖安道的主要兵力，或者说靖安王府辖下精锐，早就给赵珣消耗殆尽。现任靖安道经略使温太乙本就是青党领袖之一，当了那么多年位高权重的太安城吏部侍郎，资历极厚，节度副使马忠贤更是大将军马禄琅之子。两人联手，若说入秋之后的后续两百万石漕粮有些变故，无法全部兑现，勉强可算情理之中，可绝不至于连那二十万石都会延期不至北凉。归根结底，是他们与把持离阳漕运二十年的赵室宗亲和京城勋贵达成了默契，不愿我们北凉白白得到后边的两百万石粮草。要知道两百万石漕粮，即便在太平盛世，也意味着能有一大笔分红。何况如今中原战乱，更是可以漫天要价，也许是跟朝廷狮子大开口，也可能是跟参与叛乱的三位藩王做交易。盛世收藏，乱世金银，收集金银做什么？还不是买那兵马粮草。"

陆东疆满脸愕然。

常遂突然笑了笑："想必陆大人来时，也看到主道两侧那些大小商铺了，其生意兴隆程度，连陵州州城也比不得，陆大人就不好奇？"

陆东疆点了点头："常大人刚才也说'盛世收藏，乱世黄金'，自古而然。乱世将至，本官从凉州赶来之前，就听说如今陵州富豪之家都在贱卖各类古董字画，连许多被视为已经消失在洪嘉北奔那场浩劫中的传世珍稀都重新现世，令中原惊艳不已。以至许多江南道商贾闻讯来此低价购入这些藏品，再返回中原以天价卖出，人人赚得家中堆满金山银山。常大人，实不相瞒，本官也很是心动啊。"

常遂的笑意带着玩味，缓缓道："哦？那陆大人可真要去看看。自大奉朝至春秋九国，陆冈的玉器，吕爱水的金器，朱碧山的银器，包治然的犀器，赵良碧的锡器，王小溪的玛瑙器，姜宝云的竹雕器，杨笥的瓷器，若有人偶得一器物，必视为稀世奇珍。如今在北凉陵州这条无名小街，无奇不有，否则时下离阳朝野怎么会皆言'中原江湖宗师皆至武当山，离阳文人雅士心系陵州城'？"

陆东疆心动了。

脸色微冷的常遂笑着泼冷水打趣道："只不过那些大小铺子，做生意之前都要先看买家的路引户籍，本地人都只收真金白银，外乡人嘛……不说也罢，恐怕两袖清风的陆大人要失望了。”

陆东疆哈哈笑道：“无妨无妨，本官过过眼也好，收不收入囊中倒是其次。这就如对待世间那些绝色美人，远观、亵玩皆是美事。”

常遂便领着副经略使大人就近来到码头边上的一家店铺。

铺子不大，连陵州将种门庭中等宅院的一间书房也比不上，但是陆东疆才跨过门槛，就瞪大眼睛，震惊得无以复加。

琳琅满目！

陆东疆的鉴赏眼光何其老辣。他快步走向一张古色古香的束腰齐牙条兽腿炕桌，只见上边随意搁置着十几样奇巧物件。陆东疆小心翼翼地拿起一只漆木碗，此碗周身作连环方胜纹，深赤色。

堂堂一道副经略使，手指微微颤抖着翻转那只漆木碗。果不其然，陆东疆看到了碗底那浓金填抹的“沆瀣同瓯”四正书阳文！

铺子杂役是个大手大脚的年轻人，看到是两个身穿官服的男子，只不过没瞧见他们的扈从跟随，也就没太上心。在陵州，老百姓习惯了与桀骜不驯的将种子弟打交道，对于比自己还受气的文官老爷，倒是同情得很，谈不上如何忌惮畏惧。再者最近小半年之内，他们这小小一座铺子，也来过许多奇奇怪怪的中原顾客。这名清扫铺子兼任喊价的年轻杂役也开始觉得自己是见过大世面的人物了，就上前几步，从桌上随手扯住一个金壶的纤细壶嘴，高高提起，殷勤地笑道：“官老爷，前不久有位上了年纪的中原读书人看上了这件玩意儿，只可惜当时他出不起价儿，就让咱们务必留下，说是他回江南道老家那边运作去了。咱们铺子可没搭理他，官老爷，要不然你掌掌眼，要是喜欢，二十两银子就可以拿走。当然，这是咱们北凉当地人才有的价格，外乡人可不行！”

陆东疆颤巍巍放下那只漆木碗，双手接过这个云龙纹葫芦式金执壶，反复打量之后，颤声道：“这是货真价实的旧南唐御制之物啊，连眼高于顶的大楚国师李密都将其誉为‘酒水共意气，倾倒一世’！多少银子？二十两？！”

年轻杂役笑眯眯地道：“二十两就够了。银票不收，只收现银！”

陆东疆动作僵硬地转头望向常遂：“常大人，身上可有现银？”

常遂摇头道：“不曾携带。”

陆东疆一脸悔恨疼惜，喃喃自语道：“不行，恳请常大人今天找人借我些银子，一千两，不，最少一万两！多多益善！”

常遂笑道："陆大人不用如此失态，这般物件，这条街上随处都是。不但如此，从这座陵州码头开始，沿着这条河进入广陵江，直到青州襄阳城，大大小小的漕运码头，皆有这般店铺开设。"

陆东疆猛然惊醒，痛惜地道："这可是王爷的意思？！"

常遂点了点头："这里头，半数出自清凉山徐家库藏。"

身为半个徐家人的副经略使忍不住跺脚，高声道："败家子！败家子！"

常遂哈哈大笑，竟是把陆东疆撂在店铺，独自离去。

店铺内，陆东疆提起一只白玉碗，举碗映膏烛，皎若冰雪，碗壁上的黄点像数十粒栗子点缀其中，尤为天真可爱。

陆东疆每赏玩一物，都要念叨一声"败家子"。尤其是得知外乡人想要取走看中的物品，只能去搞定负责广陵江漕运的离阳官员，用粮草来换取，但亦是相当廉价，许多原本价值连城的案头雅玩，竟然不过值一两百石粮草而已时，陆东疆心头滴血啊。

陵州刺史常遂回到码头后，站在岸边。

天下人共分徐家。

清凉山千金散尽还复来？不复来！

常遂不知道那位副经略使大人作何想，只知道自己愿与这样的北凉共生死！

广陵王府春雪楼换了主人，事实上，离阳的半壁江山在那一夜之间也换了主人。

谋划这一切的纳兰右慈坐在江畔山巅那口胭脂井上，一只手上摊放有十几颗色彩绚烂的广陵道特产雨花石。他将石子一颗一颗拈起，然后陆续丢入井中。

纳兰右慈身边站着沦为阶下囚的"棠溪剑仙"卢白颉。不同于被关入大牢的经略使王雄贵，作为广陵道节度使的卢白颉只要不擅自走出王府，就不受任何拘束。

卢白颉问道："纳兰先生找我何事？"

纳兰右慈低头弯腰望向黑漆漆的井口，柔声笑道："虽然燕剌王府在太安城也有些扎根多年的谍子死士，有些人的官身还不低，可终究比不得久在中枢的棠溪先生。我就想知道，太安城那边，有资格参加养神殿'小朝会'的那些离阳重臣，有几人是板荡忠臣，有几人会在危困之际摇摆不定，又有几人与年轻皇帝离心离德？棠溪先生若是愿意直言不讳，我们就能够看人下菜碟，以后太安城也能少些冤魂野鬼。”

哪怕是说着诛心至极的狠辣言语，这位春秋谋士的嗓音也舒缓有度，笑意浅浅，实在是一位让人很难讨厌的风流人物。

卢白颉摇头道：“纳兰先生想多了。”

纳兰右慈一脸“就知如此”的表情，挥挥衣袖，潇洒地起身，微笑道：“走，带你去一间屋子，是我花了足足三千石大米才给棠溪先生凑齐的一套书房。”

卢白颉一头雾水，送礼送书房？那三千石大米又是怎么回事？莫说寸土寸金的太安城，就是自己家乡江南道，寥寥三千石大米折算成银两，又能购置到几件不错的文房用品？

纳兰右慈胸有成竹地道：“棠溪先生不妨拭目以待，绝不至于失望！”

卢白颉跟随纳兰右慈来到王府一处幽静的别院。纳兰右慈推开房门，伸出一只手掌，示意卢白颉先行入屋。

首先映入卢白颉眼帘的是一张黄花梨木乌纹半桌。因为是矮桌式样，此桌自然并非摆放名贵雅玩的书案，只不过束腰做成蕉叶边，起伏如水波，有流动之致，侧面的折枝花鸟有大奉彩瓷意趣，牙子以下雕龙形角牙，回首上觑，大有神采，上下繁文素质，对比鲜明，别有韵味。更远一些的书桌是一条螭纹长桌，桌上的文房四宝俱是江南道那边任何一座书香门第都恨不得供奉起来的传世之宝。

纳兰右慈走到桌旁，双指拈住一个古秀可爱的紫砂壶壶盖，高高提起，壶身竟是不坠。他笑眯眯地道：“正是旧东越已经失传的那款天地共春壶。此壶风靡大江南北的当时，饮茶一事反倒成了退而求其次。后来此壶很快成了绝品，如今更是千金难求。没办法，东越文人大多喜好死的时候陪葬一把共春壶，加上后边洪嘉北奔时毁去太多，稀罕物件，当然是价高难求。棠溪先生是茶道圣手，想来比我更清楚这把壶的不俗。”

卢白颉仅是瞥了一眼茶壶，环顾四周，脸色沉重地问道：“这间屋子里，所有的物件，只用了三千石大米就……”

纳兰右慈哈哈笑道：“放心，绝非广陵道战事如火如荼才导致各座高门贱卖珍藏。说句难听的，广陵道自二十年前大楚覆灭后，官场上尽是些骤然富贵的得志小人，本就没有几个值钱姓氏了，要不然就是些明哲保身的墙头草——此次春雪楼更换主人，他们也大多见风转舵得很快，不至于需要拿出这些好东西来换取金银大米。”

纳兰右慈突然蹲下身，钻到那张螭纹书桌下，然后探出脑袋朝卢白颉招了招手。

卢白颉给这位祸乱祥符的谋士弄蒙了，犹豫片刻，还是依葫芦画瓢钻入书案底下。

纳兰右慈在桌子底部用手指一阵摩挲，笑道："大白天的，不好点燃蜡烛，不过以'棠溪剑仙'的眼力，应该能够凭借字迹看出此物的来历渊源。就是这里！"

卢白颉顺着纳兰右慈的手指抬头望去。

只见那里好像有人以匕首刻出六个字，歪歪扭扭，除了些许稚趣，绝无半点儿大家风范，却让卢白颉震惊当场。六个字意味着三个人，皆有名无姓：凤年、脂虎、龙象！

须知远嫁江南的徐脂虎正是卢白颉的侄媳妇儿，卢白颉当初在卢家也是最为心疼那名女子的家族长辈。所以卢白颉确认，这是徐脂虎的字迹无疑！再者，卢白颉知道，在清凉山，徐脂虎和徐渭熊从小就关系平平，所以徐家子女四人，独独少了徐渭熊的名字，更是世人无法作伪的有力旁证！卢白颉甚至能够想象很多年前，那位红衣少女坐在地上，用小刀刻字的俏皮模样。

卢白颉长久地沉默着，哪怕是在和纳兰右慈离开桌底之后，仍是不愿开口说话。

纳兰右慈一脸捡漏儿的欢喜神色："我猜啊，连桌子主人都不知道当年他姐姐曾经在桌底刻字，否则肯定舍不得卖掉。"

卢白颉想到早年那个当面询问自己能否卖他几斤几两仁义道德的年轻人，心情复杂，笑意苦涩，道："他徐家何至于此？纳兰先生之前不是说过，赵珣离开青州之后，根本失去了对靖安道的掌控，如何能够阻止漕粮入凉？而且你们暂时也反常地无意染指靖安道。我起先以为你们是担心兵力太过分散，战线拉伸过长，会导致吴重轩大军一鼓作气挥师南下。现在看来，是你纳兰右慈的意思？故意让北凉与朝廷为此生出龃龉，生怕北凉边军一旦出人意料地打赢第二场凉莽大战，徐家铁骑便仍有余力赶赴中原平叛？！"

纳兰右慈斜靠窗口，玉树临风，充满玩味地道："否则你以为一个老吏部侍郎温太乙，能够那么顺利地返回青州做经略使？朝廷官员不得担任家乡父母官，可是离阳律之一！"纳兰右慈笑意更浓，啧啧道，"温太乙在京城资历再老，在太安城的官场关系再深厚，也该是去别处破格高升为一道文官领袖。我为了让这家伙出任靖安道经略使，可是在太安城耗费了不少人情。只不过万万没想到啊，离阳朝廷给了我一个天大的惊喜，让马禄琅之子去靖安道掌管兵马大权。如此一来，在漕粮入凉一事上，文、武两大封疆大吏联手给那些国之蛀虫暗中撑腰，这才能够抵挡住齐阳龙与桓温的施压，要不然换成别人，还真不好说。毕竟两省主官发起火来，那可不是吃素的，剩余两百万石粮草指不定就真要送往北凉陵州了。”

卢白颉一只手掌死死地按在桌面上。桌子吱呀作响，可见正在承受“棠溪剑仙”的磅礴压力。

心情极好的纳兰右慈自顾自笑道：“这天底下只要打仗，就需要粮草，北凉边军也不是那神兵天将，当然也不例外。就算那年轻刺史徐北枳极富先见之明地做了回买米刺史，但仅凭被誉为‘塞外江南’的陵州一地之力，显然仍是不足以让即将迎来第二场凉莽大战的北凉边军毫无后顾之忧。那徐北枳这个北凉转运使怎么办？”纳兰右慈自问自答道，“巧妇难为无米之炊，这个道理连没读过书的市井百姓都懂，何况是身为离阳赵室最希望拉拢的北凉文臣第一人！于是徐北枳就跑去清凉山跟姓徐的藩王说——你家里银子是不少，可还是不够，你卖家当吧，我来帮你折腾这事，你徐凤年眼不见心不烦当个甩手掌柜。刚好凉州关外要建造那座劳民伤财的拒北城，除去服役军户，其他户籍百姓需要的工钱，就从这里头出，而边军打仗的粮草，就从来咱们陵州买你徐家家当的人身上挣。跟他们开价，不收他们银子，只要粮草。只要他们有本事通过各自的私交或是各种渠道，从广陵江沿岸的大小漕运官员手上抠出粮草来，甭管用什么方式交割给北凉，买卖都作数！”

纳兰右慈伸手指了指卢白颉手边的一柄折扇：“旧西蜀制扇大家马小官晚年的心血之作，当世仅存两把，一把在离阳皇帝的御书房放着。夏日炎炎，皇帝大概也只是看看而已，舍不得暴殄天物去‘有请清风来’的。还剩一把就在你棠溪先生的手边了。知道买这把扇子用了多少石大米吗？六百。听上去很少对不对？哪怕摊上买家那份打点关系的成本，也是赚到姥姥家了，是不是？不过咱们还真别冤枉那位北凉王不当家不知柴米贵，他啊，肚子里那笔账的算法，跟咱们可不太一样。只可惜，你棠溪先生明白那算法，甚至是齐阳龙和桓温这两位一国栋梁都懂，一样没用！”

纳兰右慈来到那张黄花梨乌纹半桌附近，突然踮起脚，就那么大伤风雅地一屁股坐在桌上，与站着的卢白颉面对面，伸出双手：“棠溪先生不是那种只会埋首典籍的古板酸儒，在京城兵部做过尚书大人，虽不是户部一把手，但自然也清楚我中原百姓和边军青壮一年的口粮。虽然各地风土不同且贫富有别，因此口粮的具体数目稍有偏差，但是大致相当。棠溪先生是江南道豪门子弟，知道富甲天下的你们那儿，食俗奢侈，阔绰门户每日多达四餐甚至五餐，寻常老百姓亦是能够维持一日三餐。‘两绍三烧要满壶，鲜鱼最贵是黄花’，这句俗语，可是说得连远在南疆的我都艳羡不已啊。”

纳兰右慈轻轻摇晃一只手掌：“反观地贫的北凉，即便是陵州百姓，大抵也是一日两餐。夏、秋两日素一日小荤，春、冬则三日素一日荤。需要干重活儿的青壮则每人可饮一勺酒，绿蚁酒嘛，是出了名的不贵。如此一来，北凉青壮一人一年大概消耗十一石米，妇孺口粮减半。若是一户人家以五口人算，因为家中往往必有青壮一人身在关外边军，所以按仅剩青壮一人在关内的北凉一户算，一年便需十六七石米。以徐北枳前两年在陵州的筹粮举措，大致能够保证三年内，关内百姓的粮食不受战火波及，甚至在危急时刻，还能紧急支援北凉边军五十万石——但这已经是北凉的极限了。第二场凉莽之战在即，若是打上一年，以边军青壮一人一年十一石粮来算，到明年秋天，那就是需要三百一十万石粮草！”纳兰右慈轻轻拍打手心，笑道，“可是朝廷如今才送去八十万石粮草，剩余答应的两百二十万石，换成是我去担任原本日进斗金肥得流油的漕粮官员，也没法子嘛。再者由俭入奢易，由奢入俭难，平白无故每年要少去整整三百万石粮草的分红，断人财路如杀人父母，这能忍？何况是给那些北凉蛮子。若是给大柱国顾剑棠坐镇的两辽边军，那也就罢了，捏着鼻子认命便是，总不能为了钱连前程、性命都搭进去。可北凉蛮子不是正在和北莽蛮子狗咬狗吗？咱们拖着便是！他徐家铁骑都自身难保了，还能腾出手来，跟咱们这些隔着老远的漕运官吏较那个劲？”

卢白颉手掌下的那张书案，四条桌腿砰然碎裂！

整张桌面就那么直直地落在地面上，那些曾经有价无市——如今低贱无比的文人雅玩，四散滚落如鸟兽散。

纳兰右慈置若罔闻，继续笑道：“当然了，狗急了还会跳墙，北凉那边也不只是靠贱卖家当来换取粮草。姓徐的年轻人不是弄了个人多势众的鱼龙帮吗？就让他们沿着广陵江一路往下开道，带着不计其数的古董珍藏在各地开设商铺。当然这些江湖人拳头也挺硬，据说转运使徐北枳已经放出话来，敢耽误鱼龙帮做那份正当买卖的离阳官府，他就让北凉铁骑亲自去敲开家门讲讲道理。事实上，给先前那一万大雪龙骑军吓破胆子的两岸衙门和当地驻军，还真被这一手震住了。所以，这时候就又需要我纳兰右慈来把水搅浑喽。”

纳兰右慈伸出一根手指，指着自己的鼻子，笑意灿烂。

卢白颉握紧拳头，死死地盯住这名春秋谋士中硕果仅存的人物。

赵长陵、黄龙士、元本溪、李义山，先后死了。

好像就只剩下这个纳兰右慈活到了最后，好像也笑到了最后。

卢白颉问道："你纳兰右慈无非是想帮赵炳篡位登基，何至于此？！"

纳兰右慈收敛笑意，双手撑着细腻的黄花梨桌面："我在北凉那边费的心思，可一直不比太安城少。"

一向温文尔雅的卢白颉破天荒怒声问道："你当真不怕离阳、北凉鹬蚌相争，唯有北莽渔翁得利？！纳兰右慈，你到底想要干什么？！"

纳兰右慈全然无所谓卢白颉散发出来的杀意，懒洋洋地道："知我者谓我心忧，不知我者谓我何求。"然后纳兰右慈转头对房门那边笑道："你们都退后，棠溪先生只是开玩笑而已。"

卢白颉怒极反笑："我在跟你纳兰右慈开玩笑？！"

纳兰右慈反问道："要不然你还真能杀我？"

这位"棠溪剑仙"顿时颓然，从未如此心灰意冷。

无论是当初为了一名女子在英杰辈出的家族中自甘沉寂，还是被离阳皇帝贬谪出太安城，抑或是在春雪楼沦为阶下囚，生性淡泊的卢白颉都不曾感到如此无奈。

纳兰右慈跳下桌子，轻声讥笑道："整个中原都会如你这般无奈，你卢白颉只是切身体会到的第一人而已。"

卢白颉默默蹲下身，翻起那张桌面，望着女子早年刻下的字迹，怔怔出神。

纳兰右慈说完最后一句后，缓缓走出屋子，还不忘替那位棠溪先生轻轻关上房门。

那句话是——"我倒要看看，那个姓徐的年轻人，要怎么帮你们中原镇守西北国门！"

纳兰右慈走出屋子，离开院子，登上春雪楼顶楼，来到走廊上，凭栏而立，远眺广陵江。

他喃喃自语道："醉持酒杯，可吞江南吴越之清风！拂甲而呼，可吸西北秦陇之劲气！"

只是如今，我活在江南，说出这等豪言壮语的你，却早已死在西北。

纳兰右慈抬起头，轻声问道："李义山，你如果还活着，会不会劝你那位学生，这西北国门，就别守了？"

就在此时，一个嗓音在纳兰右慈身后响起：“李义山绝对不会说出这句话。”

纳兰右慈没有转头，迅速恢复常色，笑问道：“怎么蜀王也有登高远眺的闲情逸致？”

不速之客陈芝豹淡然道：“吴重轩算个什么东西，丢到北凉边军，连步军副帅都当不上，值得我郑重其事？”

纳兰右慈终于转身，靠着围栏，笑嘻嘻地道：“你这句话可别当着赵炳的面说，也太打脸了，吴重轩当年与我纳兰右慈，那可是燕剌王的左膀右臂。”

陈芝豹讥笑道：“所以你们南疆兵马也就只配在中原内讧了。”

纳兰右慈叹了口气，说道：“陈芝豹啊陈芝豹，你这个只愿意说老实话的脾气，真得改改。”

言下之意，纳兰右慈并没有否认陈芝豹的话，而是默认了这位昔年的北凉都护对南疆精锐大军的轻视。

纳兰右慈笑问道：“离开北凉，你不后悔？”

陈芝豹扯了扯嘴角，连开口说话的欲望都没有了。

纳兰右慈重新转身，望向那条滚滚入海流的广陵江，说道：“铁骑拒北如大戟横江，这是谁说的？”

陈芝豹依然没有说话。

纳兰右慈趴在栏杆上，下巴轻轻搁在交叠的手背上：“北凉北凉，谐音‘悲凉’，不吉利。也不知道那个家伙当初怎么就不劝徐骁改改。”

陈芝豹终于冷笑开口：“悲凉？”他走到纳兰右慈身侧，大笑道，“我北凉铁骑三十万，生可悲凉，死却壮阔！岂是你们中原温柔乡能够明白！”

纳兰右慈轻声道：“你说了‘我北凉’？”恍然大悟的纳兰右慈哦了一声，自顾自说道，“一日是北凉边军，此生皆是北凉老卒。我明白了，你的所作所为，与新凉王徐凤年无关，甚至跟老凉王徐骁也无关。”

纳兰右慈转为单手支撑下巴，一手轻拍栏杆，继续远望：“陈芝豹，你放心，我会帮你让这座中原明白的。当然，这本就是我们能够站在这里说话的前提。”

陈芝豹问道：“你就不怕赵炳、赵铸父子杀你？尤其是那赵铸。”

纳兰右慈说了个不太好笑的笑话：“我啊，都快怕死了。”

陈芝豹转身离去，沉声道：“我陈芝豹不问过程，只看结果。你到时候要是做不到，别说赵炳、赵铸，我先杀你。”

背对那位“白衣兵圣”的纳兰右慈心中古井无波地道：“咱们俩就与这天下，

一起拭目以待吧。”

陪我纳兰右慈一起看看那个天大的笑话，不怎么好笑的笑话。

陵州龙晴郡的百姓，曾经是整个北凉道最自负的一群人。从这里走出去的，无论是边军士卒还是书生商贾，腰杆都挺得特别直。因为这里是原怀化大将军钟洪武的家乡，而钟洪武担任北凉骑军统帅十数年之久，积威深重，门生故吏遍及北凉。加上钟洪武当年素以护短著称于世，提拔武将更是公然恩泽家乡，所以龙晴郡人氏都自觉高人一等。

在祥符之前，龙晴郡无疑是香饽饽，陵州大小门户的婚嫁对象，都以出身龙晴郡为首选。只是在钟洪武死后，龙晴郡便是江河日下的惨淡光景了。尤其是原龙晴郡郡守——钟洪武嫡长子钟澄心在升迁进入州城为官后，多次在官衙内毫不遮掩地对家乡官员表露出排斥，更让龙晴郡彻底失去了主心骨。

如此一来，昔年北凉最风光的三个郡，“嫁人娶妻龙晴郡，金屋藏娇胭脂郡，求学拜师黄楠郡”，就只剩下另外两郡。就像这次拒北城大兴土木，军户、匠户等版籍之外的北凉百姓，只要愿意去凉州关外参与建造，都可以获得一笔不菲的工钱。陵州各地都有贫寒百姓拥入关外，唯独龙晴郡应声者寥寥。这固然与龙晴郡百姓大多家境比较优裕有关，但是这里头那个北凉道路人皆知的心结，更是关键所在。

北凉民风自古彪悍尚武，陵州虽然富饶，但是将种门庭多如牛毛，尚武之风自然不输凉、幽两州。当年在陵州官场翻云覆雨的世子殿下，不管出于何种初衷，最后到底是从根子上铲断了钟家这棵荫庇全郡的参天大树。龙晴郡百姓是既怕又怨，可谓心思复杂，三言两语说不清也道不明。

所以，当龙晴郡郡城内一个普普通通的中年男人打算去拒北城讨口饭吃后，街坊邻居都对他唾弃鄙夷起来。尤其是听说这个男人打算让媳妇儿、儿子都迁出北凉后，迎接他的可就不只是那些不痛不痒的风言风语了。有人都当着他的面破口大骂起来，骂得毫不顾及十多年朝夕相处积攒下来的情面。很快就有人翻起了旧账，说这个叫陆大远的家伙原本就不是北凉人，是后来娶了他们龙晴郡的女子做媳妇儿，这才去衙门转了版籍，算是在龙晴郡落地扎根了。这些年他在龙晴郡做杀猪卖肉的屠子，其实一直买卖公道，没赚什么昧良心的银子，只是这次去拒北城，犯了众怒，害得一家四口都成了过街老鼠。也不知是哪个碎嘴的闲汉子记起这姓陆的王八蛋在一次喝酒聊天的时候说漏嘴了，扬言咱们北凉第二场打北莽蛮子胜算不大，这一下子当地可就炸窝了——陆大远的猪肉铺子，那两百斤的一整头猪，足足三天，愣是一斤半两都没能卖出去，只好自家天天炖肉天天过年了。其间，陆大远给一位住在街尾孤苦伶仃的孤寡老人送去了一大片最好的里脊肉。这肉竟被老人直接丢出了大门，性子憨厚的陆大远只是闷不吭声地将猪肉捡起拿回家。

这一天，家里做好了一大盆香气四溢的炖肉，陆大远蹲在门槛上，望向院门，耐心等着小儿子从私塾回家吃饭。

两个儿子，长子已经年满十六，如今正在黄楠郡一位藏书颇丰的读书人家里游学借住，经常寄信回来报平安。陆大远和媳妇儿都不识字，以前都是拿着那封家书去小儿子的私塾，跟那位不苟言笑的蒙学先生请教内容。老先生也会一字一字念给陆大远听，然后陆大远回家就跟媳妇儿说个大概意思。这趟来回，便是陆大远最心满意足的时光。陆大远至今还记得，长子小时候经常埋怨自己这个当爹的为何不是北凉边军，害得他从小就在同龄人那里抬不起头。孩子长大读书以后，越来越有出息，成了远近闻名的小才子，在家里的笑脸和笑声才越来越多。幼子虽说也有类似的抱怨，但是有了那么个能帮自己撑腰长脸的哥哥，对于爹的老实本分没出息，倒也不像哥哥小时候那么憋屈沉闷。他一直是个性情开朗——喜欢咧嘴大笑的乐天孩童，也就是偶尔听同窗的孩子说及他们的哪个亲戚在北凉关外立下战功升了官，才会回到家蹲在院子里唉声叹气，或者是拎起爹给他做的木质短刀，满院子疯跑，力气跑没了，气也就消了，该吃饭吃饭，该读书读书。大抵而言，一家四口的日子是越来越好。至于什么第一场凉莽大战幽州葫芦口内筑起京观，什么凉州虎头城战事惨烈，什么清凉山竖起几十万无名石碑，什么年轻王爷重新获得了大柱国头衔，和他们这个家都没啥关系。

他媳妇儿不知何时走到他身边，犹豫了一下，轻声问道："刘先生是不是不愿意帮咱们念那封信？"

陆大远挠挠头，嗯了一声，满脸愧疚。

不漂亮却性情温婉的女子笑了笑，没有说话。

突然，一个蒙学年纪的稚童哭着鼻子跑进院子，看到一蹲一站的爹娘后，停下脚步，一边抬起胳膊擦拭眼泪，一边伤心欲绝地抽泣道："我没有你这样的爹！没出息，还没有骨气！我才不要和娘离开北凉！"

陆大远愣了愣。

妇人怒道："祥竹！娘亲不许你这么和爹说话！"

孩子从来没有见过娘亲生气，一下子目瞪口呆，连哭泣都给忘了。

陆大远偷偷扯了扯自己媳妇儿的袖子，轻声道："秀儿，别冲孩子发火。"

妇人犹然瞪眼道："没规矩！刘先生教你读书识字，就是教你用来骂人的？！"

孩子越发委屈哀怨，干脆抱头蹲在地上，呜呜咽咽，很是可怜无助。

男人站起身，动作轻柔地将孩子抱回屋子，坐在长凳上后，揉着孩子的小脑袋，笑道："祥竹，你能这么骂爹，爹其实不生气，反而很高兴。"

孩子胡乱抹了把脸，偷偷瞥了眼坐在桌对面的娘亲。见她依旧沉着脸，孩子便继续当个闷葫芦。反正街坊邻居都笑话他爹是陆大闷葫芦，他今天当个小葫芦，也只能怪他爹，怪不着他陆祥竹。

男人正要跟媳妇儿说什么，便听她先柔声道："大远，你是当家的男人，你说什么便是什么。不过到了关外，可要记得穿得暖和些，天寒地冻的，到了冬天雪又大，你们经常要干活儿，不像在自己家随时都能有个遮风躲雨的地儿。对了，棉鞋我帮你多准备了三双，别嫌鞋底板厚……"

听着妇人几乎没有尽头的絮絮叨叨，男人没有丝毫不耐烦，一一笑着应声，偶尔低头帮坐在自己怀里端碗吃饭的孩子夹块肉。

孩子都是记不住仇的性子，对小打小闹的同龄人尚且如此，何况是对自己的亲生父母。

很快孩子就抬起头，气咻咻地道："爹，我可告诉你啊，刘先生告诉我们，按照北凉军律，临阵退缩者——斩！你啊，也幸亏不是咱们边军将士，要不然，哼哼！"

男人哭笑不得。

妇人身体前倾，又往孩子碗里夹了一块肉，气笑道："堵不住你的嘴！每天晚上念书做功课的时候倒是经常打盹，没见你这么有精气神！"

孩子做了个鬼脸，把香喷喷的炖肉吃得满嘴流油，扭头望向他爹，一本正经地问道："爹，你晓得北凉军律有多少个'斩'吗？"

男人问道："你知道？"

灵慧孩子眼珠子一转："反正茫茫多！"

北凉徐家治军，向来以严酷名动天下。

据说那位"人屠"曾在武英殿君臣奏对时，笑言"我徐骁一个大字不识的大老粗，只会一个最笨的法子，那就是杀人，杀敌不含糊，杀麾下士卒也从不手软，才能有今时今日的兵马”。

临阵退缩者，杀！

贪功杀良者，杀！

埋伏起早者，杀！

阵上无故弃刀弃马者，杀！

伍长战死而全伍存活者，全伍斩首！

都尉战死而一尉保全者，全尉斩首！

当然，北凉边军除了这些鲜血淋漓的铁律，更有下级有功不赏者，无论主将、伍长，军营斩立决！贪墨军饷抚恤者，无论多寡，一律斩立决！

男人听到孩子的话后，哈哈大笑。

孩子突然说道：“爹，我和娘亲去了中原那个叫什么松柏郡的地方后，咱们家有钱买栋更大些的宅子吗？”

中年男人笑道：“这可很难，爹这些年也没攒下多少银子，中原那边可比咱们陵州还要富裕。”

孩子哦了一声，有些失落。

男人继续笑道：“不过你放心，爹到了拒北城那边后，不会忘记给你们寄钱的。”

“先生曰：‘子曰，富贵不能淫，贫贱不能移，威武不能屈，是谓大丈夫也！’”孩子老气横秋地摇头晃脑道。

“什么叫‘先生曰：“子曰”’？给爹说道说道。”男人好奇地问道。

孩子嘿嘿一笑：“就是‘刘先生说张家圣人说过’的意思！这也不懂，爹你真没学问！”

男人欣慰地道：“爹没学问没事，你和你哥有学问就好。”

一提到他哥，孩子立即满脸骄傲地道：“我比我哥差远啦，连刘先生都说我哥厉害呢！”

男人开怀大笑道：“那还不都是爹的儿子啊？！”

妇人看着这对父子，笑意温柔。

她不懂什么打仗，也不懂什么学问，只是凭借着这么多年柴米油盐酱醋茶的生活经历，看了许多人和事，明白了一个粗浅的道理：有些男人，只会把最狠的话都说给最亲近的人；但也有些男人，会把最好的脾气都留给自家人。

她的男人，就是后者。

所以，不管是十多年来的平平淡淡，还是现在街坊邻里的风言风语，都没让她觉得当初嫁给这个男人是嫁错了。

孩子问道："爹，你以前的家乡在哪儿啊，就是那个松柏郡吗？"

男人点头道："对。不过爹像你这么大的时候，日子不好，家里也没谁了，都快要活不下去了，这才离开家乡。"

孩子没大没小地笑道："难怪街坊们都说娘亲看上你真是瞎了眼。"

这次妇人倒是没有生气，只是掩嘴偷笑。

男人就更不会生气了，看了眼自己媳妇儿："可不是？"

孩子又忧心忡忡地问道："爹，我哥真要去那个江南道负笈游学啊？那得啥时候才能去松柏郡跟我们碰面哪？"

男人轻声道："爹也不知道。爹这辈子啊，很小的时候就发誓，以后自己的儿子，一定要读上书。爹总觉得读书才算有出息，其他不管做什么事情，不管挣多少钱，都不咋的。爹呢，很早就没了爹娘，只知道往上十几代都是庄稼汉，所以到了北凉这儿，遇着了祥竹你娘，真的很幸运！要不然你和你哥都随爹的话，哪能是读书那块料！"

孩子嘟囔道："那你还要对娘亲好点儿！"

男人无奈地道："爹就那么点儿本事，没法子啊。"

妇人眉眼弯弯。男人说他很幸运，她则觉得自己很幸福。

在娘儿俩带着行李离开龙晴郡城那天，这个男人沿着驿路缓缓回到城内，回到这条小街陋巷。想了想，男人扛着家中仅剩的两条猪腿，先后去了两个地方，一条被偷偷放在街尾老人家的门口，一条被送去了刘先生家。

在这个过程里，男人不知道挨了多少白眼和唾沫。

最后男人回到家中，从床底搬出那口堆满灰尘的木箱子。这口箱子他从不打开，他的媳妇儿也善解人意地从不去问。

这个在小街上生活了十多年，一直沉默寡言的男人，把沉重的木箱搬到院子里，蹲下身，用力地抹去灰尘。

男人自言自语道："两位老伙计，当年你们陪着我刚到北凉没多久，大将军带着我们在北莽打的那场仗，真是憋屈啊。胜而退兵，我和很多人一怒之下就退出了边军。后来才知道是那离阳老皇帝的手段，原来是害怕咱们一口气灭了北莽，他的龙椅就真没的坐了……这些年我也实在没脸面见你们……嘿，至于打仗嘛，我陆大远十四岁投军，第二年担任伍长，十六岁就当上了都尉，十八岁便以一营副将身份跟随大将军赴凉，什么时候怕过？我也就退出边军早，要不然王灵宝、李陌藩这些小兔崽子见着我，不都得夹着尾巴做人？！”

突然，这条街上响起了轰鸣的马蹄声，老百姓都有些纳闷儿。阵阵马蹄声停下后，他们看到七八个披甲佩刀的精骑竟是停在了陆大远的家门口。

这让老百姓有些担忧。对于陆大远这个外乡孬种，他们骂归骂，可毕竟是十多年的街坊邻居了。陆大远又不是坏人，大家感情深厚着呢，否则他们哪里会当面骂人？

这陆大闷葫芦可千万别是惹恼了官府驻军啊！

精骑为首一人是位四十多岁的魁梧男子，如今是龙晴郡当地驻军的主将，当了十多年实权骑军都尉！

龙晴郡百姓也许不认识他本人，但都知道此人深得陵州将军韩崂山的器重，据说与那个根正苗红“凤”字营出身的洪书文，那可是称兄道弟的！

这等地位的人，以后成为一个实权校尉或是一州副将，跑得掉？

这名都尉麾下一位心腹骑卒小声问道：“都尉，这是给谁送行啊，还需要你老人家亲自出面？搁平时，跟钟家走得近的那些个将种人物，都尉你可是瞧上一眼都没心情的，咱们龙晴郡还有这么牛气冲天的家伙？”

都尉冷笑道：“那些绣花枕头，给屋里头那人喂马都不配！”然后都尉扬扬得意道，“老子我当年，就是给他喂马的！”

这种事情也能拿来吹嘘？

那些骑卒面面相觑。

咱们都尉的脑袋最近是不是给门板夹到了？他以前不这样啊，眼高于顶得很！

当那些骑卒好不容易看到那个背负行囊的男人跨出院门后，都有些发愣：也就身材还算结实高大，没看出是个三头六臂的主儿啊。

都尉迅速翻身下马，然后牵着一匹无人骑乘的战马走上前去，抱拳沉声道：“龙晴郡骑军都尉马云井，参见老副将！”

背着行囊的男人手里还拎着一件用棉布包裹严实的长条物件，瞥了眼十多年来自己一直刻意不去打交道的马云井，没好气地道：“称呼别人的时候，官职带个‘副’字，你骂人啊？你小子当自己是大将军，在太安城最喜欢跟那些带‘副’字的武将和当二把手的文官打招呼？”

马云井缩了缩脖子，不敢答话。

这个叫陆大远的男人环视四周，挺直腰杆，抱拳道："这些年，我陆大远感谢诸位照应！"

街道两旁的老百姓都很茫然，手足无措。

陆大远将甲囊悬挂在马鞍一侧，然后娴熟至极地翻身上马。

不管接下来凉州关外这场仗是输是赢，他陆大远都没想活着回到关内陵州。

十多年不披甲不摸刀，他不杀个回本怎么行？！

马云井轻声提醒道："北凉老卒，按律可以佩刀上街。"

陆大远挑了挑眉头，终于褪去包裹长条的棉布，露出那把样式老旧的战刀，认认真真地悬佩在腰间。

陆大远转头望向不可能跟随自己去往关外的马云井："如果我们打输了，一切不谈。如果打赢了，以后我的两个儿子若是还回陵州，你就告诉他们，他们爹虽是个杀猪的，但更是徐家铁骑之一！"

马云井使劲点头，千言万语，只有两个字说出口："保重！"

陆大远斜眼道："小兔崽子，当年我就知道数你没出息，果然，到今天才当上个破烂都尉。"

马云井涨红了脸。

陆大远突然摘下那柄战刀，抛给马云井，大笑道："算了，老子反正要用新北凉刀上阵杀敌，看在当年你喂了那么久马的分儿上，这一把，送你了！"

马云井如获至宝。这个汉子，竟已热泪盈眶。

这柄战刀，正是第一代徐家刀！

它象征着徐家铁骑在春秋大地上的崛起，象征着徐家铁骑在中原大地上的所向披靡。

也正是先有那支徐家老字号骑军营，才有如今的北凉铁骑甲天下！

这个男人，正是出身于徐家老字号营之一——满甲营！

头等骑卒，陆大远！

这条街上的老百姓自然不会知道，大将军徐骁在年老之后，还曾多次在清凉山议事厅对满堂文武感慨："当年那个叫陆大远的小子，打仗最凶，跟禄球儿有得一拼，真是不孬。"

褚禄山总要叫屈道："可那姓陆的家伙次次都靠死命往前冲啊，从不讲究兵法，肯定还是不如我。"

袁左宗便会拆台道：“可人家硬是一次都没输过。”

“人屠”便会点头道：“对嘛，像我。”

然后某位年轻的世子殿下就会出言讥讽一番。

今年入秋前后，许多像陆大远这样的徐家老卒，都开始奔赴关外。而他们，正是北凉铁骑的脊梁。

此时陆大远与马云井共同策马出城，嘴中念念有词。

那些年轻精骑都只听到细碎的声音，但听不太真切。

马云井在把陆大远送到城外驿路上后，目送他离去，久久无言。

最终拨转马头之时，马云井也默念道：“我徐家满甲营，侦骑四出游弋，即为撒拨，结营不动为架梁……”

第八章

铁骑拒北二十年 大戟横江大风流

对市井百姓来说，盖房子是头等大事，而象征新房即将建成的架横梁，又是盖房子的第一等大事。一国州郡或是边塞要隘，城池或是军镇建成之日，挂匾的寓意就等于寻常人家的起梁，故而意义重大。

今日凉州关外这座城就到了挂匾的日子。北凉方面没有刻意挑选良辰吉日，而是在最后一面主城墙彻底完工之后，就一致通过决议：当日挂匾，不得延误！并非督造建城的那一大帮北凉大佬不在乎，而实在是形势紧迫，顾不得那些锦上添花的事情。否则北凉道经略使李功德领衔的那拨文官，在这鸟不拉屎的地方待了将近一整年，几乎人人每天都要跟着将士和役夫一同吃黄土、喝风沙，投注了那么多心血，岂会不想找个黄道吉日挂起那块匾额？这种深厚的感情，不比闺女出嫁来得少。

这座城池的建造，可能称得上前无古人后无来者，不但规模尤胜西北第一边城虎头城，而且耗时更少。除去一万大雪龙骑军以及“涓熊”“脂虎”两支重骑军九千余骑外，几乎所有的凉州边军都轮流参与了城池建造。当然这其中也征调了关内凉、陵、幽三州所有军户、匠户青壮，加上络绎不绝自己前往凉州关外的北凉百姓，建城人数始终维持在十数万。历史上所谓“以举国之力”建造一座雄城巨镇，往往还讲究节约民力不误农时，大多是“三十日罢，速建面墙”，然后断断续续历时数年才得以竣工。可北凉这次几乎耗尽清凉山徐家家底的大兴土木，根本就是破釜沉舟一般的壮举，仅是为了获得建造主墙的黄土，就挖空了城南龙首、虎尾两座小山！

才拂晓时分，李功德便和比邻而居——担任督造副使的那位墨家巨子宋长穗一起早早起床。登上城头后，漫步在那条宽阔的走马道上，不知何时已经清瘦了二十斤的经略使大人下意识地跺了跺脚，然后双鬓霜白的老人得意一笑：有我铁公鸡李功德一天到晚瞪大眼睛盯着，能有谁偷工减料？

何况也绝不会有谁胆敢懈怠。这不光是什么银子不银子的事情，而是一个最浅显的道理摆在所有人面前：此城在凉州在，此城亡关内亡！一辈子在官场上顺风顺水养尊处优的北凉文官领袖虽然模样消瘦了许多。但是身子骨瞧着倒是硬朗了许多，如果陵州官场文官能够来此，看到这位李大人一定会大吃一惊，甚至恐怕都要认不出来了：李功德身上那种公门修行积攒了大半辈子的油滑之气尽消，取而代之的，是无形中散发出的那种唯有出身将种门庭才能有的豪迈气概。

老人到底是文人出身，伸手摸着内侧矮墙，嘿嘿笑道：“以往在清凉山那座武多文少的议事堂，总是听不明白大将军在跟那些糙汉子说什么，什么走马道啊女儿墙啊，我是到了这里才恍然大悟。就像这堵女儿墙，其实早就在书籍上跟它打过交道了，好些边塞诗文里头都吟唱过，名‘睥睨’。女儿墙女儿墙，还是这个叫法好听顺耳，每次在这城头走一遭，我都要想起家里负真那个让人不省心的丫头。以前吧，是翰林那家伙让咱这当爹娘的倍感无奈，如今风水轮流转哪！如今想来，还是大将军有先见之明，说世间父母养儿女，往往是越往后，儿子越好养活，女儿倒是越麻烦。”

宋长穗沉声道：“老李，你也知我从不是那种喜欢夸人的人，但你家翰林真是不错。龙眼儿平原一战，打得漂亮！包括北莽董卓麾下乌鸦栏子在内，所有精锐斥候全军覆没，这一仗，委实大快人心！”

嘴唇干裂的李功德捻须而笑：“对嘛，这种事情，就得外人来夸才舒服，我当爹的说再多味道也还是不对。说实话，老宋，你也真够沉得住气，我等你这些话可等了好一段时间了！都快把我憋出内伤了。”

宋长穗无奈地道：“在这之前忙得焦头烂额，哪有半点儿气力跟你说些闲话。”

李功德感慨道：“倒也是。我自诩这辈子当官颇有心得，总之成天琢磨来琢磨去，都在琢磨别人。也不能说全然不做事，可如这般事必躬亲，无法想象，感觉就像在短短一年里，把我李功德一辈子欠下的官场实务都给还上了。”

宋长穗会心一笑。

李功德突然一巴掌重重地拍在箭垛上，大声道：“这么好的城墙，如果还是守不住的话，那些废物就算没被北莽蛮子杀了，也要被我骂个半死！”

宋长穗愣了愣，然后环顾四周，城内外又是那幅最熟悉不过的建城场景，号子声此起彼伏——脚下这座巨城虽说已经可以挂匾，可依然有相当规模的工程要继续。这位墨家巨子轻声笑问道：“你当真舍得骂他们？”

原本气势汹汹的李功德顿时气焰全无，只是轻声道：“这么多北凉边军儿郎……我李功德便是舍得骂儿子，也舍不得骂他们啊。”

新任凉州刺史白煜可以前往武当山会友偷闲，但作为北凉道转运使兼副节度使的某人则片刻不得闲。从流州青苍城出发，途经凉州西大门户的清源军镇，直到掀起车帘子就能够望见那座关外雄城的轮廓，一路马不停蹄的他才吩咐车夫稍稍放缓速度。好像自打离开清凉山前往陵州的那一刻起，徐北枳就一直在奔波劳碌：当买米刺史，在辖境各地大建粮仓，担任一道转运使，运筹帷幄漕运一事，中间还曾去两淮道跟韩林私下会晤。前不久他还去了西域烂陀山，为流州青苍城防线带去两万僧兵。这次参加完挂匾仪式，他就立即去往陵州，要亲眼看到漕粮入凉才肯放心。

他这些年居无定所，似乎不是在马背上，就是在马车里，反正都颠簸。

这辆马车外没有一名北凉边军精骑护送。照理说以徐北枳的超高品秩和他本人对于接下来凉莽战事的重大意义，就算派遣给他一千北凉铁骑担任扈从也丝毫不为过。

正是如此，这位年轻谋士在徐家清凉山以及年轻藩王心目中的地位，更显得无与伦比。

因为马车四周仅有八十人护送。

八十骑人人负剑。

吴家剑冢八十人！

当代剑冠吴六鼎，背负古剑素王的剑侍翠花，连在剑冢都恶名昭彰的魔头竺煌，对剑道领悟之深当世无几的赫连剑痴，以及张鸾泰、公孙秀水、纳兰怀瑜……

如果这阵仗还不算奢侈的话，估计天底下也没什么扈从称得上精锐了。

满脸疲惫的徐北枳困乏至极，可仍是睡不着，几次合眼许久又睁开眼睛，最后干脆盘腿而坐，从怀中掏出那本出自李义山之手的老旧笔札，轻轻翻阅。

他听徐凤年提起过，听潮阁那块金字大匾，是离阳老皇帝亲笔所书。清凉山大门上那“北凉王府”四个大字，则是王妃吴素的字迹。之后当北凉关外第一城建城需要挂匾时，徐骁本意是他这个大老粗就不丢人现眼了，想让李义山代劳。可是李义山不答应，“人屠”只好去梧桐苑跟世子殿下讨教写字，其间废弃的宣纸不知装了多少箩筐，这才硬生生熬出了后来的“虎头城”三字。“人屠”曾经笑言，我徐骁连下辈子的字都给写完了。之后青苍城内流州刺史府邸的那块匾额，则是年轻藩王从师父李义山的遗留笔札中选取的几个字组成的，因为李义山之于北凉，功劳不须多说；而李义山之于流州，更是意义深远。在听潮阁和梧桐苑那些珍藏古物一一散落中原之前，徐北枳和徐凤年曾经有过一场听上去很轻松闲适的对话。

“你就不心疼？”

“我徐凤年是谁啊，徐骁的嫡长子！这天底下什么好东西没有见识过，啥时候做过那小气人？我当年对那些外乡游侠儿、能写出佳文美诗的贫寒读书人、摆摊测字的算命先生，从来都是一掷千金，眼睛都不带眨一下的！”

“哦？那怎么我刚才随手拿起那幅《稚童爬瓮图》的时候，还有把那方鱼脑冻‘山行’砚丢入箱子的时候，你的眼睛都眨得快能够扇起大风了？”

“我那不是提醒你动作轻一些吗？磕磕碰碰，伤了品相，就不好卖了。”

“还品相？无非值几十几百石粮草的低贱价格，谈品相是不是有些附庸风雅啊？”

“每样物件相差个几石漕粮，积少成多，也很多了。”

“你真不心疼？”

“不心疼。橘子，这句话你都问了七八遍了。”

“哦，不知为何，每次问你一遍，我心里都在暗爽，比喝那绿蚁酒舒坦多了。”

“橘子，你先忙你的，我去喝绿蚁酒了。”

“最后问一句……”

“我真不心疼！”

“不是这个，我只是想问，你的全部家当都这么被我糟蹋了，那你娶媳妇儿过门的聘礼怎么办？”

“老规矩！黄瓜——凉拌！”

徐北枳收起那本笔札，也收起了思绪，掀起车窗帘子，望向那座气势雄伟的西北新城。

乱世里，最不值钱的就是身外物，连人命都不值一文的时候，还能有什么是值钱的？

一场让无数读书人颠沛流离的洪嘉北奔早已证明这点。旧时王谢堂前燕，飞入寻常百姓家。无数价值连城的古玩字画，都是先被人从泥泞地上、乡野茅厕、摊贩桌脚之下、小院角落的瓦堆中一一捡起，等到了不见狼烟的太平盛世，才重新值钱起来。

徐北枳原本不至于将这些奇珍这么低价贩卖，只是春雪楼变故之后，中原已经有了乱世气象。距离洪嘉北奔才二十来年而已，老一辈读书人大多记忆犹新，这拨人都不会在这种时刻收拢东西：大战一起，别人白给的东西自己都嫌重！所以只有真正痴迷文人雅玩且有收藏癖好的富贵书香门庭，才会在这个当口儿闻讯而来。不过他们不辞辛苦来到北凉是一回事，能不能靠脸面靠门路买到心仪物件又是一回事，躺在漕运上享福二十年的那撮太安城头等勋贵公卿愿不愿意给人那份面子开后门则是第三回事。这些背景深厚的漕运官员，愿意看在银子或是情分的面子上，从各自管辖的漕河拿出漕粮，而在衡量衡量家族所抱的大腿粗细后，敢不敢与靖安道经略使温太乙和副节度使马忠贤掰手腕，怕不怕两位如日中天的边疆大员记他们一笔账，便是第四回事了！

但是，真正至关重要的一件事，不是文物贱卖，甚至也不是漕粮入凉，而是北凉可以通过此举，顺着那条广陵道，让鱼龙帮和拂水房明暗两股势力一直渗透到青州襄阳城！

一旦拒北城失守，凉州、流州注定荡然无存。有了这一手准备，北凉剩余的边军兵马便不至于太过手足无措。即使陈芝豹在西蜀早就留有后手对付徐家，北凉骑军仍是可以有一条道路斜插到中原腹地！

既然如此，徐北枳怎么能够不败家？

只是当初徐北枳开门见山提出这个意向后，年轻藩王二话不说就答应下来，这让他满肚子的大道理都没了意义。

在徐北枳内心深处，更藏有一份不会诉之于口的隐秘心思。

那就是，只要北凉拿下了第二场凉莽大战，那么中原逐鹿，岂能少我北凉一份？

徐北枳叹了口气，正要放下帘子，本就靠近这辆车的一骑策马靠近，笑问道："副节度使大人这么急着入城？"

问话的人是纳兰怀瑜，一位性子泼辣却心思细腻的剑冢女子剑士。毕竟是两登胭脂评的女子，虽年岁不小了，但依然风韵不减，尤其是背剑纵马的飒爽英姿，的确是绝美的风景。

徐北枳笑问道："纳兰怀瑜，如果我把你的佩剑卖了三四两银子，你心疼不心疼？"

纳兰怀瑜一头雾水，随即嫣然笑道："心疼不心疼先不说，但我肯定把你揍得你爹娘都不认识！"

徐北枳笑道："你还没回答问题呢。"

纳兰怀瑜大笑道："不心疼！我又不是不知道你跟王爷的关系，你敢这么卖我的东西，我就敢去听潮阁拿更好的东西！我这把剑也就有百来年历史，材质也普通，值不了百来两银子，老娘我心疼个屁！"

徐北枳笑了笑，莫名其妙感叹道："我挺心疼的。"

向来言行无忌的纳兰怀瑜忍不住打趣道："徐大人，你的脑子是不是给马车颠坏了？"

徐北枳突然笑意玩味地道：“纳兰怀瑜，你想不想知道某人是怎么评价你的？”

纳兰怀瑜眯起眼，像一只被踩到尾巴的猫。

当然，身为吴家剑冢的顶尖剑客之一，她比母老虎还厉害。

徐北枳放低声音道：“看你的样子是想听的。那个人说啊，纳兰怀瑜一定活得很累。”

纳兰怀瑜皱紧眉头，一言不发。

徐北枳瞥了她一眼，迅速放下帘子。

纳兰怀瑜顺着他先前那抹视线，微微低头。

他看的好像是她的胸脯。

纳兰怀瑜恍然大悟，也不生气，对着马车大声笑骂道：“你没贼心，他没贼胆！两个都不是什么好东西！”

躺在车厢内的徐北枳会心一笑，缓缓闭上眼睛。

其实那句欠揍的点评，徐凤年没说过。

不过徐北枳觉得那家伙是会说这种话的人，自己就当是替他说了。

不过纳兰怀瑜的“没贼胆”一说，很有嚼头啊。

徐北枳想着这一茬，觉得挺有意思的。

闭目养神的徐北枳自言自语道：“西域密云山口已经死了那么多人，流州青苍城那边也开始死人，接下来就要轮到这凉州关外了。所以希望将来有一天，纳兰怀瑜，你能亲口对他说出自己的心里话。所以你要活着……你也要活着。”

最后两句话之间，徐北枳停顿了很久。

新城外的白马集市，说是集市，实则与陵州那边稍大的小镇无异。

这座热闹喧腾的集市，肯定是当今天下最为鱼龙混杂的地方了。有披甲佩刀巡视内外的北凉边军，有参与西域围剿魔头一役后北行至此的江湖人士，有来此做生意的各色陵州商贾，有不知死活来此领略边塞风光的中原士子，有北凉道关内三州来此参与建城的各籍百姓，有算卦解签兼帮写家书的道士、和尚，有满腔热血离家出走来此投军却被拒绝的将种子弟和平民子弟，有吃饱了撑的来这儿浑水摸鱼的浪荡汉……甚至偶尔还能看到北凉道文官大佬三三两两来此小坐休憩，喝喝绿蚁酒，就上一碟花生米、一碗酱牛肉，忙里偷闲，来去匆匆，不亦快哉。各座书院的读书人在年迈硕儒的带领下，一拨拨来此负笈游学。据说前不久，连那位享誉中原的上阴学宫鱼大家也带着饱读诗书的弟子们来此游历。更有小道消息说那位颇有家学渊源的鱼大家与咱们王爷有点儿说不清道不明的关系……

所有人或忙碌或悠闲，但都心知肚明，从这座新城出现年轻藩王身影的那一刻起，第二场凉莽大战才是真正拉开了序幕。

千年以来，无论是中原还是草原，堪称世间数量最多的骑军，将要一路向南，直到撞上那支战力最强的铁骑！

今天便是这座拒北城挂匾之日！

烈日当空。

白马集市上，越来越多的人不由自主地簇拥在一起，沿着东、西两面城墙，向北而行。那些参与建城的役夫百姓也都停下劳作，从东、西大门离开城池，加入那两条人头密集、声势浩大的队伍。

拒北城，拒北城。

正门自然在北！

北凉边军战刀所指，徐家铁骑长枪所指，已经向北二十年！

中原百姓如何认知，离阳朝廷如何算计，我北凉铁骑甲天下，从不屑理会。

以北凉道经略使李功德和北凉都护褚禄山为首的众多文武官员，都已经会聚在拒北城正门下，架起了云梯，只等那块覆以北凉“徐”字王旗的匾额高高升起，最终悬挂于城头。

一万大雪龙骑军，如白雪翻涌在大地之上，在袁左宗一马当先的率领下，最先停马于拒北城以北的辽阔空地上。

紧随其后的是两支重骑军——脂虎军和渭熊军分别停至大雪龙骑军左、右两翼。

最后是何仲忽和周康麾下的北凉关外左、右骑军。

雷鸣般的马蹄之后，是短暂的寂静无声。

不知是谁最先抬起头望去，所有人都看到，一抹璀璨白虹缓缓划破天际。

那道白虹轰然落在城头！

等到他现身露面之后，李功德和褚禄山相视一笑，让人抬起匾额。

等到巨大的匾额悬在城门之上后，那个年轻人缓缓抽出腰间战刀。

与此同时，城下骑军，人人默然拔出北凉刀。

水深而无声。

北凉铁骑的马蹄声，便是天底下最雄壮的战鼓声。

徐刀。

拒北。

那一幕场景，再过百年千年，亦是大风流。

城头大阅和挂匾之后，经略使李功德便领着徐凤年去往临近南门的大将军藩邸。主道贯穿南北，城内文、武衙署都位于藩邸两翼。一路上，身为两位总督城官之一的李功德滔滔不绝，说起这座边关雄城主城墙的高度、夹城复道的长度、城头床弩的座数、箭矢甲胄的库存量等，皆如数家珍，精准得就像是在汇报自家某某箱子放了多少银子，某某柜子又搁有多少枚铜钱。

经略使大人甚至连任意一面主城墙能够承受多少架北莽投石车的集中轰砸，多少北莽士卒蚁附攻城等事宜的细节都能够脱口而出。另外，对脚下众人这条中轴线上的兵力调动，一旦主城门被攻破，如何建起第二道防线以及关键时刻小规模骑军如何协防，老人都了然于胸。不仅徐凤年对他刮目相看，连褚禄山和袁左宗都面面相觑，“锦鹧鸪”周康和步军副帅顾大祖等诸多将领更是个个瞪大眼睛。以前，“塞外江南”陵州公认“权在钟家，钱在李家”，北凉道官场都知道这只铁公鸡为官有术且生财有道，还真没听说李功德做起事情来也能这般滴水不漏！

走近那座尚未完全建成的大将军藩邸时，李功德突然笑道：“一座拒北城，用光了采自西蜀、南诏深山老林然后在我北凉储存多年的巨木，开采建城所需巨石更是几乎将那大屿洞天给凿了个底朝天。不说这些远的，想必诸位将军登高南望，已经完全看不到龙首、虎尾两座小山。从最先的关内驻军陆续北调关外建城，再到之后大部分边军轮番投身此间，参与建城的关内百姓更是不计其数……”

说到这里，老人不再言语，笑眯眯的。

李功德这位原本在北凉武将中官声极其不堪的文官，此时此刻意气风发，哪里还有半点儿早年清凉山议事堂中那位徐家佞臣的影子？

那时候，恐怕除了“师出同门”且当时品秩不高的褚禄山，没有谁愿意搭理身为一州主官的李功德。清流名士严杰溪自然是不屑与之为伍，就连如今已经辞官卸任的原凉州刺史田培芳，早年也始终拉不下脸与此人称兄道弟。当初北凉决意兴建拒北城，所有人都误以为年轻藩王并非真打算让李功德主持大局，而是要将这位把陵州官场折腾得乌烟瘴气的经略使大人发配关外，就此雪藏起来，一来名正言顺地将其贬谪，二来为徐北枳、陈锡亮或是常遂等嫡系心腹铺路。殊不知李功德还真就在拒北城这里站稳脚跟了。宋长穗、田培芳、王林泉，负责三个具体方向的总督副监，唯经略使大人马首是瞻，根本就没有架空李功德的意思，而李功德也不负众望，很快进入角色。不得不说，能够在北凉道当上文官领头羊的家伙，真务实起来，毫不含糊。用李功德私下与宋长穗闲聊时的感慨来说，便是“杜绝仕途交游，与将士、工匠同其食息，于勘探、夯土、物料、兵典、屯粮等事皆有心得。虽然不敢谓全知，却也算不得门外汉，终能躬自指挥，成竹在胸，不误大事”。

老奸巨猾的李功德突然继续说道：“王爷，今夜的庆功宴，一切开销，清凉山可省不得啊！”

大概一辈子都没跟李功德聊过天的步军老帅燕文鸾破天荒接话道：“李大人这次打秋风，半点儿都不过分。”

徐凤年伸手指了指身边的北凉道转运使大人，哈哈笑道：“咱们管钱的大掌柜在这里，他如今说话比我管用。”

徐北枳犹豫片刻，然后点头笑道：“那好，本来我截留了一口箱子，大概有大奉朝‘画圣’隋英的两幅字画，一方旧南唐皇帝御制的绿端佛手天成砚，大秦末年的一块‘王武’玉印，零零散散十五六件，卖个五六千两银子还是不难的。庆功宴之后，你们拒北城就先去找清凉山宋大人挪出来一些，回头我卖了这箱子物件，应该很快就能填上这个窟窿，还能有些富余，到时候都交给李大人。”

徐北枳此话一出，所有人都心照不宣地转头望向年轻藩王。

徐凤年翻了个白眼。

全场哄然大笑。

如今敢这么明着刺咱们新凉王的，徐北枳也算天下独一份了。

之后的庆功宴有三大场，武将分为两拨，燕文鸾、陈云垂、何仲忽、刘元季和林斗房这些经历过春秋战事的功勋老人是一拨，年纪最轻的袁左宗也参与其中。对清凉山徐家和北凉边军而言，这位袁白熊是不可或缺的存在，毕竟在兵事上，袁左宗是唯一能够被拿来与“白衣兵圣”陈芝豹比较的用兵大家。北凉虽然名将悍将极多，可是真正能够让陈芝豹由衷佩服的人物，大概也就只有袁左宗了。陈芝豹多次坦言，袁左宗是春秋战事中军功最被低估的一名离阳大将。

北凉都护褚禄山亲自领着另外一拨，包括汪植、曹小蛟、洪新甲和洪骠在内，而北凉道副节度使杨慎杏也会在宴会上现身。

第三场是李功德、黄裳和田培芳联袂做东的文人筵席，与会者多是读书人，多名陆氏子弟也夹杂其中。

徐凤年一场一场喝过去，虽说都是一杯绿蚁酒一饮而尽，但其实三场下来也就小两壶而已，主要是没人往死里劝酒。这也不奇怪，徐骁在世时就说过，天底下人品最糟糕的家伙，就是那些仗着自己酒量好就喜欢劝酒的，酒这玩意儿，得自己喝高了才算真尽兴，否则就只能是遭罪了。当然了，徐骁话是这么说，可只要逮着比自己酒量差的家伙，劝起酒来一点儿不含糊，而且劝酒的说辞还能做到因人而异、个个不同：

你这家伙当年打了多少场胜仗，得一杯杯喝过去。

你这家伙输了多少场，我徐骁都帮你记着呢，想不被穿小鞋，今儿不喝几杯罚酒，说不过去吧？

还有谁谁，听说你家孙子刚刚启蒙读书，这酒得喝。

听说你儿子跟人抢女人给打得鼻青脸肿啦？某某，你这当爹的多憋屈，得喝酒解解愁嘛！

不过徐骁虽然劝酒的本事天下无敌，但只要是在清凉山跟人喝酒，无论是跟多少人喝，他自己就没有不喝醉的，可谓逢酒必吐，如此说来，酒品倒也算马马虎虎。

别以为见惯生死的武人喝酒便更为放肆，其实文人喝酒喝开了，那才叫豪迈不羁，徐凤年在酒宴上就差点儿脱不了身。比如青鹿洞书院的山主黄裳就非要拉着他各自满饮三大杯，然后辞官卸任一身轻的田培芳也开始落井下石，说三杯多了，他只跟王爷喝两杯就够。如果不是徐北枳在场帮忙拦着，徐凤年哪怕有七八斤绿蚁的酒量，估计也得乖乖趴下。最后，满身酒气的徐凤年和徐北枳走出这座将军府，走在那条主道上缓缓向北。

徐北枳轻声道："李功德喝醉之前，跟我买了一件东西。"

徐凤年有些讶异，打趣道："太阳打西边出来了？咱们这位经略使大人，可是从来都只好收藏金银的，对于文玩古董一向嗤之以鼻。"

徐北枳一笑置之："是一方小私章。既然是听潮阁的库藏，材质当然不俗。在我看来，一代代传承下来，由于经常使用，所以朱墨的沁色极佳，不过这些都是其次，你知道印文是什么吗？"

徐凤年哑然失笑："这我哪里猜得到？"

徐北枳挥了挥双袖，不知是挥散酒气还是挥去愁绪："是'臣心如水'四字，即廉洁自守、清白如水之意。若说当年严杰溪没有离开北凉，他来购买这方小印，或是名声还算不错的田培芳，我都不奇怪。可李功德来买这四个字，是不是滑稽了一些？”

徐凤年皱了皱眉头。

徐北枳笑问道：“那么你再猜一猜，李功德买这四字，用了多少银子？”

徐凤年恍然道：“这次庆功宴，李功德不方便光明正大地掏腰包出钱，否则有越俎代庖的嫌疑，所以用了这个法子帮咱们清凉山垫上银子？”

徐北枳伸出两根手指，晃了晃。

徐凤年忍俊不禁道：“两万两银子？早年天底下能够从李功德手上抠出银子的英雄好汉，就只有李翰林那家伙了。那时候喝花酒的钱都是李翰林出的，只不过每次回家，都少不了被他爹一顿收拾埋怨。”

徐北枳摇头笑道：“两百……”

徐凤年一脸愕然：“两百两银子？这个李叔叔啊！”

徐凤年开怀大笑，也是第一次称呼李功德为李叔叔。归根结底，北凉徐骁、徐凤年这徐家两代人，和李功德、李翰林这李家两代人，皆有很深厚的香火情。说句难听的，当年严杰溪叛离北凉，徐骁其实本意是要稍稍刁难一番的，不至于太过分，但也绝对不会让严杰溪走得那么轻松。倒是李功德，很早离阳朝廷那边就有消息传出，老首辅张巨鹿曾经有意让此人担任户部侍郎，统辖广陵道和江南道的赋税。要知道当时李功德不过是一州刺史而已，虽与一部侍郎的品秩、俸禄皆同，可离阳京官从来有“高一品”之说，何况是近在天子眼前的实权侍郎。所以一介文人严杰溪的出走，对离阳而言只是意外之喜，反而是李功德的留下，算是匪夷所思。至于徐凤年和李翰林从小一起玩到大的交情，更不用多说。

徐北枳笑了笑，从牙缝里挤出一个字眼：“万！”

徐凤年以为自己听错了：“什么？！”

徐北枳轻轻吐出一口气，感慨道：“是两百万两银子。”徐北枳继续说道，“当时李功德跟我说，他这辈子勤勤恳恳积攒了这份偌大家业，本来是想要让他儿子李翰林一辈子衣食无忧的，现在用不着了。”

徐北枳转头望向徐凤年，抬起手臂，握起拳头拍了拍自己的胸口：“先前老人就是这么拍胸脯跟我说，他说——‘我李功德的儿子李翰林，堂堂北凉白马游弩手的校尉！还需要他爹的银子做什么？’”徐北枳停下脚步，转身望向那座藩邸，重复了老人最后那句话，“‘我李功德这辈子可以被任何人瞧不起，唯独不能被我的儿子瞧不起！’”

徐凤年双手揉了揉脸颊，轻声问道：“橘子，你说我是不是应该把李翰林从流州撤下来？”

徐北枳猛然怒道：“放屁！”

徐凤年笑了，抬头望向西边的流州方向：“李翰林也一定会这么说。”

流州青苍城以北，寇江淮和徐龙象已经向黄宋濮大军展开了第二场正面阻击战。

赶赴流州的一千二百骑凉州白马游弩手仅剩半数。

校尉李翰林麾下只余六百袍泽。

秋高马肥，水草丰茂。

可是从北莽姑塞州再往南边走，景象就有些荒凉乏味了。

尽是黄沙。

不愧是北凉，苦寒贫瘠得连被视为最接近骆驼的莽马都有些不适应。

不过听说凉州关内两陇一带的牧场倒是出产天下第一等大马的风水宝地，因为恰好沾了个“陇”字，就让北莽南朝的文官武将都惦念上了，将其视为禁脔。能够在西京朝堂上挺直腰杆大声说话的几位大人物，出征前便已经放出话去，愿意用杨光斗、陈锡亮和寇江淮等人肩膀上那些价比王侯的值钱脑袋，去换取那边几座牧场的归属权，比如名动天下的纤离牧场和天井牧场。

只不过这趟南征确实有些流年不利。西京前不久才听到一个好消息，说是那位凭借战功荣升夏捺钵的种家嫡长孙成功说服了烂陀山那帮秃驴归顺北莽，但是等到大军马蹄刚刚踩入鸟不拉屎的流州边境，就立马传来噩耗。先是某支横空出世的北凉轻骑由流州边关长驱直入，绕过君子馆、瓦筑等一系列重兵把守的军镇，直奔西京，震动朝野。然后是种檀部一万精骑竟然给人堵死在密云山口，种檀至今生死不明。坐镇中路第二线的大将军种神通很快就向北庭王帐上了请罪的折子，皇帝陛下也完全没跟种家客气，直接一纸调令下达中路，让种神通的弟弟，即那位夏捺钵的叔叔种凉率领八千精骑离开驻地，赶赴姑塞州堵截那支深入腹地的北凉骑军，名义上归主帅黄宋濮调遣。那架势显然是说，流州大好格局因你种家子孙而糜烂不堪，那就用八千种家儿郎的命去还债，拦下了，既往不咎；拦不住，那就继续拿姓种的去填。若是种凉的能耐依旧不够，到时候就要轮到你种神通亲自出马，凉州关外战事就不用掺和了，乖乖去姑塞州境内收拾烂摊子。

洪敬岩莫名其妙地死在龙眼儿平原后，数万柔然铁骑群龙无首，转瞬间就被前线各大势力瓜分殆尽。

在第一场凉莽大战中各有折损的北方草原大悉剔们都已经打起了小算盘：大将军种神通倒台后，自己能捞到多少种家的百战老卒。

在草原上，学那些喜欢风花雪月的南朝文人坐而论道，大伙儿都觉得浑身别扭，可坐地分赃，人人熟稔。

北莽西线大军按部就班地向南推进，速度不快。这支兵马在十天之前突然遭到一万北凉龙象骑军的凶狠阻击，短短半个时辰之内，黄宋濮麾下的六千先锋骑军就抛尸战场。从短兵相接到战事收尾再到马虎收尸，很多志在凉州的陇关权贵都觉得还没缓过神。

其实此事也不能说全无征兆，在大军由南朝姑塞州过境进入与流州接壤的地方之后，己方马栏子就跟北凉斥候硬碰硬死磕上了，很快，获悉真相的北莽主将就纷纷跳脚骂娘。好死不死的，竟然是凉州关外的白马游弩手跑来这里撒野了！虽说已经拔营南下远离庙堂，可主帅黄宋濮也好，手握南朝精锐骑军的陇关系武将也罢，对于自家后院的风吹草动，都不得不去关注。不让虎头城一带见到一骑北凉游弩手的身影，是皇帝陛下在西京朝堂上亲口颁布的旨意，结果呢？董胖子的乌鸦栏子死绝了，大将军柳珪的黑狐栏子也死干净了，甚至据说连董卓的小舅子也把性命丢在了龙眼儿平原，到头来白白让那个姓李的北凉年轻校尉一夜之间名动草原，如今他更是大摇大摆到流州北部耀武扬威来了！

黄宋濮是打久了仗的沙场名宿。所以当马栏子的伤亡谍报不断传入帅帐后，他就开始收缩阵线，也放缓了南下推进的速度，显然是不求有功但求无过。这支大军，主心骨是旧南院大王黄宋濮，更是那拨在北莽南朝无法无天惯了的陇关豪阀。很浅显的道理，大军主力正是陇关各大甲、乙两字姓氏的嫡系，而黄宋濮虽然还顶着北莽十三大将军之一的头衔，但南院大王的帽子早就摘掉了，也是曾经隐退过的老头子。勉强称得上黄宋濮嫡系的兵马不过三万余骑，连如今被贬谪到幽州战场的柳珪还不如。

说实话，第一场凉莽大战，董胖子亲自主持大局的中线那边是板上钉钉的胜势，连虎头城都打下来了，北凉大将刘寄奴的尸体都被用棺材送回了南朝，形势一片大好。而柳珪坐镇的流州战场好歹算是均势，虽说战损不小，可毕竟连龙象军副将王灵宝都战死了。只可惜幽州那边太拖后腿，大概是杨元赞真的太老了，竟然沦落到全军覆没的境地，给人在葫芦口里包了饺子，最后只跑掉一支柔然铁骑，这才导致北莽满盘皆输。所以陇关大大小小的豪族心底并不觉得北凉边军有什么可怕的，尤其是比凉州骑军和幽州步卒要天生矮上一头的流州兵马，除了在第一场大战里伤筋动骨的龙象军，还有拿得出手的一等精锐吗？自己再怎么瞪大眼睛去找，也没了。所以这些家伙人人憋着一口恶气，尤其是想到阴魂不散的凉州游弩手，越发心烦。

拂晓时分，通宵未宿的一位老人在数名精壮扈从的陪伴下，缓缓走出那顶戒备森严的牛皮营帐，来到一处小土坡登高南望。随行众人中，一名衣冠博带如中原儒士的中年男子尤为引人注目，面对虎老威犹在的老人也没有半分拘谨意味。老人身材高大，须发皆白，披甲佩刀，毫无腐朽老态，大抵而言，与年龄相差一个辈分的他们气势相当。老人正是南朝屈指可数的大将军之一黄宋濮，而儒士模样的男子则是在北莽军中名声不显的种凉。此人在北莽江湖是一等一的枭雄巨擘，从不曾听说有领兵打仗的履历，这次本该率领八千家族精骑直奔姑塞州救火，不知为何会孤身绕道至此，任由八千种家精锐直插南朝腹部。此次出兵涉及家族兴亡，种凉的举动似乎也太过儿戏了。

种凉赶巧亲眼见到那六千北莽先锋骑军的消亡，然后就打定主意不挪窝儿了，随军南下，一待就待了这么多天。在这期间，这位差不多能够用“硕果仅存”四字形容的北莽武道宗师还极有闲情逸致地亲自出手了两次，斩杀了四五十骑原本已经脱离战场的凉州游弩手。黄宋濮当年亲自调教出来的马栏子在南朝边军里名声不算小，只不过比起晚辈董卓的乌鸦栏子和同辈柳珪的黑狐栏子，还是要逊色不少。这不是说黄宋濮治军用兵就输给那两人。老人既然能够把持西京军政那么多年，能够与北院大王徐淮南共分南北，自然不会是什么寻常人物。只是黄宋濮在这二十年里，南院大王的身份远远重于大将军的身份，心思不得不向庙堂倾斜，既然做了南朝的当家人，自然就得为整座西京谋取利益，为陇关姓氏和官场、沙场两拨同僚以及下属争取地位，久而久之，便很难再去边关军中亲力亲为。故而这次领军南下，黄宋濮不由得百感交集。久疏战阵，就算兵法韬略没怎么落下，可是在很多细节上，他确实是无法像当年那般运转如意了。

如果是十多年前的自己，那六千先锋骑军绝不至于胆敢冒失前突，擅自与一万龙象军展开对撞，但这不是真正让老人感到疲惫的地方。真正让他觉得力不从心的，是一些不为人知的内幕。表面上是陇关子弟桀骜难驯、贪功冒进，以致出师不利，事实则是黄宋濮的本意就是将那支战力不尽如人意的先锋骑军作为诱饵，诱使流州骑军深陷泥泞。老人早已准备好一万亲军精骑蓄势待发，只等战事陷入僵持，就让那一万骑在关键时刻增援战场，最终一锤定音，一口吃掉那一万龙象军。哪怕是两万兵马换一万龙象骑，黄宋濮都是大胜，无论是从虚头巴脑的气势还是实打实的局势，皆是如此。

但是，相较那些荡气回肠的野战主力对决骑战，黄宋濮在这场只能够称为转瞬即逝的小规模接触战中，发现自己竟然力有不逮。第一是高估了陇关系先锋骑军的战力，低估了龙象军的冲阵之劲，以至于一万亲军投入战场，从原本的螳螂捕蝉变成了纯粹救援行动。更加致命的是在接下来的战局预测当中，黄宋濮认为发动此次突袭的流州骑军主将也存有诱敌深入的念头。所以用兵持重的黄宋濮在稍许犹豫之后，虽然果断地让一万亲军精锐展开追击，但是严令骑将不得脱离主力五十里，这也就意味着，战功大小只在五十里路程之内。最后，那名骑将带给老人一个哭笑不得的真相：己方追杀五十里听命停马后，剩下三千余敌骑扬长而去，除了远远游弋在战场之外的数十骑白马游弩手，这支吃了熊心豹子胆的龙象军，根本就没有任何援军！

哪有人这么打仗的？

跟黄宋濮打过交道的北凉边关大将，虎头城刘寄奴也好，原先的怀化大将军钟洪武也罢，包括仲忽之流，可都没这么失心疯！

黄宋濮忧心忡忡，举目远眺，皱眉不语。

一袭儒衫的北莽大魔头种凉瞥了眼老将军的神色，笑道：“黄老将军，只要撇开临谣、凤翔两座军镇所在的广袤西域，其实流州就这么大点儿地方，北凉用兵再奇，也是螺蛳壳里做道场，折腾不起大风浪的。哪怕密云山口一役为北凉增添了两万烂陀山僧兵，依然不过是杯水车薪而已。”

黄宋濮摇头道：“流州青苍城有清源军镇数支徐家边军精锐遥相呼应，又有郁鸾刀的幽州轻骑帮忙撕扯战线，无论是战略纵深还是兵力对比，都没有我们想象中那么劣势。何况……”

种凉接过话头，笑意更浓：“怎么，老将军也担心西楚双璧谢西陲和寇江淮，两人都在流州战场为北凉出谋划策？”

老人坦然道：“我相信当世任何一位武将，都不能轻视这两人联手吧？”

丰姿如画卷中山林仙人的种凉笑道：“只要流州兵力始终没有汇聚一处，我相信都不会是老将军的对手。现在的三万龙象军相比第一场大战，虽然人数不减，也是从凉州左、右骑军抽调过来的精锐骑卒，但是战力仍是差了些。至于寇江淮麾下的流州青壮更是七拼八凑，很难去打那种硬仗。谢西陲的残兵更是不值一提，否则清凉山和都护府也不会把两万烂陀山僧兵交给他。满打满算，流州本土兵力也就七万，老将军麾下却有足足十五万，且随时能够从南朝边境获得增援，只要不是一战即溃……”

说到这里，种凉自嘲一笑，没有继续说下去。

一来是这话有些不吉利，二来是这种观点太过荒诞。

流州不是地形奇特的幽州葫芦口，而黄宋濮也不是杨元赞，自顾不暇的凉州边军再也无法腾出那么多奇兵投入流州战场。

老人一笑置之，道：“光是谢西陲和寇江淮两个年轻人，就让阎震春、杨慎杏这些春秋老将都吃了大亏，现在流州年轻人更多，这让我这么个老家伙情何以堪啊。”

种凉想起那桩秘事，由衷地感叹道：“姜还是老的辣。”

种凉偏转视线，望向青苍城以西的地带。

北莽南朝一等一的步军精锐步跋卒，是从各座军镇临时抽调的，总计三万余人，直扑西域，此时大概已经攻入凤翔、临谣两镇了。

北凉曹嵬和郁鸾刀两支骑军也就彻底没了退路。

只是别说北莽南朝庙堂和这支西线大军，事实上就连清凉山和怀阳关都护府都没有想到，本该率领两万僧兵赶赴青苍城的新任流州副将谢西陲，分兵两路，悄然入驻凤翔、临谣两镇，以逸待劳；而流州将军寇江淮此时正领着麾下一万杂牌轻骑，以奔雷之势向北突进，然后在黄宋濮的马栏子有可能出现的极限距离处骤然停马不前。

略作休整之后继续强势前冲的那支骑军，正是徐龙象麾下三万精骑。

流州边军的野战主力，倾巢出动！

秋风肃杀。

流州将军寇江淮高坐马背，眯眼向北望去。

他和徐龙象曾经向都护府立下一张军令状：在黄宋濮大军推进到青苍城下之前，最少对北莽西线大军进行三次有力度的阻击！

十天之前的那场万骑奔袭，从双方战损而言，看似战果斐然的龙象军其实并没有讨到什么便宜。北莽六千先锋骑军也许能算南朝边军精锐，但是流州不同于北莽西线大军，北凉道绝不可能再从别处抽调兵力驰援。也就是说，在流州这张赌桌上，寇江淮就只有桌面上那么多银子，少一枚铜钱也是少。可是北莽黄宋濮却能够源源不断地从家中取来银子，有足够的本钱，完全能够小赌怡情，只要大胜一次就大功告成。所以寇江淮先前的试探，必然有其深意，那就是让黄宋濮这位北莽功勋老将原本紧绷的心弦越发绷紧，然后干脆利落地直接赌一次大的。寇江淮赌的就是黄宋濮一松一弛间的那份懈怠。再就是凉州游弩手虽然精悍绝伦，但终究不可能绕过那么多黄宋濮麾下的青草栏子，刺探到北莽营寨的具体细节，寇江淮只能用龙象军的性命获得这份军情。他之前已经做好被徐龙象和李陌藩厉声拒绝的心理准备，只是没想到徐龙象和李陌藩都没有提出异议，极为擅长兵事的李陌藩甚至亲自领着一万龙象骑前去冲阵。事后寇江淮直言不讳，就黄宋濮和陇关军马那般粗糙不堪，三千龙象军将士死得不值当。

当时徐龙象蹲在那头巨大的黑虎旁边，只是咧了咧嘴，没说什么；浑身浴血的李陌藩倒是脸色有些阴沉，却也没有迁怒寇江淮这位流州将军。

寇江淮闭上眼睛，在脑海中迅速铺展开北莽西线大军的营寨设置。十五万大军，分为五座大营。主帅黄宋濮的三万亲军居中扎营，骑步混杂。陇关某个甲字豪阀的嫡系兵马单独成营，虽然只有两万骑，但是战力不俗，都是北莽典型的老字兵，几乎人人披甲，有数百健骑更是人马俱甲，有了重骑军的雏形，关键是无论养护还是辎重都自行负责，无疑是一件凿阵利器。再就是三位乙字高门聚成的四万骑军。这三座大营位于第一线，靠后两座大营则是从南朝边关六七座军镇抽调的四万兵马和一座北莽近二十年才兴起的辎重营。按照当初李陌藩部陷阵时龙象军瞭望所得，有一百二十辆厢车，粮草约八百石，供给战马的黑豆在一千四百石上下。不过由于北莽骑卒南下叩关素来自行携带物资，加上每次大规模行军皆有大量母马随行，所以这支辎重营存在的意义只是备不时之需而已——在大军久攻不下远离南朝边关的青苍城时，才会派上用场。

历史上草原骑军游掠中原边疆地带，尤其是在秋季，一向很少出现致命的补给问题。反观国力巅峰时期的中原骑军每次主动北进，都需要凭借举国之力支撑起那条脆弱的补给线。真正改变这种尴尬境地的中原君主，正是一统中原的离阳老皇帝赵礼，他的两个决定造就了当今中原骑军的鼎盛：一个是以君王当守国门的理由，拒绝一大帮文臣提出的迁都广陵道的建议，继续以老太安城作为一国之都，同时订立了一项极富魄力的国策，即对两辽边军的扶持不遗余力，不惜将广陵道和江南道的巨额赋税投入离阳北边；第二个决定是任由功高震主的徐骁带兵出京，封王就藩于盛产大马的西北，让其直面北莽！

位于离阳辽阔版图最北方的东、西两处边防要冲，皆有一国最精锐骑军重兵戍守，加上中间地带的蓟州坐拥天险，老将杨慎杏曾经培养出号称“独步天下”的蓟南步卒，又岂会是单纯为了跟北凉燕文鸾争口气那么简单？本质是因为蓟州边防已经不需要大量骑军，所以杨慎杏就算对骑军情有独钟，也只能顺势而为。

闭目养神的寇江淮下意识地用手心抵住腰间北凉刀的刀柄，缓缓扭转。

按照谍报，北莽营寨粗劣至极，只草草挖出三条绕营壕沟。各营之间的通道本该整洁，士卒不得擅自走动串营，可是这五座军营之间人来人往，杂乱无章，毫无规矩可言。李陌藩麾下数百前突精骑曾经一路开阵至北莽中军大营不足一百五十步处，亲眼看到左、右两营手忙脚乱，导致营道上鸡飞狗跳，拥堵不堪。不仅无法跟军律严苛冠绝离阳的北凉边军比较，就连西楚军伍也要做得比北莽军更好。

当然，这并不能说明北莽骑军战力弱，恰恰相反，正因为北莽草原习惯了骑军的风驰电掣，对于这种近乎累赘的中原兵事习惯，很难如中原将领那样刻骨铭心。

换由中原任何一支大军对阵北莽十数万铁蹄，谁有心思去探究北莽骑军安营扎寨的纰漏？他们只能依托险隘，或是死守城池，即便敢于出城野战，也只能靠重甲步卒结阵拒马，靠密集弓弩杀伤敌骑。

寇江淮如此费尽心思，都建立在一个前提之上：北凉铁骑即便对上人数占优的北莽骑军，也敢战，能战，且能战而胜之！

寇江淮猛然睁开眼睛，冷笑道："你们草原骑军自大奉由盛转衰时始，便不断叩关南下，欺负了中原四百余年，视大城关隘如无物，好一个来去如风！"

寇江淮身后一万骑开始向前推进，不急不缓。

这一万骑极为古怪，气势尤为雄壮。

北莽中军大营帅帐。

黄宋濮披甲按刀而立，气定神闲地望向帐内那十数位年龄悬殊的万夫长。其间既有他亲手扶植起来的心腹，也有南朝陇关几大豪门的话事人，还有背景简单凭借战功攀升到当下高位的青壮武将。

黄宋濮沉声道："此次流州三万龙象军皆已出现，大概是明知守不住青苍城，又不甘心将凉州西大门的清源军镇暴露在我们眼皮子底下，便想要孤注一掷，倒也省事！诸位都是身经百战，不需要本将唠叨那些鸡毛蒜皮，只须记得一事——我们的兵力占据绝对优势，那就要好好利用起来。除去后方辎重营按兵不动，其余四营，火速拔营之后，骑阵不可拉伸过长，务必相互策应，决不可擅自冒进。我们这趟打流州，太平令赠有四字——'小输即胜'！"黄宋濮望向众人，然后向北抱拳道，“诸位，我黄宋濮年近古稀，当初连南院大王也辞去了，若非战事不利，我今日也不会出现在这里。我此生已无所求，但是诸位当中，年纪最长者不过五十，官品最高之人不过南朝正三品！打下流州后，功劳最大者，且不论陛下如何犒赏，我黄宋濮的大将军头衔，先请拿去！”

帐内所有人顿时神色激昂。

搁在中原，浩浩荡荡十数万大军紧急调动，绝非一时半刻能够上阵。

但是北莽骑军不同，当那些万夫长各自匆忙返回营地后，四座大营中，低沉的号角声悠悠响起。

只不过因为三万流州精骑的出现太过匪夷所思，突进速度也太过迅猛，前方三营的排兵布阵仍是稍显滞后，丢了些许先机。

骑军冲锋，那股凭借战马的体重和奔速制造的巨大贯穿力以及给骑卒手中战刀、铁矛带去的恐怖杀伤力，都需要相当一段距离来酝酿。

更进一步，在双方都有足够时间来展开冲锋的时候，一方如果能够恰好在冲劲处于巅峰时展开撞阵，而另外一方只要因为用力过猛而稍显力竭气衰，就要吃大亏。

各营之间的战力高低，此时此刻一眼可见。

黄宋濮的亲军精骑最快整顿完毕，在中路前沿依次铺开层层锋线。

陇关那位甲字豪阀的嫡系兵马紧随其后，但是数百骑装备堪称重骑的头等精锐并未露面。

数位南朝乙字高门聚拢起来的骑军纷乱不堪，虽无怯战惧意，但是大战在即，这种紊乱不整的精气神很容易影响到战马的步调。

骑军之所以是骑军，战马至关重要！

对于军纪涣散的北莽骑军，前任北凉都护陈芝豹一直讥讽他们为“马背上的步卒”！

在北凉，每一匹战马，每一把北凉刀，每一杆长矛，都好像灌注了“人屠”徐骁戎马一生总结出来的老规矩：

沙场之上，武将无论功勋多寡，无论资历深浅，一律不得擅自使用长戟马槊，不得擅自披挂金银铠甲，不得独出于锋线之前！

一望无垠的黄沙大地上，北凉铁骑如广陵江一线大潮，汹涌递进。

已经披甲上马的黄宋濮眺望远方，握紧手中铁矛，轻轻松了口气。

所幸还剩下的四百青草栏子被泼洒在四周，否则一旦这支流州骑军再悄无声息地向前突进三里，己方恐怕就没有这么好整以暇出营列阵的机会了，也许就要多出数千骑的伤亡。

黄宋濮转头瞥了一眼。

现在的情形还能接受，虽然仍有些仓促，尤其是自己的右翼骑军很难跟上中军和左翼，但是北莽骑军向来有一个传统：三万骑成一军。即战场之上，三名万夫长率领三万骑军，形成一股野战主力后，足以应付一切紧急状况，对是战是撤，如何战如何撤，谁诱敌谁扰阵谁凿阵，如何交错殿后，重、轻骑之间如何相互掩护，都可谓烂熟于心。

若说北凉骑军像是规矩森严的私塾先生，那么草原骑军就是天生伶俐的市井刁民。在黄宋濮看来，两方都已达到各自战力的极致，战场之上并无高下之分，只看各自主将的应变快慢！

黄宋濮高高举起铁矛，一夹马腹，怒吼道："儿郎们，随我大破流州，杀入凉州！"

大将军黄宋濮一马当先。

北莽西线大军各营所有万夫长、千夫长、百夫长，皆是如此。

悍不畏死，绝非北凉独有！

在北莽眼中，好似远在天边的中原离阳兵马根本不算个东西，唯有近在眼前的北凉边军，才配与我北莽铁骑一战！

第一场凉莽大战，以攻城战居多，北莽也的确攻破了凉州虎头城、幽州卧弓城和鸾鹤城。

但凉、莽双方的骑军主力，大概都会觉得不够酣畅淋漓。

第二场凉莽大战，从西域密云山口开始，到现在的流州以及南朝腹地，再到将来的凉州关外，骑战不停歇！

敌我双方，轰轰烈烈，尽死马上！

在这流州北部的大地之上，兵力处于优势的北莽锋线自然而然更为漫长，密密麻麻如蝗虫过境。

黄宋濮接近两万的嫡系亲骑逐渐与左、右两翼骑军拉开两百步。

这两万骑娴熟地形成十个大型横列，横列与横列之间相隔颇宽，大体上四列重骑在前，五列轻骑在后，唯独有一列轻骑紧随在第一列重骑之后。

黄宋濮麾下所谓的重骑，是北莽草原一般意义上的精锐骑军，不是北莽那位老妇人视为国之重宝的王帐重骑，不是北凉脂虎、渭熊这种名副其实的重骑军，而是骑兵所披挂铠甲不同于轻骑骑卒的简陋皮甲，多是鳞甲内垫牛皮，仿制的是大奉王朝那支自诩为“甲马皆无双”的骑军装束——甲片相连如鱼鳞，重于锁子甲，一般马弓不能透甲。这类重骑军的战马偶尔也有少量披皮甲，骑卒持长枪，腰佩战刀，也会有人搁置狼牙棒于马鞍上。

凉、莽骑军之战已经进行了二十余年，北莽并不适合以骑击步那种聚散不定之策，面对知根知底的北凉边军，佯装撤退只会弄巧成拙。

就在黄宋濮麾下那一列轻骑准备加速前冲，穿过重骑缝隙向前突进之时，异象横生。

接下来本该是黄宋濮率先以那列轻骑的性命去阻滞北凉骑军的冲势，然后交由身后四列重骑一鼓作气凿穿敌方阵形！但是，原本齐头并进的流州龙象骑军突然变阵，而且变得莫名其妙：位置居中的万骑竟然有意无意地稍稍放缓冲势，左、右两翼则在刹那间向两侧收拢锋线，迅速加厚阵形，然后不再刻意保留战马脚力，而是骤然加速，几乎是绕过了黄宋濮的中路大军，插入方向恰好是衔接松散、阵形薄弱的三营交接地带，就像是要当场斩断黄宋濮部主力之外的两条胳膊！

北凉的变阵太快了，明显是早有预谋！

遭逢变故，黄宋濮没有丝毫犹豫，继续领军奋勇向前，哪怕被两股龙象军通过间隙成功凿穿阵形，己方中军大营也还留有一万精悍步卒驻守，绝无炸营隐忧。一旦双方拨转马头再度冲锋，隐藏在左营中的那支实力最接近王帐铁骑的数百重骑就会趁机杀出，说不定能将其中一股龙象军彻底击溃！

如果说左、右两股北凉骑军的冲阵充满了刁钻气息，那么双方中军的凶狠碰撞就是毫不拖泥带水的硬碰硬。

先是黄宋濮那一列轻骑加速穿过缝隙急速向前，丢掷标枪。这些轻骑皆是南朝边军中膂力出众之辈，五十步内，标枪威力胜出马弓无数！

几乎是一个照面，三百骑龙象军就当场坠马而死。

但是北凉骑军第一排锋线依旧齐头并进，人人脸色冷漠。

畏死者先死！

不管天下其他军伍如何，这个道理，徐家将士从中原春秋一路带到西北边塞，已经传承了四十来年！

这列北莽轻骑在投出标枪之后，或抽刀出鞘，或丢套马索，面对那一排横放如林的长枪，同样悍不畏死。

与北凉边军争生死，如何才能让自己活下来，北莽南朝边军也经历了整整二十年！

仅一个擦肩，近千北莽轻骑就被一枪撞死于马背之上。

那些轻骑接下来还要面对之后的一列列龙象军铁枪。

这注定是十不存一的惨烈结局。

这就是真正意义上的骑军撞阵。

没有什么马弓互射，没有半点儿花哨招式。

凉、莽双方的第一次长枪互撞，这一列轻骑的毅然牺牲，使得黄宋濮所在那列重骑军占据了先天优势。

黄宋濮与身边依次排开的近百骑贴身扈从，大多数都是毫无悬念地一枪撞敌下马。

骑军撞阵之中，落马者必死无疑，这是边关铁律。

骑军冲锋，铁枪开阵，极为忌讳一枪贯穿敌人身躯，即便能够快速抽出，仍是会贻误战机，生死一线，容不得任何马虎。况且两军相互凿阵，可不是只有一排锋线，否则“凿”之一字从何说起？

一击毙命的同时最大程度地蓄力，就是活到最后的保证。

大将军黄宋濮一手带出的嫡系骑军毕竟是南朝边军里数得着的头等精锐，除去第一列轻骑的伤亡极其惨重，接下来三列重骑与流州龙象军互换战损时，仅是稍占下风。

悄无声息之间，最后一列重骑已经位于最后，四列轻骑越过那列锋线快速突进。

因为黄宋濮深知战场之上，最后那一口气，不能坠！

左翼一万龙象军之中，一名相貌儒雅的中年武将作为锥头，悍然开阵。位于这种阵形的前方骑军，无一不是先锋营敢死士，死得最早最快。

北莽西线大军对此人本就不陌生，在十天之前那场交手后，对他更是恨得牙痒痒。

整个北凉边军，大概也只有此人能够如此特立独行，手持一杆铁枪，左、右腰间佩剑悬刀，马鞍两侧皆挂戟囊。

此人正是在北凉边军中骁勇善战却声名狼藉的龙象军副将——李陌藩！

这一万骑的突破口，正是黄宋濮部中军与陇关甲字豪门的嫡系骑军的阵隙。大概是没有人预料到北凉边骑竟然会避免正面作战的缘故，一万骑的凿阵，显得势如破竹，恰似刀割豆腐，游刃有余。

另一股龙象轻骑的插入更为轻松。几股由南朝乙字高门汇聚而成的骑军匆忙出营，本就与中军阵形存有间隙，瞬间就被一万骑在侧面上削去一大片，硬生生给杀掉一千多骑。如果是双方万人规模的正面撞阵，杀敌千余不显得如何出奇，搁在习惯了不死不休的凉莽战场上，都谈不上“惨烈”二字，但是当下这种纯粹属于擦身而过的冲锋阵形，兵力处于优势的一方还会折损千人，就有些荒唐了。足可见北莽南朝边军的二等精锐，遇上曾经被誉为“凉州边军轻骑第一”的龙象军，哪怕求战欲望强烈，毫无怯意，仍然是有心无力。

如果说龙象军左、右两翼骑军避重就轻的突入已经让人匪夷所思，那么龙象军接下来的表现更是让北莽西线主力感到莫名其妙。

在相互凿开阵形后，双方本该各自拨转马头，展开第二次冲锋，这才是之前凉莽骑战二十年的惯例，但是让北莽左、右两营骑军瞠目结舌的一幕发生了：在李陌藩和另一位龙象军副将的统领下，两万骑军竟是直奔北莽大营而去！

北凉铁蹄轻而易举地踏破了北莽营寨简陋的拒马防线，拥入大营之后，尤为熟门熟路，如在自家门院闲逛。轻骑长驱直入，没有丝毫滞留，两股洪流逐渐并拢，往后方那座战力薄弱的辎重营迅猛地杀去！

相比之下，与黄宋濮中军展开撞阵的中路龙象军战损最大，凿阵速度也最为缓慢。战场上双方各都抛下了两千多具尸体——龙象军两千稍稍出头，北莽接近三千，这种互换，已经堪称惨烈。

一身铁甲满是血迹的黄宋濮已经停马在队伍末尾，抖落了枪头鲜血。老将军勒马转身，瞪大眼睛，瞬间领会了龙象军的真正意图，怒吼道：“完颜银江，不用去管敌军左、右两翼，拼死缠住这支中军，不要让他们流窜入营！”

北莽左、右两营骑军本就憋屈，与两股龙象轻骑错身之后，原本要继续前奔，与主帅黄宋濮大军会合，听到老将军的怒吼之后，从陇关大贵族出身的完颜银江到那些麾下的万夫长、千夫长纷纷醒悟：今天这场仗，注定跟以往不太一样！故而也顾不得阵形，双营骑军先锋急速转身，尚未与中路龙象军失之交臂的尾部骑军则斜插过去，试图将其一寸寸拦腰截断，如剁长蛇！一旦某支骑军丧失阵形，很大程度上也就失去了速度，陷入泥潭后，就只能束手待毙了。

龙象军的骁勇善战毋庸置疑，可毕竟不是金刚不坏的神仙，不可能在这种情况下依旧所向披靡。

面对这种困境，中路龙象军毫不犹豫地做出了壮士断腕的举动：位于两翼锋线的千余骑第一时间向外撤开，无形中与居中的大股骑军拉开大段距离，以此来拖延两侧北莽骑军的亡命冲撞。

毅然偏移阵形的这一千骑龙象军，是在用性命换取主力骑军的稳固阵形。

不断远离主力的外围两侧一千骑竭力狂奔。在龙象军骑卒的驱使下，心有灵犀的战马根本不计体力，充满飞蛾扑火的壮丽。

不断有龙象军轻骑被北莽骑军的长矛捅落马背，后边的北莽蛮子用战刀轻轻一抹，就挑起一颗头颅。

有的龙象军被北莽骑军用套马索从马背扯落，一路拖曳，血肉模糊。

这支不成体系各自为战的龙象军千骑，面对源源不断的北莽敌军，必死无疑。

有一骑在被北莽一杆长矛刺在肩头后，摇摇欲坠的同时，仍是一枪捅烂了迎面敌骑的脖子，但是很快就被下一骑北莽蛮子撞落下马，身体尚未坠地，就被马术精湛的第三名北莽骑军大幅度弯腰劈下一刀，砍下了头颅。

拦不住了，率领主力转身再战的黄宋濮重重地叹息一声。

老将没有想到，这次龙象军真正的目标，竟然会是那座作为粮草重地的辎重营，更没有想到他们对自己大营内部的部署如此熟悉。

所以一切都发生得太快了。

龙象军左、右两翼的突阵，中路主力的凿阵，以及其中那一千骑龙象军的牺牲，皆是为此，让这名战功煊赫的北莽老将措手不及！

黄宋濮突然转头望去。

马蹄阵阵，尘土飞扬。

黄宋濮对身边一名扈从沉声道："传令下去，营中步卒一律出营，结阵于大营南方！命左营大军随我们中路一起追杀龙象军，各自绕营而过，尽快缠住敌军！不用贪功，若是龙象军试图分路撤回青苍城，务必就近咬死其中一股骑军！还有，让完颜银江率军阻截后方那一万骑，应该是流州将军寇江淮的骑军，流民青壮居多，夹杂些许凉州边军而已，战力不值一提。"黄宋濮突然补充道，"对了，告诉完颜银江，小心徐龙象本人有可能藏在寇江淮大军之中，其余的事情不用考虑！"

与此同时，黄宋濮身边一位披挂一副寻常锁子甲的中年男子微笑道："若是大将军不放心，我去完颜银江身边，顺便领教一下那位万人敌徐龙象。"

黄宋濮瞥了眼这位种家二当家，点了点头。在种凉一骑远去之后，黄宋濮这位身经百战的老将并没有丝毫气馁。一座无关大局走势的辎重营就算被劫，他也不心疼，南朝雄厚的底蕴还经得起这种损耗，只要中军与左营骑军成功截下一股龙象军，将其吃下，哪怕不足半数，甚至只是五六千骑，这场仗就是己方小胜——真正意义上的小胜，而非太平令所谓的“小输即胜”！

为了保证以最快的速度跟上那支正在辎重营大开杀戒的龙象军，黄宋濮和那支南朝陇关二等精锐骑军分别绕营北去。龙象军不可能一路向北逃窜，必然要南归青苍，而若是人人骑马的龙象军为了避开追杀，胆敢从营帐林立的军营中原路返回，那就真是自寻死路了，只能被兵力依然占据绝对优势的南朝边军来一个瓮中捉鳖。一旦完颜银江部头等边军精骑打烂那支寇江淮部援军，黄宋濮就更是稳操胜券，这座大营就会是两万多龙象军的坟地！

黄宋濮相信龙象军副将李陌藩还不至于如此昏聩。

事实上，闯入敌营的龙象军的动向都在黄宋濮的预料之中。

三股骑军汇流的龙象轻骑面对北莽辎重营，自然是毫无悬念地砍瓜切菜，见人马便杀，见粮草便烧，之后便由北面出营，然后并未分兵两路，而是保持阵形，一同沿着北莽大营左侧外围往南直下，刚好遇上兵力众多的三万八千多骑陇关乙字骑军，而仍有一万六千人的黄宋濮嫡系主力精骑，在稍稍绕出一段远路后，也从后方疾驰而来。

再往南，北莽西线大军的步卒也开始出营结阵，并不断向右边移动，堵截那支可能顺利凿阵南下的北凉骑军。

更南边，是两万余甲字豪阀精骑对阵寇江淮部一万北凉末等骑军。

按照这种情形，龙象军主力想要越过三道防线，同时还要避开黄宋濮部精锐骑军的追杀，绝对要付出惨重的代价！

完颜银江策马前冲的时候真是志得意满，已经在想象不久之后自己一手拎着北凉徐龙象的头颅，一手提着寇江淮的脑袋，大踏步跨入那座皇帝陛下高坐龙椅的西京庙堂，成为王朝第一位凭借军功封侯乃至封王的边军大将！

这位正值壮年的南朝豪阀大人物忍不住哈哈大笑，高声道：“北凉黄蛮儿、寇江淮，你们二人的头颅何在？！”

流州临谣、凤翔两镇是姓北凉徐还是姓北莽慕容，差一点儿就更换了城头旗。

以流州副将身份兼领凤翔镇兵权的马六可本是凤翔地头蛇，迫于形势才依附清凉山，之后便反复无常，与朱魍多有勾连，最终在去年被龙象军副将王灵宝领兵围剿。马六可嫡系骑军损失殆尽，马六可本人则不知所终，未见尸首。在临谣军镇担任城牧的蔡鞍山则要安分守己许多，加上曹嵬部骑军两次途经临谣军镇，以及谢西陲顶替马六可统辖两镇兵事，蔡鞍山便彻底闭门谢客，退出官场。

在这种情况下，本该率领两万烂陀山僧兵赶赴青苍城的新任流州副将谢西陲，在过凤翔接近临谣的半途中突然分兵，亲自领半数僧兵回到凤翔军镇，剩余的一万僧兵则交予那位六珠菩萨，驻扎在临谣军镇。对此，那位烂陀山女子菩萨并非没有异议，毕竟两万僧兵增援青苍是清凉山和都护府钦定的决议，没有年轻藩王或是褚禄山的亲令，不容更改既定路线！如今，无论是那座烂陀山还是她本人，都已经与徐家绑在一条绳上。她哪里敢如此画蛇添足？万一贻误战机，谢西陲一个北凉新人大不了以死谢罪，可她就要连累西域万千信徒一起陷入万劫不复的凄惨境地。为此，她和那名年轻副将发生过一场针锋相对的争执。她完全不知道白白浪费两万僧兵留在远离青苍主战场的两镇之中有何意义，难不成是春秋不义战里屡见不鲜的隔岸观火？可你谢西陲当真以为这两万僧兵是你的嫡系兵马了？想要拥兵自重，待价而沽？

当时谢西陲只是心平气和地告诉她，战场上瞬息万变，联结西域和北凉的临谣、凤翔两镇，看似只是锦上添花的存在，可有可无，但是在有些特殊态势之下，极有可能成为北莽奇兵的突破口。那两镇不但可以作为截断郁鸾刀部幽骑和曹嵬部骑军后退路线的“险隘”，还能够让兵力从来不是问题的南朝边军舒舒服服地以两座军镇作为依托，对孤悬塞外的青苍城铺展开广度足够的进攻线。原本两镇不足以成为流州战事的转折点，但是目前有利于流州的大好形势反而凸显出两镇潜在的战略意义，真正让北凉谋士李义山的旧有方略发挥出了作用。

女子菩萨佛法精深，却自知不擅兵事。尤其谢西陲还是在广陵道战场上大放异彩的年轻兵法宗师，她自认无法说服他，但是也绝不敢将整个西域佛门的安危系于那年轻人一身。面对坚持己见的谢西陲，她只能提出一个折中的办法，就是他们一起带着两万僧兵赶赴临谣军镇，同时让僧兵中一位身份隐秘却身具佛门金刚神通的中年高僧，临时以斥候身份火速赶赴青苍城内的流州刺史府邸，汇报此事。她的意思是，哪怕清凉山和都护府来不及回复此事，只要刺史府肯点头，她就答应谢西陲分兵入镇。

但是谢西陲直言不讳地告诉她，流州青苍城那边，刺史杨光斗也好，甚至陈锡亮也罢，都不敢在这种事情上擅作主张，何况也未必来得及。

于是两人当时就陷入了僵局。

最终破局的，是一头刺破云层停在谢西陲手臂上的神骏海东青！

流州战事已起，凉州战事也即将拉开序幕，在这种情况下，这头褚禄山亲手熬养出来，这些年一直追随年轻藩王的海东青，竟是将年纪轻轻且远离两座战场的谢西陲作为唯一联系对象！

那一刻，她心情复杂，无言以对。

谢西陲沉声告诉她："此事功过，我一人当之！"年轻人又加了一句，"北凉王也坚信，我流州副将谢西陲，一人可以当之！"

她这才默认了他的兵马调度，两万体魄健壮且悍不畏死的烂陀山僧兵分兵入驻凤翔、临谣两镇。

此时此刻，一袭白色袈裟却满头青丝的女子菩萨站在临谣军镇的城头，看着城外那些在数千骑军护送下赶来攻城的北莽万余精锐步卒，如释重负。

自己赌对了。

北莽确实意图偷袭两镇！

即便是她这样的兵事外行也清楚，仅凭两镇之前不断抽调出去导致越显薄弱的兵力，根本不足以守住两镇。她对凉、莽双方边军的一些主要精锐还算有些大致了解。比如凉州关外的大雪龙骑军和白马游弩手，幽州境内的燕文鸾部步卒，流州的龙象军；北莽南朝董卓麾下据说能够跟幽州步军掰手腕的步军以及那位董胖子的乌鸦栏子，已经覆灭在流州的那支羌骑，如今被拆散的柔然铁骑，等等，她都有所耳闻。

在这之外，也有一些兵马她同样不算陌生，其中就有在北莽南朝边军中"鹤立鸡群"的步跋卒。世人皆知草原骑军祸害中原将近八百年，但从未听说草原有过擅于攻城的兵马，从来都是要么草原骑军绕过那些雄关险隘和高城大镇，要么一直主动寻求中原边军的野战主力，将其一举歼灭，使得那些边关城池都失去了原有的战略意义。但是如今的北莽不太一样，除了董卓私军里大部分是步卒之外，南朝边军在数座军镇上都屯扎有一种特殊兵马，那就是步跋卒。他们绝不同于寻常步军，其待遇不输中原历史上的重甲步卒，是那位北莽女皇帝眼中真正的百金之士。李义山曾经对这支兵马有过这样的描述："北莽南朝步跋卒，为南院大王黄宋濮心血所在，上下山坡，出入溪涧，最能逾高涉远，轻足善走。山谷深险之处，多用步跋卒，攻城之力，不输中原头等锐士。"

她轻轻呼出一口气，瞬间眼神冷冽，随手将一具披挂甲胄的尸体高高抛出城，正是试图伺机而动的临谣城牧蔡鞍山！

北莽显然有备而来，早已说服蔡鞍山暗中归顺南朝，里应外合，临谣军镇如何守得住？

入城之前，谢西陲就告诉她，盯紧蔡鞍山，只要有丝毫风吹草动，错杀好过不杀！

她根本不去看那具重重坠地的尸体，喃喃道：“以前总觉得兵书上所谓的‘用兵如神’都是读书人出身的史家胡乱吹嘘，如今看来，是我井底之蛙了。”

那个年轻人不但预见了北莽意图染指两镇，而且通过那头海东青向曹嵬部骑军下令：不用在南朝腹地策应郁鸾刀部幽州骑军，火速原路返回，吃掉所有渗入流州边关的北莽边军！

这份胆识和魄力，真是让身处同一阵营的她都感到悚然。

万一万一，事到临头，一就是一。

但是那位流州副将，就恰恰能够将这个成真的万一，原封不动地还给北莽。

她不觉得这是什么瞎猫碰到死耗子。

练武之人，有不世出之天才。

用兵之人也是如此，才有那种不世出之英雄。

在北凉最偏远的凤翔军镇城头，谢西陲身披甲胄，手按北凉刀，神情冷漠。

哪怕是这种装束，这名相貌儒雅的年轻人更多的还是给人一种读书人的感觉。

他用只有自己才能听到的嗓音低声道：“寇江淮，你早年说过，总有一天，要在一场骑战中，打得像是自己在用骑军欺负步军！”

离阳王朝后世评价：自大奉王朝以来，堪称儒将者，春秋“兵甲”叶白夔夺魁，叶白夔之后，当属陈芝豹；陈芝豹之后，谢西陲，堪称儒将第一！

三人各领风骚，并无高下之分。

可能是当时仅有谢西陲一人尚在人世，且身居庙堂高位的缘故，这份盖棺定论并不能够完全服众。

即便如此，谢西陲在后世兵家心目中的卓然地位已经形成。

对此，迟暮之年的谢西陲只是私下对至交好友笑言：“用兵之奇，我远不如寇江淮。”

谢西陲、寇江淮——大楚双璧！

如今则是北凉双璧。

一支人数并不占优势的骑军，想要一鼓作气凿穿间距恰当且衔接紧密的三道防线，尤其是其中两道防线同为大规模的骑军，一般情况下，无异于痴人说梦。

如果再加上身后有将近两万精骑咬尾追杀，大概已经可以用“死地”二字来形容其处境。

就在这种极端险峻的形势下，一路向南奔袭的龙象军开始变阵，枪矛多半已毁弃的先锋骑军稍稍收拢锋线，以一马当先的李陌藩为首，人人抽刀出鞘，以锥形开阵，显然是要用最快的速度越过陇关乙字豪阀的三万八千骑。与此同时，大致在龙象军阵形中段位置，放缓战马奔速的万余青壮骑军集中在后方，拉伸出一条泾渭分明的界线，几乎人人枪矛俱在，以正常的骑军撞阵姿态铺出一排排枪矛横出的凌厉锋线。

前者开阵，更多是用以撕裂敌方阵形，同时最大程度地阻滞北莽骑军的速度；后者凶狠的撞阵之举，则是更为惨烈的生死相搏。

不远不近刚好能够咬住这支龙象军后背的黄宋濮部骑军，在那位北莽大将军的亲自率领下，没有竭力前冲，而是在龙象军变阵的同时，亦悄然变化阵形，骑阵中间薄两翼厚。一来他们战损最大，加上先前绕行至大营北方截断龙象军北退之路，骑卒与战马都有些疲惫，一鼓作气之后，便需要借此机会重新蓄势。再者联手南朝乙字高门的嫡系骑军进行南北夹击，他们如果冲得太快，碰上穿过龙象军阵形的己部骑军，就会造成己方对撞的尴尬局面，反而容易相互掣肘。所以黄宋濮部骑军如洪流遇到江心砥柱，有意让出正北方的大片地带，以便友军拨马转身，到时候自然而然聚拢在一起的两支骑军，瞬间就能够变成中腹、两翼皆厚重的绝佳阵形，配合南边那座由出营步卒构成的拒马阵，肯定能够对那支锋芒一挫再挫的龙象军造成相当可观的杀伤。

北凉流州边军原本已经流露出全军覆没的迹象，在寇江淮部骑军与完颜银江部两万骑相互凿阵之后，形势却急转而上！

两万气势汹汹的南朝头等边军精锐本以为是一场简简单单便能捞取滔天战功的胜仗，不承想在碰撞之后根本就是兵败如山倒！

寇江淮和一名身披奇怪红甲的年轻武将并驾齐驱，势不可当！

两骑是如此，他们身后的万骑更是如此！

若非隐藏在完颜银江身边的种凉出手相救，完颜银江恐怕就要被那名身穿符将红甲的年轻人一枪贯胸而过！

若非那名在凉莽战场赢得“万人敌”称号的年轻人并无恋战心思，就算是种凉，想要保住那位陇关领头豪阀的二号人物也殊为不易。

但是，身处战场之中的种凉也感到心惊胆战。

这一万骑的战力怎么可能是北凉末等骑军？！

说他们是当之无愧的龙象军主力还差不多！

完颜银江部两万精骑就像是一幅被利器撕开的绸缎，战损极大，相互错身之后，竟是躺下了三千多骑。

这种重创简直是匪夷所思。

牵一发而动全身。

完颜银江部精骑莫名其妙的不堪一击，直接导致北莽西线步卒防御阵线人心浮动，因为只要北面龙象军顺利南下，就会形成两支骑军对一支步军南北夹击的态势。

这对在草原上只有末等男子才会沦为步卒的那座大型方阵而言，足以致命。

刹那之间，形势互换，胜负易手！

数座陇关乙字高门集合而成的将近四万骑军虽然依旧咬牙阻截南下龙象军，但面对一支人数依旧达到两万五千多的北凉骑军，自然是心有余而力不足。

斩杀敌骑不下三十人的李陌藩的铁枪早已崩断，马鞍两侧的四十余支短戟更是用尽——北莽辎重营内四十余具尸体，无一例外头颅上都插有一支短戟！

作为骑阵锥头的李陌藩率先成功杀穿敌阵时，已是满甲鲜血。

这位龙象军副将当时身后看似是两万五千多骑龙象军，其实准确说来不足一万五千骑，因为其中夹杂有战力远逊龙象骑军的寇江淮部一万人！

那一万名膂力出众且从始至终都在养精蓄锐的流民青壮骑军，长枪所过之处，北莽骑军尽成落马的尸体。

寇江淮这一手偷梁换柱，正是这场从头到尾都给北莽骑军荒诞感觉的战事真正的关键所在。

这一万人始终跟随在两翼的龙象轻骑身后，从破阵到入营，再到现在的南下，战损几乎可以忽略不计。

战事初期，两翼龙象军最早的破阵太过轻松，所以并未被北莽看破他们的身份。

于是在眼下的战场之上，北莽大军陷入了无比尴尬的境地。

最南方的完颜银江部骑军给打得精气神半点儿不剩。上至主将完颜银江，下至普通骑卒，人人仓皇失措。

然后是阵形尚未彻底凝聚成势的步军方阵。北莽南朝边军的头等步卒，两万余步跋卒都已被抽调去奇袭凤翔、临谣两镇，这支匆忙出营结阵的步军多是披挂轻质皮甲而已，毕竟不是中原历史上那种专门针对草原骑军的重甲步卒。而且这支步军的初衷是攻打流州青苍城，怎么可能抗拒北凉骑军的正面冲锋？对于这种步骑之战，北莽步军无论是装备还是素养，都显得异常生涩稚嫩。以步卒身份下马作战本就是北莽草原男子的软肋，对于用不顺手的步弓重弩，更是陌生。突然要他们站着不动面对一支北凉铁骑的冲撞，那种别扭至极的不适，可想而知。

更北方的是已经与龙象军擦肩而过的乙字高门部骑军。最北方的则是让出中腹的黄宋濮部嫡系铁骑。

本该同气连枝的完整防线支离破碎。

北莽兵力依旧占优，可是凉、莽双方的士气有着天壤之别！

李陌藩举目眺望与自己相隔一座北莽步军方阵的“寇江淮部骑军”，那才是货真价实的龙象军主力。

这位武将扯了扯嘴角，举起北凉刀，轻轻一旋。

他身后一万多龙象轻骑根本就不理睬那座步军大阵，在步阵边缘画弧绕行，轻松南下。

李陌藩听到一个嗓音后，突然错愕地转头。

正面撞阵后还剩下八千流民青壮的身后骑军，有一骑竟是笔直地撞向北莽步军方阵，长枪向前，怒吼道：“流州铁骑！愿死者，随我死！”

脸色冷漠的李陌藩放缓马速，始终转头北望。

那个家伙疯了不成？

今日战事首尾，都出于寇江淮的缜密部署，本来到目前为止，一切都在寇江淮的算计之中，可那位流州将军可从没有让流民青壮主动赴死一说！

要知道这种擅作主张画蛇添足的大胆行径，会导致战后军功全无不说，按照北凉军律，轻则降低品秩，重则斩首示众！

李陌藩只见那一骑在即将撞上北莽步军拒马枪之际猛地勒紧马缰，那匹出自纤离牧场的甲等战马骤然高高跃起，越过前两排向前倾斜的拒马长矛，连人带马一撞而入！

重重坠落的战马铁蹄当场踩死一名北莽步卒。

不堪重负的战马双膝折断，那名流州骑卒手中的铁枪凶狠地递出，竟是一枪接连捅穿三名步卒的胸口！

落地后的流州骑卒双手握枪，向前狂奔。

在他身后，那条骑军锋线，面对正前方那座寒光闪烁的北莽拒马阵，人、马皆无丝毫退缩，就那么笔直地撞去！

那一匹匹北凉战马就那么被尖锐的长枪捅死。

骑军面对严阵以待的步军方阵，想要正面开阵，前排先锋骑军必死，这是板上钉钉的结局，只有这样，才能一点点打破步军阵形。

除了用骑卒和战马的性命去填，没有任何捷径可言。

八千流州骑，撞阵！

到最后，竟是无一人跟随龙象军绕阵南归。

北莽拒马步阵第一排，许多长矛上，流州人马皆挂尸而亡！

一些长矛上更是挂有两具尸体。

步阵在这种源源不断的撞击之下，不得不向后退缩。

战马冲锋之下的那股巨大惯性，使得许多拒马枪都被崩断。哪怕许多流州骑卒被步弓重弩射死在阵前，很多战马凭借惯性，依旧蛮横地撞入阵中，甚至有北莽步卒被直接撞死在阵中。

这座北莽步军方阵哪里见识过这般不计伤亡的骑军冲锋，原本还算密集稳固的大阵终于濒临溃散。

如果这座步阵是由中原那种天生就是为了克制草原骑军的重甲步卒组成，是那种铠甲与战术皆登峰造极的重步阵，那么在叠阵的前提下，拒马长矛与多排立盾叠加防御厚度，辅以弓弩轮换，即便这支流州骑军以悍不畏死的姿态打乱前方阵线，可不断倒地毙命的战马尸体本身就足够形成一道新的天然防线。与此同时，如果整座大阵有序后移数十步，同样不惜以性命换取缓冲时间和战略地带，那么，即便大阵短时间内无法布防到最开始的牢固程度，对后续冲锋骑军的持续杀伤力，依旧可谓惊人。

只可惜，这里不是密云山口，北莽步军主将也不是将拒马战术运用到出神入化境界的谢西陲。

此时此地，前方拒马枪阵破碎不堪后，加上那名最先撞入阵中的流州骑将拼死搅乱战场，后边的北莽弓弩步卒就彻底茫然了，根本不知道如何应对。

更致命的还在这座血肉模糊的战场之外。

李陌藩麾下的龙象骑军没有转头帮助流州骑军，而是径直南下，冲向试图支援步阵的完颜银江部骑军。

寇江淮和徐龙象亲自领军的龙象骑主力则毫不犹豫地向北疾驰，向步阵后方撞去。

李陌藩不再转头望向那座尸体堆积的战场。

对那名年轻的流州骑将，他并不陌生。那人名叫乞伏龙冠，好像是年轻藩王亲自从北莽带入北凉的幸运儿，一开始在龙象军担任过伍长，后来去了茯苓军镇升任都尉。第一场凉莽战事里的牙齿坡一役，正是这名都尉打乱了凉、莽双方诱敌深入然后一举歼敌的精心部署，让北凉都护褚禄山和当时的南院大王董卓事后都哭笑不得——年轻人一下子名动凉州关外。战事结束后，因为龙象军在流州战场上伤亡极重，同时寇江淮作为名义上的流州将军，也需要一支自己的嫡系兵马，乞伏龙冠就被从茯苓军镇抽调到流州，成为寇江淮麾下的三名骑军校尉之一。

李陌藩忍不住心想，这个年轻人的确是个刺儿头。

他甚至盘算着，这小子如果侥幸能够活下来，多半是甭想当官了，要不到时候自己厚着脸皮去跟年轻藩王求个情，好歹把这小子的命保住，再悄悄丢到自己手底下当个亲军统领?

在龙象军主力的驰援之下，本就摇摇欲坠的北莽步阵，从最早的将近两万人，到十不存一!

步军一旦被骑军破阵，便是如此。

可是八千流州骑军也仅剩三千骑。

那名浑身浴血的年轻骑将乞伏龙冠，是被杀神一般的徐龙象弯腰从尸体堆里抓起的，两人共乘一骑南返。

伤亡惨重的三千流州骑军，在寇江淮亲自调度的龙象骑军主力的掩护下，拨马撤退。

完颜银江麾下骑军在李陌藩部龙象军的剧烈冲击之下，阵形被捣得稀烂，最终还是没能够与北方的黄宋濮主力大军形成包围圈，只能眼睁睁看着这支流州边军突围而去。

南归途中，在白马游弩手回禀北莽主力并无追击意图后，这支流州大军停马暂作休整。

徐龙象、寇江淮和李陌藩三人碰头，站在一起分别喂养各自的战马。

李陌藩瞥了眼远处聚集在一起的那股流民青壮骑军，收回视线后，望向神情凝重的寇江淮："这场仗算是大胜吧? 北莽蛮子辎重营已经给咱们打没了，至于骑军互换，大致是以一换二，也在承受范围之内，最后还一口气把黄老儿那支攻城步军也吃掉了，这笔账怎么算都是赚的。”

寇江淮面无表情地点了点头。

李陌藩叹了口气：“你之前坦言，这场仗，必然会是先死龙象军，再死流民骑军，除了阻滞黄宋濮南下的步伐，还能以此来练兵，两不耽误，以免在最后一场战事里，那些流州雏儿拖龙象军的后腿。可是给那小子一折腾，后死是后死了，可死得也忒多了些，到头来总共损失了整整七千骑。寇江淮，你接下来怎么办？你只有这么点儿兵马，行不行？”

徐龙象突然说道：“拨出七千龙象骑给寇将军。”

寇江淮摇头道：“不用。”

徐龙象沉声道：“七千骑划给你后，不用还。”

寇江淮笑了笑，说了句让人丈二和尚摸不着头脑的话：“如果是在广陵道，别说划拨给我七千人，七万人我也收，而且打死不还——但是在这里，就算了。”

徐龙象想不通，也就懒得想了。

李陌藩会心一笑。

这位流州将军眯起眼：“我寇江淮有那流民出身的三千骑，足够了。”

李陌藩问道：“那小子怎么处置？我估摸着要是据实禀报给都护府，他的下场够呛啊！”

寇江淮淡然道：“纸是包不住火的，真要想让乞伏龙冠活命，就只能据实禀报上去。”

徐龙象犹豫了一下：“我跟我哥说一声？”

寇江淮摇头道：“没意义。”

徐龙象默然。

在流州三千骑那里，有个年轻武将独自坐在一匹战马的马蹄旁边，低着头，不敢让人看到他的满脸泪水。

八千流州骑，愿死者八千。

因为他，袍泽战死五千人！

第九章

人生最难死无憾
无我这般幸运人

在流州边军返回驻地后，各处营帐的气氛都很凝重。

两封八百里加急兵文，从怀阳关都护府和拒北城将军藩邸一前一后到达流州青苍城。

寇江淮拿着两封各自加盖有“北凉都护”“北凉王”的兵文，来到三千骑流州骑军的驻地。校武场上，寇江淮大步走上高台，朗声道：“流州骑军都尉乞伏龙冠，出列！”

年轻武将出列站定，脸色平静，就像是在战场之上，视死如归。

寇江淮面无表情地摊开一封兵文，缓缓念道：“流州校尉乞伏龙冠，贪功冒进，致使流州五千骑战死，斩立决！北凉都护——褚禄山！”

三千流州骑卒人人面露不忍，满脸悲愤。

寇江淮纹丝不动，眼神冰冷，俯瞰整座校武场。

被宣判为斩立决的年轻武将却如释重负，红着眼睛，低头抱拳，道：“乞伏龙冠，领命！”

寇江淮扯了扯嘴角，突然笑问道：“北凉都护，在咱们北凉，官够大了吧？比骑军统帅和步军统帅还要大，两位北凉道副节度使更是远远不如，对不对？”

校武场上所有流民出身的骑卒都一头雾水，尤其是乞伏龙冠。

寇江淮向前踏出一步，开始念第二封来自拒北城的兵文：“我徐家骑军自成立初期，哪怕营不足甲、不足刀、不足马，依旧是铁骑！凉州骑军老营有六，幽州去年有骑军新营。”读到这里，寇江淮略作停顿，“如今流州亦有铁骑成营！准许沙场竖营旗而战！”

寇江淮攥紧那封兵文，再次向前踏出一步，重重呼出一口气后，沉声道：“流州骑军新立一营——直撞营！乞伏龙冠，由流州骑军都尉贬为直撞营伍长，以伍长身份统领此营！北凉王——徐凤年！”

寇江淮望向那名年轻武将，怒喝道：“乞伏龙冠，领命！”

乞伏龙冠挺直腰杆，声音微颤，竭力喊道：“乞伏龙冠敢不领命？！”

北凉军律，北凉铁骑，只要披甲在身，就算遇到大将军，也从来不用跪！

寇江淮收起两封兵文，没来由想起了那场战事中年轻武将的那句无心之语。

这位年轻武将一字一顿咬牙道：“流州铁骑！愿死者，随我死！”

六珠菩萨在与谢西陲分兵离别之际，问过这位流州副将一个诛心的问题：“你就不怕你我二人守住了临谣、凤翔两镇，却因为两万僧兵没有及时驰援流州战场，导致青苍城失守？”

当时谢西陲的回答很有意思：“有寇江淮在，便不可能。”

北凉边军历来有排外的习惯。步军副帅顾大祖早已在春秋战事中赢得极高的名声，可是在凉州关外始终没有达到应有的高度，就算背后明摆着有年轻藩王撑腰，也没能改变那种尴尬的境况。“锦鹧鸪”周康就曾在重冢军镇内当场跟他撕破脸皮。例如，同为步军副帅，陈云垂若是与凉州左、右骑军有事相商，或是需要借调人手，根本不用亲至，一封信即可，甚至是光明正大地挖骑军墙脚，从袁左宗到何仲忽再到周康，恐怕都会忍着，最多在见面议事的时候笑骂几句。可是轮到顾大祖，哪怕这位是能够在兵家历史上稳居一席之地的春秋老将，更是被誉为“天下‘形势论’鼻祖”的兵法宗师，在北凉边军中也绝对不会有此待遇。

不仅仅是顾大祖，其实年轻一辈的郁鸾刀起先也是境遇不顺，所以只能从流州前往幽州担任骑军将领，而不是直接在凉州边骑中攀升。要知道，在幽骑打赢葫芦口外那一连串战役之前，幽州骑军一向被眼高于顶的凉州边骑嘲讽为绣花骑军，私底下笑话为“老帅燕文鸾的闺女”，意思是绣绣花还行，打仗绝对不行。

再到与龙象军做邻居的流州将军寇江淮境遇也是如此。第一场凉莽大战过后，龙象军要补充兵源，不管是要兵还是要将，包括何仲忽、周康，哪怕是从无边关履历的年轻骑将曹嵬在内的凉州边骑上下虽有怨言，可最后都顺着年轻藩王的意思照办了。唯独官衔为一州将军的寇江淮，虽说整座北凉官场心知肚明，此人是一位在广陵道战功煊赫的不世出兵法天才，但是到头来，他麾下的嫡系兵马，十之八九还是流民青壮出身。而且据说在寇江淮好不容易凑出一支万人骑军后，无论是纤离牧场还是天井牧场，都不太乐意交给他们优等战马，只是迫于年轻藩王从清凉山发来的那份措辞严厉的军令，这才没有以次充好敷衍塞责。

寇江淮是如此，同为“大楚双璧”之一的谢西陲也好不到哪里去。在临时升任从三品官职的流州副将之前，协同曹嵬部精骑赶赴密云山口，当时他手下的骑军便来历驳杂，大多是西域马贼出身的凤翔、临谣两镇骑军，加上柴冬笛和刘文豹招徕的两三千骑军，这种杂乱兵马，恐怕连被凉州边骑看不起的幽州骑军都瞧不上眼。

这种根深蒂固的习惯能否改变，与新凉王个人威望的高低有一定关系，但关系绝对没有大到朝夕之间就能改变。

而且那位年轻藩王对此似乎拥有近乎自负的自信。

事实上，无论是已经被何仲忽建言提拔为左骑军第二副帅的郁鸾刀，还是没那么名副其实的流州将军寇江淮，都不曾让北凉失望。

已经帮助曹嵬拿下密云山口的谢西陲更是如此。

凤翔军镇在谢西陲带兵入驻之前，本就有两千守城兵马，流民青壮和幽州步卒各半。相比青苍城的低矮城墙，大奉王朝当初显然更为重视能够第一时间增援西域都护府的凤翔军镇，城墙定为与中原郡城同等规模。而且相比青苍、临谣两座古镇，终大奉一朝，与其余两镇长官同为郡守品秩、俸禄的凤翔，得以佩带大奉印绶的属官多达两百余人，远远超过临谣、青苍的一百二十人。一旦更西边的西域都护府无法控制辖区内的大小四十余国，战乱兴起，落败逃亡的西域贵族必然要经过凤翔军镇，然后选择是由旧北凉进入中原，还是就此转向东南，前往蜀诏避难。

所以凤翔军镇的历史就像它的城墙，比青苍、临谣都更为厚重。

如果没有谢西陲的一万僧兵作为主心骨，凤翔军镇面对一万南朝步跋卒的攻城以及城外那三千骑军的伺机而动，最多就是尽量在城下和城头多放倒一些北莽蛮子，注定会失守，北凉也就只能拱手让出这个覆盖小半座西域的战略要塞。如果流州大败于黄宋濮部西线大军，那么凤翔、临谣的得失并无太大意义。可是只要双方均势僵持不下，两镇握于谁手，谁便极有可能改变战局：一方需要为郁鸾刀和曹嵬两支骑军提供大后方，一方希望在此集结姑塞州兵马，大力增援黄宋濮。尤其是假如流州骑军侥幸大胜，并且尚有余力突破南朝边关防线，北征姑塞州，那么北凉失去这两镇，可以说是致命的失误。

一万南朝步跋卒的蚁附攻城堪称悍不畏死。不过由于自认为是一场胜券在握的奇袭，他们并未携带耽误推进速度的大量辎重粮草和攻城器械。所以，即便是被北莽认为攻城之力不输北凉幽州步军和离阳蓟南步卒的步跋卒，打得也很吃力。虽然在步弓互射的过程中，完全没有地理优势的城下步跋卒依然表现出惊人的准头，许多第一次真正参与战事的流民青壮，哪怕事先被提醒在两轮箭矢的间隙不要露头观望，仍是有许多尸体被拖下走马道。在谢西陲最大程度不动用烂陀山僧兵的前提下，一拨拨手持盾牌、口衔莽刀的北莽敢死士数次攻上城头，然后一次次被幽州步卒和流民青壮拼死杀退。

从晌午时分至黄昏降临，步跋卒付出了将近两千条人命，其中竟有大半死在城头，然后尸体被从城头摔下。

在这期间，谢西陲仅是让人人健壮勇猛的僧兵参与协防两次，两次而已。

夜战自然不利于攻城一方，步跋卒在尝试了一次之后就放弃了。

多次攻上城头，却无法攻破，就像江湖宗师只有一线之隔便可破境，北莽自然不会就此放弃。

第二天注定会有一场更为惨烈的攻守战。

守城一方极为沉默。

人人望向那些烂陀山僧兵和那名面无表情的年轻主将，眼神中都有悲愤。

不是他们如何怕死，而是只要那个姓谢的年轻人愿意抽出一千人来到城头第一线，他们就可以少死很多人。

哪怕只有五百人也好!

所以，当第二天清晨时分，北莽蛮子吹响攻城号角时，从幽州步军离开担任凤翔军镇守将的一名将领对谢西陲说了一句话后，那位昨日已经被流矢射穿肩头的中年人便又一次亲自抽刀赶赴战场。

他是笑着撂下那句话的——

“谢大将军，你放宽心便是，大可端着板凳高坐城头，看我北凉边军如何退敌！”

在中原那边的离阳军伍，是个校尉或是个杂号将军，都可能被别人吹嘘拍马为“大将军”。

可在北凉，只有老凉王徐骁一人能担此殊荣，骑、步两军的袁左宗和燕文鸾不能，新、旧两任北凉都护陈芝豹和褚禄山也不能。

除了那支曾经在关外并肩作战的幽州骑军，新凉王徐凤年至今都极少被尊称为大将军，更多的仅是一声“王爷”而已。

所以他带着姓氏“尊称”谢西陲为大将军，绝对不是什么好意。

作为流州副将以及凤翔、临谣两镇的直辖将领，谢西陲对于这种冒犯，好像完全不以为意，始终面沉如水，目送那名武将大步离去。

整整一天，在异乡步跋卒又多出两千多孤魂野鬼。

一万步跋卒统领在和骑将商议过后，开始撤兵。

两千北凉边关守城步卒只剩下六百人。

差一点儿战死城头的那名守城主将在被一名僧兵蛮横地从下马道拖下后，吐了一口血水，朝流州副将那个方向大声骂道：“你娘的谢西陲！”

剩下六百人，除去不足一百幽州老卒，其余皆是流民青壮。

双方都对那个从头到尾不动如山的年轻人充满了仇视。

在北莽将退未退之际，谢西陲就已经下令道：“僧兵随我出城，不计代价，最少缠住他们三个时辰。”

这种战时袖手旁观却在战事收尾时捞取功劳的行为，在军法如山的北凉边关，已经二十年不曾见到一次。

谢西陲没有解释一个字。

那名救下守城武将的烂陀山中年僧人在跟随谢西陲走下城头的时候，犹豫片刻，终于还是问道：“谢将军，要不要通知临谣军镇那边，连同那拨步跋卒一并吃下？”

这位武僧在烂陀山也是拔尖人物，无论佛法还是修为，都十分高深。

一法通万法通。

通过那位女子菩萨临行前的密语，他已经得知郁鸾刀部骑军将会紧急掉头，配合他们堵截步跋卒。

只是不知为何，谢西陲摇头道：“不用。”

僧人百思不得其解，却也没有多话。

毕竟谢西陲才是主将。

中年僧人已经切身体会到北凉军律的可怕之处。

不管两千守城步卒如何心怀不满，不管谢西陲如何近在咫尺却袖手旁观，依然人人慷慨赴死！

他只是满肚子狐疑：自古沙场武将，除了历史上害怕自己功高震主的一小撮人，只听说过嫌弃战功不够大的，这个姓谢的年轻人，倒是古怪得很。

谢西陲在率领僧兵出城后，转头望了一眼凤翔军镇满目疮痍的城头，喃喃自语：“流民流民，流州之民，流放之民……李先生，用兵心狠至此，用兵奇绝至此……二十年前一场纸上谈兵，犹然胜过我们如今奋然厮杀。”

北莽中线大军的马蹄声已经出现在虎头城以南地带，直扑怀阳关和茯苓、柳芽，慕容宝鼎部的马栏子更是远至重冢军镇，在凉州白马游弩手转入流州之后，这些远远不如乌鸦栏子的北莽斥候肆意游弋四方。

坐镇北莽中军的两位大将军，正是董卓和没有参与第一场凉莽大战的橘子州持节令慕容宝鼎。不知为何，原本担负攻打怀阳关任务的慕容宝鼎部临时转为围困茯苓、柳芽两镇，而董卓亲自率军前往北凉都护府所在的怀阳关。虽然董卓此举有意气用事的嫌疑，但是北莽王庭和西京两座庙堂都没有任何异议。原因很简单，一来董卓的小舅子战死于龙眼儿平原，没谁愿意在这个关口跟睚眦必报的董胖子较劲；二来怀阳关是北凉关外唯一以险隘著称于世之地，是当之无愧的雄关天险，可谓守极易，攻极难。

慕容宝鼎麾下嫡系虽有两万步军，可是这位皇亲国戚显然没有信心用两万人马就攻下驻军不下三万北凉边军的怀阳关。一旦动用他那支北莽一等一的精骑去攻城，这种行径是不是暴殄天物？慕容宝鼎能不心疼？这支人数不过三万的冬雷精骑，其甲胄之好、战马之优、战力之高，素来傲视南朝边关。

当初北莽皇帝亲自主持西京议事，决意让慕容宝鼎部攻打怀阳关，与老妇人姓氏相同的橘子州持节令差点儿就要当场发火。之后洪敬岩与董卓的小舅子耶律楚材同时死于虎头城北那场斥候之战，柔然铁骑一下子群龙无首，慕容宝鼎得以吸纳足足三万柔然骑军，这才稍稍释怀。这中间未尝没有北莽皇帝要补偿他的意思，否则慕容宝鼎想要跟公认喜欢吃独食的董卓以及在北庭根基深厚的宝瓶州持节令王勇争抢，还要与那么多盯着柔然铁骑这么块从天上掉下来的大肥肉——眼珠子都已经发红的草原大悉剔掰手腕，就算能够分一杯羹，撑死了也就是将四五千骑收入囊中。所以，当慕容宝鼎占了天大的便宜后，董胖子竟然主动要求攻打怀阳关，这让整个草原都艳羡橘子州持节令的狗屎运，简直就是睡了天底下头号花魁，完事后正心疼花酒钱呢，结果就有人傻乎乎地凑上来帮忙提上裤子，还说这笔账已经结了。

北莽最年轻的大将军董卓和北凉都护褚禄山，并称“北董南褚”，这两人的恩恩怨怨不仅仅是名动凉莽，连中原官场都素有耳闻。

如果没有董卓这名兵法天才的横空出世，也许徐家骑军当年就已经势如破竹地攻破草原北庭，让本就岌岌可危的篡位女帝沦为离阳赵室的阶下囚。而董卓唯一的败仗，正是拜褚禄山所赐。褚禄山的八千曳落河铁骑，正是在那一场截杀战里大放异彩。先前双方各自奔袭四百里，董卓部骑军本已彻底脱离离阳骑军的包围圈，但仍是被擅自出击的褚禄山死死咬住，最终一头撞上，死伤惨重。双方谈不上胜负，只是董卓身受重创，被褚禄山一枪捅落下马。

中原一直传言，褚禄山当时对被人匆忙救走的年轻北莽将军撂下一句话，也正是这句话让北凉铁骑饱受诟病：“天下骑军只分两种，不是你们草原骑军和中原骑军，而是我们徐家铁骑和其他所有骑军！”

龙眼儿平原，当初临时担任乌鸦栏子主将的耶律楚材战死处。

一位身材异常壮硕却无臃肿感觉的北莽武将蹲下身，上下牙齿习惯性地相互轻轻敲击，眯眼望向南方。

他身边站着一个哭得稀里哗啦的小女孩儿。那匹通体雪白的神骏马驹不知所措地围绕女孩儿打转，时不时用马头触碰小主人。

两名身披缟素的年轻女子，一人佩剑而立，容颜绝美，气质清冷；另一位气质雍容，手捧骨灰，一把把抓起，一把把抛撒在天地间。

她们是北莽提兵山第五貉的独女第五狐和耶律楚材的姐姐——金枝玉叶的北莽郡主。

第五貉死在新凉王手上，耶律楚材死在年轻藩王曾经亲至的这处凉州关外战场，都与那个姓徐的年轻藩王有着直接关系。

名叫陶满武的小女孩儿虽然年龄不大，但如今的身段宛如嫩柳抽条，依稀可见是个美人坯子。她的父亲叫陶潜稚，退出姑塞州边军后前往龙腰州留下城担任城牧，暴毙于几年前一个黄纸飘飘的清明节。

陶潜稚与董卓是可换生死的边军袍泽，尤其两人从初入军伍起就是袍泽，情谊自然更深。所以在陶潜稚死后，陶满武就成了以冷血铁腕享誉南朝的董卓的心肝。这个胖子甚至直截了当地跟他的两位媳妇儿说过，就算以后有了亲儿子、亲闺女，自己对他们也绝对不会像对小满武那么亲。

那个总喜欢抱起她后拿胡子扎她脸颊的小舅舅，那个最喜欢开玩笑说等她长大后就娶她做小媳妇儿——虽然她当时总是赏他白眼，可心底一直很喜欢的年轻长辈，对陶满武来说，就是世上最亲的亲人。所以她做什么事说什么话，都不用跟他客气。

亲眼看着那位姓耶律的婶婶抛撒骨灰，哭得眼眶红肿、泣不成声，陶满武只好用双手死死地捂住嘴巴，生怕自己没尽头的哭声让本就很伤心的叔叔、婶婶更加烦心。

似乎是意识到小丫头的哭声小了，身披铁甲外罩缟素的胖子转过头，看到小满武的可怜模样后，轻柔地扯开她纤细的双手，沙哑地道："没事，想哭就哭，天底下的女子，其他事情不好说，想哭总还是能哭的。"

这位在北莽名声显赫不输"军神"拓跋菩萨的武将，哪怕是蹲着，也能够与小女孩儿平视。很难想象这位只有短短二十年戎马生涯便曾官至南院大王的雄伟男人会流露出这般温柔的神色。

那位北莽郡主撒完一坛骨灰，高高举起手臂，随手向远处丢出骨灰坛，任由那口出自中原遗民之手的质朴陶坛砰然碎裂。

第五狐的眼皮悄然颤抖。

北莽郡主转头望向自己的男人，语气淡漠："仇，你作为耶律楚材的姐夫，又是我大莽王朝的南征第一人，肯定得报。”

第五狐皱了皱眉头，却没有说话。

董卓揉了揉陶满武的脑袋，沉声道：“这是当然！当年娶你的时候，我答应过你，只要我的这个小舅子没有当上南朝第四位大将军，就一定不会战死沙场，是我董卓失信在前！亲兄弟明算账，夫妻之间也是如此，这个仇就从怀阳关开始报！我一笔一笔跟那个姓徐的算。”

她转头北望遥远的家乡，轻声道：“不过，董卓你作为我的丈夫，也不能死。”

董卓咧嘴一笑，双手撑在膝盖上，缓缓站起身：“北凉铁骑号称甲天下，可要我死，还真不容易。”

她惨然一笑，呢喃道：“你已经失信一次，千万别有第二次。到时候，我就算想找个人骂，又能找谁？”

她的家族在草原王庭那边的势力盘根错节，董卓之所以能够打乱离阳北征大军的部署，当时麾下那支精锐骑军是关键，而这便是她嫁给这个男人的嫁妆之一。这些年董卓在南朝庙堂平步青云，一鼓作气登顶，更少不了她家族的推波助澜。董家步、骑两军的战力皆是北莽南朝当之无愧的第一，将近十五万私军，董卓一个人怎么养得起？尤其是早期，还是靠她的嫁妆支撑。反观她的弟弟耶律楚材，作为北莽南朝的嫡长孙，板上钉钉的未来顶梁柱，却在离开耶律、慕容两姓少年子弟都必须参加的王帐怯薛卫之后，非要进入姐夫的军中，从一名普通什长做起。结果他投军小二十年，到死还只是个兵权介于千夫长和万夫长之间的将军，不上不下。换成任何一支南朝边军，谁敢如此不知死活地雪藏、打压耶律楚材？

她犹豫了一下，面容凄苦地自言自语道：“经历过那场葫芦口战役后，他被你下令率领骑军驰援杨元赞，我就很担心他的安危，所以背着你，成功说服了有着同样忧虑的父亲，打算设法让他进入两支王帐铁骑之一，担任耶律重骑军的主将。可是到最后，父亲那边的运作已经有了眉目，耶律楚材这个王八蛋却死活不答应，说要是硬把他从姐夫身边挪开，那他就离家出走，干脆脱下甲胄，一人一骑去中原江湖闯荡。”

董卓双手握拳：“这件事，我现在才知道。”

董卓举目远眺：“假如我早就知道，又如果耶律楚材答应你们，我肯定不拦着；可如果他不愿意离开，我也不会劝他。”董卓继续道，“我董家军的儿郎，是整座草原最紧俏的百金之士，没有谁担心前程，只要自己想挪窝儿，最少官升一级。但是这么多年，只有一场场大仗、苦仗后，外人削尖了脑袋进入我董家军，以身为董家军士卒为荣，从没有谁选择离开这支兵马……”

董卓突然笑了笑，改口道：“我说错了，其实有，而且很多！就像我这个小舅子，战死。”

董家儿郎马上刀马上矛，死马背死马旁。家中小娘莫哭断肠，家中小儿再做董家郎！

她突然走向他，对着他的胸口狠狠一捶。到头来，皮糙肉厚且披挂铁甲的董卓没什么感觉，她的拳头却瞬间红肿。

在这之后，她不哭不闹，深呼吸一口气，柔声道：“别死在怀阳关，别死在拒北城，真要死，就死在距离草原最遥远的中原南海之滨，我才能眼不见心不烦。”

董卓咧嘴道：“好嘞！”

她转身离去：“我这就回北庭，你别送了。”

大概是与小女孩儿陶满武一样，这位曾经小小年纪就扬言“只恨不是男儿身，否则必是万户侯”的坚毅女子——这位凭借此语便让北莽女帝开怀大笑连说三个“好”字的北莽郡主，同样不敢当面哭出声。

等到她独自走远，第五狐才忧心忡忡地道：“你为什么偏偏要啃怀阳关这块没丁点儿肉的硬骨头，留给慕容宝鼎去头疼不好吗？”

董卓自嘲道：“硬仗、死仗，总要有人来打。我们那位皇帝陛下以剩下的家底，如果还想要在中原有所作为，就不能再打第一场凉莽大战那样的儿戏仗。草原儿郎到底不是年年春又生的水草，割过一茬又有一茬。如今草原大小悉剔都伤了元气，北庭再得寸进尺，恐怕就要内讧了。那么大个烂摊子，神仙也补救不了，到时候吃苦头的还是我董卓，白白让北凉边军坐收渔翁之利，立下不世之功。”

董卓南望，视线尽头，是那座被他亲自攻破后毁坏彻底的虎头城，再往南，就是坐拥天险地利的怀阳关。说来可笑，草原百万大军，跟北凉打了二十年仗，老人屠在世的时候，南朝边军连见到虎头城的次数都屈指可数。直到徐骁死后，他董卓终于大权在握，北莽的马蹄才踩在了往南一些的地面上，但也仅是推进了一些而已。可如今，北凉郁鸾刀部的一万轻骑继早年大雪龙骑军之后，又一次深入南朝腹地，视姑塞州大小军镇要塞如无物。

董卓伸手指向南方，对这位小媳妇儿说道：“在怀阳关那座都护府里头，坐着个比我还要胖的胖子。据说离阳朝廷一直宣称，我与褚胖子之间那场仗的末尾，这位人屠义子说了一句大逆不道的豪言壮语，说是天下骑军，只分徐家铁骑和其他所有骑军。其实真相不是这样的，只不过北凉边军何其自负，欣然接受了离阳文官泼的脏水，视为夸赞。”董卓没有收回手臂，一直指向南方，笑容阴沉，缓缓道，“褚禄山当时的确撂下些话。我记得那个家伙当时高坐马背，用铁枪枪尖指向我，大笑道——‘听说你小子叫董卓？我义父出于某些顾虑，不好全力出手，所以陈芝豹和袁左宗都懒得陪你耍。我褚禄山闲来无事实在憋得慌，这才跑过来跟你过过招，否则就凭你这么点儿能耐，加上你手头这点儿稀烂兵马……’”

董卓长久没有言语。

第五狐好奇地问道：“下文呢？”

董卓收回手，讪讪然道：“然后身负重伤的我就昏厥过去了。”

似乎是觉得有些丢人现眼，董卓低头对小丫头陶满武做了个鬼脸。

满脸泪水的小丫头使劲攥紧董卓的手腕，没有被逗乐，倒是越发泫然泪下。

小女孩儿抬起头，哽咽道：“董叔叔，你别死！”

在这个身世坎坷的孩子心目中，自己就像市井传闻的那种扫把星，总是害死最亲近的人，从父亲陶潜稚到耶律楚材，接下来是谁？

所以她很怕。

董卓蹲下身，伸出那只摸惯了刀、杀惯了人且布满老茧的大手，帮小女孩儿擦拭泪水：“小满武，别哭，董叔叔这种坏人最长命，阎王爷都不乐意收。”

一听到这句话，小丫头的泪水更多了。

因为在她心目中，除了爹之外，董叔叔一直是天底下并列第二好的好人，而那个曾经被她视为第一好的家伙，如今只能悄悄降为第二了。

董卓不知道如何劝，就让她骑在自己肩膀上，站起身后一起望向南边。

董卓轻声道：“放心，董叔叔会带你去见他最后一面的。”

陶满武把小脑袋搁在董卓的大脑袋上。

董卓轻声问道：“小满武，那支歌谣怎么哼来着？董叔叔总是记不住词儿。你小舅舅以前总在我跟前唱来着，他唱得难听死了。小满武，要不你最后教他一次？”

小女孩儿重重嗯了一声。只是泪水太多哭意太浓，她没有马上开口。

董卓也不急。因没来由地记起一段经文，这位杀人如麻的北莽大将军双手合十，低头虔诚地默念道：“自皈依佛，不受一切轮回苦。自皈依法，得享十方三世福。自皈依僧，不堕往生诸恶道……”

与此同时，陶满武犹显稚嫩的轻灵嗓音也在董卓头顶响起：

青草明年生，大雁去又回。春风今年吹，公子归不归？青石板青草绿，青石桥上青衣郎，哼着金陵调。

谁家女儿低头笑？

黄叶今年落，一岁又一岁。秋风明年起，娘子在不在？黄河流黄花黄，黄河城里黄花娘，扑着黄蝶翘。

谁家儿郎刀在鞘？

战刀犹在鞘。

公子已不归。

对凉、莽双方很多活着的人来说，皆是如此。

只不过可能在中原眼中，三位藩王联袂起兵造反，他们的战火似乎来得无缘无故，至于那些北凉蛮子和北莽蛮子，就死得理所当然，天经地义。

龙眼儿平原的黄沙大地之上，依然扛着小满武的胖子放下原本合十的双手，沉声道："褚禄山，你既然一心求死，那我就大大方方收下你那三百斤肉了！"

控扼南下要道的怀阳关分内、外城，依山而建，整体地势越往南越高，尤其内城建造在山崖上，城墙皆由条石垒成。当年北凉倾力打造西北关外第一雄城虎头城，所用石料大半取自陵州沧浪山，事后发现巨石尚余十之三四，便一口气全部南移到当时远未达到如今规模的怀阳关，后又对城墙进行了十多年的不断加固。内城囤积了大量器械粮草，只要外城不丢，水源也无忧。怀阳关除了战略意义输给虎头城外，其难以攻破的程度，其实已经超过那座拒北城建成之前的离阳边关第一城。

所以，当初褚禄山执意要将都护府设在远离凉州城的怀阳关时，徐凤年没有太多异议。但是，在支离破碎的虎头城失去防御意义后，徐凤年和清凉山都要求褚禄山退回拒北城，但是褚禄山依旧执意死守怀阳关第一线。

很难想象，这个有过千骑开蜀壮举的"人屠"义子，率领过八千曳落河铁骑的悍将，在北凉扎根后，却一直官品低下而无所怨，一心过着那种纸醉金迷的荒唐生活，自称喜醇酒、喜美妇、喜华服、喜大马、喜名帖、喜奇卉、喜优游。

一跃成为北凉都护后，他又摇身一变，在贫瘠荒凉的关外纹丝不动了。

大概在老人屠徐骁死后，当今世上，就没有谁能够真正看透这个“大奸大恶”的胖子了。

怀阳关内城的城楼之上，一个臃肿如小山的胖子双手扶在箭垛上，沉默不言。

仇家遍天下，知己无一人。

他揉了揉自己的脖子，笑眯眯地道：“真是一颗大好头颅。”

天高地阔，郁云低垂，夕阳西下，晚霞尤其绚烂。

向北疾驰的不足百骑，头顶就像覆着一幅最华美的蜀锦。

当这支马队接近重冢军镇时，依稀可见三三两两的北莽马栏子停马高坡，在掂量一番双方悬殊的人数后，最终没有冲杀下来。

之前凉州游弩手是真的把北莽马栏子打怕了，不但三支精锐斥候全军覆没，而且连柔然铁骑共主洪敬岩和那位皇亲国戚耶律楚材两员大将也都战死沙场。虽说南朝边关已经获悉全部游弩手都转入流州战场，可一朝被蛇咬十年怕井绳，他们委实不敢掉以轻心。北莽南征主将之一的橘子州持节令慕容宝鼎更是严令麾下马栏子：遇敌则撤，不计不战而退之罪！擅自缠斗者，一伍马栏子死伤一人，事后伍长斩立决；一标马栏子死三人以上，伍长、标长皆斩！

并未披挂北凉边军铁甲的一百余骑也没有理睬那一拨拨闻腥而来又悻然撤退的橘子州斥候，一路北上，马不停蹄，也没有进入重冢军镇的意思，而是沿着那座军镇的外围继续向北。

这支两骑并肩做一字长蛇阵向北推进的古怪骑军队列中，八十余骑皆负剑策马，显然不是绝不会擅自摘刀的北凉边军。有一骑快马加鞭，来到前方唯一腰佩北凉刀的骑士身侧，有些懊恼地道：“姓徐的，蚊子腿也是肉啊，这一路断断续续遇上了八九拨北莽马栏子，要是你准许我们出手，怎么也能宰掉四五十骑。咋的？你们清凉山果真已经穷到砸锅卖铁也付不起这点儿战功的赏银了？退一万步说，银子先欠着，杀他个四五十名北莽斥候，你们关外的凉州骑军说不定就能少死些人，你这北凉王是怎么当的？！”

徐凤年目不斜视，继续眺望北方，没有让战马放缓奔速，耐心地解释道：“董卓部大军马上就要攻打怀阳关，在这里耽搁片刻，可能北凉就要……”

吴家剑冢当代剑冠吴六鼎打断年轻藩王的言语，大大咧咧没好气地道：“就算你早些到达怀阳关，难道还能把整座关隘都给搬到拒北城不成？怀阳关和都护府都没长脚，跑不掉的。说到底，你就是当上武评大宗师以后架子大了，瞧不上那些马栏子，眼睛里只有拓跋菩萨、洪敬岩之流，否则就不乐意出手是吧？”

在他们身后不远处，有一骑吴家剑士阴阳怪气地道：“宗师就该有宗师的风范，王爷眼高于顶，自有他的底气，有何不妥？一位陆地神仙，跺跺脚踩死几百几千蝼蚁，也不嫌脏了鞋底板？”

吴六鼎翻了个白眼，懒得跟身后那头凶獠一般见识。没法子，哪怕是在家学即天下剑学的吴家剑冢里，当年也唯有老祖宗能够稍稍镇压那个竺魔头，他吴六鼎不管如何自信将来肯定能够成为剑术第一人，也不得不承认，自己如今与竺煌相比，无论是修为还是造诣，都还有些差距。吴家先祖早就订立一条家规：剑气长短，决定道理大小。

吴六鼎虽然脸皮不薄，但也不至于去跟竺煌做口舌之争。

不过若是背负古剑素王的翠花愿意与自己联手，吴六鼎还真有信心把竺魔头打成竺猪头。只可惜翠花作为剑侍，按照吴家八百年雷打不动的古板规矩，绝不可参与剑冠与其他江湖人的比试，说句难听的话，剑侍就是专门给剑冠收尸之人。

徐凤年微笑着摇了摇头，没有继续解释什么。

有些北凉自家事，跟这些先祖留有遗训“不求连城璧，但求杀人剑”的吴家枯剑士说，根本就是鸡同鸭讲，说不通。

徐凤年的心情远比表面更为沉重。

褚禄山拒绝离开怀阳关，只给了拒北城一句话：

“我褚禄山在不在怀阳关，凉州关外战场的形势，就是两个样。”

徐凤年知道言下之意，但是仍然希望最后争取一次，当面去争取。

不是以三十万北凉铁骑主人的藩王身份，去见北凉都护，而是只以徐骁嫡长子的身份，去见“人屠”的义子禄球儿。

之所以如此马不停蹄，是因为徐凤年无比清楚，一旦董卓亲自出现在怀阳关城外，那么褚禄山就更不会离开。他徐凤年总不能直截了当地把褚禄山打晕了绑回拒北城，那样毫无意义。

至于为何他没有撇下吴家剑冢八十骑单独赶赴怀阳关，这里头就有些复杂了。

世事千万般，心安最难求。

临近怀阳关道路艰险崎岖的南方入口时，不光是年轻藩王身边一脸百无聊赖模样的吴六鼎，不仅是时不时就偷偷打量年轻藩王背影的胭脂评美人纳兰怀瑜，就连翠花这种剑心纯粹达到灵犀境界的女子，也察觉到徐凤年的异样情绪。

怀阳关被誉为“凉州关外第一险隘”，南口狭窄逼仄、蜿蜒崎岖的山路功不可没，这就使得这座关隘没有了后顾之忧。

可能是意识到自己的心境出现问题，徐凤年突然转头望向吴六鼎，笑问道：“听说在这二十年里，你们吴家老祖宗一一评点过剑冢剑士——邓太阿天生杀气最盛，竺煌杀心最重，翠花杀意最深……那你吴六鼎作为剑冠？”

吴六鼎不要脸地道：“我啊，明摆着根骨最好、天赋最高嘛！”

坐在马背上双臂环胸的竺煌嗤之以鼻，很不客气地讥笑出声。

徐凤年笑道：“吴六鼎，你别欺负我没见过世面。不说别的，天然剑坯我也见过好几位了，观音宗的卖炭妞和太白剑宗的陈天元，根骨比你可都要胜出一筹。”

吴六鼎哦了一声，一脸无所谓地道：“我还有天赋最高，怕什么？老祖宗在我很小的时候就说过，我这种百年不遇的剑道天才，剑道攀升不可以常理论，根本不讲究什么循序渐进。”

徐凤年啧啧而笑。

吴六鼎瞪了年轻藩王一眼，一本正经地道：“姓徐的，你想啊，当年你我在大江上初次相逢，我是什么境界？马马虎虎的伪指玄而已，可那会儿我就已经以剑冠身份闯荡江湖，你觉得是靠什么？”

徐凤年笑眯眯地道：“靠脸？”

吴六鼎愣了愣，笑脸灿烂，伸手揉了揉脸颊：“也对！”

始终闭目凝神的剑侍翠花微微叹息。

须发皆雪的赫连姓氏老人轻声笑道：“王爷，这桩事还真不是我们少爷吹嘘。剑冢曾经有位来历不明的古怪相士对六鼎这孩子摸骨定前程，说他这辈子有三次鲤鱼跳龙门的机会。第一次是六鼎年少时第一次进入剑山，当时所有人都不看好这个吊儿郎当练剑惫懒的孩子能够拔出一剑，不料竟然引来十二剑同时认主，可谓吴家漫长历史上屈指可数的异象之一。在这之后，本来练剑就三天打鱼两天晒网的六鼎更加敷衍了事。直到剑冢决定新任剑冠人选，本来一直停滞在连小宗师境界都没到的三品境界的六鼎，突然就领悟了好几手指玄剑术……”

吴六鼎哈哈大笑道：“这才是天才嘛，我要是真用心练剑，那还了得？！”

徐凤年破天荒嗯了一声表示附和，只不过接下来的一段话就让吴六鼎彻底吃瘪了：“如果我没有算错，吴大剑冠还有一次鲤鱼跳龙门的机会，如今是半桶水的指玄境，那么到时候跌跌撞撞跻身天象境界还是有可能的。不错了，大概能够跟同龄人里……那位据说一夜观雪悟长生的徽山轩辕青锋打得旗鼓相当。当然，前提是她只用一只手。”

吴六鼎勃然大怒：“老子就算只能破境跻身天象，即便不能一步跻身大天象境界，届时也肯定能够使出一两手陆地剑仙的招式！”

徐凤年哦了一声，轻描淡写地雪上加霜道：“一两手啊，是挺厉害的。像我也就几十手而已。”

吴六鼎可怜兮兮地转头望向纳兰怀瑜：“纳兰小姨，这家伙太欺负人了！”

她嫣然一笑，落井下石道：“姨又不是你娘，跟我叫屈没用。”

徐凤年微笑道：“对，纳兰姐姐甭搭理他。”

纳兰怀瑜挑了一下眉头，笑意更浓，眉宇间的风韵，如烟波袅袅。

吴六鼎瞬间还魂，神采奕奕，转头对剑侍翠花小声说道：“你听听这家伙的腔调，不愧是花丛里摸爬滚打出来的老手，翠花，是吧？”

不料翠花语不惊人死不休，神色淡漠地道：“不是。”

好似挨了陆地剑仙致命一剑的年轻剑冠顿时心如死灰，只觉得了无生趣。

徐凤年深呼吸一口气。

怀阳关外城南城门到了。

如果这次北莽叩关，是慕容宝鼎部攻打怀阳关，徐凤年根本都不用来这里。

但是世事无常，董卓来了。

不但如此，原本凉莽皆知的董家私军人马，人数还翻了一番！

在第一场凉莽战事中，董卓私军虽然未曾伤筋动骨，但是也折损不轻，而且董卓私军的人数在北莽南朝庙堂一直是桩笑谈。传闻老妇人很早在见到那个喜欢称呼自己为皇帝姐姐的小胖子后，就笑眯眯地亲口告诉他：“董胖墩儿，你在南朝的私军可以有，但是别折腾到十万人。要是过了这条线，也没关系，朕就升你的官，让你去北庭当大将军。”传闻不知真假，但是在那之后，董卓骑、步两军总数大致维持在六万人上下，巅峰时也不曾超过八万。

这次董卓在向北莽女帝上书自请攻打怀阳关的同时，好似一夜之间，董家私军大营就拥入了八万清一色的草原骑军！

加上之后老妇人送给他的万余柔然铁骑，董卓私军的规模已远远超过包括拓跋菩萨、黄宋濮和柳珪在内的所有大将，雄视北莽！

现在的西京、北庭两座朝堂，肯定在感到惊悚的同时也一头雾水。

偷偷摸摸拥有这份恐怖家底的这个董胖子，到底是不是要造反啊？

此时此刻，怀阳关外吴家剑士的视野之中，一个满脸谄媚的胖子好似一座小山，矗立在大门口。

北凉道二十年边关硝烟里，在文、武官场上，各有一位异类最擅长拍马屁。

李功德喜欢拍徐骁的马屁，功夫炉火纯青，堪称春风化雨。

有个靠诗词功夫赢得“褚八叉”美誉的胖子，喜欢拍世子殿下的马屁，却是怎么恶心怎么来。

徐凤年翻身下马，褚禄山自然而然帮忙牵马，动作娴熟。

暮色中，两人率先入城。

徐凤年没有开口说话。

那位禄球儿沉默片刻后，缓缓道：“我很心安，也请王爷安心。”

徐凤年目视前方，轻声道：“很难啊。”

褚禄山停下脚步，自言自语道：“说实话，这个世道，这个天下，一直让我褚禄山很不开心。”

城门洞内，光线昏暗。

褚禄山停下脚步，转头微笑道：“因为这个天下，最让我敬重的义父、义母，他们的儿子，不开心。”

年轻藩王也停下脚步，默不作声。

褚禄山看不清他的脸色，也不想看清，所以重新转回头。

两人就这么在黑暗中停步不前。

褚禄山突然沉声道：“别送了，褚禄山此生沙场厮杀无数次，每一次带人赴死，都不用人送行，更不想被人收尸。”

褚禄山大步向前，走出城门洞后，仰头望向天空。

他这辈子拍了那个年轻人的马屁很多次，说了无数句马屁话。

这个胖子此时想到的却是，很多年前，他让那个稚童骑在自己的脖子上，自己则骑在当时的徐家战马上。

不同姓氏的两兄弟，一起策马啸西风。

背对年轻人的胖子在心中轻声念道：

“小年，我褚禄山的弟弟，你我何须再见。”

自古便有边塞诗放言“西北两陇满劲气”，如今西北之西，更是如此。

流州副将谢西陲主动率一万烂陀山僧兵出城，竭力阻缓北莽步跋卒和两千南朝军镇边骑的北撤速度，但并不放开手脚厮杀。一旦北莽大军掉头，摆出冲锋厮杀的阵仗，僧兵同样原地结阵，按兵不动，好似富家翁的待客之道——备足酒水，坐等客人登门。

在攻打凤翔军镇一役中折损不轻的步跋卒很快意识到形势不妙。不过步跋卒可战之兵毕竟犹有六千众，加上从旁策应来去如风的两千骑军，要打要撤，都能够占据更多主动。那名步跋卒主将出身于北庭怯薛卫。北莽以武立国，凭借家荫和军功补官是两条最重要的进阶途径，能够担任步跋卒三位领军万夫长之一，也许未必是什么兵法大才，但绝不是只靠家世窃据权柄的庸人。

这座凤翔军镇的守城就透着一股诡谲气息，明明一开始就能够守得固若金汤，可那名主将分明是故意吊起他们的胃口，如青楼女子欲语还休——明明是打定主意卖艺不卖身的，却偏偏给人一种欲拒还迎的假象，使得后知后觉的步跋卒白白丢下四千具尸体。

那么当下一万僧兵死死咬住他们的尾巴，用意不难猜测，肯定是北凉边军的某支骑军即将赶至。至于到底是何方神圣，步跋卒万夫长想不到也猜不透。按理说流州各部骑军已经不可能再腾出手来阻截他们。就算流州能抽出少部分人马，此次偷袭凤翔、临谣两座军镇的南朝边军调遣了两万步跋卒和负责沿途护送的五千精骑，即便分兵两路，也不是北凉寥寥几千骑就能够吃掉的。

流州骑军兵力本就处于劣势，怎么可能抽出大股骑军离开青苍城北方的主战场？难道是那两支绕过许多军镇要塞，长驱直入姑塞州腹地的北凉轻骑？问题是他们如何能够及时赶回边境？难不成这两座兵力薄弱的军镇，一开始就是诱饵？可这就更不合理了，连他这位步跋卒万夫长，在得到黄宋濮的军令火速离开驻地之后，都不知道要赶赴何处，只是一路南下，直到越过凉、莽边境后，才得知是要奇袭凤翔、临谣。在此期间，他手上那封机密朱魍谍报言之凿凿，说那两万烂陀山僧兵应该过凤翔、临谣直奔青苍了。还是说北凉清凉山和都护府里真有未卜先知的神仙？

面对那一万烂陀山僧兵的死缠烂打，步跋卒万夫长憋屈得不行：真要不管不顾往死里打，己方没有丝毫胜算，更是等死——等着北凉边骑赶到后割取头颅而已；可不打，那些膂力惊人且悍不畏死的光头和尚也是不择手段——每隔一段时间，就有两三百僧兵不计体力损耗担任敢死之士，往他们的屁股上狠狠咬上一口。最让人心烦意乱的是，这些烂陀山秃驴在出城之前大概是把凤翔军镇的军械库搬空了，携带了不下两千的轻弩步弓。从僧兵所负箭囊数目来看，有不下四五万支箭。若说他们的准头只算稀松平常，甚至比不得草原儿郎马背颠簸时的骑弓。可是步阵之力，从来都在于“密集”二字，加上僧兵人人健壮魁梧，人人拉弓如满月，不需要什么准头，一轮轮泼洒如雨便是！最可怕的地方是那个年轻流州将军的打法，使得数量上并不显得如何惊世骇俗的四五万支箭仿佛用之不竭——那些僧兵能够优哉游哉地从尸体上拔出或是从地上捡起箭，一支支收回箭囊，这也使得不愿束手待毙发起过三轮冲锋的两千军镇精骑根本无法发挥骑军野战游弋的先天优势。至于一点点蚕食僧兵步军，就更是痴人说梦了。马弓射程本就逊色于步弓，这支南朝边骑又是清一色的轻甲轻弓，到最后，步跋卒主将无奈地发现，己方两千骑虽然还剩下兵力可观的一千六百骑，可是那支烂陀山僧兵竟然收拢了两百多匹战马。——他们鸠占鹊巢翻身上马之后，仿佛一下子多出了两百多骑！

这场仗，打得步跋卒万夫长差点儿吐血。

那个从头到尾都没有亲身陷阵的流州将军，实在太恶心人了！

最后实在是拖延不得，步跋卒万夫长只好找到那名来自姑塞州石崖军镇的骑军将领，欲言又止，极难开口。

心知肚明的骑将洒然一笑，也未多说什么。尽管之前仅是相互熟悉面孔而已的点头之交，这名骑将还是摘下腰间一条磨损厉害的白玉蟒带，恳请万夫长返回南朝后交予自家那位尚是少年的长子，只说这是先帝赐予他父亲的，如今虽已不值钱，却是他们那个小家族的一件传家宝。

一千六百骑整顿完毕，马头朝南，战刀向南。骑将转头目送步跋卒迅速向北撤离战场。

这位在北莽边关名声不显的普通骑将不知道，前不久，就在流州另一处战场上，打了一场差不多的骑将撞阵之战，有北凉骑将喊出了那句“愿死者，随我死”的悲壮豪言。

随着洪嘉北奔为北莽南朝带去数十万遗民，草原尚武之风不坠，但是被潜移默化地注入了许多柔软气息，恰似草原上年复一年的青草依依。

这名官秩不过从四品的边军骑军偶尔也会前往西京庙堂参与军国议事，在那期间遇到过很多文官、文人，大多都不合脾性，从无投缘之人。但在零零散散的庆功宴上或是被拉去凑数的酒席上，他也听到过一些让他无法想象的陌生风物。

比如那江南杏花烟雨天，深花枝，浅花枝，枝枝迎春。

他知道，自己与身后一千六百骑边关儿郎，是注定见不着中原江南的风景了。

一死而已。

这名骑军抽出北莽战刀，怒喝道："杀！"

谢西陲出城时便骑乘了一匹北凉战马，此时停马于僧兵步阵后方，抬头望去，微微一笑。

两万僧兵以步战骑，很快一支北凉万人轻骑就会还以颜色，以骑战步。

而且，北凉在两者的数量上竟然都占据优势。这种本不该出现在凉莽战场上的大好形势，自然都归功于这名"大楚双璧"之一。

但是，在看到那支北莽骑军壮烈赴死之时，这名流州副将忍不住想起密云山口那场惨绝人寰的厮杀，堆积如山的尸体，根本分不清是北凉边军的还是北莽蛮子的。

原来不独北凉铁骑视生死为小事，北莽亦是如此。

在之后漫长的戎马和官场生涯中，作为最终官至离阳正二品大将军且领上柱国头衔的无双儒将，作为一国西北之砥柱，哪怕在大局已定的形势下继续一次次前往草原平叛，谢西陲依然不曾将"蛮子"二字作为北莽士卒的后缀。

怀阳关外城以南，没有入城的那一骑独自停马于黄沙高坡，似乎在等人。

很快就有一道魁梧身影破空长掠而至，气势如虹。

将吴家八十骑留在关内的年轻藩王翻身下马，沉声问道："如何？"

一人即宗门的男子脸色难看："等我赶到敦煌城的时候，已经来不及了，数万草原骑军在攻破城池之后，依旧将其重重包围。我闯入城后，没有找到你所说的那名女子。之后我打探消息，只确定名叫徐璞的男子已经战死。"

徐凤年嘴唇紧紧抿起，微微发颤。

徐璞。

一个他年少时曾经喊过"徐叔叔"的男子。

与吴起同为徐家第一代骑军将领，在军中的辈分甚至比陈芝豹、袁左宗、褚禄山三人都要高。

秘密潜入北莽草原的呼延大观犹豫不决，似乎有些到嘴边的言语难以启齿。

徐凤年苦笑道："还有比这更坏的消息吗？"

呼延大观沉默不语。

徐凤年平静地道："说。"

呼延大观重重呼出一口气："那名老妇人当初对围城骑军下达的旨意是，无论敦煌城是战是降，城破之时，遇人即杀。"

徐凤年缓缓松开马缰绳，身形瞬间消散。

下一刻，高坡之上骤然响起一声砰然巨响。

呼延大观站定在山坡北方，随意抖了抖手腕。

年轻藩王站在靠南方的山坡边缘，两人之间，突兀地出现了一条深深的沟壑。

呼延大观面无表情地道："最少有三四万北莽骑军在等你自投罗网，加上李密弼亲自坐镇的数百朱魍谍子死士，都在等你。"

又是一声炸雷巨响。

只见呼延大观保持双拳向前捶出的姿势，厉色道："徐凤年！你难道不清楚，没有那女子的确切噩耗，正是老妇人和李密弼故意引诱你去死的陷阱？！如此粗劣的手段，你也看不穿？！"

刹那之间，巨响远远胜过原本声势就够惊人的先前两次。

呼延大观几乎是以倾力一拳将那名执意向北的年轻人击退数丈，冷声道："既然嘴上道理讲不通，反正你都听不进去，那么也行，我呼延大观虽说未必能够胜你，但拼个半死总归不难！我倒要看看，你徐凤年到时候如何进入敦煌城！"

不知道是不是应了那句"事不过三"的中原老话，年轻藩王不再继续向北掠，而是缓缓走到高坡北方，与呼延大观一人面北一人朝南，并肩而立。

年轻人双手笼袖蹲下身，安安静静地望向北方。

呼延大观安慰道："你不露面，她才真的有一线生机，明白吗？"

年轻人嗯了一声："刚刚想通。"

呼延大观如释重负。

真要跟这个年轻人做生死之争，他还有些犯怵。

没法子，他呼延大观是个拖家带口的老男人。

心情复杂的呼延大观唯有一声叹息。

年轻人嘴唇微动，碎碎念，悄不可闻。

"莫说我穷得叮当响，大袖揽清风。莫讥我困时无处眠，天地做床被。莫笑我渴时无美酒，江湖来做壶。莫觉我人生不快意，腰悬三尺剑……世上无我这般幸运人，无我这般幸运人啊……”

徐凤年和呼延大观一人一骑在夜深时稍稍绕路，从已经夜禁的南门进入拒北城。

那座藩邸依然灯火辉煌，人流如织。来往之人大多正值青壮，相较寻常北凉边军要多出几分儒雅气，不披甲胄，也不穿武官公服，多着文士青衫。但是人人悬佩北凉刀，且腰间悬挂一枚青玉质地的小巧印绶，印文皆是“军机参赞”四字，故而如今也被呼为“关外参赞郎”。

这拨人来历复杂，有的来自清凉山那座被北凉道誉为“龙门”的宋洞明官邸，也有经由黄裳、王熙桦等著名硕儒推荐，从各大书院提拔出来的年轻士子，有从凉、幽两州边军中抽调来的年轻武官，年纪最长者不过四十出头，不过人数较少，更多的是处于而立之年、当打之年，弱冠男子也不算少见。这些人拥有一个共同点，就是无论是北凉本土人氏还是外乡人氏，出身都不俗，自幼饱读诗书，且大多对兵法情有独钟。由于军机参赞郎的特殊身份不好划分官身品第，北凉道副经略使宋洞明和凉州刺史白煜两位文官领袖权衡利弊之后，都同意这些年轻人暂时仅以白衣身份在拒北城藩邸参赞大小军机事务。但是这些人可以领取俸禄，与离阳朝廷的下县县令相当。听上去俸禄好像不低，但是副经略使官邸和凉州刺史府邸一开始就撂下话：“钱得先欠着！”不过所有人接到一纸调令后，仍是欣然赴命。

藩邸占地颇广，徐凤年一路向议事堂行去。这里早就立下一条不成文的规矩：所有人物不论官职高低，见到年轻藩王之后只须放缓脚步，既不须停步，也无须行礼，最多就是迎面相撞的时候稍稍向廊道两侧而行，为年轻藩王让出道路。今天几乎所有人都发现，年轻藩王虽然依旧平易近人，但似乎气势有些低沉内敛，像是心事重重的模样。

徐凤年来到藩邸第一重地的边军议事堂。相比当下象征意义更多的清凉山议事正堂，拒北城里这座氛围肃穆的宽敞议事堂才是真正决定北凉关外战事走向的枢密重地。

议事堂并不常用，除非商议出兵大事，或是关键时刻大将云集，议事堂才会人满为患。徐凤年越过门槛的时候，只有寥寥无几的军机参赞郎正在往墙壁角落悬挂几幅刚刚由拂水、养鹰两房送来的青州形势图。见到年轻藩王的身影后，持竿架图的两名年轻人不方便行动，那名负责留心地图是否歪斜的军机参赞郎则赶紧转身，恭敬地抱拳道：“参见大将军！”

徐凤年微笑点头，然后摆手示意他们不用理会自己。

呼延大观没有跟随年轻藩王跨入议事堂，而是大步离去，这一去就不仅仅是离开拒北城而已，而是直接离开凉州，携妻儿离开北凉道，去往西蜀游览风光。

呼延大观离去的时候似乎颇为愤懑，骂骂咧咧，双手互揉手臂，手臂上依稀可见伤痕和瘀青。

原来在南归途中，那个分明说了已经“想通了”的年轻藩王，两次毫无征兆地向北飞掠。好不容易拦阻一次后，满肚子火气的呼延大观第二次则是直接扯住年轻人的脚踝，往地上重重一扔，砸出一个尘土飞扬的大坑。

这位北莽江湖人在新鲜出炉的两朝新武评之中顶替了曹长卿的位置，一举跻身天下四大宗师之列，虽然在四人中垫底，但是世人公认能够与徐凤年、拓跋菩萨和邓太阿并肩之人，绝不是普通的陆地神仙境界。这一届武评还额外评点了如今的江湖：陆地神仙的人数虽然要略少于王仙芝领衔武林的时期，但是这几位陆地神仙的战力之强、境界之高，是千年未有的大气象、大盛况，堪称千年江湖最大年份的最辉煌时期。

在这趟孤身赶赴敦煌城为年轻藩王打探消息后，呼延大观自认已经与徐凤年了清旧账。前生事，今世结，以后便是独木桥阳关道，双方生死自负。

徐凤年自然也没有挽留呼延大观。

北凉骑军主帅袁左宗佩刀走入议事堂，门槛左右蹲坐着正在玩耍的呵呵姑娘和朱袍徐婴，如果换成一般人，还真没从她们之间跨过门槛的胆识。

看到孑然一身站在长条桌案前低头俯视那幅凉莽边关图的年轻藩王，袁左宗一点儿也不意外，缓缓走到徐凤年身边，轻声道：“当年褚禄山钻牛角尖的时候，连大将军也劝不动。也就义母开口说话，褚禄山才愿意听上一句。”袁左宗想起一桩陈年旧事，忍不住微笑道，“其实咱们刚到北凉扎根那会儿，大将军原本有意让褚禄山出任骑军副帅，一半是犒赏褚禄山在春秋战事和北征草原中的军功，一半也是为了掣肘当时徐家唯一被朝廷敕封为怀化大将军的钟洪武。那时候，对于离阳赵惇赐下的大将军头衔，钟洪武虽然心底艳羡得很，却也十分犹豫，毕竟那是离阳赵室故意用来恶心义父的手笔。最后义父笑言‘白拿的正二品官职，不要白不要’，钟洪武这才心安理得地接受。只是褚禄山气不过，打死也不愿去凉州关外担任骑军二把手，说是怕自己忍不住一巴掌扇死姓钟的老家伙，这才在凉州城内当了个芝麻绿豆大小的官，不文不武的。也就褚禄山自己甘之如饴，其他人都想不明白。他一手调教出来的八千曳落河铁骑老卒，也正是在那时候解散的。毕竟主将褚禄山离开了边军，这支骑军便名不正言不顺，总不能在凉州关外自立门户，那也太不像话了。”

徐凤年突然抬起头，双手握拳抵在桌面上，问道：“褚禄山留在怀阳关，难道当真比在这座拒北城运筹帷幄更有利于北凉大局？”

袁左宗没有急于给出答案，反而心平气和地说了些题外话：“褚禄山是正儿八经的骑将出身，从春秋战事早期就投身骑军，其实与吴起、徐璞等人是一个辈分的徐家铁骑老人。只不过因为褚禄山带兵打仗太狠了，对敌人狠，对自己更狠——给他一千兵马，别人一场苦仗打下来，可能最少也留下个四五百人，可是到了他手里，剩下两三百骑就是天大的侥幸了。所以，褚禄山当初虽然号称‘徐家胜仗第一人’，事实上却一直没能够攒下自己的班底。倒是陈芝豹，随着漫长的春秋战事缓缓推进，麾下嫡系也越来越多，最终脱颖而出，甚至在真正实力上能够隐约压过名义上官职更高的吴起、徐璞等人。后来褚禄山千骑开蜀，知道那一千骑是怎么来的吗？当初谁都认为山路崎岖、天险连绵的西蜀根本不适合骑军突进，因为很容易就被莫名其妙堵在某个地方，而那个地方极有可能在地图上根本就没有记载。所以当褚禄山提议自己去开路时，大将军没有答应，甚至一心复仇的赵先生也犹豫不决，只有李先生觉得此事可行。到最后，大将军被褚禄山烦得不行，就让他自己招兵买马去，找到多少，想干吗干吗去。然后褚禄山他自己只拢起了两百多老卒，剩余八百余骑，是觍着脸从我这里借走的。我一开始也不愿意，褚禄山就跑去李先生那边，让李先生帮忙说情。他褚禄山这才能够带着一千骑往西蜀奔袭而去。”袁左宗重重叹息一声，感慨道，“之后就是名动天下的千骑开蜀。本来我们徐家军都做好了最坏的打算——不带一骑一马，只以步军杀入西蜀国境。但是，在那块地方，竟然出现了西蜀数百年历史上闻所未闻的两万敌骑！要知道，在大奉末年，三十万草原骑军势如破竹成功南下，可最后真正成功进入西蜀的骑军，还不到一万！”

袁左宗转头望向年轻藩王，缓缓道：“率领骑军作战，无论是正面还是奇袭，我袁左宗自认不输褚禄山。假设一场大战有一连串大小战役，我敢说到最后，我与褚禄山的战功大小，大致可以平分秋色。你褚禄山能够捞到一个‘平’字头实职将军，那我袁左宗也绝不会只能拿个‘镇’字头将军。但是，在一串战事中，如果必须接连面对两三场困难至极的关键战役，我袁左宗绝不敢说都能打赢，可褚禄山……他绝对可以！”

袁左宗继续道：“恐怕如今已经没有几个人记得，很早以前，大将军对褚禄山开过一个玩笑——‘你小子打仗太他娘的王八蛋了，胜仗是多，可你瞧瞧最后能剩下几个活人？我老徐家的那点儿家底，如今可经不起你这么折腾，所以你小子耐心等着，等到哪天我徐骁麾下有十几二十万铁骑，那个时候，都交给你禄球儿也无妨！’”

袁左宗自嘲一笑：“实不相瞒，当时清凉山决定让我出任骑军主帅，让褚禄山出山担任北凉都护，我就找到他，想与他互调一下，也算是完成了义父的那份承诺。因为我知道，褚禄山对骑军的那份痴情，无人能比。只是当时褚禄山拒绝了，笑嘻嘻地跟我说了句‘老子当了这么多年芝麻官，好不容易东山再起了，不当个官最大的北凉都护过过瘾怎么行。’”

袁左宗平稳了一下情绪，弯腰伸手，在形势图上怀阳、茯苓、柳芽、重冢一关三镇那条防线上抹过：“怀阳关内没有骑军，因为天险既是优势，也是劣势——不可能存在大规模的骑军。勉强藏下两三千轻骑自然不难，可是在凉莽战事里，怀阳关这点儿骑军不过是杯水车薪，意义不大，还不如放在左、右两翼的茯苓和柳芽两座军镇。这两镇骑、步皆有，之前幽州步军西调，除了拒北城，主要便是调入这两处，各自驻扎有七千幽州步军。至于位于防线后方的重冢军镇，一直是戍守步卒多过用于出城野战的骑军。由于这相隔不远的一关三镇形成了一个完整的防御体系，所以换成我坐镇调度，一样可以。褚禄山之所以不愿离开，主要是因为想吸引北莽战力最强的董卓部，让其十数万精锐私军停步不前，以便极大地减轻我凉州左、右骑军的压力。因为怀阳关再难攻打，终究不是虎头城这种让北莽骑军绕不过去的边关雄城，若是北莽蛮子根本不去理睬，直接猛攻茯苓、柳芽、重冢三镇，尤其是在虎头城已经失去的前提下，怀阳关也就完全丧失了战略意义。所以王爷刚刚所问的问题，已经有了一半的答案，也正是褚禄山先前给拒北城的那个答复——他在不在怀阳关，凉州关外战场就是两种情形。归根结底，整个北凉，包括所有北凉边军在内，只有他褚禄山一人能够让董卓不得不死磕怀阳关。在这种形势下，换成凉州左、右骑军对阵慕容宝鼎部，哪怕这位橘子州持节令身后有种神通、完颜金亮、赫连武威和王勇四人联袂压阵，我们仍然毫不畏惧！褚禄山甚至可以在某些时刻调动茯苓、柳芽两镇骑军，反过来出人意料地支援左、右骑军！不过……”

知道袁左宗担心之事的徐凤年轻声道：“我已经将八十骑吴家剑士留在怀

阳关。”

听到这个意外之喜的袁左宗满脸欣慰，点了点头，语气也轻快了几分：“如此最好。到时候关外各处战事必然极为惨烈，北莽对于我方军情谍报的传递也必定会竭力阻截，寻常斥候或是信鸽根本没有机会传出军令，有八十骑吴家剑士帮忙，褚禄山肩上的担子就会轻很多。”

徐凤年重新低头盯着那幅边关形势图，沉思不语。

袁左宗突然好奇地问道：“王爷事先是怎么知道，那支耶律姓氏帮助董卓在北方草原上养出了大量私军，而且连数目都那般精准？”

徐凤年脸色晦暗：“是来自河西州边境上那座敦煌城的最后一封谍报。”

袁左宗脸色凝重，欲言又止。

徐凤年苦涩地轻声道：“为了防止身份泄露，拂水房很早就主动断绝了与敦煌城的联系，今年开春之前，便只有敦煌城单方面的谍报传递。上次在龙眼儿平原，拓跋菩萨故意透露出一个消息——北莽老妇人令赫连武威和几位草原大悉剔围困敦煌城。那一战之后很长一段时间，直到离开武当山之前，我根本就没办法北行……”

袁左宗小心斟酌措辞：“我以为王爷这趟怀阳关之行，会顺势前往敦煌城。说实话……我已经准备亲自率领一万大雪龙骑军绕开北莽中军，从东北方向进入龙腰州，然后向北奔袭，接应你返回。”

徐凤年猛然抬头。

袁左宗笑道：“虽然到时候见面肯定要骂你几句，但不耽误我涉险出兵。”

徐凤年低头望向地图上的敦煌城，怔怔出神。

袁左宗神情凝重：“我不知道王爷为何最终没有动身进入北莽，但是我必须坦言，如果你真的去了，最好的结局也就是你侥幸活着回到拒北城，我和一万大雪龙骑军注定会全部战死在北莽龙腰州境内。凉州关外大战已经开始，你徐凤年一人的取舍，不管出于何种初衷，你既是北凉王，也是武评大宗师，谁都拦不住，但后果之重，远不是当初你我率军进入中原那么简单。”

徐凤年没有解释什么，只是自言自语道：“我当然知道后果，就是忍不住，就是很想去敦煌城看一眼。就像我明知劝不回褚禄山，还是想去怀阳关看他一眼。”徐凤年深吸一口气，说道，“袁二哥，让你失望了。”

袁左宗愣了愣，然后摇头笑道：“失望？我、齐当国、褚禄山，都不曾失望！”

徐凤年默然望着袁左宗。

袁左宗拍了拍年轻藩王的肩膀：“人生最难死无憾，我北凉铁骑何其幸运！”

徐凤年轻轻摇头，沙哑地道：“只有你和褚禄山两人了，我宁愿你们苟活……”

袁左宗笑了笑，不等他说完便转身离去。

背对年轻藩王的北凉骑军主帅笑道：“苟活一事，下辈子再说！”

第十章

直入云端斥仙人 手摘天雷返人间

徐凤年一离开议事堂，便感受到一股凉意，仰头望去，竟是一场秋雨不期而至。廊下悬挂的一盏盏大红灯笼散发出一圈圈柔软的黄晕。

呵呵姑娘和朱袍徐婴屁颠屁颠地跟在年轻藩王身后。跨下台阶去往二堂的路上，徐凤年突然停下脚步。等到两人一左一右走到自己身边，他高高举起手，放在她们头顶，帮她们遮雨。

一路行去，深夜时分，藩邸内仍是人流不息。一位手持油纸伞快步从后堂前往兵房议事的参赞郎，看到这罕见的温馨一幕后，稍稍犹豫，还是打消了将伞送给年轻藩王的念头。

藩邸议事堂前甬道两侧各有兵、吏、户和礼、刑、工六座科房。如今北凉道副节度使杨慎杏坐镇兵房衙屋，经略使李功德在吏房当值，户房暂时由凉州刺史白煜主持巨细事务。虽然这位白莲先生在凉州城有一座从田培芳手上接过的刺史府邸，而且在清凉山也保留有衙屋，但以后显然是要把重心放在拒北城的。至于是为了凉莽大战也好，还是为了摆脱那位副经略使宋洞明的官场阴影也罢，白煜的执政功力毋庸置疑，别说小小一座户房，恐怕就连一座离阳户部衙门都能娴熟掌控。暂时离开书院的王祭酒领衔礼房，工房则交由墨家巨子宋长穗打理，与此同时，后者继续以拒北城督造副监的身份完善拒北城。刑房并无谁坐上第一把交椅，养鹰、拂水两房各有一名履历丰富的谍子头目坐镇此地。

中轴线的正堂之后便是二堂，堂上悬挂着一块匾额——“求暑堂”。这名字十分古怪，毕竟世间君主藩王的别院行宫，无一不是避暑胜地。

二堂主体建筑是居中的签押房，年轻藩王的书房就在隔壁。只不过相比当年清凉山梧桐苑的风雅无双，这间书房可谓简陋至极，所放书籍也都是北凉边军档案。

除此之外，包括凉州左、右骑军，流州龙象军，铁浮屠，白羽轻骑在内的诸多凉州关外精锐边军，在此也设置有兵科房。还有幽州步军科、四州将军科和十四校尉科，亦是各有一座衙屋，以便军令传递通畅。

三堂悬匾“思量堂”，取自李义山之语“千秋功业，最费思量”。那副门联同样来自这位听潮阁谋士的生前名言——“与百姓有缘，才来此地。求问心无愧，虽死无悔。”二十多名军机参赞郎常驻此处，其余三十余以白衣身份悬佩印绶的幕僚在正堂六房当值，出入自由。这些青衫郎的官场进阶途径类似离阳科举进士，只是职责更像位于枢密重地掌握机要的门下省官吏。军机参赞郎的根脚在流州刺史府邸，进入幽州担任骑军将领之前的郁鸾刀便曾是类似角色，位卑权重。此举首创于曾是离阳储相之一的宋洞明。在第一场凉莽大战之中，北莽边军之中也有相似的人物，不但安抚了一大批中等门庭的草原权贵，也极大地提升了南朝边军战力，正是北莽帝师太平令的手笔。

徐凤年一直走到位于藩邸最后方的四堂，这里便是他与眷属的起居处。思量堂与四堂之间有花墙、影壁隔断，左、右两路厢房大小十余间，廊沿、门楣与栋梁粗看平平，材质也绝非檀、楠这等皇家木料，不过细看便知独具匠心，雕工精细，据说是经略使李功德借鉴了江南道庭院的样式。姜泥、呵呵姑娘和徐婴就住在这里。徐北枳若是留在拒北城，也定然有一席之地。至于其他人，恐怕也就只有袁左宗、褚禄山两位老凉王义子有资格入住。这种事情，与官品高低、军功大小都没有关系。徐北枳身为一道转运使，在拒北城悬挂匾额后很快就南下陵州，用他的话说就是“等忙完了这阵子，我就可以忙下阵子了”。当时心有愧疚的年轻藩王还想安慰来着，只是刚说完那句“有句话不知当说不当说”，转运使兼副节度使的徐北枳就很不客气地撂下一句“那就别说”。这让好心被当成驴肝肺的新凉王憋屈得一塌糊涂，只不过习惯就好。

到了四堂庭院，呵呵姑娘就去屋内拿了把崭新的油纸伞，拉着一袭红袍的徐婴跃上屋顶。两人挤在一把小伞下，窃窃私语。

夜深人静秋雨长，徐凤年看到姜泥的屋子一片漆黑，想来已经睡去。没有睡意的他便搬了把椅子坐在屋檐下，身体前倾，伸手去接那从屋脊间淅沥沥落下的雨水。

这场下满北凉的入秋第一场雨始终没有停歇，一副不淹死鱼就不罢休的架势。大概是觉得等不到月亮出来了，贾家嘉和徐婴从屋顶飘落回庭院。缓缓回过神的徐凤年对呵呵姑娘柔声笑道：“西蜀境内有两位上了岁数的拂水房谍子，近期要返回北凉养老，到时候我送你一件礼物。”

贾家嘉面无表情地呵了一声，就当答复他“知道了”。

只有最熟悉这位天字号杀手的人才会发现，她的脚步似乎轻盈了几分，啪啦啪啦，在庭院的青石板上溅起无数细碎的水珠。

远远凝望着青葱少女的步伐，年轻藩王会心一笑，微微眯起那双狭长眼眸，眉眼温柔。

等到少女和徐婴各自掩上屋门，徐凤年还是安静地坐在那把椅子上。椅子是从西楚传遍春秋的太师椅，坐着其实并不舒服，因为要求坐椅之人正襟危坐。

突然，一张欢喜的脸庞从屋门后探出。徐凤年偏移视线，向她眨了眨眼。

那一刻她的笑意更多，这才彻底关上门。

一更戌，二更亥，三更子，一更一更逝去。

徐凤年双手笼袖，向后靠着椅背，从头到尾都仰头望着雨幕，怔怔出神。

突然传来一阵吱吱呀呀的轻微声响，徐凤年闻声望去，嘴角翘起。

穿戴整齐的姜泥跨过门槛，身形一掠，穿过雨幕，站在徐凤年身边，也不说话。

徐凤年站起身，把她按在椅子上坐下，然后自己蹲在她身边。

徐凤年望着阶下的积水，轻声问道："你小时候除了想杀我报仇，还想做什么事情？"

姜泥思索片刻，一本正经地道："很想有钱买纸笔，不用大冬天拿树杈在雪地里写字；还想有张大些的床，垫上软软的被褥；想有很多很多厚实的衣服；想吃好吃的杏仁酥吃到撑；想睡懒觉……"

徐凤年忍俊不禁道："你想得还真多。"

姜泥转头瞪了他一眼。自己这么用心回答他的无聊问题，他还好意思取笑她。

徐凤年笑问道："那你猜猜看，我小时候的梦想是什么？"

小泥人脑袋一歪，不搭理他。

当年的少年世子殿下，除了欺男霸女、拈花惹草，还会想什么？

哦，他还会想怎么欺负她。

她想到这里，有些生气。

徐凤年把手从袖管里抽出来，揉了揉脸颊，无奈地道："也许跟你提起过，我小时候很想做大侠，取个响当当的绰号，在江湖上行侠仗义。不过其实在更早的时候，在我娘去世之前，我是想当个读书人的，身穿儒衫，满腹韬略，出口成章……"

听着徐凤年的絮絮叨叨，小泥人也没觉得如何厌烦，一直没有睡着的她甚至连出门时的浓重睡意都没了。

徐凤年伸出手指向院中的雨幕："像不像一条没什么声势的瀑布？"

小泥人只觉得莫名其妙，撇撇嘴，摇头道："没看出来。"

徐凤年问道："你有没有听过一位当世大文豪的《观瀑生气歌》？"

小泥人更加一头雾水："没啊。谁的文章？"

徐凤年笑道："反正我最佩服这个读书人了，你竟然没听说这篇诗歌，真是遗憾。”

知道这家伙对天下读书人的观感一向不佳的小泥人，好奇心顿时被勾了起来：“到底是谁？”

徐凤年没有说是谁，只是娓娓道：“莲花之瀑烟苍苍，牯牛之瀑雷硠硠，唯有九华之瀑不奇在瀑奇脊梁，如天人侧卧大岗一肱张。力能撑开九万四千丈，好似敦煌飞仙裙叠嶂。放出青霄九道银河白，恰如迟暮老将两鬓霜。我来正值泼墨雨，两崖紧束风大怒。云涛乍起涌万重，洪水冲夺游人路……我曾观潮更观瀑，瀑下静立一白鹿。霎时人鹿两相望，南唐东越或西蜀？后有老僧牵鹿走，再有掉头笑……语罢月落西山水茫茫，只觉石梁之下烟苍苍，雷硠硠，挟以春秋凄风苦雨，浩浩荡荡如河江。”

小泥人点头道：“是挺好的。”

徐凤年笑道：“对吧？”

然后小泥人说道：“反正挺上口的。”

徐凤年有些受伤，叹了口气。

小泥人猛然转头，一脸怀疑地问道：“难不成是你写的？”

徐凤年翻了个白眼。

小泥人恍然道：“我就说嘛，肯定不是你写的，你只会跟人买诗词文章……最可恶的是从来不知道讨价还价！”

年轻藩王当下有些忧郁啊。

小泥人低头看着他的侧脸，有些心虚，后知后觉地道：“还真是你写的？”

徐凤年轻轻点头。

脸色认真至极的她安慰道：“不错了，这辈子好歹算是写过一篇像样的文章了……”

徐凤年龇牙咧嘴：这话说的，你还不如不安慰呢。

长久的沉默后，徐凤年没来由自言自语道：“梦想是什么，就像是一个躲在远方朝你做鬼脸的小孩儿，而那个天真顽皮的孩子永远不会长大。”

姜泥想了想：“要是我，就把那孩子抓起来打一顿。”

徐凤年平静地道：“可是我抓不住啊。”

流州战事捷报连连。

先是寇江淮联合龙象军攻入黄宋濮部大营，不但成功入营歼灭辎重营，对完颜银江部边军精骑也斩获颇丰。随后谢西陲好似天人附体，未卜先知，率领烂陀山僧兵分兵凤翔、临谣两镇，不但成功阻止了南朝步跋卒的奇袭，与此同时，原本已经深入姑塞州腹地的曹嵬部骑军杀了一个回马枪，将剩余六千步跋卒和被谢西陲部僧兵拖入步阵泥潭的南朝边骑全部剿杀在姑塞州边境上。经此一役，已经有密云山口战役珠玉在前的北凉骑将曹嵬赢得了“曹奔雷”的绰号。

随着吃过两次亏的黄宋濮部西线主力放缓推进速度，谢西陲也率领僧兵增援青苍城，流州形势一片大好！

只是在这期间，一封弹劾谢西陲的折子经由流州刺史府邸传阅后，被送往拒北城藩邸，悄然给笼罩在这场连绵秋雨之中的拒北城增添了一分凌厉肃杀之意。

徐凤年站在气氛凝重的兵房，轻轻放下那封流州刺史杨光斗、别驾陈锡亮和流州将军寇江淮三人皆有批语的折子。这座衙屋之内，除了年轻藩王，还有坐镇此地的副节度使杨慎杏，闻讯赶来的经略使李功德和凉州刺史白煜，刚刚升任拒北城城牧的许煌，刚刚从左骑军转入右骑军担任第一副帅的李彦超等多位边将。折子初始内容出自原幽州步军校尉现凤翔军镇主将，详细描述了凤翔镇攻守战的首尾。弹劾内容只有一点，就是谢西陲在守城战役之中，过分珍惜烂陀山僧兵，两天一夜的守城，僧兵参与城头协防的人次竟然只有九百余，造成了凤翔守城士卒无谓的牺牲，幽州步军老卒战至仅剩九十二人！

同为大楚双璧的寇江淮和谢西陲，流州一正一副将军，两位年纪轻轻却出类拔萃的兵法大家，无论各自的初衷如何，在整个北凉边军心目中的地位，也许从今天起，将要出现一道分水岭。因为在青苍城以北的主战场，在那场打得黄宋濮大军毫无脾气的辉煌战役中，寇江淮先死龙象军后死流州骑军的做法，既没有失去龙象军的尊敬，也赢得了整座流州流民青壮的感激。

反观谢西陲，空有密云一役的大好先手，凉州关外当初都为其打抱不平，觉得谢西陲比寇江淮更适合担任流州将军。虽说事后谢西陲和曹嵬部骑军依然拿下了全歼一万步跋卒和二千南朝边骑的巨大战果，但是毫无疑问，谢西陲失去了许多人心。从这座拒北城，再到远在幽州的步军帅帐，北凉都护府和左、右骑军驻地，也许都会对谢西陲产生质疑，因为北凉边军对于沙场上见死不救是深恶痛绝。这缘于徐家军在草创初期，在为离阳朝廷开拓疆土的过程中，吃过无数次类似的苦头，尤其是谢西陲此举，还有保存实力捞取战功的嫌疑。

在年轻藩王的种种举措之下，春秋老将杨慎杏作为逐渐被北凉边军接纳的一道副节度使，对此事其实具有仅次于褚禄山所在都护府的话语权，但越是如此，杨慎杏就越不敢擅作主张，不得不第一时间派人通知年轻藩王。杨慎杏知道这件事的棘手之处，不在于如何安抚那名凤翔军镇的守将，甚至不是如何处置已经有两大战功傍身的流州副将谢西陲，而是稍有不慎，就会造成北凉新、老两代将领的分裂。更让人头疼的是，这种整个北凉边军都心知肚明的格局，始作俑者，正是站在书案后的那位年轻藩王。从最早的幽州骑军主将郁鸾刀和大放异彩的骑将曹嵬，到如今手握流州权柄的寇江淮、谢西陲，拒北城城牧许煌，甚至是更早的幽州将军皇甫枰、重骑军副将洪骠，加上徐北枳和流州别驾陈锡亮，新凉王不但大力提拔年轻人，也不惜破格任用与北凉毫无渊源的外乡人，所以说这封弹劾，捅破了连燕文鸾、何仲忽这些在北凉关外根深蒂固的边军老帅都不敢或者准确说是不愿捅破的那层窗纸。

白煜向前几步，伸手拿起那封折子。视力衰弱的白莲先生几乎将折子贴在了鼻子上，这幅滑稽的场景，却没谁笑得出来。

稳坐流州封疆大吏第一把交椅的流州刺史杨光斗，在浏览折子内容后，用一丝不苟的小楷批了三百余字，对谢西陲此举极为贬斥，弹劾的措辞比那名凤翔军镇守城将领还要严厉，尤其是那句“我幽州步军老卒死得，你谢西陲麾下的僧兵就死不得”，大概一语道破了所有北凉边军的心声。

陈锡亮的批语相对温和，但是依然倾向于不赞同谢西陲的举措：“流州副将谢西陲此举，不违北凉军律，只是情不可原。”

至于在西楚广陵道就与谢西陲不太对付的流州将军寇江淮，批文更是简明扼要，就两个字：“已阅”。

白煜虽然看书伤了眼睛，但也只是捧书高度异于常人而已。这位龙虎山小天师年幼时就被公认能够一目十行且过目不忘，所以浏览折子极快。他转身把折子递给经略使李功德，率先打破沉默，微笑道：“寇将军的字，不错。”

然后他就彻底没有下文了。

杨慎杏顿时苦笑不已。老将本以为，在北凉道地位超然的白煜，能够帮自己更帮王爷打破僵局，哪里想到他这般无赖。

接过那封折子就像接过烫手山芋的经略使大人粗略看过之后，本想说“陈别驾的字其实也不错”，只是犹豫了一下，还是干脆保持缄默，把折子再度递给身后的李彦超。

这位与宁峨眉、典雄畜和韦甫诚并称“北凉四牙”的右骑军新副帅，“叛出”何仲忽左骑军投入“锦鹧鸪”周康麾下的行为，前不久在凉州边军里一样被传得沸沸扬扬。李彦超大致看过之后，没有像白煜、李功德两位北凉文官领袖那般捣糨糊，抬头对站在书案后的年轻藩王直截了当地道：“末将倒是以为，谢将军此举，不但不违军律，而且情有可原！”李彦超在看到新凉王点头示意后，继续朗声道，“杨刺史质疑谢将军有拥兵自重之嫌，不愿折损烂陀山僧兵，但是密云山口一役的惨烈程度，想必屋内诸位都一清二楚。曹嵬部一万精骑死伤如何？谢西陲麾下骑军死伤又是如何？！末将与谢西陲从不认识，连见面都不曾有，但是自认对此人的用兵略有心得，那就是在任何一处由他主持大局的战场之上，谢西陲都会‘锱铢必较’。这场凤翔军镇攻守战，若是烂陀山僧兵早早参与守城，不故意露出破绽任由北莽蛮子多次攻上城头，那一万步跋卒和三千骑又岂会在城外逗留两天一夜？若非如此，曹嵬部骑军又怎能及时截下北莽北撤的残部兵马？在末将看来，凤翔守将自然是守城有功，为战死袍泽弹劾谢西陲亦是在情理之中，但是谢将军更是有大功而无过！”

李彦超把折子递给身后一名校尉，然后向年轻藩王抱拳，沉声道：“若是谢将军他日来这拒北城，末将李彦超，恨不得为他牵马！”

堂堂一位北凉边军副帅，愿意为人牵马，这几乎是对那位马上之人的最高赞誉了。

“人屠”徐骁一生，也仅有两次为他人牵马。一次是为如今尚且在世的“莲”字营老卒林斗房，另外一次是为某位战死之人，为马背上的那具尸体牵马，将他带回营。

蓄有美髯的许煌皱眉问道：“王爷，谢将军可有折子来到这拒北城，为自己解释？此事我们不该只听一面之词。”

徐凤年摇头道：“折子有一封，却不是为凤翔守城一事，只解释了他为何没有让入驻军镇的一万僧兵死守军镇，为何没有缠住那支无功而返的七千步跋卒。”

临谣军镇的烂陀山僧兵不曾主动出城，这的确是一件怪事，拒北城这边都感到有些讶异：既然事实证明谢西陲确实料敌机先，那么以谢西陲在沙场上表现出来的果决，本该让那位烂陀山女子菩萨率军出城作战——以曹嵬部骑军已然震惊凉莽的推进速度，绝对可以在姑塞州东南边境上拦截下步跋卒，但是谢西陲还是与这份唾手可得的军功失之交臂。其实，这位流州副将只要能够全歼两万步跋卒和六千余骑南朝边军，为青苍以外的大半座西域战场完美收官，那么就算有这封弹劾折子，也绝对不至于让拒北城这么举棋不定。北凉既然以武立藩，归根结底，还是战功说了算数。

杨慎杏好奇地问道：“敢问王爷，那谢将军在折子里是如何解释的？”

徐凤年平静地道：“谢西陲说，流州西部战场已经尘埃落定，北莽南朝步跋卒留下几千人马无关大局，但是我流州青苍城以北地带才是需要面对黄宋濮部大军的主战场，他是带着一万五千烂陀山兵马，还是只剩下一万僧兵增援青苍，五千之差，便是天壤之别。”

深谙沙场兵事的许煌沉默片刻，感慨道：“我也愿为谢将军牵马！”

徐凤年突然笑了笑：“谢西陲打了两场匪夷所思的大胜仗，寇江淮在第二场阻截战里，更是打得黄宋濮部十数万骑军好像沦为了步军，流州战局已经趋于明朗，接下来就看我们凉州关外了！”

然后徐凤年坐在那把本该属于杨慎杏的椅子上，铺开宣纸，落笔之前，抬头对众人说道：“我来写信跟那位凤翔军镇守将解释，诸位，拒北城以及拒北城以北，就麻烦你们了。”

屋内所有人都如释重负。

李功德转身跨过门槛后，笑眯眯地对身边同行的城牧大人道：“咱们王爷的字，那是真的好，风骨铮铮，意气飞扬……”

许煌同样笑眯眯地道：“隔着这么远，李大人就不怕王爷听不见这番话？”

李功德压低嗓音：“王爷是武评大宗师呢。”

许煌伸出大拇指：“佩服！”

屋内正在酝酿书信措辞的徐凤年哭笑不得。

就在此时，刑房那位拂水房大谍子领着一名女子快步走到门槛外——女子头顶帷帽——然后两人停步不前。很显然，哪怕这栋位于藩邸的小屋是当之无愧的北凉头等枢密重地，这位拂水房谍子仍是觉得不适合公然介绍女子的身份。

徐凤年停下笔，抬头望去。

拂水房谍子并未出声，只是谨慎至极地微动嘴唇。

东岳。

徐凤年悚然起身。

徐凤年起身后放下笔，想起那封寄往凤翔军镇的书信才写到一半，便跟杨慎杏打了声招呼，让他先把书案空着，公门修行境界深厚不输李功德的副节度使自然淡然应诺。

徐凤年让拂水房谍子头目先回刑房，独自领着那名帷帽女子前往二堂签押房隔壁的书房。他轻轻关上门后，女子摘下帷帽，露出一张足可称倾城的脸蛋儿。

能够让一间简陋的书房蓬荜生辉的她，姿色确实会给人惊为天人的感觉。这座拒北城内，应该就只有容颜倾国的姜泥才能够彻底压她一头。徐凤年当时看到拂水房谍子的唇语后，脑海中蹦出的，不是天经地义的“东越”二字，而是相对生僻的“东岳”。这才是让徐凤年如此谨慎的真正原因，甚至可以说，这是一场不为人知的漫长等待。徐凤年袭位之前，就开始等着水落石出的一天。当年他以世子殿下的身份孤身赶赴北莽，不过只是处在先手阶段尾声的落子，哪怕第一场荡气回肠的凉莽大战已经落幕，第二场大战已是如火如荼，仍然只能算这盘春秋大棋的中盘，只有等到这名女子，才算真正开始收官。

世人皆知，在南疆比燕剌王赵炳更像藩王的纳兰右慈，这位硕果仅存的春秋谋士，身边经常跟随五名容貌倾国的贴身丫鬟，昵称古怪，分别是酆都、东岳、西蜀、三尸和乘履，总计五人十字。

她正是纳兰右慈的婢女之一的东岳。面对这位离阳王朝兵权最大的年轻异姓王，她竟是泰然自若，微笑道：“既然王爷这么紧张，想必是已经知晓我家先生与那几位已故故人早年的谋划了，如此更好，省得奴婢多费口舌。”

徐凤年没有落座，只是站在那张普通黄杨木书案附近，也没有给她搬来一把椅子，两人就这么相对而立。他开门见山道：“我师父选定的棋子，包括旧北院大王徐淮南在内，如今都已死绝，你先生那边还剩下谁？”

婢女东岳笑道：“王爷不妨猜猜看？”

徐凤年眯起那双丹凤眸，脸色阴沉。

她对此视而不见，啧啧道：“如今中原盛传‘十年修得宋玉树，百年修得徐凤年，千年修得吕洞玄’，王爷你当下的表现，可是有些名不副实。”

春秋九国一局棋，洪嘉北奔作为春秋战事的帷幕，既是收官，也是先手。本是属于不同阵营的四名中原读书人，心有灵犀地联手布局。这四人正是春秋三甲黄龙士、听潮阁李义山、南疆纳兰右慈、离阳帝师元本溪。大秦立国之后，北方草原骑军无数次南下叩关，祸乱中原。中原士庶避难迁徙，皆是由北往南一退再退，后世却习惯性地誉为“衣冠南渡”，比如永禧末年的“刘室幸蜀”和大奉王朝覆灭后的“甘露南渡”。春秋九国中国力最为鼎盛的大楚姜氏，当时之所以被视为继承了大奉衣钵的中原正统，就在于那场甘露南渡中的大小三百余世族门阀，十之七八都迁往了广陵江地区。分为两次大迁徙和两条路线的洪嘉北奔则截然相反，是由南向北。第一拨北奔遗民还算在情理之中，以东越、后宋和后隋三国遗民居多，或主动或被动地迁入离阳京畿地带。然而在大概半年之后，一场规模更大的逃难爆发了。骨头最硬的西楚、过惯了糜烂豪奢生活的南唐、故土情结最重的西蜀，加上少数北汉和大魏遗民，十数股洪流，纷纷向北涌去，最终大致会聚在如今的北凉道幽州、凉州和两淮道的河州，几乎是赶在“人屠”徐骁封王就藩于北凉的前一刻，成功逃入北莽南朝的姑塞州、龙腰州。

在这中间，多次出现了隐藏极深的关键手。

一次是当时被离阳老皇帝赵礼敕封为异姓王的徐骁突然扬言要杀尽西楚读书种子，要让西楚读书人的尸体堵住广陵江的入海口。由于西垒壁战役打得实在太过惨烈，无论是落败方的大楚姜室，还是战胜方的徐骁，都怨气滔天，所以当如日中天的徐骁公然在太安城庙堂上放出这句话后，不但朝野震动，更让山河破碎的西楚遗民越发绝望——那徐瘸子摆明了是连做太平犬的机会都不给他们啊，除了逃，还能如何？

还有一次是照理本该凭借战功入主西楚的赵礼之子赵炳，也就是后来的南疆燕剌王，非但没能去往富甲天下的广陵道，连雄踞中原腹地的靖安道青州都没去成。赵礼当初仅是有意让这位“最似寡人”的儿子前往淮南道，大概是想在徐骁封王就藩北凉道已成定局的情况下，让能征善战的赵炳与离阳唯一的异姓藩王徐骁做个邻居。但是到最后，曾经想过去两辽关外的赵炳，去了最出人意料的南疆，一个徒有广袤疆土却是蛮瘴横生的地方。野史流传，嗜杀成性的赵炳在出京之前，持刀砍掉了府邸的一株千年古柏，誓言杀绝高过车轮的南唐青壮，以此泄愤。恰好在赵炳南下途中，在春秋后期抵抗绝对不算顽强的南唐竟然起兵造反，杀死了顾剑棠部数千留守士卒。赵炳原本还想在广陵道跟新任广陵王赵毅掰掰手腕寻个乐子，闻讯后不得不骤然加快马蹄火速南下。

第三次便是徐骁封王最早，就藩最晚。

对于前两次世人不曾深思的关键手，离阳帝师“半寸舌”元本溪冷眼旁观，因为他乐见其成。他效忠的赵室想要真正让一家太平报天下太平，就必须让那些“百年国，千年家”的高门豪阀“树挪而死”，让他们在两大藩王极有可能一语成谶的威胁恫吓下，乖乖转入天子眼皮底下的离阳京畿，与科举士子一样，“天下英杰，尽入我赵家彀中”——这样既能防止失去根基的各国余孽起兵复国，又能保证离阳一鼓作气北征草原的时候，彻底没有了南边的后顾之忧。只可惜在这个时候，变故横生：徐骁大军西行尤为缓慢，一路赏景，在蓟州甚至停步逗留了足足一个月。当元本溪和离阳朝廷意识到情况不对劲的时候，便让担任兵部尚书的大将军顾剑棠麾下头号猛将——驻军于江南道的蔡楠率军一路追赶，试图截下那支突然向西北方向聚拢的遗民洪流，逼迫其掉头东迁进入太安城。蔡楠部大军因为骑军规模不大，加上对西北地形极为陌生，最终还是没能拦下那股浩浩荡荡的春秋遗民。

当时，世世代代戍守边关抵御草原马蹄的蓟州韩家，正因为那次按兵不动，才导致之后的灭门惨祸。那位身为张巨鹿的授业恩师以及老丈人的离阳老首辅，虽说与蓟州韩家确实有私人恩怨，可要说是老首辅一人导致一个世代忠良的庞大家族就此覆灭，既高估了那位名义上位极人臣的读书人的朝堂分量，也低估了老首辅的读书人风骨。实则是离阳朝廷不敢明面上迁怒已是天高皇帝远的北凉边军，就只能拿卧榻之侧的蓟州韩家开刀。除此之外，朝廷还顺势让同为春秋功臣的杨慎杏带兵入驻蓟州，加上蔡楠屯兵北凉道边境，竭力压缩北凉铁骑的退路和腾挪空间。

这局棋，四名谋士分坐中原四方，担任国手，联袂挽袖落子。

最终，需要从棋盘上拈起棋子之人，便是那位莫名其妙前往北莽的北凉世子殿下。

书房内，唯有书香清淡，一男一女陷入了长久的沉默。

徐凤年压下内心的浮躁，尽量心平气和地道：“东越驸马王遂，是不是纳兰右慈的棋子？”

女子瞪大眼眸，脸上的错愕神色并非作伪，好奇地问道：“难道李先生没有对王爷提及？”

徐凤年内心震动，但是面无表情地道：“不曾。”

这位纳兰右慈的婢女何其聪慧，顿时洞悉玄机，恍然大悟道：“原来李先生去世之时，已是反悔了。”她歪着脑袋，“既然李先生临终前改变初衷，不愿你挑起这副重担，王爷你又为何如此执着？”

徐凤年直截了当地沉声道：“北凉处处在死人，我没有时间跟你废话！”

她瞥了眼左手按住刀柄的年轻藩王，挑了下眉头，满是跃跃欲试的神情：“北凉战刀一向被中原兵家称为‘豪壮徐样’，言下之意，世间战刀，莫不模仿徐刀。王爷，能不能借奴婢瞧瞧？”

徐凤年冷笑道：“死人提得起刀？”

她佯装惊恐地摸着自己的胸脯：“这可不是有求于人的姿态呀，难怪我家先生说西北塞外……”

一声突兀的砰然巨响。

这位国色天香的年轻女子背靠房门，光洁白皙的额头被一只手掌死死地按住。

她的嘴角渗出血丝，与年轻藩王面对面而立。最开始，她的嘴角还扯出一个讥讽的笑意，但是当她望向那个年轻藩王的眼睛时，看见的是一种竭力克制的暴戾意味。

生死一线，她却没来由记起自家先生曾经笑言：怒至极点时，读书人恨不得剁掉天下所有武夫持刀的手臂，而武夫同样恨不得剁掉全部读书人的捧书之手。

就在她以为徐凤年哪怕让那个秘密埋入故纸堆也要杀她之时，一阵不轻不重的敲门声响起。然后她便看到年轻藩王的脸色骤然变化，变出一张干干净净的温暖笑脸。他毫不掩饰厌恶地瞥了她一眼后，松开手掌，随手一挥，将她推到一堵墙壁下，轻轻开门。她擦拭掉嘴角的血迹，转头望去，结果看到一张连她都要感到惊艳的容颜。那名同龄女子在跨过门槛后，立即左右观望，看到她后，迅速从头到脚打量了一番，然后蹩脚地摆出一副“我什么都没看见”的娇憨模样，拎了一壶茶过来，对徐凤年淡然道：“呵呵姑娘说你这边来客人了，我就帮你捎了壶茶水过来。”

徐凤年嘴角抽搐。

在藩邸内眼观六路耳听八方的贾家嘉那妮子肯定还补了一句“客人是位漂亮女子”。

要不然以姜泥的性情，才懒得管你徐凤年书房是来了位离阳天子还是北莽皇帝。

姜泥像是刚刚发现了那位戳在墙根的大活人，提了提手中温热的茶壶，问道：“姑娘，口渴不，要不要喝茶？”

已经擦去血迹的婢女东岳故意拢了拢自己的衣领，咬着嘴唇，仿佛心有余悸，真是楚楚可怜。

姜泥顿时瞪大眼睛，一脚偷偷踩在北凉王的脚背上，狠狠地踬了踬。

东岳只见那位背对自己的可怜藩王似乎深呼吸了一口气，然后把手按在那位绝代佳人的脑袋上，这可比按在自己额头上的那一掌要温柔太多太多。他笑道：“想什么呢？这位驻颜有术的大姨来自南疆，是纳兰右慈的贴身婢女，是来这里跟我商量正事的。刚才切磋了一下，我没把握好轻重，不小心伤了她。”

小泥人瞥了眼脸色苍白的女子。虽然依旧将信将疑，不过“大姨”二字至关重要，让她稍稍放心了。

她把茶壶丢给徐凤年，转身离去。

徐凤年一手提着水壶，一手准备去关门。不承想姜泥没走出几步，就猛然转身，直直地望着他，没好气地问道：“大热天的，窗户也没开，关门作甚？”

徐凤年讪讪然缩回手，无奈地道：“好好好，不关门。”

她撇了撇嘴，再度转身，嗓门儿不低地自言自语道：“要是心里没鬼，大大方方关门又如何？”

徐凤年叹了口气，轻轻摇头，转身把茶壶放在桌案上，取出两只从拒北城外那座集市上购置的白瓷茶杯，坐下后对婢女东岳摆手示意道：“坐下喝茶吧。”

她犹豫了一下，还是搬了把椅子，隔着桌案，与年轻藩王相对而坐。

刚才两人一言不合撕破脸皮之事好像根本就没有发生过，此时此刻，书房内云淡风轻。

这一切，都归功于那名送茶而来的女子。

东岳的心思有些复杂。

如今中原，只说那座号称“天下首善”的离阳太安城，就有无数性子外向的大家闺秀差点儿联袂私奔前往凉州，只为见那徐凤年一面，这真不是什么添油加醋的坊间笑谈。

人生不过百年，百年修得徐凤年。

这位新凉王，也算剑走偏锋地修成正果了。

她原本不信世间男子风流能够胜过自家先生，今日目睹之后，虽然觉得依旧不如先生，但也差得不多了。

徐凤年身体前倾，帮她倒了一杯茶。

女子的心思深似海，先前还绵里藏针与年轻藩王针锋相对的婢女东岳正了正神色，没有去拿起茶杯，缓缓道：“临行前，先生与我说过，在棋子一事上，与听潮阁李先生仅限于心有灵犀，两人自当年前往太安城的路途上一别，便再无任何联系。我家先生还说，因为李先生当时有过一番坦诚相见的言语，故而猜出了李先生选择的棋子的身份。以李先生的谨慎，必然唯有徐淮南一人而已，事实上徐淮南也确实最出人意料，成功当上了北莽的北院大王。我家先生又说，以徐淮南的矛盾性格，这枚棋子未必能够坚持到最后，当然，徐淮南也绝不至于泄露天机，至多是选择放弃。”

徐凤年点头道：“徐淮南当年在弱水之畔见到我的时候，本可以活，但老人仍选择一死了之。大概是他不看好北凉能够打赢北莽，与其愧对中原之后再愧对北莽女帝，与其失望，还不如眼不见心不烦，什么都不做。”

婢女东岳端起茶杯，慢饮一口，轻声道：“我家先生说他的棋子远不如李先生那般重要，数目也多些，刚好十人。只是二十年后，大半都去世，病死三人，自尽两人，因生叛变之心而被先生安插在身边的死士清理的，又有两人。所以这一趟北凉之行，便是由我东岳为先生捎话。如王爷之前所猜，王遂正是我家先生最为用心的棋子之一，但这位春秋四大名将之一的旧东越驸马爷，与徐淮南如出一辙，都有举棋不定的迹象。相比同在我名字之中显露的另外一枚棋子，王遂的私心更重一些，也更难掌控。”

徐凤年沉思不语。

她脸色凝重地道：“另外一人，还请王爷记住，此人姓王名笃，曾经自号‘山丘野叟’。老人本身在南朝并无太大建树，只是所在家族培养出了一位不容小觑的年轻人——王京崇，正是如今的北莽冬捺钵！而且王家绝对心向中原，毋庸置疑。”

徐凤年皱起眉头。对于南朝边关悍将王京崇，北凉边军上下都不陌生，此人现在正率领嫡系兵马前往姑塞州，负责阻截孤军深入的郁鸾刀部骑军！

徐凤年突然问道：“最后仅存的第三枚棋子？”

她摇头道：“对于此人，我家先生说尚未到可以起用的时候。”

徐凤年愣了愣，自嘲道：“难不成还得等我打赢了北莽？”

她坦然道：“先生不曾说，我自然不知。”

徐凤年也没有为难这名婢女，不再刨根儿问底儿，知道王笃和王京崇的棋子身份已经是意外之喜。

她没有喝完那杯茶，站起身：“我家先生最后说，黄龙士最后选中了燕剌王世子赵铸作为真命天子，所以南疆大军才能够如此顺利地北上。先生希望王爷放心地镇守西北，他日功成，帮助赵铸完成历史上第一次将广阔草原纳入新离阳版图的壮举，一定不会亏待王爷和北凉边军。”

徐凤年一笑置之。

她离去之前，眨了眨眼睛，嘴角翘起，低声道：“说了那么多‘我家先生说’，我自己其实也想说句题外话……王爷你比我想象中还要英俊一些。”

徐凤年非但没有任何得意神色，反而立即火急火燎地对窗外说道：“贾家嘉，这句话你不许告诉姜泥！”

一头雾水的婢女东岳只依稀听见身后窗外传来一阵呵呵呵的笑声。

徐凤年伸手摸着额头，唉声叹气：完蛋了。

婢女东岳重新拿起帷帽，向打算起身相送的年轻藩王施了一个万福，善解人意地柔声劝道："王爷就不用送了。"

徐凤年瞥了眼茶壶，苦笑道："接下来别说喝茶，不喝砒霜就万幸了。"

她笑着离去。

她直接走出这座藩邸，在拂水房谍子的护送下骑马离开拒北城后，回望了一眼巍峨的城墙，忍不住悲从中来，泫然欲泣，不知是为自家先生，还是为谁。

城内的徐凤年独自走向藩邸兵房衙屋，重新坐回属于杨慎杏的位置，继续提笔写信。

他突然停下笔，望向屋外。

这次秘密会晤，那名纳兰右慈的婢女的确说了很多真话，皆是纳兰右慈的肺腑之言，但未必不会九真一假，以图大谋，而他也一样，说的话不得不有真有假。

可这些都不算什么。

让徐凤年伤感的是，在听潮阁顶楼画地为牢二十年的枯槁谋士，那么一位心怀天下的无双国士，竟然为了他这么一个不争气的学生，连天下归属也不在意了。

那个男人，明明原本……却唯独在临死前不对徐凤年详细讲述那盘棋局，那盘由他李义山一手谋划，可谓毕生最得意的春秋棋局，什么都没有留下，不留遗言不留字。

师父到底为什么临终反悔?

徐凤年想不明白。

他写完信交给刑房后，拎了壶绿蚁酒，来到拒北城最高楼的屋脊上，盘腿而坐，眺望南方。

据说师父的南方家乡，是一个山清水秀的小镇，有一座座石拱桥。

徐凤年没有喝酒，躺下身，抱着酒壶，望向天空，泪流满面。

大概只有偷偷想起了徐骁和李义山的时候，这位好像什么都拥有又好像什么都会失去的年轻藩王才会小心翼翼地觉得自己有些委屈。

这场秋雨尤为绵长，这在风大雨少的北凉道本是件稀罕事，可是耽搁了拒北城的建城进度，经略使大人就差点儿为此跳脚骂娘。他要么待在吏房衙屋内唉声叹气，不然就是撑着油纸伞前往城头观看天色，苦等放晴。拒北城以南的河流水位因此暴涨，雨水掺带黄沙，浑浊不堪，这让一些来到关外集市欣赏塞外风光的少侠女侠最为恼火。本来好好的秋高气爽时节，被这场老天爷拉稀一般的秋雨给折腾得满地泥泞。少侠原本每日暮色里与仰慕的女子一同在河畔散步，欣赏那份“大漠孤烟直，长河落日圆”的关外风光，趁着四下无人握住女侠仙子的柔荑，也算美事一桩，如今便只能埋怨天公不作美，缩在小镇集市的客栈酒楼里。这拨年轻人此次远游西北，身边多有江湖宗门里的前辈或是世交长辈照拂看管，一天到晚与那些半截身子入土的老家伙大眼瞪小眼，可真是无趣得很。也不是没有人想要策马啸西风，只是拒北城一带，满眼尽是铁甲铮铮的北凉边军铁骑，谁敢造次？

唯一对这场秋雨谈不上怨念的人物，大概就只有藩邸内的呵呵姑娘和朱袍徐婴了。这一大一小经常死皮赖脸地缠着姜泥驭剑飞行，带她们直奔天上，破开厚重乌云。骤见天上光明的那一刻，贾家嘉总会满心欢喜，连带着徐婴也乐此不疲。姜泥的驭剑术早已娴熟至极，早在曹长卿带她赶赴北莽的时候就看遍了天上风光。只不过对无形中主动担任起自己耳报神的少女，她显然打心眼里十分亲近。当时纳兰右慈的贴身丫鬟东岳造访藩邸，就是贾家嘉第一时间帮她通风报信，之后将书房对话的内容也一字不差说给了她听。所以无论呵呵姑娘的想法如何天马行空，本就在拒北城孤苦无依的姜泥都来者不拒。比如仰头见着了雁阵从拒北城上空高高掠过，姜泥就驭剑带着少女追逐南飞的大雁，偶尔还会“助纣为虐”帮贾家嘉逮住两三只可怜的大雁，往它们的爪子上绑缚字条，大有鸿雁传书的稚趣。上一次姜泥所写内容便是“徐凤年是浑蛋”这句，从不说话的徐婴便写了句“他不是浑蛋”，而呵呵姑娘便让姜泥代笔写上一句“她们说得都对”。只是不知那些吃过苦头的南下大雁，明年开春还敢不敢从这里北归。

后来，三名女子又喜欢上了“天外飞仙”的游戏。先是姜泥带两人驭剑升至滔滔云海之上。第一次冒险前，应该是三人早有商议，不敢随便跳入云海，毕竟要是一不小心穿过云海落下去，以迅雷不及掩耳之势直接把徐凤年的藩王府邸给砸出个窟窿，估计以后就没的玩了。她们三人挑了正好位于河流上空的位置悬停那柄大凉龙雀，然后天不怕地不怕的贾家嘉第一个纵身跃下。她双手合十，脑袋朝下，最后便是以倒栽葱的彪悍姿势，一头插入河底的淤泥之中！当时正在议事堂处理军务的年轻藩王突兀地感知到那股如一柄飞剑直插大地的磅礴气机后，立即飞掠到城头，结果就瞧见那幕令自己哭笑不得的滑稽场景。掂量了一下下坠速度和少女的体魄，徐凤年不得不偷偷出手，使得贾家嘉在撞入河流之前，冲劲便被卸去大半。最后他还得跑去溅起水花无数的动荡河流之中，扯住她的双脚，拔萝卜一般把少女从泥里使劲拔出来。下坠途中便悄然驾驭气机的那袭朱袍落在河中不远处，由于不是像少女这般脑袋着地，她并无大碍，只是溅得年轻藩王仿佛落汤鸡。不等徐凤年发飙，三名女子就脚底抹油跑路了。在那之后，游戏照旧，只是姜泥将驭剑高度放低了许多，也多挑选夜幕降临之后。于是那条河流大晚上隔三岔五就能够听到如同下饺子入锅的巨大声响，久而久之，小镇那边也见怪不怪了。

如果仅是这般无伤大雅的胡闹，徐凤年也就睁一只眼闭一只眼了。但是当一个雷电交加风雨尤为声势浩大的夜晚，正在户房与白煜商讨漕粮一事的年轻藩王听到头顶极高处一声不同寻常的炸雷崩响后，当场就意识到情况不对。果不其然，他在四堂宅院当场抓获鬼鬼祟祟的三名女子。其中，那个头发根根竖起、满脸乌黑的贾家嘉，双手死死地握住一根上面雷电交织如白龙缠绕的铁棒，双眸熠熠生辉，充满了大功告成的喜庆。徐婴则在旁一脸艳羡地看着。唯独姜泥最为谨慎，将大凉龙雀收入剑匣后，就想蹑手蹑脚地撤回小屋。徐凤年一闪即逝，扯住小泥人的衣领，把她拎回院子里。雨幕中，三名女子站成一排。姜泥看似抬头赏月，一脸无辜。徐婴偷偷斜眼打量少女手中那根条条闪电刺刺作响的精铁长棍。浑然不觉自己闯祸的贾家嘉更是神情警惕地望向徐凤年，一脸“你别打我棍子的主意否则我跟你拼命”的表情。

徐凤年板起脸问道：“连天上的雷电也敢擅自接引？你们不要命了？！”

姜泥偷偷做着鬼脸，碎碎念，显然是要破罐子破摔了。

徐婴一脸茫然、无辜。

贾家嘉干脆转过身，懒得跟这个家伙计较。

在三人面前毫无藩王威严更无半点儿大宗师气势可言的徐凤年随后挥袖，隔断女子们头顶的雨幕，竟是方丈之内自成天地的小千气象。他弯曲手指在小泥人的额头轻轻一叩，然后摸了摸徐婴的脑袋，最后扳过呵呵姑娘的身体，看了三人一眼，苦笑道：“这段时间藩邸事务繁多，我实在脱不开身陪你们走走看看，这是我的不对……”

小泥人嘀咕道：“谁稀罕你陪？”

徐凤年瞪眼望去。

别看在外人跟前年轻藩王如何拿她没辙，处处相让，以至整座藩邸都对这位女子剑仙敬畏得很，可是真当徐凤年生气的时候，姜泥立马就被“打回原形”。她此刻噤若寒蝉地站在原地，连双手都不知应该摆在什么地方。

徐凤年叹了口气，柔声道：“以后你们想要去天上玩耍，没有关系，但是千万记住，绝对不可以去往北凉道以外的高空。张家圣人化虹之后，积攒数百年的儒家意气虽然为人间割断了天人联系，但是狗急了还会跳墙，何况是那些习惯了高高在上俯瞰众生的天上仙人。在北凉道这一亩三分地上，就算他们想要借机对你们动手脚，我最不济还能帮着亡羊补牢，可是在我无法第一时间赶到的别处，你们会很危险。这不是我故意危言耸听吓唬你们，方才如果不是我有所察觉，出窍神游至云海一侧冷眼旁观，恐怕你们接引的下一道雷，就真是暗藏杀机的紫气天雷了。”

姜泥心虚地低下脑袋，不敢正视徐凤年。呵呵姑娘看着手中依然如同有几十条纤细白蟒疯狂飞旋的铁棍，恋恋不舍。

徐凤年看了眼头发倒竖、脸如黑炭的少女，忍俊不禁道：“我也没说不让你留着棍子，冒这么大险，都给雷劈成这副德行了，棍子上残留的闪电还能持续几天，没理由不当个宝贝对待。”

徐凤年仰起头望向深沉的雨幕，自言自语道：“只不过来而不往非礼也。”

听到年轻藩王说“我去去就来”之后，姜泥忧心忡忡道：“要不要我把大凉龙雀借给你？”

徐凤年笑着摇头，身形拔地而起，一闪即逝。

没过多久，三人只听到天上传来一声尤胜炸雷的怒斥声，正是徐凤年高声一句“滚回去”！

姜泥偷偷咋舌，这家伙的胆子真是大。

夜幕之中，两道璀璨白虹划破天际，一道跌落在北莽草原，一道坠入中原。

半炷香后，徐凤年飘然落回地面，双手负后，神情自若。

姜泥好奇地问道：“跟人打架了？”

徐凤年点点头，没有详细解释。

面对七名共坐云端窥探北凉气运的仙人，他徐凤年把其中两位胆敢走出天门的跌境仙人彻底打成了人间谪仙人。

姜泥把剑匣摘下，双手递给徐凤年。

徐凤年纳闷儿地问道：“干啥？”

小泥人皱了皱鼻子：“你拿去保管吧，省得我们惹麻烦。”

徐凤年无奈地道：“归根结底，拒北城对你们来说本就是无聊的地方，我只是生气自己没办法让你们痛痛快快地玩耍，不是生气你们溜出去玩。”

谁信哪。

反正小泥人不相信，刚才他朝自己瞪眼，比谁都凶。

徐凤年笑了笑。双手负后的他突然向前伸出一只手，手心上方三四寸的地方，一个拳头大小的雪白球体轻轻转动着，竟是雷电精华凝聚而成！

三名女子顿时瞪大眼睛，像是看到了天底下最可爱的玩意儿。

徐凤年缩回手，任由那个蕴含无上天威的雷球悬停在身前空中，微笑着提醒道："可千万别用手去摸，寻常的金刚体魄也经不起一炸。如今天下，除了我之外，可能就只有白衣僧人李当心的念珠、邓太阿的剑、拓跋菩萨的拳头，才能在触碰后安然无事。不过你们只要将气机稍稍外放，并不如何耗费精气神，便能够轻松驾驭这个雷球。事先说好，绝对不可以让小东西离开这座院子，也绝不可以让它触及院中任何实物，否则我可没时间、精力帮你们再弄来一个。"徐凤年伸手，在呵呵姑娘手中的铁棍上轻描淡写地一抹，"我留了一道气机在上边，你们平时不逗弄雷球的时候，它会自行悬停在棍子附近。"

姜泥三人同时使劲点头，真像是小鸡啄米。

贾家嘉二话不说，咔嚓一下，把铁棍竖立在院子的青石地板中，然后那个雷球便自行在棍子四周缓缓旋转。

三颗脑袋聚在一起，目不转睛地看着小玩意儿优哉游哉地旋动。

被晾在一边的徐凤年瞥了眼破裂的地面，叹了口气，离开院子，重返那座户房。

等到年轻藩王的身影消失不见，那座由他气机支撑的方丈天地也悄然消散，小院重现雨幕，三名女子便搬了椅子、板凳并排坐在屋檐下。

姜泥突然回过神，转头一本正经地对贾家嘉道："小呵呵，修缮地面的铜钱，你可不能赖账。"

昵称为小呵呵的少女缓缓摇头。

姜泥皱眉道："贾家嘉，不许你这样！"

呵呵姑娘眼珠子一转，俯身在姜泥耳朵旁窃窃私语。

姜泥听过那番密语之后，冷哼一声，气咻咻地大声道："小呵呵，这笔钱不用你出，我也不出！某人不是红颜知己遍天下吗，连才见过一面的女子也都倾心于他，还会差这些铜钱？！"

其时离开院子尚未走远的徐凤年突然一个踉跄，摇头苦笑。得，贾家嘉为了逃债，很不讲义气地祸水东引啊，把婢女东岳最后那句话给泄露天机了。

第十一章

手提两京屠大龙
不送天子送中原

处暑时分，暑气至此而止，秋气渐肃，鹰感其气而捕击群鸟。

北凉边军每年值此时节，都会进行一项传承已久的仪式，就是祭鹰：一些经由拂水房精心熬养出来为边军游弩手架臂的鹰隼，会在凉州关外被放飞。百骑出阵，群鹰高飞，景象极为壮观。

因为凉州关外的白马游弩手都已转入流州战场，拒北城藩邸就让何仲忽部左骑军的精骑代劳。一来是老帅病重，只是名义上顶着左骑军主帅的头衔，此次祭鹰，也是这位功勋老帅的沙场落幕；二来，一位远离边军十多年名叫陆大远的新任左骑军副帅正好亲自率领那百骑在拒北城以北地带振臂放鹰，也算是完成了新老交接。

祭鹰这一天，夕阳西下，拒北城走马道上人头攒动。右骑军主帅“锦鹧鸪”周康在李彦超的陪同下缓缓走上城头，板着脸，见到卸甲后不得不裹着厚重皮裘御寒的老帅何仲忽后，脸色才稍稍好转几分。

“叛离”左骑军转投右骑军的边军猛将李彦超神色淡漠，唯有晦暗的目光深处，才有几分愧疚，只不过仍是愧而不悔。

腰佩北凉刀的年轻藩王站在城头居中地段，举目远眺，只见群鹰翱翔，心旷神怡。

在遥遥看到陆大远率领百骑返回拒北城后，徐凤年转头望向身边的何仲忽。年迈的身躯已不堪马背颠簸，甚至连悬刀挂甲都成了奢望。今日祭鹰之后，老人就要正式离开沙场。只是老帅膝下无子女，在关内也无安置宅院，徐凤年本以为按照老将的脾性，会选择留在拒北城养老，毕竟能够更近地听到那种熟悉的马蹄声——徐凤年甚至已经亲自命人在藩邸附近留出一栋幽静的宅子。但是到最后，老人竟然说趁着还没有躺去病榻上被人伺候，趁着还剩下些气力，要去陵州转转，说陵州可是咱们北凉道的塞外江南，对那边的富庶早有耳闻，在关外跟马粪打了二十年交道，怎么都该去那儿享享福，吃几顿好的。

徐凤年心知肚明，老人说要享福是假，不希望接下来的左骑军主帅时不时跟他这位“太上皇”打照面才是真。哪怕继任者不会这么想，更不会觉得束手束脚，老人依然坚持己见。徐凤年不得不让陈云垂、林斗房这些与老帅辈分相同的徐家老人出面劝说，可一样没用，一辈子光阴都丢在了沙场上的何仲忽铁了心要走。

何仲忽察觉到年轻藩王的视线，洒然笑道：“王爷，别劝了。我何仲忽自认领兵打仗的才华平庸，之所以能够打下那些胜仗，靠的是以前的徐家老卒和如今的北凉边军，靠的是听得进别人意见。说来惭愧，我戎马生涯将近五十年，在春秋战事里头不敢说次次身先士卒，可也不比刘元季、尉铁山这拨老家伙次数少，不知为何，到最后竟然受伤最少，更比不得大将军。记得当年大将军带着咱们来到北凉那会儿，大伙儿交情再好，为了争抢到兵强马壮的将军职位，一个个真是连脸皮都不要了，王爷知道尉铁山当年是怎么跟大将军埋汰我的吗？”

徐凤年笑着摇头。

老人哈哈笑道：“刘元季、尉铁山这两只老王八，当年其实是一门心思奔着我这个位置去的。读过几天书的刘元季肚子里坏水多，自己不愿意当恶人，就撺掇大老粗尉铁山去跟大将军说，说我何仲忽在战场上负伤极少，但小病绵绵无大灾，从不生病的家伙，很有可能生病了就干脆一病不起，所以接下来打北莽蛮子，就别让何仲忽率领骑军冲锋陷阵了，若是一不小心挂了，丢了性命不说，还折损边军颜面。这能忍？当然不能忍！所以我一怒之下就找到大将军，拔出了当时悬佩的第三代徐家刀，撂下一句狠话——‘要么让我当骑军副帅，要么我就拎着刀去砍死尉铁山那龟孙子。’大将军没办法，只好答应下来。”

徐凤年哑然失笑。

病入膏肓的迟暮老人不再说话，与尚未到三十岁的年轻藩王一起远眺北方。

当年赵勾精心收集了堪称海量的西北边军相关谍报，离阳兵部借此得出一个结论：北凉铁骑山头林立，骑军、步军之间矛盾重重，凉州关外骑军与幽、陵、凉州骑军更是关系僵硬，关外将领与关内实权武官也是关系平平，所谓的三十万北凉铁骑，之所以能够拧成一股绳，只在于“人屠”徐骁足以震慑群雄，外加老人身后站着一位拥有极大威望的陈芝豹。但是在这两代铁骑共主的兵权过渡期间，极有可能出现大的动荡。以燕文鸾为首的北凉步军系大山头，应该会坚决拥护北凉都护陈芝豹上位，而包括钟洪武、何仲忽在内的几座统辖凉州关外骑军的重要山头，则未必愿意低头，虎头城刘寄奴更会坚定不移地听从“人屠”遗愿。李彦超、李陌藩、曹小蛟这些以桀骜难驯著称于北凉的青壮武将，山头派系色彩不浓，在北凉都护陈芝豹与世子殿下徐凤年之间，多半要看人下菜碟。

在这些山头、军头里，春秋老人何仲忽的存在比较特殊。他虽然曾与燕文鸾同为赵长陵系的扶龙派大将，对陈芝豹也极为看好，但同时公认对老凉王徐骁的忠心最多，私心最少。

连远在数千里之外的太安城兵部都能够看到这番光景，那座听潮阁自然看得更为真切，所以燕文鸾麾下两位嫡系副帅——尉铁山和刘元季先后离开步军，岁数相仿、辈分相当的包括钟洪武和何仲忽在内的春秋老将反而始终牢牢把持边骑兵权。然后是陈芝豹单骑赴蜀——叛出北凉，恃功而骄的钟洪武晚节不保，整个北凉骑军大权都转移到袁左宗、“锦鹧鸪”周康等人之手。与此同时，外乡人顾大祖像是一颗钉子钉入步军山头，担任副帅。再然后便是在世子殿下的授意以及清凉山的暗中支持下，江南道一介寒士出身的陈锡亮骤掌大权。虽然在盐铁改制一事上阻力极大，导致陈锡亮跌跌撞撞，改制无疾而终。但是某些人还来不及拍手称快，陈锡亮便开始设置关内十四实权校尉。刚刚袭北凉王的徐凤年对此尤为果决，燕文鸾在拜见过徐凤年后也保持了沉默，使得这场涉及半个北凉道的兵权改制一路顺畅无阻。

对于北凉铁骑稳扎稳打的权力更迭，已经失去首辅张巨鹿的离阳朝廷根本束手无策，既没能等到预想中的坐山观虎斗，最终也没能横插一脚。

但是归根结底，北凉边军的变化，都源于李义山生前的一句话：“我徐家三十万兵马，仅对阵北莽南朝边军，足矣；可若是面对举国南侵的草原骑军，自是力有未逮，结局不以北凉铁骑甲天下而改，故而我北凉边军需要一批新人造就一番新气象。”

如果说徐凤年在徐北枳和陈锡亮两位年轻谋士之间，就私心而言，可能偏向徐北枳；那么李义山生前，对陈锡亮的期望，隐约要高出徐北枳一筹。

如今的徐、陈两人，陈锡亮在北凉边军尤其是流民青壮和流州骑军之中，声望之高，毫不逊色刺史杨光斗和流州将军寇江淮，与郁鸾刀、曹嵬等年轻武将更是关系莫逆；而兼任北凉道转运使和副节度使的徐北枳在关内官场堪称如日中天，担任陵州刺史期间，与陵州将军韩崂山和境内实权校尉黄小快之流亦是关系深厚。

等到一重返边军便手握大权的徐家老卒陆大远率领百余精骑出现在城头外时，原本双手按在冰凉箭垛上的老帅侧过身，没有称呼年轻人一声“王爷”，只是握住徐凤年的一只手。

百感交集的老人轻声道：“辛苦了。”

徐凤年反过来握住老人的手：“辛劳有一些，但不苦。”

满脸慈祥和蔼的老人笑问道：“那我可就放心了？”

徐凤年点头，微笑道：“老将军尽管放心便是！”

老人出城没有让徐凤年送，只坐了一辆简陋的马车。扈从是跟随老帅离开左骑军的四五骑老卒，生死相依，战场上下皆是如此。

马车出城后，看到早早停马城外的一骑。看不顺眼这一骑的年迈马夫原本不想停下，但是何仲忽似乎早有预料，掀起帘子，让马夫稍等片刻。

右骑军副帅李彦超翻身下马后，望着下车动作略显艰难的老人，也未刻意前去搀扶示好。

何仲忽走到李彦超身边，伸手轻轻拍了一下战马背脊，笑道：“不愧是纤离牧场独有的北凉大马，脚力虽然稍逊天井牧场的甲等战马，却最宜凿阵。”

李彦超心情复杂，没有答话。

分别位于两陇左、右的纤离牧场和天井牧场，前者与“锦鹧鸪”周康的右骑军关系更好，后者则与左骑军更为熟络。这是因为两座牧场的元老级掌权人物大多是左、右骑军出身。寻常甲、乙两等战马，清凉山和都护府下令如何调配，自然容不得牧场擅作主张，可是一些在甲等战马里也属于拔尖的良驹，因为数量稀少，牧场各自都会为左、右骑军的将领和校尉保留，这也是合情合理之举。北凉徐家两代藩王，对此从不过问干涉。李彦超从何仲忽麾下左骑军转入右骑军之后，“锦鹧鸪”周康第一件事，就是将这匹大马赠送给这位“北凉四牙”之一的沙场骁将，帅印、虎符反倒是紧随其后的事情。

身形伛偻的何仲忽与身材魁梧的李彦超并肩缓缓前行。

老人轻声道：“周将军治军严苛，你身边那些兄弟大多性格暴烈，到了右骑军之后，切莫骄横，不要在鸡毛蒜皮的小事情上给人留把柄，不值当。”

李彦超点头道：“末将已经跟兄弟们都打过招呼。”

这次李彦超的官职变更，导致凉州骑军迎来一场不小的换血，因为李彦超不是一人转投右骑军，还有十余名心腹校尉、都尉也成了“锦鹧鸪”的手下。只不过除了李彦超是升职，其余武将皆是平调或是下降一级，毕竟周康的右骑军原本已经搭好了牢固的架子，一下子多了十余人，若是人人升官，右骑军的老人恐怕就要造反了。所幸周康与李彦超在这件事上早就达成协议，李彦超那拨兄弟也好说话。由此可见，李彦超此人确实有相当不俗的驭人手腕，毕竟官场上一人得道鸡犬升天才是常理。

何仲忽坦然一笑，轻声道：“彦超，我知道你很疑惑，为什么我明明可以在左骑军主帅的位置上再熬一年半载，却偏偏要让你趁早死心，摆明了要用外人郁鸾刀而不是你李彦超去坐左骑军第一把交椅，对不对？”

李彦超点了点头。

这就像一副家当，无论大小，如果当爹的宁肯交予外人，也不愿意交到嫡长子手上，相信谁是那个嫡长子都会有怨言，尤其是这名嫡长子绝非那种注定会败光家业的膏粱子弟。

老人突然笑了笑："李彦超，有件事情你们年轻人可能不太在意，但是像我这种老家伙，还有尉铁山、刘元季，都还是很在意的。那就是我们在边军的那份家业，其实不是我们的，而是徐家的，是新、老两位凉王的。"

老人看着欲言又止的北凉猛将，摆手道："别急着反驳，容我把话说完。大将军不用多说，连你们也服气。事实上，从春秋到如今的祥符，从离阳到北莽，没谁不服气。新凉王继位之后，你们这拨人服气归服气，可一般来说都做不到钦佩敬服大将军的程度。说实话，我何仲忽也不例外。但是，别忘了，这可不是咱们拥兵自重的理由啊，不是把麾下兵马视为禁脔的理由。当然，如果说咱们年轻王爷是枭雄心性，与离阳三代皇帝如出一辙，你李彦超、小蛟这些出了名的军中刺儿头，为求自保，人人死死地把持兵权，以便为自己留下一线退路，我何仲忽倒也能理解，只是……"

老人轻轻跺了跺脚，踩在那场连绵秋雨后稍稍松软了几分的驿路上，这才继续说道："只是我们北凉，从两代藩王，到我们这些老家伙，再到刘寄奴、王灵宝，再到你们，最后到那些刚刚进入边军的年轻人，从不需要什么枭雄。我北凉铁骑，只做英雄！"

老人最后伸手拍了拍李彦超宽厚的肩膀，笑道："既然三十万铁骑，人人英雄，那么你李彦超是在左骑军杀敌，还是在右骑军立功，有区别吗？我看啊，是没有。"

老人转身走向马车，高高举起手臂，轻轻挥手作别。

李彦超面对老人的背影，挺直腰杆，重重抱拳，朗声道："老帅，且慢死！看我李彦超如何大破北莽骑军！"

老人没有停步，没有说话，只是双臂高举过头顶，双手抱拳。

二堂签押房隔壁的书房内，一老一小难得偷得浮生半日闲，两椅一凳一棋墩，相对手谈。棋墩搁置在小凳上，对弈两人就只能各自抱着棋盒。起先，听闻此处酣战在即，连包括前堂吏房李功德、户房白煜在内的一拨北凉大佬都前来观战，一些个手头暂无事务的军机参赞郎更是结伴浩浩荡荡赶来，竟使得书房内连立锥之地都没了，可见这场楸枰上胜负之争引人注目的程度。毕竟弈手之一的年轻藩王不但是李义山的高徒，更是被视为十一段大国手的徐渭熊的弟弟。早有传闻徐凤年确实棋筋极韧、棋力极大。而作为年轻藩王的对手，王祭酒更是离阳文坛宗师式的饱学鸿儒，更是徐渭熊的授业恩师。虽说他一直不曾有棋局名谱流传于世，但谁都觉得，王祭酒的棋力即便不如天纵之才的徐渭熊，对阵年轻藩王，想必也是将遇良才、棋逢对手。

尤其是当老人执白落子，那份一手挽袖一手拈子的儒雅风采，真是让人目眩神摇，不愧是上阴学宫的第二把交椅，学究天人的文章圣人、道德宗师啊。

大概是老人气势太强、神意太重，以至几乎无人看到被挑战的年轻藩王那一脸无奈和白眼。

不拘小节的白莲先生就蹲在棋墩旁边，恨不得把眼睛贴在棋盘上。

与常遂、许煌、徐渭熊同为韩谷子高徒之一的晋宝室站在老人身后，没有半点儿期待之色。她本不想来这里丢人现眼，只是扛不住这个老不修的死缠烂打，这才给拉过来帮他壮胆气，用老人的话说就是——“老夫与徐凤年棋力相当，胜负在五五之间，若有绝代佳人在旁鼓气，定能势如破竹，一举拿下姓徐的。”

可是晋宝室对老头子的棋力知根知底——真是臭不可闻的臭棋篓子，莫说与师姐徐渭熊差了十万八千里，就是自己与之对弈，也能百战百胜，而且盘盘杀得老人丢盔卸甲。

可是晋宝室与徐凤年知晓老家伙的真实斤两，屋内众人和一颗颗脑袋挤在窗口上的人不晓得啊！故而十几手之后，精于棋道的白煜便眉头紧皱一头雾水了，那些蒙在鼓里的家伙更是觉得真他娘的玄乎——王祭酒不愧是当世国手，一次次落子不但返璞归真，且余味悠长，肯定是高明至极，肯定是他们眼光短浅，看不出老人的深远布局，怎么可能是老人棋力不济胡乱落子。

约莫三十手后，李功德已经翻着白眼负手离去，许多看出门道的参赞郎也神情古怪地默默离去。当棋局至收官阶段时，屋内就只剩下坐着的对弈双方、蹲着的白煜、站着的晋宝室，寥寥四人而已。

自己觉得形势一片大好的老人转头对晋宝室得意扬扬地道：“闺女，如何，老夫这海内共推棋圣的‘王铁头’绰号绝非浪得虚名吧？棋力之巨何其凶猛！你瞅瞅咱们王爷，步步退让，毫无还手之力哇！”

老人自言自语道：“得嘞，以后我还是换个绰号，就叫‘王铁骑’好了，与北凉铁骑如出一辙，战力甲天下嘛。”

然后老人笑眯眯地低头望向白煜：“白莲先生，你可是蹲在地上老半天了，是不是深深地陶醉其中不可自拔啊？放心，老夫能够理解。”

白煜面无表情地抬起头：“脚麻了，站不起来。”

老人嘴角抽搐，冷哼一声。

徐凤年默然落子，屠了好大一条大龙，白子竟是瞬间十去七八的凄凉下场。

年轻藩王优哉游哉地从棋盘上捡起阵亡棋子，一颗颗丢入老人搁在腿上的棋盒。从呆若木鸡状态中还魂的老人正要伸手拦阻，年轻藩王斜眼道：“怎么，要悔棋？这次悔棋也行，以后别想再来书房找我下棋。”

老人权衡利弊一番，哈哈笑道：“这局棋气势恢宏，妙绝千古，老夫虽败犹荣啊！”

白煜终于好不容易站起身，弯腰揉了揉腿，自言自语道：“以后我要是再来这书房看人下棋，就自戳双目。”

老人置若罔闻，仍是一脸满足。

晋宝室挑了把椅子坐在棋墩旁边，帮两人收拾棋子。

老人双手抱住棋盒，收敛笑意，问道：“可知纳兰右慈所谋到底为何？”

徐凤年把棋盒放在棋墩角落：“大体上是想让我帮助燕剌王父子拖住草原骑军，最少一年半时间。”

王祭酒沉声道：“你答应了？”

徐凤年身体前倾，双指拈住一枚棋子，淡然笑道：“这种事情，谈不上答应不答应，因为没有意义。答应下来，难道还真相信新离阳会善待北凉边军？不答应，难道北凉铁骑就不打北莽蛮子了？”

王祭酒一语石破天惊，惊得正在弯腰收拢棋子的晋宝室手一抖：“那你有没有想过私下会晤老妇人，祸水东引，让离阳两辽边军鸡飞狗跳，再让入主太安城的赵炳、赵铸父子去收拾烂摊子？北凉坐收渔翁之利，不说其他，最不济也能少死人。”

徐凤年坦然道：“想过。”

晋宝室瞪大眼睛，瞬间脸色苍白。

徐凤年笑了笑：“但也只是想一想而已。”

老人的神色晦暗难明，凝视着年轻藩王的眼睛，试图从中发现一些蛛丝马迹。

老人吐出一口浊气：“敢问这是为何？”

徐凤年把指尖那枚棋子轻轻放回棋盒：“世间人，难分黑白。世间事，却有对错。”

老人不耐烦地道：“你小子往简单了说，别因为晋丫头在这儿，就想着故弄玄虚。说句实在话，即便这闺女愿意喜欢你，可你敢喜欢她吗？”

晋宝室脸颊绯红，怒视老人。

徐凤年无奈地道："简单而言很简单，徐骁如果在世，面对北莽百万骑军叩关压境，会不会偷偷跑去跟老妇人说，'你带着兵马去打顾剑棠，咱们休战'？"

老人没好气地道："这不一样，徐骁是徐骁，那老娘儿们当年喜欢你爹，你爹一个大老爷们儿拉不下脸，不愿开这个口，有啥好奇怪的？可你徐凤年不一样！"

徐凤年与老人对视，答非所问："北凉铁骑遇敌不战，还是北凉铁骑吗？"

老人双手将棋盒重重地拍在棋墩上，斥责道："都死到临头了，还做什么英雄？！"

徐凤年脸色如常："这个问题，你不妨去问问北凉边军，问他们答应不答应。第一场凉莽大战，凉州虎头城，流州青苍城下，幽州葫芦口内，那么多边军，不是什么死到临头，而是已经死了。你现在跟我说可以少死人，没用。"

老人痛骂道："都是蠢货！"

徐凤年怒道："别倚老卖老，我真揍你！"

老人一横脖子，做了个抹刀手势："来，你小子往这里来！"

徐凤年立即嬉皮笑脸地道："不敢不敢。来来来，咱们再下一局棋，保管你赢！"

老人将信将疑道："当真？"

徐凤年一本正经地道："君子一言，驷马难追！"

老人的脸色马上阴转晴："晋丫头，赶紧别收拾了，我与这位当之无愧的弈林大国手再战一局，你且看我大杀四方。"

第二局棋很快结束。

又被屠龙的老人气呼呼地起身，挥袖离去，连棋墩、棋盒都不要了。

晋宝室没把棋墩、棋盒取回，离开书房之前偷偷朝年轻藩王伸出大拇指：大快人心！

徐凤年一笑置之。

就在此时，一名刑房谍子来到书房，轻声道："陆副节度使带着七名陆氏子弟造访。"

徐凤年揉了揉眉心，点头道："让他们来这里便是。"

青州陆氏曾是当之无愧的靖安道豪族，枝繁叶茂，尤其是早年在老家主上柱国陆费墀这株参天大树的荫庇之下，可谓生机勃勃，在以嗜好抱团结党著称朝野的青党之中，被誉为“陆家一枝最秀于士林”。

只是，在举族迁入北凉道初期，陆家的经历却颇为坎坷。陆氏子弟无论是在凉州官场还是在北凉文坛皆无建树，不光是作为一家之主的陆东疆长久都无官身，甚至传言他与那位清凉山未来王妃的父女关系也极为紧张——这对陆氏一族四百余人来说，无异于雪上加霜。那段迷茫岁月，是如今陆氏子弟最不愿意回忆起的惨淡光景，就连家族里天真无邪的稚童，也在长辈的耳濡目染下，笑声渐少，稍有无伤大雅的顽劣行径，就会被郁郁不得志的长辈们大声训斥，哭声渐多。

原本凭借雄厚家底在凉州一掷千金、高朋满座的陆氏府邸，从车水马龙到门可罗雀，不过短短一年而已。倒是同为清凉山徐家的亲家——同为青州出身的商贾王家，却如鱼得水，往来无白丁，连纤离、天井两座牧场都有王氏子弟忙碌的身影。原本是青州首富的王林泉便被北凉官场私下称为“武财神”，与“文财神”李功德比肩而立。

这人啊，不怕大伙儿同是天涯沦落人，就怕货比货。王氏一族的飞黄腾达，令高门陆氏越发满腹牢骚。相传曾有位初入凉州官衙便被同僚排挤得鼻青脸肿的陆氏得意子弟，一气之下扬言要重返家乡，还当面对伯父陆东疆撂下一句“宁做青州鬼，不为北凉犬”。

这一切，随着陆丞燕被正式敲定为未来北凉正妃，蓦然改变。先是一位陆氏俊彦得以在拒北城建造中担任实权位置，虽然品秩不高，却是彻底沉寂的陆家在北凉官场重新崛起的破冰之始。随后，作为庞大家族主心骨的陆东疆更是官运亨通，一发不可收拾，一路高升，直至出任现今的一道副经略使——从二品，实打实的封疆大吏。放眼整个中原，才四十出头的名士陆擘窠都算是最年轻的那拨地方文臣领袖。

这次陆东疆从陵州赶赴拒北城，车队里携带了六位陆氏年轻人。陆氏有四房，每一房都有最少一人获此殊荣，能够与副经略使一起觐见年轻藩王。加上原本就在拒北城为官的年轻一辈翘楚陆丞颂，陆东疆身后总计跟随了七名年轻人，在一位身穿青衫悬佩印绶的军机参赞郎的领路下，前往二堂求暑堂隔壁的那间书房。陆东疆特意让陆丞颂与自己并肩而行——后者如今已经正式由临时负责新城粮草的度支主事转正，品秩由浊升清，通俗而言便是由吏转官，鲤鱼跳过了龙门。所以，本就对陆丞颂寄予厚望的副经略使大人嘴角挂满笑意，听着这位陆氏子弟讲述一些拒北城趣闻，频频点头，满脸是遮掩不住的欣慰。

曾经饱受藩镇割据之祸的离阳朝廷在中原一统后，放权远远少于收拢权柄，除去封王就藩的王爷，哪怕你是官至一道经略使或节度使的边疆重臣，也绝无开府之权，擅自选取幕僚担任拥有流品的朝廷官员，便是流徙千里的大罪。只不过这一条规定在北凉始终例外，无论是凉州边军，还是关内官场，只要做到正三品，新、老两代藩王都对此睁一只眼闭一只眼，向来任由那些屈指可数的文武要员开府，自行裁选幕僚，清凉山和都护府基本上都会痛痛快快地批上那个意义非凡的朱红“可”字——对陆东疆也不例外。只不过副经略使大人到底是享誉士林的风流名士，爱惜羽毛，没有太过大肆提拔陆氏成员担任高官，只惠及了零零散散十余人，而且多是刚刚跻身清流品秩的小官，也算是对那位姓徐的女婿投桃报李了。

走在队伍最后的年轻人出自陆氏四房。四房男丁稀少，在老祖宗陆费墀在世时便萎靡不振，这个名叫陆丞清的弱冠子弟，实在是占了矮个子里拔高个的便宜，若是别房子弟，无论如何都轮不到他去那间书房露脸。陆丞清从开蒙起便在陆氏家族内寂寂无名，资质中庸，文采平平，陆东疆自然而然将其视为不堪大用的愚钝晚辈。不过他性情温和，从不惹是生非，倒也让人省心。此次陆东疆来到拒北城觐见藩王，便捎上了这个父亲很早就逝世的沉默年轻人。

陆丞清独自吊在队伍的尾巴上，脚步沉稳，目不斜视，并不像其他同辈年轻人那样好奇地张望，更无前方两名陆氏子弟那种志得意满的神态。

不同于声名鹊起的陆丞颂，也不同于其他陆氏俊彦，陆丞清在跟随家族迁入北凉后，依旧一心闭门苦读圣贤书。所以，当陆家一蹶不振的时候，这个在家族没有靠山的年轻读书人的失落之感最少；在陆家迅猛崛起之际，他也没有借着父辈积攒下来的与嫡长房仅剩的那点儿香火情，去跟“双手悬满印绶”的家主陆东疆讨要一官半职，而是去往幽州青鹿洞书院潜心求学，日子依然平淡无奇，甚至至今也无同窗知晓他的陆氏身份。同窗相聚之时，针砭时事，指点江山，高歌清谈，从来没有他陆丞清。这次家族来信要他提前动身前往关外，陆丞清便来了，只背了一口书箱，咬咬牙雇用了一辆马车，然后独自在城外那座集市上静候声势浩大的副经略使一行人。当时，三房同龄人陆丞禾得知拒北城竟然并无高官出城相迎后，便发牢骚说拒北城这边也太不讲究了，若是换成太安城，以叔叔的显赫身份，不说礼部尚书出面迎接，好歹也该有个礼部侍郎在城外翘首以待。被同龄人讥讽为榆木疙瘩的陆丞清，一如既往地冷眼旁观，只听不说也不做。

求暑堂隔壁那间藩王书房不大，也就四把椅子，年轻藩王一把，陆东疆当然有一把，既是拒北城地头蛇更是陆氏年轻子弟一甲头名的陆丞颂也能占据一把，最后一把，陆东疆落座后以眼神示意陆丞禾坐下，只不过眼神之中除了有长辈鼓舞晚辈的意味，也有几分不许节外生枝的提醒。这个陆丞禾，便是那个在凉州衙门做官不痛快便痛快辞官的陆氏子弟，也是撂下那句狠话的年轻名士，只可惜这是在崇武贬文的北凉道，换成中原江南，也许便是一桩轰动士林的风雅美谈。陆东疆很早就对陆丞禾青眼有加，曾经亲口赞誉其为“我陆氏高标郎”。高标，即高枝，比喻出类拔萃之人。在陆丞禾年少时，陆东疆就在靖安道文坛士林为其鼓吹造势。陆丞禾也的确不负众望，为自己赢得了“清谈小国手”的绰号，是唯一能够与相对更加务实的陆丞颂一争高下的年轻人。至于木讷少言的陆丞清，连被两位同辈俊彦正眼相看的资格恐怕都欠奉。

年轻藩王当时站在门口相迎，领着他们步入屋子后，笑着站在那张普通至极的书案后，伸手向下压了压。等到老丈人陆东疆和三名年轻人都落座后，年轻藩王这才缓缓坐下。

书房不大，书籍、档案却多，又无装满冰块的冰盆搁置在墙角，哪怕年轻藩王之前已经打开窗户，屋内也难免稍显逼仄闷热，这让为了不失礼仪而衣冠严整的陆氏子弟都有些不适应。几个站在陆东疆、陆丞颂、陆丞禾身后的年轻人用余光打量过书房后，都有些讶异：堂堂藩王处理军机要务的正式书房也太简陋了，简直能用“寒酸”二字形容。

早年远在靖安道青州的他们，对于传闻中北凉那座梧桐苑的豪奢程度都大为好奇。当年中原文坛有一件趣事：有位文采斐然的江南道名士，在庙堂上以骂徐骁作为为官第一等大事，归隐田园后又以贬斥北凉边事为人生第一等大事。普通士族出身的老人在平步青云后，晚年擅写婉约诗词，作品流传大江南北，辞藻华丽，尤其喜好描绘嬉游宴饮，被江南道文林誉为“书写富贵门庭院内事，气韵之悠扬，真可谓金玉满堂”。结果，他的作品不知如何传入了苦寒的北凉，那位世子殿下便寄信去老人府邸，大致意思是你这寒门老儿一辈子也没摸着富贵的门槛，满篇什么金什么玉，俗不可耐，末尾还赠送了一句“雨打芭蕉一千声，坐看锦鲤一万尾”，言下之意无疑是你这当官只当上从三品的老家伙，见识过的那点儿风花雪月根本上不得台面。

老人收到信后，愤懑之余，也如获至宝，立即向朝廷弹劾北凉徐家，什么“徐骁私自挪用西北边军兵饷，中饱私囊，骇人听闻”，什么“北凉皆穷，徐家独富”……这类后来一次次被言官忠臣频繁借用的名言，都是从那位被誉为“骨鲠文人”的老人嘴里传出并流传开来的。只是隔了这么多年，当北凉一万大雪龙骑下江南的消息传开后，曾经扬言“吾愿一头撞死徐瘸子”的老人，第一时间就连夜举家迁往太安城，能搬走的东西一件不落，搬得一干二净。

虽然年轻藩王没有身穿蟒服，可毕竟陆东疆规规矩矩地穿着官服，但这场书房对话，从头到尾完全没有“奏对”的意味，倒像是寻常老丈人和女婿的闲聊。便是涉及官场事务，年轻藩王也带着笑意——多是副经略使大人在说，年轻人认真倾听，绝无不耐烦的神色。在这期间，年轻藩王甚至亲自为屋内诸人倒了杯凉茶。茶叶是产自陵州的白霜茶，如绿蚁酒一般，都土得掉渣，属于夏茶，毫无嚼头，且有浓重的涩味，也只有囊中羞涩的陵州乡野老茶客才乐意品尝。白霜茶之所以被老凉王徐骁钦点为清凉山王府和北凉边军的“贡茶”，在于在那茶叶产地，曾有八百余人一同进入凉州边骑，而且凑巧成为袍泽，在一场关外战事中，八百骑主动负责断后，全部战死。那个人口稀少，辖境内只有三座小县的陵州小郡，当时几乎家家户户皆缟素。这件事，陆氏子弟恐怕连听都没听说过。他们只是纳闷儿，过惯了天底下最富贵闲适日子的年轻藩王如何下得了这个嘴。当然了，大多年轻人只要能够喝上这杯茶，哪怕再难喝，再难入腹，仍是甘之如饴。

唯有站在最后面的陆丞清觉得苦涩。

哪怕是入城的这一小段路程，他也在听陆丞禾这些人聊从北凉王府流入民间的古董珍玩，他们侥幸捡漏儿了几件，遗憾错过了几样。

陆丞清没有任何闲余银子，就算有，也不会买。

这一刻，陆丞清望着那位始终笑意温和的年轻藩王，觉得那杯茶的余味更涩。

陆东疆应该也清楚如今关外大战正酣，年轻藩王需要亲自处理繁重的事务，很快便起身告辞。

年轻藩王起身后，拿起摆放在桌案角落的一个长条锦盒，绕过桌子，递给副经略使大人，歉然笑道：“这边没有好东西，这一盒‘竹管小紫锥’还是我特意让人从梧桐苑寄来的，不值什么钱，胜在稀罕而已。”

陆东疆眼睛一亮，接过盒子，哈哈笑道：“王爷有心了。从大奉王朝至春秋南唐，这惠州珠林郡的紫、青两毫便是贡品，奉律更是明确记载‘岁贡青毫五两，紫毫四两’，尤以‘石上老兔踞如虎，吃竹饮泉生紫毫’的紫毫笔最为珍贵。可惜旧南唐覆灭后，战火殃及珠林郡，当地几乎寸草不生，这种小紫锥便成了绝笔。据说连那太安城的御书房也仅有两三支小紫锥，只作观赏之用。王爷，实不相瞒，我早年曾在青州寻觅十数载，仍是苦求不得啊，幸甚！幸甚！”

年轻藩王微笑道："这算是歪打正着。"

陆东疆乘兴而来，乘兴而归。

陆氏子弟想必也是与有荣焉。

就在年轻藩王起身把他们送出书房的时候，陆丞禾突然停步转身，问道："听说王爷还是世子殿下的时候，曾经作过'雨打芭蕉一千声，坐看锦鲤一万尾'的诗？"

徐凤年点头笑道："确实如此。"

陆东疆心知不妙。

只是不等副经略使大人出声阻拦，好似出囊之锥的陆丞禾便直截了当道："王爷本意是以此来贬低江南道名士韩嘉靖的假富贵，对吧？"

徐凤年仍是笑意不减，轻轻点头。

手捧锦盒的陆东疆已经听天由命，而且，他的内心深处其实也期待着一桩"歪打正着"的美事。

陆丞禾直言不讳："可王爷此言，无异于以五十步笑百步。金玉之词堆砌而成的富贵诗，自然并非真富贵，可王爷的听潮湖锦鲤、梧桐苑千株芭蕉，与我之'小斋翻书淡淡风，高楼悬灯溶溶月'，如何？"

徐凤年笑意更浓："高下立判。其实当年我二姐也曾如你一般，将我狠狠骂了一通，说我比那姓韩的老家伙还不如，骤然富贵，连韩嘉靖那份装点门面的含蓄功夫都没有。"

这下子陆丞禾哑口无言了。

他是真没想到年轻藩王会如此自揭其短，满肚子锦绣草稿顿时没了用处。

徐凤年笑问道："你就是那位说出'宁做青州鬼，不为北凉犬'的陆高标陆丞禾吧？你姐曾经在梧桐苑跟我提起过你，说你才气太盛。"

陆东疆在一旁圆场道："王爷，这小子才气是有些，只是当不得'盛'字。"

徐凤年笑而不语。

除了心满意足的陆东疆，一行年轻人再度毕恭毕敬作揖辞别。

陆丞清仍是走在最后。不知为何，这个无名小卒突然鬼使神差地转头望去，刚好看到年轻藩王笑望向自己，同时轻轻对自己抛出一样小物件。

陆丞清下意识地伸手接住那枚印章模样的冰凉物件，握在手心后，一脸茫然。

年轻藩王笑着朝他眨了眨眼睛，便转身走入书房。

瞬间汗流浃背的陆丞清竭力保持镇静，继续缓缓前行。

他稍稍松开手，低头望去。

果然是一枚羊脂白玉质地的小巧私章。

陆丞清手心握有的这枚，是一枚鉴赏印。

这类印章，用于钤盖书画文物之用，兴起于大奉王朝而鼎盛于春秋九国。

印章上篆刻有“赝品”二字！

这枚私章，绝对是最富有传奇色彩的鉴赏印，甚至极有可能数百年以后也无法被超越。

当世一幅幅价值连城的书画真迹，注定要被一代代数百年甚至千年传承下去的珍品，都钤盖有这两个字。

陆丞清神情恍惚，失魂落魄。

他想不通年轻藩王为何会将意义这么重大的物件随手抛给自己，想不通为何赠予对象不是城府极深的陆丞颂，不是锋芒毕露的陆丞禾，甚至不是陆氏家主陆东疆。

徐凤年坐回桌案后，笑了笑。

对于年轻人陆丞禾那点儿文人假清高的伎俩，他只是当不太好笑的笑话看待。陆丞燕的确提及过这个堂弟，只不过不是说什么才气太盛，而是“郁气满腹如怨妇，牢骚太盛肝肠断”，可见是对陆丞禾毫无好感可言。但是对父亲陆东疆都能够不假辞色的陆丞燕，对默默无闻的堂兄陆丞清却十分看好。她当时郑重其事地对徐凤年说过，她爷爷虽然一直不曾流露出任何器重陆丞清的迹象，却当着她的面亲口评点过陆氏子弟两次：一是“满门榆木不堪用，一棵檀木人不知”，“榆木”是说陆氏上下皆是平庸之辈，“檀木”则是说那四房子弟陆丞清；二是“有乱世刺史之才识，有太平尚书之器格”。作为青党领袖的上柱国陆费墀，对旁支子孙陆丞清的前程，显然充满期待。

那一盒六支小紫锥，其实是陆丞燕让人从梧桐苑送来拒北城藩邸，本意当然不是让徐凤年转送给陆东疆，纯粹是想着好歹为她的男人留下点儿什么，便偷偷藏下了，这才没有被徐北枳搜刮殆尽。

倒是那枚早已名动天下的鉴赏印，确实是徐凤年舍不得让其从清凉山流入中原。

但是送给陆丞清的话，徐凤年没有什么不舍得。送给读书人，而不是送给背书人，徐凤年都舍得，一如当年向北凉寒士千金买诗文。

徐凤年也没有什么功利心，毕竟陆丞清暂时仍然只是一块未经雕琢的璞玉而已，哪怕北凉要用他，也得等打赢了第二场凉莽大战才行。

徐凤年独坐书房，闭目养神，没来由记起与王祭酒那场对弈后的喃喃自语。

屠龙、屠龙、屠龙……

手提两京，不送天子送中原……

慕容宝鼎部主力分兵两路，分别向南推进至柳芽、茯苓两镇，与此同时，董卓部十数万私军也直逼怀阳关，攻城在即。

然而，北莽突然再度更改既定部署，董卓命令部下保持路线不变，继续攻打怀阳关，但是命令慕容宝鼎部继续南下，直接寻找左、右骑军这两支北凉边骑的野战主力进行决战！

牵制柳芽、茯苓两座军镇的任务，被转交给两位骤然加速南下的北庭权贵——河西州持节令赫连武威和宝瓶州持节令王勇。北莽皇帝也不至于天真自负到让慕容宝鼎部独力与北凉左、右骑军对峙，南朝大将军种神通与陇关贵族领头羊完颜金亮分别作为慕容宝鼎的后援。大概是清楚橘子州持节令的脾性，老妇人除了颁布台面上的圣旨之外，更有一道密旨，措辞更为残酷冷血：你慕容宝鼎若是不愿建功立业，左、右两翼在柳芽和茯苓两镇以南的广袤地带踟蹰不前，无妨，朕便让种神通与完颜金亮替你南下杀敌！

所以之前还在庆幸不用去怀阳关死磕褚禄山的橘子州持节令只得心情沉重地继续领军南下。他可以不在意圣旨和皇帝陛下的口头威胁，但是绝对不会以为太子殿下麾下那支怯薛军与自己的兵马碰头后，会对自己这位叔叔手下留情。更何况他听说皇帝陛下连以慕容、耶律两个姓氏命名的两支王帐铁骑都一并交给了自己侄子。伸头也是一刀，缩头也是一刀，老奸巨猾的慕容宝鼎只得两害相权取其轻，毕竟与凉州关外左、右骑军作战，是许多北莽武将梦寐以求的事情，所谓的北凉铁骑，主力一直是这两支西北边骑。

让慕容宝鼎稍稍松口气的有两件事：一件事是第一场大战后，流州龙象军从左、右骑军抽掉了数量可观的边军精锐，曹嵬和寇江淮也带走了一些；第二件事则是老帅何仲忽退出左骑军，同时李彦超带领一大拨心腹青壮校尉转投右骑军，左骑军暂时群龙无首，必然军心动荡。这些谍报，若是在大战开幕之前，大量凉州游弩手仍然在虎头城一带四处游弋的时期，是很难传递给西京、北庭两座庙堂的，但今时不同往日，怀阳关已经被董卓重重包围，截断了退路，被彻底阻绝了与柳芽、茯苓和重冢三座军镇的联系。重冢只有步卒守城，是一座死城，自然不用顾虑；柳芽、茯苓两镇各自驻扎有擅长长途奔袭的精骑，却需要面对王勇、赫连武威两位著名持节令不计伤亡的猛烈攻势，已是泥菩萨过江自身难保，可以说左、右骑军以北的凉州关外防线已经被切割得支离破碎。切断兵力本就处于劣势的北凉各大野战主力的联系之后，北莽要做的，自然便是蚕食了，而且要大快朵颐，以北凉武将的头颅换取草原儿郎封侯拜将的军功！

幽州葫芦口内外，战事寥寥，偶有接触战，也都是小规模数百骑的争锋，相较于凉州、流州两处战场动辄万骑的恢宏厮杀，实在是波澜不惊。

流州青苍城以北，在得到副将谢西陲部僧兵的增援后，流州主将寇江淮对黄宋濮西线大军展开第三次阻截战。奇怪的是，两次大型骑战都打得北莽边军晕头转向的寇江淮，在等到烂陀山僧兵的兵源补给之后，也许是骑、步结合已经超出了其调兵遣将能力的极致，或是对同为“大楚双璧”之一的谢西陲存有戒心，总之，到最后，这场仗打得极为刻板正统，也打得极为惨烈。寇江淮以烂陀山僧兵作为中军，组成了一座中原常见的步阵，徐龙象和李陌藩各领一支龙象军作为两翼，经过临时补充仍然没有达到一万人马的流州骑军停留在步阵之后，作为最后进入战场的有生力量。

由于寇江淮采取近乎消极的保守姿态，黄宋濮果断放弃原先同样相对保守的进攻姿态，彻底转为大举进攻。在那座本就易于战马驰骋的平原战场，老将下令骑军阵线大幅度拉伸，三支南朝边骑同时展开轰轰烈烈的迅猛冲锋。不得不说，在正儿八经的骑战之中，尤其是让草原骑军得以发挥出最大程度的机动性的骑战之中，每一匹北莽战马的马蹄落处，都堪称充满了精准把握战机的侵略性。谢西陲部僧兵的步阵彻底沦为战场看客，除了仅是作为流州边军名义上的中流砥柱，根本没有起到预想之中的拒马效果。草原骑军对这座矛林森森、立盾如山的稳固步阵视而不见，若非寇江淮麾下的流州骑军在关键时刻果断出击，稳住已经倾向北莽的险峻态势，恐怕流州边军就要在这场战役之后成为过眼云烟。

从头到尾，好不容易从西域赶赴流州战场的谢西陲部僧兵，不但没有达到应有的奇兵效果，反而在寇江淮的调度下沦为鸡肋，甚至某种意义上可称之为累赘。

沙场之上，从第一场凉莽大战落幕到之前两次赴北阻截，龙象军第一次出现如此惨重的伤亡，足足八千骑北凉精锐壮烈战死。这让黄宋濮部这支南朝主力终于获得了北莽太平令期待已久的小胜局面，原本已是忧心忡忡、哀声一片的南朝西京庙堂之上，对两场战役失利饱受诟病的老帅顿时转为齐声歌功颂德，不惜誉为离阳之齐阳龙。西京兵部和礼部同时向北庭王帐建言，此等姑塞、龙腰两州边境二十年未有之大捷，虽未斩下徐龙象、李陌藩、寇江淮、谢西陲等人头颅，但旗开得胜的大将军黄宋濮也应当按军功封侯。

拒北城藩邸，二堂书房内，副节度使杨慎杏和凉州刺史一前一后拜访年轻藩王。这位春秋老将脸色沉重，双手使劲握住椅沿，咬牙切齿道："虽然流州那边事先便有说法，可是将近万余龙象骑军的战死，加上三千余流州骑军的伤亡，真是……真是……"

老人好像完全不知应该如何评点流州战役，便干脆止住话头，闭嘴不语。西域密云山口一役、青苍城以北两场漂亮的阻截和临谣与凤翔两镇的攻守联手造就的流州大好形势，仿佛一夜之间便被寇江淮毁于一旦。难道真是应了时下藩邸内那句私下流传愈演愈烈的流言蜚语——"流州成也寇江淮，败也寇江淮"？

白煜比杨慎杏要晚些来到书房。当时他不知从何处拎来一尊玲珑袖珍的小铜香炉，向年轻藩王打过招呼后，也不急于说话，自顾自弯腰站在书桌旁，放下那尊光可鉴人的古朴铜炉后，却不是焚香，而是神神秘秘地跑去书架那边，翻箱倒柜，抽出一本早年拂水房搜集汇总后记录北莽南朝主将履历的密档，然后提起那尊押经铜炉，重重地搁在了那本书上。他这才抬头，笑眯眯地对一头雾水的年轻藩王说道："帮王爷狠狠镇压一下北莽黄老儿的气运。"

杨慎杏满脸狐疑：这莫不是龙虎山天师府的玄奇秘术？果真有用？

洞悉道门根柢的徐凤年哭笑不得地道："白莲先生怎么也这般充满童真童趣？"

本来心情好转了几分的杨慎杏在听到年轻藩王揭穿白煜的老底后，差点儿一口老血喷出来。

白煜还不忘稍稍拧转铜炉，将其摆正后，笑道："王爷，宁可信其有，不可信其无，精诚所至，金石为开，心诚则灵嘛。"

徐凤年只得无奈地附和道："对对对，白莲先生所言甚是。"

杨慎杏看着这一双上不尊下不卑的奇怪"君臣"，忍不住会心一笑。

徐凤年突然问道："赵凝神在地肺山结茅隐居后，修行如何，可还顺利？"

白煜微笑道："托王爷的福，离阳赵勾没了炼气士窥探天机，凝神在地肺山修行一事并未被察觉，顺顺当当，惬意得很。他还寄信给我，劝我不如去那边修身养性，省得在这北凉寄人篱下，处处仰人鼻息。"

徐凤年气笑道："这赵凝神过河拆桥的本事，一点儿都不比他修道问道的功夫差。以后从北凉以外寄往先生处的信件，拒北城一律拒收。"

白煜连忙摆手道："这可使不得，我偶尔还是会收到几封女香客的信笺，也须一一回信。只是我就奇怪了，为何如今信上都要旁敲侧击打听我与王爷关系如何，能否为她们代劳向王爷讨要几幅墨宝，甚至还要说些她们侄女如何正值妙龄，是大家闺秀、贤淑良人之类的话，真是让人不知所云，很是失落啊。"

徐凤年深呼吸一口气，望向窗外，低声下气地道："贾家嘉，别忘了你马上就要收到从西蜀捎来的礼物，所以白莲先生这些话就别传往四堂了吧？"

一颗脑袋轻轻挤开窗户，下巴抵在窗栏上，少女瞪大眼眸，一副"你先说说看我再听听看"的讨价还价模样。

徐凤年嘿嘿道："你猜。"

少女一阵"呵呵呵"，消逝不见。

徐凤年满脸悲愤，欲言又止。

白莲先生插科打诨和贾家嘉"耀武扬威"之后，书房内凝重的气氛轻松了几分。

等到呵呵姑娘跑去四堂那边告状后，徐凤年收敛神色，对杨慎杏沉声道："流州已经展开了三场阻截，寇江淮在密信里并未详细诉说第四场仗会怎么打，只提出要跟我借用整条清源军镇防线的兵马，你怎么看？"

杨慎杏皱眉道："王爷，确定是整条防线，而不仅仅是清源军镇的常备驻军？"

徐凤年点头道："包括凉州将军石符的兵马、宁峨眉的铁浮屠、袁南亭的白羽轻骑！"

杨慎杏陷入沉思，呢喃道："这个寇江淮，好大的胃口。"

然后杨慎杏小心翼翼地问道："以流州将军的身份，向凉州边军伸手要权，而且一要就是数万精锐，不但会直接掏空凉州西门户的家底，还无形中凌驾于品秩更高的凉州将军之上，会不会不太合适？"

不等徐凤年回答，白煜已经抢先回答了这个敏感问题："杨将军，若是别处，自然大大不妥，但在咱们这儿，倒是不用自己吓唬自己，石符不会对此心怀芥蒂。当然，前提是打胜仗。万一输了的话，石符这辈子就算是跟寇江淮老死不相往来了，更坏的结果，甚至可能是凉州、流州两支边军从此相互敌视。"

杨慎杏又问道："寇将军为何不愿向拒北城给出大致的用兵方略？"

徐凤年摇头道："不知。"

杨慎杏勃然大怒，手掌重重一拍椅沿："这个寇江淮，真是胆大包天，军国大事岂能如此儿戏？！"

徐凤年不动声色，犹豫片刻，伸手揉了揉眉心，自嘲道："仗可输，气不可泄，这一直是我北凉铁骑的规矩。既然是我亲自把寇江淮推到流州战局主事人的位置上，那这一屁股屎尿，我就得帮他擦干净。"

杨慎杏试探性地问道："要不然王爷再考虑考虑？"

徐凤年摇头道："算了。你这就回去着兵房写三封密信，分别给石符、宁峨眉和袁南亭三人，信上不用解释调兵理由，写完之后送到这里，由我盖上大印即可。"

杨慎杏如释重负，起身告辞，大步离去。

徐凤年抬头望向白煜，笑问道："那么给寇江淮的那封信，是我亲自来写，还是劳烦白莲先生？"

白煜眨了眨眼睛，好似没听懂。

徐凤年没好气地道："别跟我装傻扮痴！你与杨慎杏两人和寇江淮的关系深浅，我不清楚。可你俩今天联袂来此，一个唱白脸，一个唱红脸，我又不是傻子，还能猜不出姓寇的搭上了你们这条大船？"

白煜一本正经地道："地方武将勾连朝中重臣谋取兵权，即便够不上砍头的死罪，怎么也要丢官吧？"

徐凤年瞪眼道："还来？！"

白煜哈哈大笑："我这就给寇江淮写信去，就说王爷答应了他的一切要求，但是第四场阻截战，他姓寇的若是不把第三场仗的损失连本带利赚回来，拒北城藩邸就要让他轻十斤！"

徐凤年疑惑道："什么叫'轻十斤'？"

白煜伸出两根手指敲了敲自己的脖子："脑袋没了嘛。"

徐凤年恍然大悟，随即一拍桌子："白煜，放你的屁！含糊其词，不是给寇江淮找退路是什么？到时候姓寇的吃了败仗，随随便便摘掉头盔、臂甲，一样是轻十斤，我上哪儿说理去？！"

白煜一脸委屈道："王爷，这可就是以小人之心度君子之腹了啊。"

徐凤年板着脸挥手道："滚滚滚，老子自己来写这封信！"

白煜大摇大摆离开书房，啧啧道："省了几百字写信工夫，可以多看好些页杂书喽，快哉快哉。”

只听年轻藩王学那贾家嘉呵呵一笑：“原本私藏了两支小紫锥，想送给某人，现在想想还是作罢，快哉快哉。”

只见那位曾经被离阳先帝赵惇称赞为“寡人初见疑为神仙人”的白莲先生迅猛转身，满脸灿烂笑意，一路小跑到书案前，使劲眯起眼，四处张望：“哪里哪里？快拿出来！我就说嘛，最宜篆楷小字的紫锥，送给善写大字的陆擘窠真是把如花似玉的倾城佳人送给了女子，暴殄天物，暴殄天物至极！”

年轻藩王一脸欠揍表情，嘿嘿笑道：“你还真信啊，那盒小紫锥，一支不剩都给我老丈人带走喽。”

白煜如遭雷击，僵硬地转身，跨过门槛的时候，高高举起手臂，伸出一根中指！

气急败坏的白莲先生跨出门槛后，背后却传来诡计得逞的可恶笑声：“这里，两支小紫锥，拿去。”

白煜停下脚步，却没有立即转身，天人交战。

最后，白莲先生咬牙继续前行，觉得年轻藩王多半还是虚张声势，自己万万不可再上当受骗了。

果不其然，一直到白煜离开廊道走下台阶，徐凤年都没有挽留。

白煜一路走向户房衙屋门口，却依稀看到那位在藩邸来去最自由的呵呵姑娘迎面向自己走来。然后她塞给他两个纤细的长条锦盒，淡然道：“他送你的。”

那一刻，白煜说不感动肯定是假的。

长吁短叹的白莲先生坐回书房座位上，百感交集，回神之后，轻轻打开小锦盒，小心翼翼地提起毛笔凑近凝视，刹那间呆若木鸡。

他娘的哪里是什么小紫锥，分明就是普普通通的羊毫笔！

长久的呆滞之后，白煜莫名其妙地捧腹大笑起来。

一屋子人目瞪口呆。

唯有白煜觉得真是快哉快哉。

放下手中的羊毫笔后，视力衰弱的白煜睁大眼睛望向屋外，只能看到模模糊糊的一片。

这位白莲先生缓缓道：“终有一日，我中原羊毫笔之羊毫，尽出草原！”

雄城有雄城的繁华，偏远小镇也有偏远小镇的热闹。这座位于离阳东南的小镇，历来远离战火硝烟，若是正值太平盛世，还不觉得如何，可当州郡城池那边显出些兵荒马乱人心浮动的迹象时，这里就显得尤为安详。小镇附近有些以姓氏命名的村落，祭祖挂画的时候可都了不得，宋家村更是悬出了一位宋姓皇帝的祖先像，比起一些悬挂大奉开国功臣或是春秋小国尚书的村庄，自然是觉得要高人一等。

这个宋家村的祖上显贵，村子里几户姓温的外姓人家却沾不了光。其实，村子里的长辈，哪怕是读过几天书的，仔细翻过族谱，也对自己与那位宋氏皇帝有何渊源说不出个子丑寅卯，据说村子里曾经有好事者专程为此携带那一箱子族谱，向小镇上某位身负功名的年迈秀才公请教过，秀才公一样说不出个所以然来。谁都没想到，最后竟然是村里公认最不上进的年轻后生——一个姓温的家伙，去了趟外地，逛荡了三年，然后返回家乡，言之凿凿，说咱们村子的人死后，在墓碑的碑头上篆刻“荫川”二字，里头大有讲究：当初大奉朝号称“读书种子半出荫川郡”，而荫川宋氏更是一等一的豪阀，出了许多文臣、名士。那位在大奉末年先是以藩镇割据自立，然后当上宋氏第一位皇帝的祖先，便出自荫川宋氏高门的偏支。这宋家村的由来，想必是那一方割据势力覆灭后，在那场名垂青史的甘露南渡之中，不断辗转迁徙，最终在此落地生根。

经过姓温的年轻人这么梳理一番脉络，村子里的长辈或多或少都听明白了，就算没整明白的，也假装听懂了。你听听，又是荫川宋氏，又是甘露南渡的，这得是多大的气派，可见咱们这个宋家村虽说一百年来连个童生都没出过，可祖上到底是大富大贵过的，而且想必是几百年前祖辈气运太盛，后世子孙们才不得不安安分分，实在是命里与富贵无缘了。

姓温的年轻后生原本在村子里很不受待见，不料这回瘸了腿落魄还乡后，就跟完全变了个人似的，非但没了那副吊儿郎当挎木剑的模样，还去小镇上的酒楼打杂，不但不再靠哥哥嫂嫂养活，甚至还能往家里寄钱。更出人意料的是，年轻人还娶了位贤惠动人的媳妇儿。之前在村子祠堂外的空地上摆过酒席，那位小娘，让好些姓宋的年轻人，不管成亲还是没成亲的，都瞧直了眼。

姓温的成亲娶妻后，不再借住在酒楼的杂房里，攒了些银子，便在小镇上租了座小院子。三间屋子，除去那间窗户上贴满大红喜庆剪纸的婚房，一间小屋子用来摆放杂物，剩下一间也没空着，给持家有道的女子打扫得干干净净、一尘不染，被褥也是崭新的，因为她男人说过，以后也许会有他的兄弟来家里做客，怎么都得有个落脚的地儿，否则太不像话了。再说了，让朋友掏银子去客栈酒楼住，既见外，又浪费，不讲究。她顺着他，心里也觉得是这个理儿。虽说家里如今也不宽裕，小门小户出身的她，虽然家境只能算殷实，但其实是个大气的女子。当初执意嫁给他，家里无人愿意点头答应，愣是连嫁妆也没出，她也咬着牙没跟爹娘求什么。好在日久见人心，如今她带着他回娘家，爹娘虽说还会给些脸色，但几位兄长已经或多或少解开了心结，晓得他们爹是拉不下那个脸，也不便与那个妹夫在家里的酒桌上大碗喝酒，不过各自私底下都去过她家的院子，都不忘带酒带肉，已经像是一家人了。她知道，什么时候自己有了孩子，爹娘抱上了外孙、外孙女，找到了台阶下，也就对他彻底没了芥蒂。只不过小镇再小，开销不小，靠着男人在酒楼当店伙计的营生，两人过日子还算宽裕，可一旦家里有了第三张小嘴儿，那就不好说了。好在她的女红手艺是出了名的俏，有姐妹家里开布店，她那些一针一线缝制出来的精致小物件被摆放在柜台上，给买布客人的当添头，店铺生意也好了三两分。所以这一个月下来，她有两三两碎银子入账，竟是比当家做主的男人差不了多少。

小镇这两天热闹——处暑前后，离阳东南一带自古便有过中元节的风俗，也有一些祭祖迎秋的活动。中元节虽然用他们这里的土话说就是鬼节，说是阎王爷大发慈悲，特意在这段时日大开鬼门，让已故之人回乡见一见阳间的子孙晚辈，以慰阴阳相隔的相思之情。其实也就名字听上去有些瘆人而已，成人、孩子都不忌讳什么，只觉得是可以凑热闹的事情，僧人、道士都会普度化缘，寻常百姓也会竖灯蒿放河灯。尤其是年幼稚童，或是靠在爹娘怀里，或是踮起脚手撑在桥栏上，或是趴在河岸的青石板上，满眼都是绚烂的莲花灯，心中的快乐欣喜，不比能吃上月饼的中秋节来得少。

昨天姓温的年轻人就去村子里把侄子接过来，打算让自己媳妇儿带着孩子逛街。刚好媳妇儿心灵手巧，做了两大竹篮子河灯，要去桥边贩卖，以她的手艺，相信很快就会被出门夜游的客人抢买一空。他之前在院子里亲眼看着她编制扎灯。灯的样式繁多，花鸟鱼虫，宝莲龟鹤，龙凤呈祥……他真不知道天底下怎么会有这么巧的一双手。所以他当时坐在板凳上乘凉，反正也搭不上手，要帮也只能帮倒忙，只能偷着乐和。

他那位读书人小侄子到了小镇后，一开始还略显拘谨，白天先给他带去酒楼，乖乖在角落听人说书，听得津津有味。孩子随他爹的性子，内敛敦厚，言语不多。作为叔叔，他是又喜欢又担心，喜欢的是孩子那份实在性情，担心的是太老实了，长大以后容易吃亏。

姓温的店小二所在的酒楼，如今也算小镇一个出名的地方。虽说镇上的酒楼如今大多雇请了说书先生说江湖故事，可是他们酒楼说出来的故事总是最新鲜最新奇，这一切自然都是他的功劳——早先正是他耗费几大水缸口水才成功说服酒楼掌柜掏出给说书先生去往郡城乃至州城的一笔笔路费。所以，当这栋酒楼第一次说出大雪坪女子武林盟主的一夜观雪悟长生，率先说出西北道教祖庭武当山的佛道辩论，说出江湖圣地武帝城的动荡变故，以及吴家剑冢百骑赴北凉后，可谓轰动小镇。老百姓茶余饭后的谈话都被酒楼说书牵着鼻子走，酒楼的生意自然也是水涨船高。生意兴隆，掌柜的日进斗金，可姓温的作为当之无愧的头号功臣，说书先生去往郡城“取经”的第一笔路费还是他偷偷垫付的，他却从不曾开口向酒楼掌柜的索要分红。除了酒楼客人喝高了以后打赏的铜钱，酒楼支付给他的工钱，他进入酒楼第一天是多少，现在便仍是多少，一枚铜钱都没有涨。掌柜的每天笑眯眯地站在柜台后，看着姓温的店小二始终殷勤地跑腿，看着心思活络的年轻人每天端茶送酒赔笑，也不知道这个老人的心里到底在盘算什么。

今日，酒楼说书先生便意气飞扬、唾沫四溅地说了一桩奇事：咱们离阳京城一位名叫祁嘉节的剑道宗师，作为太安城里许多龙子龙孙和世家子弟的剑术师父，不知为何向那座山高水长剑气高的东越剑池讨要了一柄绝世名剑。然后祁嘉节人先至北凉武当山山脚一座比咱们所在镇名气大不了多少的小镇，飞剑后至，一掠千万里，向那位坐镇西北边关的年轻异姓王递出一剑。这一剑真是惊天地泣鬼神哪，云海开万里，剑气动天人！不料那位年轻藩王更是了得，拔地而起，傲立于北凉道和两淮道接壤处的云海之上，竟是挡下了那柄力可斩神仙的飞剑！

说书先生滔滔不绝。说至酣畅处，老人自己都有些瞠目结舌，更别提那些借着故事下酒下饭的听众，一个个咋舌不已，表情呆滞，停杯停筷，心旌摇荡。回神之时，故事尚未收尾，他们尚未听到那句最惹人厌的“且听下回分解”，当然是再跟酒楼要一两壶酒。温姓店小二的侄子头回听人说书，更是头回听人说起江湖人江湖事，更是目瞪口呆，听天书一般，坐在叔叔给自己搬来的放在墙角的那条小板凳上，握紧拳头，竖起耳朵，瞪大眼睛，只觉得听江湖事比读圣贤书好像还要有意思些。

故事总有收尾处，酒楼也有关门时。说书先生说到这个故事尽处时，楼外已是夜幕笼罩，酒楼差不多要打烊了。挣钱不少的酒楼掌柜大概今儿心情不错，让厨子开了小灶，喊上姓温的店小二和他侄子一起上桌，吃了顿好的。这让没见过世面的孩子高兴坏了，只不过到底是上过私塾念过书的小书生，吃饭的时候颇有几分正襟危坐的意味，再馋嘴，下筷子也不快。饭桌上那些只有逢年过节才能开荤的大鱼大肉，孩子也不敢多夹几筷子。倒是酒楼掌柜笑着帮孩子夹了许多，堆满了饭碗。孩子有些难为情，怯生生地望向自己叔叔。

店小二笑着说："尽管放开吃，你掌柜爷爷是镇上的大善人，大方得很。"

孩子便对掌柜的腼腆一笑。

老人哈哈大笑，一边给自己和店小二都倒了杯酒，一边用筷子指了指二楼，对乖巧孩子说："以后常来酒楼串门，下次听人说书，爷爷帮你在二楼天井围栏旁边找个位置。"老人跟店小二对酌一杯酒，打趣道："这孩子不像你，老实讨喜。"

店小二自豪地道："那是性子随我哥，是有福气的，读书厉害着呢，以后保不齐就是一位秀才老爷了。"

孩子一本正经地反驳道："先生说了，我以后能考个童生就不错了。"

一辈子对读书人最是崇敬的老人摸了摸孩子的脑袋，感慨道："县试、府试、院试都是拦路虎，掌柜爷爷跟你把话撂在这儿，以后每通过一门，咱们酒楼就给你包个大红包！万一你考取了功名，童生也好，秀才也罢，可别忘了给咱们酒楼写一块匾额，给掌柜爷爷长长脸面。"

孩子使劲点头，高兴地对老人道："叔叔给我买了好些纸笔，不过我现在都没舍得用，还是像以前那样在村里溪边用树枝蘸水练字，放牛的时候也会在地面上写写画画。先生说笨鸟先飞勤能补拙，总有写出好字的时候，到时候我就给掌柜爷爷写一块大大的匾额挂上。"

大概是难得喝上酒，当店小二叔叔打趣道"读书好，读书才有出息，读过书的家伙，将来拐骗媳妇儿回家也容易"时，偷偷喜欢村子里一位同龄女孩儿的侄子顿时满脸通红，瞪了叔叔一眼。

姓温的伙计与酒楼掌柜相视一笑："喝酒喝酒。"

吃过了饭，他让侄子先回家，说自己还得帮酒楼打扫一番，回头两人再在镇上那座桥上碰头。

酒楼掌柜看着忙着收拾碗碟的年轻人，喝着酒，略带醉意道："当初收留你，真没想到有这么一天。那会儿只是觉得你小子可怜，心想若不是被逼到绝路上，也不至于来我这小破地方混吃等死，哪能想到你会帮着酒楼挣大钱。说实话，这一年挣的钱比酒楼前十年加起来都要多。"

年轻人抬头笑道："掌柜的好人有好报，应该的。"

老人笑着反问道："应该的？"

年轻人纳闷儿地道："难道不应该？"

老人感慨道："'好人有好报'这种道理，你侄子那般的孩子愿意相信也就罢了，我这么个老家伙，可真不敢信。"老人直视着这位忙里忙外勤勤恳恳的店小二，"来这儿喝酒、吃饭、听书的客人，都觉得你小子没脾气，可我不觉得。我始终觉得你小子……"

年轻人插科打诨道："掌柜的是想说没出息吧？"

老人笑骂道："放你娘的臭屁！真不晓得你媳妇儿怎么瞧上你的！"

年轻人伸手指了指自己的脸，嬉皮笑脸道："我爹娘把我生得俊啊！掌柜的，这你可真羡慕不来。"

老人摆摆手，说道："不跟你瞎扯，我今天是想跟你说件正经事。"

年轻人收敛笑意，束手站在酒桌旁边："掌柜的，有事尽管开口。我温华这人没啥出息不假，可谁对我好，我心里头都记着。不敢说什么滴水之恩涌泉相报的大话，我也没那份本事还人情，但要说一分恩情还一分，哪怕一次还不完，我温华这辈子怎么都要还完。所以掌柜的，别跟我客气。掌柜的，要不是你肯收留，我这会儿指不定在哪儿砍柴烧炭或是给哪家人当短工呢，别说娶媳妇儿了，撑死了勉强养活自己，不让自己饿死，就算攒钱给侄子买纸笔都难。"

老人笑了笑，抬头凝视着这位眼神真诚的年轻人，放下手中酒杯："酒楼大半事情给你一个人包圆儿了，我这个掌柜的每天都很清闲。所以说书先生说的那些飘来荡去的江湖故事，或是才子佳人、野狐志异的故事，我都听在耳朵里。有些听过就听过了，但是有几句话，我记在了心里头。其中有一句大概没谁在意，但我很上心，叫'自古做人难厚道'。我越琢磨越是这个道理，做买卖是如此，与人做朋友更是如此。所以后来这酒楼的银钱来往，我也放心地交给你打理。起先我其实不是没有顾虑，也的确有意想要看看你会不会自己截留些，天底下的大生意，毕竟都是一枚一枚铜钱积攒起来的。可是我很意外，从头到尾，你小子都没拿走一枚铜板，账面上清清楚楚，账面底下也干干净净，这很不容易。醇酒红人脸，财帛动人心，这才是人之常情。所以啊，你小子是个厚道人。"

年轻人沉声道："掌柜的，这话说得见外了。我温华能有今天的安稳日子，都是掌柜的恩德。要是再昧着良心从酒楼偷偷拿钱，我温华就真不是个东西了。这种事情，我做不来！"

老人点了点头："你也知道，我岁数不小了，一辈子就想着去郡城那边买栋大宅子养老，刚好我两对女儿女婿都在那边讨生活。虽然老话都说'嫁出去的闺女泼出去的水'，可天底下哪里有不念着子女好的爹娘。我那两个女儿嫁人都嫁得马马虎虎，在郡城生活可不容易，这不就惦念上我那点儿棺材本了，想让他们风光一些，不用租屋子寄人篱下。我呢，以前是有心无力，攒下的三四百两银子，在县城还算凑合，到了寸土寸金的郡城真不够看。今年托你温华的福，老底翻了一番，小八百两银子，只要不是青兔巷、孩儿巷那种权贵扎堆的地方，差不多够买栋像样的宅子了。刚好酒楼有你小子在，我最近就寻思着是不是把酒楼盘给你……"

店小二愣了愣，苦笑道："老掌柜，这么大一栋酒楼，我就算砸锅卖铁，也绝对买不起啊。"

老人笑呵呵地道："这栋酒楼以前值个百儿八十两银子，如今不同往日，怎么都能估价三四百两，这你心里有数，我当然更明白。至于你小子有多少积蓄，我也清楚。所以我就想了个折中的法子，你看行不行。酒楼以三百两银子折算，这笔钱你不用急着出，以后每年分红，别忘了就行。不过丑话说在前头，还完了三百两购置酒楼的本金，酒楼若是仍然赚钱，这分红，我这老掌柜的，可还是要你小子每年孝敬的。至于具体多少，我倒也不强求，你小子看着办，总之你先顾好自己那个家。"

年轻人欲言又止。

老人挥手示意年轻人坐下："也别觉得亏欠我，我啊，精明着呢。我晓得你以后肯定能把酒楼的生意做得越来越大，以你小子的厚道，每年分红能少？我躺在郡城大宅子里享福就能每年白拿一笔银子，赚大发喽！"

年轻人坐回长凳，直起腰："老掌柜的，大恩不言谢！"

老人做了个捻指手势，打趣道："别嘴上说，将来靠银子说话。"

年轻人突然笑道："老掌柜的，你就不怕我以后赖账，还清了三百两银子就不舍得掏分红？"

老人挑了挑眉头，指了指年轻人的心口，然后指了指自己的眼睛，说道："之所以有这桩买卖，一是信得过你小子的良心，二是信得过我自己的眼力！"

年轻人和老掌柜分别倒满一杯酒，举杯："都在酒里头了！"

两人一饮而尽。

老人喝完酒，说道："你小子赶紧去瞅媳妇儿吧。对了，自己去柜子后头拿一壶刚进的绿蚁酒，就当我庆贺你小子终于有自己的家业了。"

年轻人起身哈哈笑道："得嘞！"

老人不忘提醒道："庆贺归庆贺，酒钱得记在你账上！这绿蚁酒可不便宜，据说在北凉道那儿一壶才两钱银子不到，到了两淮就一两银子往上，再从江南道到咱们这儿，啧啧，足足四两银子啊！这哪里是卖酒，直接卖银子还差不多。你小子悠着点儿喝，可别刚喝出味道就见底了。"

年轻人嘿嘿道："我可舍不得自己喝！"

老人好奇地问道："咋的，是要送给你哥，还是给老丈人啊？"

直奔柜台的年轻人突然停顿了一下，转头咧嘴道："都不是，给我兄弟留着，以后他来我家蹭吃蹭喝，就拿这酒招待他。当年……挺久以前，我和他一起厮混的时候，他总说天底下的酒，就数这绿蚁酒最有味道。那会儿他总喜欢拿这个馋我，后来分开了，我有次独自经过他家乡的时候，走得急，也没喝上，也没弄明白到底是个啥滋味。"

老人没好气地道："啥滋味？就是价钱贵，其他没啥。我就不喜欢喝，太烈太冲，烧穿喉咙，后劲更足。在我看来啊，真不如咱们这边的自酿米酒好入口。"

年轻人笑眯眯地道："我那兄弟是半个江湖人，纵马饮酒，自然是要喝最烈的酒，喝那软绵绵的米酒，不算英雄好汉！"

老人乐了："哟，还江湖人，而且听你的话，你小子当年闯荡江湖，走得挺远啊？"

年轻人挠挠头："也就只是走得远而已。"

老人翻白眼道："还吃过苦头吧！"

年轻人一笑置之。

独坐酒桌边的老人举杯慢饮，遥遥看着小心翼翼捧着酒壶的店小二，没来由地问道："温华，咱们酒楼的说书先生好几次说到那西北藩王承认自己有位相识于江湖的兄弟，与你小子凑巧同名同姓？那你的兄弟，是不是姓徐啊？"

年轻人站在远处，笑脸灿烂："巧了，还真是！"

老人哈哈大笑，挥手道："臭小子！滚滚滚！"

杯中已无酒的老人摇晃了一下酒壶，空了。老人转头望向走向酒楼大门的年轻人，他的身形一瘸一拐，却不给人凄惨或是滑稽的感觉。

老人冷不丁大声笑问道："温华，你小子真不是那个名动京城的剑客？"

双手捧着那壶绿蚁酒的年轻人缓缓转过身，做了个鬼脸："掌柜的，你看我像吗？"

老人笑着没有回答，再次挥挥手。

老掌柜坐回座位。壶中、杯中皆无酒了，百无聊赖的老人想了想，望向大门，自嘲道："是不太像，也对，能像吗？"

年轻人离开酒楼后，快步走向那座小桥。一路上沿河两岸川流不息，放眼望去，静谧的河面上满是点亮的河灯，星星点点，如同夏夜的星空。按照乡俗的说法，人死之后，那些无所依的游魂野鬼，在中元节这一天若是能够找到那盏写有自己名字的河灯，便能投胎转世。他当年就听自己那位一起狗刨江湖的兄弟说过，佛家有托灯投生的讲法，尤其是在阴间不得解脱的冤魂怨鬼，凭借阳间江河上的那盏荷花灯，即可得自在。他这辈子的愧疚之一，便是家中只供得起一人读书，哥哥把机会给了他，他却不爱读书，也不知珍惜，成天只想着行侠仗义，向往那个刀光剑影的江湖。所以他如今比哥哥嫂嫂更喜欢对那个侄子念念叨叨，要孩子好好念书。他给侄子购置的纸笔都是小镇上最贵最好的，不是希望侄子以后一定要考取功名，光耀门楣，而是打心眼里觉得，男儿读书，读出满腹学识，写得一手好字，每年写春联不用求人，而且以后有了孩子，可以自己去翻书本为孩子取名，总归是天大的好事。

练剑，天下第一，世间唯有一人而已。比拳头硬，江湖总有拳头更硬的武夫高手。可是读书人从书本上读出的道理，则绝不是帝王将相、达官显贵开口说出的，就一定更有理。

到了那座熟悉的青石板桥，他媳妇儿果然已经卖完两篮河灯，侄子手里拿着最后一盏。

她等到他走近后，柔声问道："怎么要我留下一盏，还要写那'北凉'二字？"

他微笑道："我与你说过的那位小年，他是北凉人氏。如今西边在打仗，我就想着帮他祈福。"

三人一起走下桥头，来到岸边，他弯腰将那盏河灯轻轻放入河水。

三人干脆肩并肩坐在岸边。

他揉了揉侄子的脑袋，让孩子帮忙拿着那壶绿蚁酒，抬头对自己媳妇儿笑道："以后如果有机会见面，那家伙如果喊你'弟媳妇'，千万别答应，一定要喊你'嫂子'才行。"

她眼眸弯弯，促狭地笑道："你们俩这种事情也争啊？"

他开心地笑道："别的事情可以不争，唯独这件事，绝对不能让步！"

她微微红了脸，无奈地道："那你还想着以后跟他成为亲家？你说你们当初定下了娃娃亲，人家也答应了？"

他豪迈地道："他敢不答应？！"

他媳妇儿笑了笑。不知为何，自己男人什么都不讲究不在意，只有说到他那位兄弟的时候，才会格外骄傲自豪。

有些时候，她甚至都有小小的醋意了。

她不知道自己男人和他的兄弟当年一起经历了什么，才会这般放不下。而她比谁都清楚，这个姓温名华的男人，其实什么都拿得起，也什么都放得下，连一个男人本该最在乎的面子，也从来说放就放。

他望向河面，轻声道："媳妇儿，你放心，我不是惦念着当年走过的江湖，我只是惦念我那个兄弟。"然后他转头咧嘴一笑，"没法子嘛，我知道没我在的江湖，他混得再好，也会觉着没啥意思。"

瞧瞧，听听，他又是这种口气。

她白了他一眼。

他哼哼道："媳妇儿，你还真别不信。我是谁啊，我兄弟又是谁啊，咱哥儿俩当年行走江湖，那可是……"突然看到媳妇儿一脸玩味笑意望向自己，他立马改口道，"那绝对是满身正气！嗯，当然了，就是混得惨了些，饱一顿饿三顿的。"

她抿嘴一笑。

他低头对自己侄子说道："你那个便宜叔叔老喜欢念叨一首诗，我说给你听听，你看在书本上见过没——'日出扶桑一丈高，人间万事细如毛。野夫怒见不平事，磨损胸中万古刀。'"

才在村塾读蒙学的孩子自然一头雾水，使劲摇头。

他重新抬起头，痴痴地望向漂满河灯波光粼粼的水面，清风拂面，脸色平静。

他仿佛自言自语道："绿蚁酒帮你留着，家里的屋子帮你空着，小年，还当我是兄弟的话，就别死在凉州关外啊。"